cocon

Zum Autor
Uwe Kauss, geboren 1964, wuchs in Frankfurt am Main auf. Er absolvierte dort ein Studium der Germanistik (M.A.) und arbeitet als Journalist, Autor und Lektor. Kauss war lange als Redakteur, Reporter und Chefredakteur tätig und veröffentlichte Beiträge in der Frankfurter Rundschau, im Spiegel, dem Handelsblatt, der Frankfurter Allgemeinen Sonntagszeitung, dem Computermagazin Chip sowie in Online- und Fachpublikationen. Seit vielen Jahren schreibt er Reportagen und Porträts zum Thema Wein, zudem hat er über ein dutzend Sachbücher für Kinder und Erwachsene publiziert.
Uwe Kauss lebt in Offenbach und ist verheiratet.

Uwe Kauss
Wein oder nicht sein
Roman
2. Auflage

Titelgestaltung
Manfred Nachtigal
Titelfoto
Ralf Braum, Frankfurt

In den Türkischen Gärten 13, 63450 Hanau
Tel 06181 17700, Fax 06181 181333
E-Mail: kontakt@cocon-verlag.de
www.cocon-verlag.de
ISBN 978-3-86314-281-0
Hanau 2014

Uwe Kauss

WEIN
oder nicht sein

Roman

cocon

Die Handlung und alle handelnden Personen sind frei erfunden. Jegliche Ähnlichkeit mit lebenden oder realen Personen wäre rein zufällig.

Der erste Tag

Kurt drehte die leere Bordeauxflasche in der Hand. Seine Augen folgten dem Etikett, wie es verschwand, wieder erschien und verschwand. Die Standuhr in der Ecke schlug dreimal. Er sah auf seine Armbanduhr. Viertel vor fünf. Kurt stellte die leere Flasche auf den Couchtisch aus Rauchglas und goss sich einen Schluck Rotwein aus der Dekantierkaraffe ins bauchige Glas. Einen Moment lang beobachtete er die Bläschen, die auf der Oberfläche tanzten und verschwanden. Kurt ließ den dunkelroten Wein kreiseln, senkte seine Nase hinein, inhalierte die Aromen und kostete einen Schluck. Er ließ ihn am Gaumen hin- und herfließen und betrachtete wieder die Flasche mit dem roten Schriftzug und der fast komischen Figur des bärtigen Jesusjüngers. Seine Augen verengten sich, er goss den Inhalt des Glases zurück in die Karaffe und blickte auf die Bücherwand, in der die Weinführer aus den vergangenen Jahrzehnten aufgerciht waren. Dieser Pétrus 1990 galt als Legende, als Mythos, Tausende Euro teuer. Er schmeckte ganz gut. Aber nicht mehr. Ein bisschen langweilig. Wie vor fünf Jahren schon. Aus der Küche war das Rauschen eines Wasserhahns zu hören, Geschirr klapperte. Noch einmal kostete Kurt, schluckte den Wein aber hinunter, ohne sich weiter mit ihm zu beschäftigen.

„So geht das doch nicht!"

Mit den Fingernägeln zerzauste er seinen kerzengeraden, grauen Scheitel. Wieder klapperte Geschirr.

„Wie soll ich mich da konzentrieren? Verdammt, diese Unruhe!"

Er schob das Glas über den Tisch, blickte zu den Büchern und zur Flasche, sah wieder nach hinten zur Standuhr und verglich die Position der matten Zeiger mit seiner Armbanduhr. Sie stimmten überein. Kurt zog aus dem Bücherregal ein dickes, gebundenes Schreibheft, auf dem vorne „Verkostungsnotizen 2006" stand, und ließ sich damit in den braunen, rissigen Ledersessel fallen. Zum ersten Mal seit langer Zeit blätterte er wieder in dem Heft, in dem er akribisch seine Eindrücke zu sämtlichen Weinen in diesem Jahr notiert hatte. Er hatte viele getrunken und gekostet. Kurt setzte seine Lesebrille auf, überflog Seite um Seite und fand die Notiz, die er zu diesem Pétrus aufgeschrieben hatte. „Viel Blaubeeren, Zwetschgen, etwas Tomate, intensive Holznoten. Kein großer Wein! Langweilig, banal, plump!!" Er hackte mit dem Zeigefinger auf die Ausrufezeichen. „Das würde ich jetzt wieder so schreiben. Die Legende ist nur ein schlichtes, einfaches Weinchen. Man lernt nie aus."

Vielleicht hatte die Flasche einen Fehler. Um sicherzugehen, müsste er noch eine aufmachen. Zu teuer, beschloss er, das geht doch nicht. Er knöpfte seine Strickjacke auf, wuchtete sich aus dem Sessel und blickte durchs Fenster ins neblige Grau. Die Obstbäume im Garten waren dick mit Eis eingepackt, obwohl es schon März war.

Kurt trug die Karaffe, das Glas und die Flasche zum Buffet. Er ging am Esstisch vorbei, auf dessen gebügelter Leinentischdecke vier weitere Karaffen voll Rotwein und daneben Pétrus-Flaschen standen, bog ab in den Flur, griff nach dem messingfarbenen Geländer und stieg die Treppe nach oben ins Ankleidezimmer, vorbei an Landschaftsfotos mit Reben und Weinbergen, die er auf seinen Reisen mit Irene aufgenommen hatte. Schnell zog sich Kurt ein frisches Hemd und ein braunes Sakko über, das ihn seit vielen Jahren begleitete. Aus dem Bad polterte es, als im Wohnzimmer die Uhr schlug. Er hörte nicht hin. Krawatte? Doch nicht für Bordeaux 1993.

In seinem Kalender, der auf dem Tischchen im Schlafzimmer vor seinem Bett stand, las er „Pétrus!" und darunter, in roter Schrift, den Termin zur Verkostung von „feinem Bordeaux für wenig Geld" aus dem Jahrgang 1993. Eingeladen hatte ihn die Weinhandlung Sterneck im noblen Frankfurter Westend, zu deren Stammkunden er zählte. Dem gedruckten Brief war ein handgeschriebener Gruß des Inhabers an den „lieben Kurt" beigefügt gewesen. Beides lag griffbereit neben dem Kalender. Der Wein dieses unbedeutenden Jahrgangs interessierte ihn nicht im Geringsten, er wollte nur einen Abend mit seinen Freunden Paul Winterburg und Sebastian Renz verbringen. Die Gäste von Sternecks monatlichen Verkostungen bewunderten ihn als Experten, man fragte ihn um Rat und schätzte sein Urteil. Das ertrug er leichter, als wieder alleine mit einer Flasche Wein im Sessel zu sitzen – auch wenn es der Pétrus 1990 in der Karaffe wäre, der ihm nicht mehr aus dem Kopf ging.

Als er die Treppe hinabstieg, klingelte es. Kurt blickte zur Uhr – drei Minuten nach fünf – und öffnete die Tür. Draußen stand Sebastian Renz auf der Treppe. Sein gerötetes Gesicht mit Dreitagebart lugte aus einem grauen Winterschal und einer ins Gesicht gezogenen Fleecemütze heraus. Er zog die Kopfhörer seines Handys aus den Ohren, nahm die schwarze Brille ab, deren Gläser beschlagen waren, und putzte sie an seinem V-Pullover, der unter der Goretexjacke herausgerutscht war.

„Hey Kurt, ist das eine Kälte!"

Er schlüpfte ins Haus und umarmte ihn.

„Und, alles easy?"

Kurt nickte. „Du bist ja fast pünktlich."

„Stephan ist heute Abend im Laden. Der kommt alleine klar, und dienstags ist sowieso nicht viel los. Da gönne ich es mir mal, um Viertel vor fünf zu verschwinden. Wir sehen uns doch viel zu selten."

Sebastian Renz betrieb seit zehn Jahren einen Weinversand mit Direktverkauf im Osten Frankfurts, der sich auf seltene und teure Weine spezialisiert hatte. In der Intzestraße, im Industriegebiet an der Hanauer Landstraße nahe der Autobahn, zwischen Speditionen, Autohäusern und Baustofflagern, hatte er eine heruntergekommene Halle aus grauem Ziegelstein gemietet und sie mit klimatisiertem Lager, Baumarktregalen und Möbeln vom Flohmarkt ausgestattet. Sebastian vermittelte seinen Kunden das Gefühl, dort besondere Weine sehr günstig einkaufen zu können. Das Geschäft lief prächtig.

Aus dem oberen Stockwerk dröhnten Popmusik und das Geräusch eines Staubsaugers. Sebastian zog die Augenbrauen nach oben.

„Hast du etwa Besuch?"

Kurt rollte die Augen. „Ich kriege geputzt. Passt mir gar nicht, aber was soll ich machen? Ich bin froh, dass Ewa überhaupt kommt."

„Was ist los, Kurt? Alles klar?"

„Heute war es wieder an der Zeit, fünf Jahrgänge Pétrus zu öffnen."

Sebastian hob die Augenbrauen, pfiff durch die Zähne und schaute ihn fragend an.

„Auf den Tag genau vor fünf Jahren habe ich diese Jahrgänge zum letzten Mal getrunken. Als ich mit Johannes die Flaschen gekauft habe. Ich habe mir das Datum im Tischkalender notiert. Erinnerst du dich? Paul war damals dabei. Er fand sie überwältigend und hat einen jubelnden Artikel veröffentlicht. ‚Legenden des Weins' war die Überschrift seiner Kolumne. Ich war ziemlich enttäuscht, aber wenn Paul erst mal eine Meinung hat – du kennst ihn. Deswegen wollte ich mich heute in Ruhe wieder diesen Pétrus-Flaschen widmen. Um ihre Entwicklung zu beobachten. Ach, was soll's."

„Ewa kommt doch sonst montags?", fragte Sebastian.

„Ja, am Montag. Aber gestern war mir nicht wohl. Wieder der Kreislauf. Bin lieber im Bett geblieben und habe meine Blutdruckpillen genommen. Deswegen sollte sie heute sauber machen. Ich habe erst heute früh wieder dran gedacht, als die Flaschen schon offen waren. Ich werde alt. Ach, ist das kompliziert! Sie ist doch so ungeschickt! Jetzt stehen fünf Karaffen mit Pétrus im Wohnzimmer! Die besten Jahrgänge! Ich kann Ewa doch nicht mit diesen Schätzen alleine lassen! Da habe ich in den sauren Apfel gebissen und verkostet, während sie sauber gemacht hat. Aber wie soll ich Pétrus probieren, wenn Unruhe im Haus ist? Allein der Staubsauger, das geht doch nicht! Aber was soll man machen, wenn man alt und alleine ist? Man muss sich fügen."

Ewa fegte im schwarz-weißen Jogginganzug, in Filzballerinas und mit einem Eimer in der Hand die Treppe herab, grüßte Sebastian mit einem Kopfnicken und schob sich an den beiden vorbei in die Küche.

„Wie haben sich die Pétrus denn entwickelt?"

„Beim 1990er war ich wieder sehr enttäuscht", erwiderte Kurt, „schließlich kann ich für den Preis einer Flasche zwei Wochen Luxusurlaub in der Karibik mit allen Extras machen. Da kann ich doch ein bisschen guten Wein erwarten!"

Kurt schaute lange zum Fenster hinaus.

„Was hat Paul damals in seiner Kolumne gejubelt. Und jetzt? Eine Enttäuschung! Die Verkostungsnotiz würde ich genau so wieder schreiben. Ein gutes Weinchen, aber bestimmt kein Mythos der Weinwelt. Ich will aber abwarten, ob sich der Wein noch entwickelt. Ein Pétrus braucht Zeit zur Entfaltung in der Karaffe."

Kurt schlug die Hand an die Stirn. „Um Himmels Willen, wir müssen sie vor Ewa in Sicherheit bringen", flüsterte er. „Hilfst du mir?"

Er deutete auf den Esstisch. „Jeder nimmt zwei Karaffen. Aber pass gut auf, der Weg ist vereist."

Kurt öffnete die Terrassentür, nahm zwei Karaffen und ging hinaus in den großen Garten mit Wiese und Obstbäumen. Sebastian folgte ihm auf dem gekiesten Weg bis zu einer Betontreppe, die nach unten führte. Neben der massiven Stahltür war ein silbernes Ziffernfeld in die Wand eingelassen. Kurt tippte eine Zahlenfolge, ein Licht leuchtete grün in die Dämmerung. Es summte leise. Er zog die schwere Tür auf und betrat den Weltkriegsbunker unter dem Garten, in dem seine Weinsammlung lagerte.

Als er und Irene das Haus an der Hanauer Straße in Offenbach, auf einem Wiesengrund zwischen Feldern und Kleingärten, gekauft hatten, wussten weder der frühere Besitzer noch die Alten in der Nachbarschaft, was sich hinter der rostigen Tür an der überwachsenen Betontreppe verbarg. Bald hatte Kurt die alten Schutzräume unter dem Hügel erkundet, den Schutt herausgeschippt, sie verputzt, renoviert und mit meterlangen Holzregalen zum Lagerkeller seiner Weinsammlung ausgebaut.

Er schloss das Sicherheitsschloss der dicken Holztür in der engen Luftschleuse auf und schaltete das Licht ein. Sie stellten die vier Karaffen in einer Reihe auf den großen Holztisch, der im vorderen Raum vor den Regalreihen stand.

„Ich hole noch die Flaschen", sagte Sebastian und ging nach draußen. Kurt seufzte und blickte in die Weinregale, aus denen in exakter Symmetrie viele Tausend

Flaschenhälse aus dem Halbdunkel der Energiesparlampen ragten.

Sebastian kam mit den Flaschen in der Hand zurück. Die automatischen Schließer ließen beide Türen in kurzem Abstand mit lautem Schlag ins Schloss fallen.

„Viermal Pétrus", rief Sebastian, „dass ich das erleben darf! Welcher Jahrgang ist in welcher Karaffe?"

„Steht auf den Klebezetteln."

Sebastian fand die winzigen Schildchen und las. 1998, 1989, 1986, 1982. „Hey! Das sind ja Schätze, die du aufgemacht hast, die besten Jahrgänge! Vor dir stehen weit über zehntausend Euro. Und dazu wartet oben der 1990er! Junge, dafür muss ich aber ein paar Monate ordentlich Umsatz machen."

„So? Hatte gar nicht auf die Preisschilder geschaut."

Sebastian lachte laut, schlug Kurt auf die Schulter, nahm seine Brille ab und setzte sie wieder auf.

„Ich würde da gerne mal dran riechen."

„Später. Lass uns hochgehen, Paul wird sicher gleich kommen. Aber der 1990er gibt mir ein Rätsel auf. Bin gespannt, was du darüber denkst."

Sie gingen nach draußen, Kurt tippte aufs Ziffernfeld, und mit einem metallischen Schmatzen verriegelte sich die Tür.

Kurt und Sebastian traten zurück ins halbdunkle Wohnzimmer. Auf dem Buffet lachte eine Frau mit sorgfältig zurückgesteckten Haaren im roten Kleid aus einem sonnenstichigen, dunkel gerahmten Foto. Irene. Kurt sah einen Moment das Foto an und deutete auf die Karaffe, die in gebührendem Abstand daneben stand. Sebastian füllte einen Schluck ins Glas, das ihm Kurt reichte, schnupperte daran und trank ein wenig.

„Das überrascht mich jetzt. Ziemlich langweilig und matt. Hätte ich nicht gedacht. Hat der vielleicht Kork?" Er roch mit geschlossenen Augen an der Karaffe. „Nö. Alles in Ordnung."

„Das ist der weltberühmte 1990er“, verkündete Kurt im Ton eines Offiziers, der dem General schlechte Nachrichten überbringt. Sebastian nahm die Flasche und strich mit dem Finger über das Etikett.

„Verdammt. Den habe ich für 3900 Euro die Flasche im Programm. Hey, das ist echt günstig! Wenn sich herumspricht, wie schlecht der sich entwickelt hat, bin ich froh, wenn ich noch 1500 kriege. Im Lager liegt noch eine volle Zwölfer-Kiste! Die muss ich dann irgendwie raushauen, sonst mache ich einen Riesenverlust. Aber vielleicht hat der Korken nicht dicht geschlossen. Kann passieren, dann ist die Flasche hin. Ich werde morgen eine aus dem Lager aufmachen, um sicherzugehen. Kostet mich eine dicke Stange Geld, geht aber nicht anders“, sagte er leise.

„Hoffentlich ist es so“, erwiderte Kurt, „ich habe noch drei Flaschen unten liegen.“

Sebastian zog sein Handy aus der Hosentasche, tippte eine Notiz auf den Bildschirm und versah sie mit zwei Ausrufezeichen. „Ich check das und ruf dich an.“

„Wir gehen nachher noch mal runter in den Bunker und probieren die anderen Jahrgänge, falls Paul pünktlich kommt. Aber mach dir lieber nicht zu viel Hoffnung.“

Die helle Glocke der Uhr schlug einmal.

„Schon Viertel nach fünf! Immer ist der Kerl zu spät. Ausgerechnet heute! Es ist Berufsverkehr, und wir müssen pünktlich bei der Verkostung sein“, brummte Kurt. Sebastian zuckte mit den Schultern und blickte an ihm vorbei.

„Du kennst ihn doch. Der kommt schon.“

Da läutete es. Kurt öffnete die Haustür, und Paul Winterburg rauschte herein.

„Ich bin zu spät! Was für ein grauenhafter Tag! Schön, euch zu sehen!“

Er zog seine Fellmütze vom Kopf und öffnete den gefütterten Lodenmantel, zupfte an seiner Bundfaltenhose und strich über den dunkelbraunen Rollkragenpullover, über dem er ein kariertes Sakko trug. Er legte seinen Arm erst um Kurts, dann um Sebastians Schulter.

„Ach, ihr rettet mir den Abend."

„Na, Paul, was ist passiert? Ärger in der Redaktion?", fragte Sebastian. Paul verdrehte die Augen, streckte die Arme zur Decke und seufzte.

„Wenn es nur das wäre. Am Sonntag habe ich einen Artikel über den Riesling von Graf Dietz aus dem Rheingau veröffentlicht. Ohne Foto, nichts Großes. Die Weine waren wieder verdammt mäßig, was soll ich da schon schreiben? Ich bin Kritiker, kein Volkssänger!"

Sebastian steckte die Hände in die Gesäßtaschen seiner Jeans. „Und weiter?"

„Seit gestern nervt mich der Graf am Handy, sein Anwalt droht mit Klage wegen Rufschädigung und solchem Zeug. Ich habe heute Stunden in der Rechtsabteilung verbracht. Dieses Pack! Unsere Verfassung gilt, verdammt noch mal, auch für Weinkritiker! Sollen sie Weine machen, die gut sind, dann lobe ich sie. Ist doch ganz einfach!"

Kurt legte die Hand auf seine Schulter.

„Ich habe heute früh ein paar Flaschen Pétrus aus dem Bunker geholt. 1998, der legendäre 1990er, 1989, 1986 und der weltberühmte 1982er. Die großen Jahrgänge. Auf den Tag vor fünf Jahren habe ich diese Weine endlich, endlich kaufen können. Wir haben sie damals zusammen verkostet. Und wir hatten mit ihnen eine Kontroverse. Du erinnerst dich?" Kurt kicherte.

Paul blickte ihn nach einer Sekunde der Erinnerung überrascht an.

„Die hattest du doch so einem Immobilienmakler abgekauft, der pleite war, oder?"

„Stimmt. Der Makler stammte aus dem Bekanntenkreis von Johannes, meinem alten Weinfreund. Vier Jahre ist er jetzt schon tot. Wie die Zeit vergeht. Jedenfalls –

die Flaschen waren sehr günstig, der Makler brauchte dringend Geld. Johannes hat den Preis eisenhart runtergehandelt. Darin war er richtig gut. Es war trotzdem sehr viel Geld. Aber Johannes und ich wollten sie haben, also haben wir uns den Kaufpreis und die Flaschen geteilt."

Paul kratzte sich am Bart.

„Es war großartig, dass ich sie damals mit dir probieren durfte. Für mich war es ein Moment für ein Jahrhundert."

„Ich finde sie noch so enttäuschend wie damals", schnitt Kurt ihm das Wort ab, „obwohl du damals gar nicht aufhören konntest zu jubeln. ‚Die größten Weine des Jahrhunderts' hast du in deiner Kolumne geschrieben! Von wegen!"

„Was willst du damit sagen?", erwiderte Paul empört, „du denkst doch nicht, dass ich mich damals geirrt ..."

„Jetzt entspann dich!", rief Sebastian genervt.

Paul blickte auf seine Winterstiefel, brummte und lockerte den Schal. Sebastian und Kurt schauten sich für eine Sekunde an.

„Darf ich bitte einen klitzekleinen Schluck von diesem großartigen Wein kosten?", bettelte Paul und streckte Kurt beide Arme entgegen. Kurt drehte sich wortlos um, ging ins Wohnzimmer und kehrte mit einem riesigen Weinglas zurück, in das er eine Pfütze Pétrus gegossen hatte. Er überreichte es Paul.

„1990. Bitte."

Paul roch mit großer Geste daran und trank.

„Was hast du? Der Wein ist doch wunderbar. Ich gebe ihm 98 Punkte, vielleicht 99. Weltklasse! So gut war er schon damals. Ein perfekter Pétrus. Kompakt, elegant, finessenreich. Ich hatte recht! Was soll die Diskussion?"

Für einige Sekunden war nur das Geräusch fließenden Wassers aus der Küche zu hören.

„Wer fährt eigentlich?", unterbrach Kurt die Stille.

„Das mach ich", antwortete Paul, „diese blöden 93er

haben mich schon so oft genervt, die muss ich nicht trinken. Da kann ich auch ans Steuer. Aber unter einer Bedingung."

Er sah die beiden scharf an. „Ich will erst die anderen Pétrus probieren. Die sollen alle nur mittelmäßig sein? Nach einem Wein dieser Klasse? Ihr habt mir damit schon jetzt den Abend gerettet. Ich will mehr davon!"

Kurt verdrehte die Augen. „Hast du auf die Uhr gesehen? Wenn wir nicht gleich losfahren, kommen wir zu spät. Das wäre unhöflich. So etwas macht man nicht."

Paul wollte etwas erwidern, aber Sebastian hob die Hand.

„Wir trinken sie heute Abend in Ruhe unten im Keller, wenn wir Kurt von Sterneck heimfahren. Ein richtig guter Grund, so früh wie möglich von diesen Langweilern wieder abzuhauen. Lasst uns gehen! Umso eher sind wir wieder hier. In Ordnung, Paul Winterburg?"

„Da stehen die besten Weine der Welt, geöffnet im bestsortierten Keller Europas, und ihr wollt miesen Bordeaux aus einem beschissenen Jahr probieren? Wenn ihr unbedingt wollt – auf geht's!"

Paul setzte seine Mütze auf den Kopf, riss die Haustür auf und sprang steif die Stufen hinab auf den Kiesweg. Sebastian folgte ihm mit einem übermütigen Sprung.

Kurt rief durch den Flur in Richtung Küche: „Wir fahren jetzt. Schließen Sie bitte alles gut zu, wenn Sie fertig sind. Und geben Sie acht mit der Karaffe!"

„Muss nicht mehr ins Wohnzimmer. Ich brauche, na ja, noch halbe Stunde. Ich räume auch noch die Sachen auf. Damit Sie nicht stolpern."

„Vielen Dank! Ich wünsche Ihnen einen schönen Abend. Bis nächste Woche."

Sie kam aus der Küche, strahlte ihn an und gab ihm die Hand. Kurts Hand umschloss ihre Finger und ließ sie nicht los. „Ach ja, wahrscheinlich bringt mein Freund Martin gleich noch eine Tüte mit Hausmacher Wurst vorbei. Vom Bauernmetzger. Ich habe vorhin mit ihm telefoniert. Das Geld, das auf dem Küchentisch liegt, ist für seine Auslage. Vergessen Sie bitte nicht, es ihm zu geben. Martin ist sehr höflich, aber er braucht jeden Cent."

Sie nickte und blickte zu Boden.

„Und vergessen Sie die Alarmanlage nicht, wenn Sie gehen." Er zog die Haustür ins Schloss.

„Mache ich, wie immer", hörte er sie von drinnen antworten.

***

Martin Baumgärtner nahm den dicken, blauen Anorak mit der Aufschrift „security.team" vom Bügel und zog ihn über. Er fischte einen Schal von der Ablage, warf ihn sich um den Hals, nestelte einen Kamm aus der Hosentasche der verschlissenen Jeans, kämmte sich sorgfältig den Scheitel, drehte seinen drahtigen Körper ins Profil, zog den Bauch ein und blickte einen Moment lang in den Spiegel. Vom kleinen Tischchen nahm er eine verkratzte, stumpf gewordene Plastikhülle, in der sein Dienstausweis steckte. Für das unscharfe Foto darauf hatte er nicht einmal versucht, zu lächeln. Er zog das brüchige Plastikbändchen, an dem der Ausweis baumelte, durch das Knopfloch an der Brusttasche.

„Lisbeth, ich fahre zur Spätschicht."

„Ist gut, Schatz. Pass auf dich auf! Und auf die Einbrecher."

Martin Baumgärtner trat in die Küche, in der Elisabeth mit mühsamen Schritten an ihrem Rollator versuchte, den Tisch abzuräumen.

„Das musst du doch nicht machen!"

Er nahm ihr die Teller aus der Hand. Mit ein paar Handgriffen hatte er das Geschirr in die Spülmaschine, das übrig gebliebene Vollkornbrot in den Brotkasten und die Wurst in den Kühlschrank gestellt.

„Es geht doch schon wieder ganz gut. Wenn es so weitergeht, kann ich bald wieder ohne dieses Dreckding aufräumen. Wird auch Zeit."

Martin Baumgärtner lächelte sie aufmunternd an. „Na klar, Schatz. Du bist tapfer. Und verdammt zäh."

Er gab ihr einen Kuss aufs graue Haar. Sie gluckste wie ein Teenager.

„Denk an die Wurst für deinen Kurt."

Er nahm eine Plastiktüte vom Küchenstuhl und hielt sie hoch.

„Ich gebe sie nur bei seiner Putzfrau ab, Kurt fährt zu einer Verkostung. Wahrscheinlich ist er schon weg, wenn ich komme, hat er vorhin am Telefon gesagt."

„Wohin auch sonst? Der und sein Wein", sagte Elisabeth gelangweilt.

„Wie heißt diese Putzfee wieder?"

„Ewa, du vergesslicher Kerl."

„Ich bin nicht vergesslich. Ich kann mir nur keine Namen merken. Das ist etwas anderes."

„Jetzt weißt du es jedenfalls. Lass dir gleich das Geld geben. Sind ja fast zehn Euro. Teuer genug für so ein bisschen Wurst."

„Aber ja. Meine Schicht ist um eins zu Ende. Wie immer. Gegen halb zwei bin ich zurück. Falls etwas sein sollte – das Handy habe ich dabei. Und fall mir bloß nicht hin!"

„Über zwei Jahre quäle ich mich jetzt mit meiner Hüfte herum. Ist jemals etwas passiert? Ich bleibe im Sessel und schaue Fernsehen. Wenn's langweilig wird, schaffe ich mich ins Bett und lese. Die Sabine vom Pflegedienst kommt morgen um acht zum Duschen. Ich lasse dich schlafen. Das klappt schon."

Er zog den Reißverschluss hoch, gab Elisabeth einen Kuss auf den Mund und zog die Haustür zu. Der Rasen, der sich um das rissige Haus aus der Zeit der Jahrhundertwende zog, war gefroren. Unter der Dachrinne hingen Eiszapfen. Baumgärtner betrachtete sie besorgt.

Es sah nach anstrengender Arbeit aus, wenn er sie mit Leiter und Besenstiel entfernen müsste.

Martin Baumgärtner öffnete das kleine Gartentor und schloss den alten, silbernen Opel Astra auf. Das Steuer war eiskalt. Mit einem Tuch wischte er den Beschlag von der Scheibe. Als er den Zündschlüssel drehte, hustete der Motor ein wenig, doch er sprang an. Seit vier Jahren sah er während seiner Kontrollrunden in den eleganten Villen in Frankfurt-Sachsenhausen, Gravenbruch und Neu-Isenburg nach dem Rechten. Bis ins Büro von Security Team, das am Rand der Offenbacher Innenstadt im Hinterhof eines Gründerzeithauses in der Frankfurter Straße lag, brauchte er eine halbe Stunde. Einen Job in der Nähe seines eigenen Hauses im hübschen Fachwerkort Hochstadt bei Hanau hatte er trotz langer Suche nicht gefunden.

Ein halbes Jahr nach dem Tod seines Onkels hatte Martin als Wachmann bei Security Team angefangen, obwohl er längst Pension bezog. Er hatte lange die Stellenanzeigen der Offenbach Post und des Hanauer Anzeigers durchforstet, bis er einen Job gefunden hatte. Ihm war fast egal gewesen, was er machte. Hauptsache, es brachte ein regelmäßiges Einkommen. Die Sicherheitsfirma zahlte schlecht, aber pünktlich, und Baumgärtner stand fest auf dem Dienstplan.

Diesmal nahm er nicht den Weg durchs verstopfte Industriegebiet im äußersten Osten Frankfurts, sondern bog von der B8 ab zur Fähre über den Main nach Rumpenheim. Zwar musste er einen Euro fürs Übersetzen zahlen, doch der Blick auf das weiße Schloss auf der anderen Seite war ihm das Geld wert. In der einst prächtigen Residenz der hessischen Landgrafenfamilie waren früher Könige, der Hochadel und wichtige Herrscher zu Gast gewesen. Aus den Mauerresten, die der Zweite Weltkrieg hinterlassen hatte, waren vor ein paar Jahren teure Eigentumswohnungen hinter der historisch exakt restaurierten Fassade geworden. Der Motor der Fähre tuckerte laut, die Wellen platschten, es roch nach Diesel und Flussufer. Baumgärtner stieg aus und atmete tief ein. Drüben angekommen, steuerte er durch Einfamilienhäuser aus Ziegelstein, eine Hochhaussiedlung am Feldrand und die Ladenstraße im Offenbacher Stadtteil Bürgel, an dessen Rand auch Kurts Haus stand. Es war für Baumgärtner nur ein kleiner Umweg, ihm die Hausmacher Wurst zu bringen, die er so gern mochte. Baumgärtner kaufte sie beim Bauernmetzger in einem Hofladen, der nur ein paar Minuten Fußweg von seinem Haus entfernt lag.

Kurt Gilser und Martin Baumgärtner kannten sich aus dem Bauamt, in dem sie vor ihrer Pensionierung viele Jahre gearbeitet hatten – Kurt als Abteilungsleiter der Bauaufsicht, Martin als Angestellter in der Poststelle. Sie hatten sich auf Anhieb gemocht, bei abteilungsübergreifenden Spannungen im langweiligen Amtsalltag die vertraulichen Interna ausgetauscht, sich geholfen und aufeinander verlassen. Auch nach ihrer Pensionierung trafen sie sich in größeren Abständen mit ihren Ehefrauen zum Kaffee, im Gasthaus oder zum Spazierengehen. Nach Irenes Tod hatten Martin und Elisabeth viel Zeit mit Kurt verbracht und versucht, ihn auf andere Gedanken zu bringen.

Aus dem Radio ertönte der Song „California Dreaming". Baumgärtner sang mit. Vor einem weiten Fabrikgelände mit verlassenen Hallen aus Backstein und Eisen bog er scharf in die enge Hanauer Straße ab, fuhr langsam und vorsichtig zwischen kleinen Reihenhäusern, Kleingärten und Brombeerhecken entlang, bis der Asphaltstreifen ohne Straßenmarkierung welliges Ackerland und weite Gärten durchschnitt. Kurz darauf sah er das hohe Ziegeldach von Kurts Haus zwischen den Schatten kahler Bäume auftauchen.

***

Kurt, Paul und Sebastian gingen den schmalen Weg durch den Garten, vorbei an der Garage und einem knorrigen Apfelbaum, dessen Äste in der Abenddämmerung lange Schatten auf die Eiskruste des Rasens warfen. Kurt warf das Tor zu und ging zu Pauls altem, blauen Saab Kombi. Doch am geschwungenen Gitter blieb Paul stehen und verschränkte die Arme.

„Der Pétrus geht mir nicht aus dem Kopf. Du weißt, ich schätze dein Urteil aufs Höchste. Aber ich kenne diese Weine – sie sind eine Offenbarung! Bist du dir ganz sicher, dass sie nicht gut sind? Wenn das stimmt, will ich darüber schreiben. ‚Pétrus revisited.' Eine Anspielung auf Bob Dylan. Den Mythos entzaubern. Kontrovers. Das ist ein Thema für meine Kolumne! Es provoziert. Das gefällt mir!"

Sebastian verschränkte die Arme vor der Brust. Er drehte den Kopf zu Pauls Wagen. „Such deine Autoschlüssel. Mir wird kalt!"

„Da unten stehen vier Pétrus! Ich bin schon ganz zittrig! Das ist ein Ereignis für ein Jahrzehnt! Lasst mich nur kurz kosten. Für einen ersten Eindruck."

„Als du bei der Weinmesse vor zwei Wochen nur schnell einen Burgunder probieren wolltest, haben wir zwei Stunden auf dich gewartet."

„Ich habe mich dafür entschuldigt, also bitte. Diese Weine sind schwer zu beurteilen, man braucht dazu Zeit. Der Winzer konnte kein Wort Deutsch. Es war schwierig."

„Diesmal ist es nicht schwierig, weil wir jetzt fahren."

„Es dauert fünf Minuten. Höchstens zehn. Versprochen."

Sebastian seufzte laut. Eine dichte Kältewolke erschien vor seinem Mund und löste sich binnen einer Sekunde auf.

Kurts Augenbrauen zogen sich zusammen, er schüttelte leise den Kopf. „Na gut. Gehen wir in den Bunker."

Er schloss das Gartentor auf.

Sebastian blickte auf seine Pilotenuhr. „Genau zehn Minuten. Ab jetzt."

***

Beim Rangieren des Wagens vor der Einfahrt zu Kurts Haus sah Martin Baumgärtner durch die feuchte Seitenscheibe, wie Kurt, Paul und Sebastian vorbei am Steingarten über den Kiesweg zur Betontreppe liefen. Er saß ein paar Sekunden still da, umklammerte das Steuer, hielt die Luft an und beobachtete, wie die drei die Stufen hinabstiegen und aus seinem Blick verschwanden.

***

Kurt tippte die Zahlenfolge ins Tastenfeld. Sie zwängten sich in die Luftschleuse, Kurt schloss die zweite Tür auf und schaltete das Licht ein. Mit einem metallischen und einem hölzernen Scheppern schlossen sich die Türen hinter ihnen. Es roch muffig, staubig und nach Wein. Nach dem eisigen Nebel draußen empfanden sie die feuchte Kälte als fast mild. Aus dem Schatten der langen Regalreihen lösten sich in immer gleichem Abstand Tausende Flaschenhälse. Vor ihnen, auf dem großen Holztisch, standen die vier Karaffen mit Pétrus, dahinter die leeren Flaschen und ihre Korken.

***

Baumgärtner trommelte mit den Fingern auf das Lenkrad, riss die Tüte vom Sitz, stieg aus und klingelte.

„Guten Abend, Ewa. Ich bringe die Hausmacher Wurst für Kurt vorbei."

Sie gab ihm die Hand.

„Kurt hat gesagt, dass Sie kommen! Er ist mit seinen Freunden vor ein paar Minuten weggefahren."

Er hob beide Hände.

„Ich wollte nur kurz die Wurst abgeben. Habe gleich Dienstbeginn."

Ewa schaute ihn an.

„Kommen Sie doch rein, es ist kalt."

Baumgärtner gab Ewa im Flur die weiße Tüte, die sie in die Küche trug.

Als sie zurückkam, hielt sie ihm wortlos einen Zehn-Euro-Schein hin.

„Vielen Dank", sagte Martin Baumgärtner, deutete eine Verbeugung an, zog sein Portemonnaie aus der Jacke, strich den Schein glatt, ließ ihn hineingleiten, suchte einige Münzen heraus und legte sie mit der Kassenquittung auf den Tisch.

Ewa stemmte die Hände in die Hüften. Baumgärtner ging einen Schritt auf sie zu und legte den Kopf schräg.

„Ich habe die drei eben noch gesehen, als sie losgefahren sind, und habe ihnen gewunken. Da habe ich ihn wohl verpasst. Schade! Ich wollte noch einen Kaffee vor Dienstbeginn mit Kurt trinken. Dann eben das nächste Mal."

Sie schob die vollen Mülltüten im Flur zur Tür.

„Die drei fahren bestimmt wieder zu einer Weinprobe. Na, wohin auch sonst", schob Baumgärtner betont gelangweilt hinterher.

„Ja, hat Kurt so gesagt."

Martin Baumgärtner zog den Reißverschluss des Anoraks zu.

„Machen Sie doch Feierabend. Der Tag war lang genug."

Ewa schaute auf die Uhr. „Noch halbe Stunde. Muss noch bisschen aufräumen."

„Es wird schon wieder glatt auf der Straße. Da ist man doch froh, wenn man sicher nach Hause kommt. Wenn's kracht, wird's teuer, und das Auto ist kaputt."

Ewa ging zum Fenster, schaute in den Garten und blickte Baumgärtner unschlüssig an.

Er sah ihr in die Augen und lächelte. „Wenn es jetzt friert, müssen Sie hier auf dem Sofa übernachten! Was wird Ihr Mann dazu sagen? Kurt hat sicher nichts dagegen, wenn Sie etwas früher gehen. Das versteht er. Ich kenne ihn. Und Sie sind doch so fleißig."

Ewa schaute noch einmal nach draußen in die Dämmerung.

„Also gut, Feierabend. Ist besser", sagte sie und lachte.

Ewa löschte das Licht, kontrollierte in einem schnellen Rundgang die Fenster im Wohnzimmer, nahm ihre Jacke vom Haken und deutete mit dem Zeigefinger nach draußen:

„Gehen Sie bitte raus!"

Baumgärtner deutete auf seinen Firmenausweis. „Ich weiß. Sie müssen die Alarmanlage einschalten."

„Woher wissen Sie?", fragte sie erschrocken.

Er deutete auf die Aufschrift seines Anoraks. „Wir bewachen schließlich das Haus."

„Ach, Sie sind nachts hier?", fragte Ewa erstaunt.

„Ich bin nur selten in der Gegend eingesetzt", erwiderte Baumgärtner, „aber meine Firma hat einen Vertrag mit ihm. Wir passen gut auf sein Haus auf. Und auf seinen Weinbunker."

Er öffnete die Haustür, ging in den Windfang und beobachtete Ewa. Sie schloss die Tür des Bauernschranks im Flur auf, öffnete darin einen Metallkasten an der Wand und tippte auf dem Ziffernblock eine Nummernkombination. In kurzen Abständen ertönte ein schriller Summton. Sie schloss den Schrank, ging hinaus und verriegelte die beiden Schlösser der Haustür.

Baumgärtner ließ sie nicht aus den Augen. „Ich fahre jetzt in die Innenstadt. Soll ich Sie mitnehmen?"

„Danke, habe eigenes Auto."

Er streckte die Hand aus. „Dann wünsche ich Ihnen einen erholsamen Abend. Ach, sind Sie morgen auch hier?"

Ihren Händedruck spürte er fast nicht.

„Nein, komme nächste Woche. Wiedersehen."

Er wartete, bis Ewa mit ihrem alten Toyota auf die Straße abgebogen war, schloss sein Auto auf, ließ sich in den Sitz fallen und atmete schwer. Er rieb die Hände, ballte die Fäuste, schnaufte, japste und schrie „jaaaaaaaa!". Sein Herz schlug schnell. Baumgärtner sah sich um, drehte das Radio laut und trat aufs Gaspedal, dass die Räder durchdrehten.

***

Paul nahm eine Pétrus-Flasche vom Tisch, schob seinen massigen Körper unter den Lichtkegel der Schirmlampe und studierte das Etikett.

„1982. Mein Gott, hier steht der Olymp des Weins! Das Beste, das Teuerste, was man kaufen kann. Und wir fahren den weiten Weg nach Frankfurt, um mittelmäßigen Bordeaux aus einem beschissenen Jahr zu verkosten. Kurt, du bist ein Tiefstapler."

„Noch sieben Minuten", erwiderte Sebastian und trommelte mit den Fingern auf die Tischplatte. „Ich muss bei Sterneck den Einkäufer einer großen Hotelkette treffen. Das wird das beste Geschäft seit Jahren. Bei dem muss ich mich sehen lassen. Da geht's um verdammt viel Geld. Verstehst du das?"

„Lasst mich wenigstens einen Pétrus kosten, dann bin ich still und fahre euch hin. Nur einen!"

Paul zog sein schwarzes Notizbuch aus der Innentasche des Sakkos. Kurt öffnete den braunen Schrank über der Spüle. Hier standen Gläser für fast alle Weinarten, die in seinem Schrank im Wohnzimmer keinen Platz mehr hatten. Kurt trank nur selten daraus, auf den großen Kelchen lag feiner Staub. Er nahm ein Rotweinglas heraus, spülte es sorgfältig ab und stellte es vor Paul auf den Holztisch. Paul zog eine der Karaffen zu sich, erspähte den Zettel mit dem Jahrgang, schnupperte mit geschlossenen Augen hinein und sagte: „1989! Nicht so groß wie 1990, aber ich bin sehr gespannt!“ Mit ausholender Bewegung goss er einen winzigen Schluck ins Glas, schwenkte, roch, schwenkte erneut und nahm einen Schluck. Er schloss die Augen. Kurt blickte ihn erwartungsvoll an.

Da klackte es in der Luftschleuse. Zweimal, laut und metallisch. Kurt schrie so laut auf, dass ein Echo durch die dunklen Regalreihen hallte.

„Was ist mit dir?“, fragte Sebastian irritiert. Kurt stand wie versteinert da, die Augen weit aufgerissen. Seine Arme ruderten auf und ab.

„Kurt, was ist?“, rief Paul, hustend vom Wein.

„Die Tür! Wir haben Ewa doch gesagt, dass wir weg sind. Jetzt hat sie die Alarmanlage eingeschaltet. Die Tür ist zu!“

Kurt schnaufte, ruderte wieder mit den Händen, trappelte zwei Schritte vorwärts und wieder rückwärts. Sebastian stürzte durch die Luftschleuse zum Eingang, Paul hinterher. Seit sie Kurt kannten, drückte man einfach von innen gegen die schwere Stahltür, und sie gab den Weg frei. Diesmal nicht. Sie stemmten sich mit beiden Händen gegen die Tür, dann bollerten sie mit der Schulter dagegen.

„Wieso geht diese verdammte Tür nicht auf?“, schrie Sebastian.

„Sie hat uns eingeschlossen“, jammerte Kurt, ließ sich auf einen Stuhl sacken und verbarg seinen Kopf zwischen den Händen.

„Sie hat getan, was du ihr gesagt hast“, knurrte Sebastian.

„Aber sie wollte doch noch eine halbe Stunde aufräumen!“

„Hat eben früher Feierabend gemacht. Erhöht den Stundenlohn. So ist das mit dem Personal. Scheiße, verdammte!“

Paul nestelte in seinem Mantel, zog ein Handy aus der

Innentasche und warf es auf den Tisch. „Ruf sie halt an, damit sie zurückkommt und uns rauslässt.“

Kurt blickte ihn verzweifelt an und schüttelte sekundenlang den Kopf. Er schluckte. „Hier gibt's kein Netz.“

Paul blickte ungläubig auf sein Telefon. Das Symbol war eindeutig. Kein Netz. Er tippte auf dem Bildschirm herum.

„Ich lass mal die Netzsuche durchlaufen. Das kann doch nicht sein.“

Die drei fixierten das Handy bei seiner Suche. „Kein Netz“ stand nach einer biblisch langen Minute auf dem Display. Auch Sebastian fischte nun sein Mobiltelefon aus der Jeans und drückte darauf herum. Kein Netz.

„Und wie kommen wir jetzt wieder raus?“, schrie Paul.

Kurt schaute ihn lange an. „Wenn Ewa wiederkommt.“

„Und wann ist das?“

„Ich weiß es nicht. Meistens kommt sie montags zum Putzen. Das ist mir am liebsten so. Wie früher, als Irene alles organisiert hat. Gewohnheit. Aber Ewa hat doch so viel zu tun. Wir telefonieren meistens donnerstags oder freitags.“

Er ließ sich in den Stuhl fallen und schaute auf die akkurat verlegten hellbraunen Bodenfliesen.

„Nächsten Montag? Vielleicht?“, krächzte Sebastian, der schwer und schnell atmete.

„Lasst uns halt ein Fenster einschlagen, das zahlt schon die Versicherung.“

„Das war mal ein Luftschutzbunker. Baujahr 1940. Es gibt keine Fenster.“

„Dann bauen wir die Tür aus.“

„Das ist eine Spezialanfertigung. Zehn Zentimeter Tresorstahl. Die kann man nicht ausbauen. Und auch nicht aufbrechen. Hat die Versicherung so verlangt.“

„Wir reißen ein Loch in die Wand und graben uns raus“, bellte Paul.

„Die Wände bestehen aus zwei Meter dickem Stahlbeton. Vergiss es."

„Wir hauen die Fliesen raus und buddeln uns durch."

Paul warf sich auf den Boden und begann mit den Fingernägeln in den Fugen zu kratzen. Kurt schaute ihm einige Sekunden zu.

„Lass das, Paul, du tust dir weh. Selbst wenn wir die Fliesen rausreißen würden: Die Bodenplatte ist aus Nazibeton gegossen. Ohne Presslufthammer kriegst du da nicht mal einen Kratzer rein."

Paul lag regungslos auf dem Bauch. Sebastian sprang auf und rannte ins Dunkel des zweiten Raums, der tiefer im Innern des Bunkers lag.

„Hier muss es doch Netz geben", hallte es verzweifelt herüber. Das Licht seines Handys huschte durchs Halbdunkel, Flüche schallten um den zuckenden Lichtkegel. Nach einigen Minuten waren schlurfende Schritte zu hören, ein Schatten tauchte auf. Kein Netz.

„Scheiße, wir verrecken", jammerte Paul und japste nach Luft. Er stand kraftlos auf, zog einen Stuhl zu sich, sank hinein und rutschte mit seinem Hintern fast die Stuhlkante hinab. Erschrocken schob er sich in den Stuhl zurück. Auch Sebastian setzte sich wieder an den Tisch und warf das Handy wütend vor sich hin. Die drei sahen sich an. Kurt klopfte mit den Fingernägeln auf die breite Maserung des schweren Tischs.

„In jedem Banktresor gibt es doch einen Notschalter, um die Tür von innen zu öffnen", rief Sebastian.

„Seit Irene tot ist, nicht mehr."

„Du hast den Notschalter ausgebaut? Hast du sie noch alle?", brüllte Paul.

„Ich kann doch nicht im Haus den Alarm einschalten und gleichzeitig im Weinkeller sein. Und stell dir vor, jemand lässt sich hier einschließen und marschiert mit den besten Kisten hinaus. Eine Katastrophe!"

„Sollen wir jetzt eine Woche lang Wein saufen?", schrie Sebastian.

Kurt sah die beiden nicht an. „Ich fürchte, uns bleibt nichts anderes übrig." Er zitterte am ganzen Körper.

***

Im Autoradio lief Marianne Rosenberg. Baumgärtner schaltete es aus und stöhnte. Die Stille tat gut. Im Ampelstau in der Innenstadt ging es nur langsam voran. Er gähnte und war zugleich aufgekratzt wie ewig nicht mehr. Es war eine verdammt lange Schicht bis nach Mitternacht. Er dachte an Elisabeth und ihr Hüftleiden, ihre Schmerzen, das Haus und diesen vermaledeiten Job. Martin stellte sich vor, wie sein Freund Kurt versuchen würde, aus dem Keller zu kommen. Er mochte den skurrilen, sympathischen Kurt in seinem großen Haus, der nichts tat, als Wein zu sammeln. War es richtig, was er vorhin getan hatte? Ja, es musste sein. Armer Kurt!

Der Moment, als Ewa die Alarmanlage einschaltete, zog wie im Kino an ihm vorbei. „Jetzt wird alles anders", flüsterte er und drehte seinen Kopf zum leeren Beifahrersitz. Wieder sprang eine Ampel auf Rot. Baumgärtner trommelte aufs Lenkrad. Kurz darauf bog er auf den Parkplatz von Security Team in der Frankfurter Straße ein, parkte den Astra neben den dunkelblauen Autos mit der weißen Firmenaufschrift und stieg aus. Aus dem Büro kam ihm ein drahtiger Mann mit Bürstenschnitt und Schnäuzer entgegen.

„Abend, Chef!"

„Ei Gude", grüßte der zurück. „Monika gibt dir die Schlüssel vom kleinen Renault, dann kannste gleich losmachen. Um eins kommt Robert als Ablösung."

„Alles klar. Bis dann!"

Er betrat das Büro, ließ sich den Wagenschlüssel geben und trat die Spätschicht an.

***

Seit einer Viertelstunde sinnierten die drei über einen Befreiungsplan, den es nicht gab. Paul sprang hoch.

„Ich muss hier raus! Am Freitag ist die Kulturpreisverleihung! Ich muss eine Rede halten. Mein Chefredakteur wird kommen. Hundertfünfzig Gäste sind geladen! Es ist ein wichtiger Preis! Ich muss am Freitag meinen Preis annehmen! Es ist mein Preis! Mein Preis!"

Er sank zusammen. „Außerdem wird Sonja sich Sorgen machen", stammelte er, „sie muss herkommen und uns rausholen!"

Kurt stand auf und ging wortlos nach hinten.

„Ist sie nicht in Basel bei dieser Ausstellungseröffnung?", fragte Sebastian.

„Sie will am Freitag wegen meiner Preisverleihung zurück sein, aber vielleicht noch einen Tag ihre Freundin Martha in Zürich besuchen. Ich kann die nicht leiden. Eine Zicke. Deswegen soll Sonja doch in der Schweiz bleiben! Wie wunderbar! Dann kommt Martha nämlich nicht zu uns. Den Preis kriege ich auch ohne sie."

„Wenn sie dich nicht erreicht, wird sie dich suchen. Mit ein paar Freunden, was weiß ich. Wenn sie hier dein Auto finden, ist das die halbe Befreiung", rief Sebastian.

Paul schüttelte den Kopf.

„Wenn Sonja weg ist, telefonieren wir nicht oft. Ich kann es nicht leiden, dauernd wegen diesem Weiberkram gestört zu werden. Ich muss arbeiten! Sie macht sich keine Sorgen. Oder? Doch, sie wird sich Sorgen machen! Das wird sie! Bestimmt!"

Kurt kam mit einer Flasche in der Hand zurück.

„Nur um das festzuhalten: Deine Gattin ist die kommenden Tage in der Schweiz, aber ihr telefoniert nicht. Sie ist weg und kommt wieder. Du bist weg und kommst wieder. Es gibt für sie keinen Grund, dich zu vermissen."

„Auf ihre Art schon."

„Auf ihre Art ist sie uns echt eine Hilfe", giftete Sebastian.

Kurt hielt die Flasche hoch und sagte feierlich: „Wir müssen uns beruhigen. Damit."

Paul machte mit der Hand eine Bewegung, also wolle er eine Fliege erschlagen, nahm eine der Pétrus-Karaffen, schüttete das Weinglas fast voll und trank es in einem Zug leer.

Kurt verzog den Mund.

„Wo bleiben die guten Manieren? Das ist Pétrus, der teuerste Wein der Welt", zischte Sebastian. „Wegen deiner saublöden Bob-Dylan-Idee und deinem Dickschädel sitzen wir hier jetzt fest! Ich vermassle mir mein bestes Geschäft seit zehn Jahren, weil ich den Hotelbesitzer versetze, er mich nicht erreicht und, viel schlimmer, nicht mal Nachschub geliefert bekommt. Stephan hat keinen Zugang zur Buchhaltung. Wäre ja noch schöner. Außerdem kann ich die vielen Online-Bestellungen nicht verschicken. Mein Laden macht pleite! Ganz große Klasse!"

Paul schlug mit der Faust auf den Tisch.

„Halt endlich den Schnabel! Sucht uns denn deine treu sorgende Freundin?"

Sebastians Körper spannte sich an.

„Ist schwierig mit Steffi. Bei uns ist mal wieder Sendepause. Ach, was weiß ich. Glaube jedenfalls nicht, dass sie mich vermisst."

Kurt hob noch einmal die Flasche.

„Château Lafite 1986. Eine Legende. Wir müssen uns beruhigen."

Sebastian fuhr sich mit der linken Hand zum x-ten Mal durch die gegelten Haare.

„In einer Woche, bis Ewa hoffentlich kommt, sind wir verhungert. Hier geht's ums Überleben, falls dir das nicht klar ist."

„Kommt mit!", befahl Kurt.

Sie gingen ins Innere des Kellers, entlang der Weinregale, in denen sich Flaschen und akkurat gestapelte Holzkisten reihten. Der zweite Raum war etwas kleiner und noch dunkler als der erste. Auch er war mit Weinregalen gefüllt. Kurt drückte auf den Schalter. Im Schatten der hinteren rechten Ecke stand ein alter Kleiderschrank. Kurt öffnete die knarrende Tür und zog vom obersten Regalboden eine graue Plastikkiste mit durchsichtigem Deckel heraus. Darin lagen einige Packungen roher Schinken, Dosen mit Oliven und ein paar große Käsestücke, die in Kunststoff verschweißt waren.

„So", sagte Kurt.

Paul deutete auf den Schrank. „Ist das deine Notration für den großen Stromausfall?"

„Nein, aber wenn ich Gäste habe, muss ich ihnen doch auch was anbieten können. Für ein paar Tage haben wir jedenfalls genug zu essen."

Sebastian inspizierte die Kiste. „Das reicht nicht lange. Wir müssen schnell hier rauskommen."

„Im Notfall rationieren wir. Aber jetzt essen wir uns erst mal satt."

Er nahm eine Packung Schinken, ein Stück Käse und eine Dose Oliven aus der Kiste, verschloss den Deckel und schob sie zurück in den Schrank. „Wer hat Hunger?"

Sebastian und Paul pressten ein „Ich" heraus.

„Dazu trinken wir Lafite. 1986 passt nicht perfekt zum Schinken, aber warum nicht? Kann man mal machen."

Kurt drehte sich um und ging nach vorne. Paul wollte protestieren, lief den beiden aber still hinterher. Kurt packte alles auf den Tisch. Aus der eichenfurnierten Küchenzeile, die er vor einigen Jahren als Restposten in einem Billigmöbelhaus erstanden hatte, holte er drei Teller, drei Messer und zwei Weingläser. Paul schnappte sich ein Messer und untersuchte es.

„Ich habe einen Krimi gelesen, in dem sich das lebendig begrabene Opfer mit einem Taschenspiegel zurück ins Leben gebuddelt hat. Könnten wir damit nicht ein Loch durch die Wand kratzen? Die Schrauben der Stahltür freilegen?"

Er schaute die beiden müde an. Sie blickten zurück und sagten nichts.

Kurt verteilte die Teller auf dem Tisch und platzierte jeweils ein Messer und ein Glas rechts daneben. Er zog einen Kellner-Korkenzieher aus der Hosentasche und öffnete umständlich die Flasche. Dann holte er ein Tranchiermesser mit schiefem Griff aus der Schublade und halbierte die großen Schinkenscheiben. Die drei zogen ihre dicken Mäntel aus, setzten sich, aßen und tranken.

„Wie spät ist es?", fragte Kurt unsicher in die Stille. „Mittlerweile halb acht", antwortete Paul tonlos und kippte einen Schluck Lafite hinunter.

„Wie kalt ist es eigentlich in dieser Gruft?", fragte Sebastian und rieb seine Hände. Er fröstelte.

„Zwölf Grad. Tag und Nacht. Im Hochsommer wird es höchstens mal ein Grad wärmer."

Sebastians Augen verengten sich. „Hier muss doch Luft reinkommen, oder?" Er beugte sich nach vorne, als fürchte er, die Antwort nicht hören zu können.

Kurt deutete mit dem Daumen auf die hintere Wand. „Es gibt vier Belüftungsrohre, aber da passt höchstens ein Arm durch."

Sebastian schoss hoch und stürzte zur kleinen, runden Luke mit Metallverschluss, die er oben in der Wand entdeckt hatte. Er stellte sich auf die Fußspitzen, riss die Luke auf und schrie Hilferufe in den Luftschacht. Nichts. Er streckte den Arm hinein, sprang zurück zum Tisch, tippte eine SMS in sein Mobiltelefon und drückte den Sendebutton. Schnell schob er einen Stuhl unter die Luke, stieg darauf und zwängte seine Hand, die das Telefon hielt, tief hinein in den Luftschacht. Mit einem Ächzen streckte er seinen Körper und sah aus, als absolvierte er eine Yoga-Übung.

„Es muss nur eine SMS an Stephan durchgehen, dann sind wir gerettet! Der ist heute im Laden. Um acht schließt er zu und wird uns rausholen. Der ist clever genug dazu. Ein Empfangsbalken nur für ein paar Sekunden, und wir sind frei!"

Kurt und Paul sahen ihm neugierig zu, die Gläser in

der Hand. Während Sebastian unter Schmerzen versuchte, seinem gespannten Körper noch ein wenig mehr Höhe abzupressen, schnupperten und nippten sie am Wein. Nach drei, vier Minuten in dieser Haltung erlahmte Sebastians Kraft. Er sank vom Stuhl, das Handy rutschte ihm aus der Hand und schlug auf dem Boden auf. Deckel und Akku sprangen heraus und schlidderten über die Fliesen. Sebastian steckte die Teile wieder zusammen und drückte den Einschaltknopf. Die SMS war nicht versandt worden. Er sprang wieder auf den Stuhl an der Wand und brüllte, so laut er konnte, Hilferufe durch das enge Rohr und lauschte konzentriert nach Geräuschen, nach Antworten. Es blieb still. Sebastian brüllte und lauschte weiter, während die beiden sich Wein nachgossen. Nach einigen Minuten zog ihn Kurt vom Stuhl und schob ihm ein Weinglas in die Hand. Sebastian beachtete es nicht.

Kurt deutete auf den Rotwein. „Hierher kommen nur der Briefträger und die Müllabfuhr, ab und zu klingeln die Zeugen Jehovas. Und am 6. Januar die Heiligen Drei Könige. Nun lass das und trink einen Schluck. Das ist der legendäre 86er Lafite."

Sebastian schrie: „Ich bin nicht gut im Aufgeben! Ich weiß nicht, wie man das macht!"

Er fegte durch die Regalreihen, ohne Idee, was er als Nächstes tun könnte. Schließlich setzte er sich. „Und ihr wartet auf die Bergwacht, ja?"

Paul stopfte sich eine Olive in den Mund.

Hektisch trank Sebastian den Wein und schloss die Augen.

„Der ist doch viel zu kalt", sagte er streng.

„Drei, vier Grad wärmer wäre perfekt, aber eine Heizung gibt es hier nicht", grummelte Kurt.

Paul deutete auf den Lüftungsschacht. „Dann müssen wir eben Feuer machen. Am besten da vorne."

Sebastian tippte mit dem Finger an die Stirn und

rollte die Augen. Doch Kurt sprang zur Küchenzeile, kniete sich mühsam hin, öffnete die Tür unter der Spüle und durchwühlte das Innere. Mit einem Freudenschrei zog er eine Plastiktüte heraus. Zurück am Tisch, öffnete er die Tüte und griff hinein.

„Die Teelichter vom Gartenfest! Ich habe sie wochenlang gesucht."

Einmal im Jahr lud Kurt im Sommer seine Weinfreunde ein. Er grillte Steaks, Hähnchen und eigens gefertigte Würste, dazu schenkte er anständigen italienischen und deutschen Wein aus. Der Garten war voller Menschen, und das genoss Kurt. In die vielen Umarmungen, Komplimente und Gespräche blitzten Momente tiefer Einsamkeit. Es war sein Abend, aber ihm fehlte Irene. Die Überbleibsel räumte er in den Bunker, nur vorübergehend, doch meistens vergaß er sie.

„Wer hat Feuer?", fragte Sebastian, „ich nämlich nicht."

Auch Kurt schüttelte den Kopf. Paul durchwühlte seinen Mantel, seine Hosentaschen, das Sakko.

„Yes, we can", schrie er und hielt ein silbernes Feuerzeug in die Höhe.

„Rauchst du etwa?", argwöhnte Kurt, „ausgerechnet du? Als Weinkritiker mit der unbestechlichen Zunge?"

„Ach, nur mal ein Zigarillo. Nicht über die Lunge. Nur zur Beruhigung. Ich inhaliere nicht."

„Schon verstanden, Mister Clinton", feixte Sebastian. Paul überhörte die Bemerkung und zündete einige der Teelichter an. Nach wenigen Sekunden flackerten zaghaft die Flammen, krochen unschlüssig am Docht empor und brannten schließlich ruhig und hell. Die Handflächen der drei ertasteten den Schirm aus Wärme, der die Lichter überspannte. Von den Händen kroch sie durch ihre Körper. Paul lächelte und deutete auf das Feuerzeug.

„Rauchen ist echt das Letzte."

„Du bist unmöglich. Gott sei Dank", erwiderte Kurt.

Sebastian nahm sein Glas, tauchte seinen Kelch in den Wärmeschirm ein, drehte ihn langsam und ruhig. Ein Hauch von Ruß schlug sich auf dem Kristall nieder. Sebastian fühlte die Temperatur des Glases, nickte, trank einen Schluck und gleich darauf einen weiteren.

„Ganz ausgezeichnet, wunderbar", sagte er.

Auch die anderen beiden wärmten ihre Gläser nun über den Flammen. Nach stillen Minuten erhob Kurt sein Glas und schaute die beiden an, als wäre er Gastgeber eines Dinners.

„Auf die Freiheit", rief er und trank. Paul und Sebastian erwiderten den Toast, rochen am Wein und kosteten ebenfalls.

„Das ist ein Ereignis", murmelte Paul.

Sie wiederholten diese Choreografie wieder und wieder: Einen Schluck ins Glas füllen, es über den Teelichtern drehen, das Glas erheben, schnuppern und trinken. Danach kommentierten sie leise die Aromen, sprachen von Leder, Johannisbeeren, den Espressonoten und der Seidigkeit des Weins. Paul schrieb Notizen in sein schwarzes Buch. Als die Flasche geleert war, brummte er: „Wir müssen hier doch irgendwo schlafen. Schöne Scheiße."

Sebastian deutete auf die weinroten Stuhlkissen.

„Für jeden gibt's zwei davon. Und wo schlafen wir? Auf dem verdammten Boden?"

Kurt lief durch die Regalreihen. „Wir breiten Weinkartons aus. Das ist besser als nichts. Hier ist ein leerer Karton Riesling aus der Pfalz, und da liegen ein paar alte Kartons aus Franken! Das reicht für ein Lager. Sebastian, hilf mir auspacken. Paul, geh du zur Loire! Zweites Regal, in der Mitte oben. Da findest du mehr Kartons. Pack sie aus und leg die Flaschen einfach auf den Platz. Kann man mal machen. Und weiter hinten liegt Südafrika. Sieh dort auch nach Kartons. Die Überseekisten sind schön dick."

Schnell trugen sie die Pappkartons zusammen,

falteten und rissen sie auseinander. Paul ging in die Hocke und strich über die scharf müffelnde Pappe. „Wie sollen wir auf diesem Müll die Nacht überleben?"

Kurt verschränkte die Arme. Die Erinnerung gab Bilder seines Sommerfests im vergangenen Jahr frei, als er spät in der Nacht, ein wenig betrunken und gut gelaunt, den von Fackeln erleuchteten Garten aufräumte.

Er hatte doch einen Korb mit ... Kurt stürmte an den Weinen des Pomerol vorbei, bog an der Cote d'Or ab und blickte in eine dunkle Nische hinter der südlichen Rhone. Dort zog er einen mit Plastikfolie abgedeckten Wäschekorb hervor. Darin lagen Tischdecken mit Wachs- und Weinflecken sowie einige Fleecedecken, die er am späten Abend den fröstelnden Damen um die Schultern gelegt hatte. Sie hatten sich dankbar darin eingerollt, den Ehemann ermahnt, es sei spät, man müsse aufbrechen, und sich Wein nachgegossen. Er hatte vergessen, Ewa die Decken zur Reinigung mitzugeben. So waren sie ins Dunkel des Bunkers gerutscht. Als er mit dem Korb zurückkam, stießen Paul und Sebastian Freudenschreie aus.

„Wer schläft wo?", fragte Sebastian.

„Du gehst zur Pfalz", dirigierte Kurt, „ich schlafe da vorne bei St. Emilion, und Paul macht sich's vor Australien bequem."

Sie nahmen sich Decken, Kissen und Kartons und bereiteten ihre Lager auf den staubigen, kalten Fliesen. Paul legte sich hin, drehte sich um, grummelte, zog seine Fellmütze vom Kopf und richtete sich wieder auf. „Wir haben die Pétrus noch gar nicht getrunken!"

Wieder setzte das Ritual von Wärmen, Kosten und Sprechen ein. Sie einigten sich schnell, die Weine seien längst nicht so exzellent, wie in den Weinführern beschrieben, aber durchaus mit Genuss zu trinken. Den 1989er bewerteten sie als „sehr zugänglich", die anderen drei Weine als „sehr interessant" und „etwas kompliziert". Es waren die kleinsten gemeinsamen Nenner, für die sie sonst leidenschaftliche Debatten benötigten, bis ihre Argumente und Gegenargumente ausreichend nuanciert waren. Paul gab lieber Anekdoten von peinlichen Mails und Leserbriefen seiner Zeitungsleser zum Besten. Sebastian erzählte von einem seiner Stammkunden.

„Hans ist Mitte 50, trägt einen Vollbart und fährt BMW. Beim Verkosten spielt er den Kenner, versteht vom Wein aber gar nichts. Hans stellt dumme Fragen, die er kritisch und wichtig findet. Ich antworte verbindlich und lasse mir nichts anmerken. Einmal habe ich ihm zwei Gläser eingeschenkt und ihn probieren lassen, ohne die Herkunft zu erwähnen: einen ziemlich teuren Barolo und einen ziemlich günstigen Spätburgunder vom Kaiserstuhl. Unterschiedlicher geht's nicht. Der müsse aus dem Süden des Barolo stammen, das sei doch eindeutig, schwadronierte er über den Spätburgunder. Als ich die Sache aufklärte, rief er: ‚Ein Barolo vom Kaiserstuhl! Unglaublich! Ich sage allen meinen Freunden schon seit Jahren: Deutschland wird völlig unterschätzt!' Zu jedem Wein braucht er noch eine schöne Geschichte über das großartige Terroir und den genialen Winzer, der es perfekt hervorbringt. Billige Klischees aus der Werbebroschüre. Die liefere ich schön verpackt, und schon ist die Sache klargemacht. Dann guckt er ernst und macht auf Rückzieher, weil er einen Rabatt rausschlagen will. Also gebe ich ihm einen winzigen Nachlass, den habe ich sowieso kalkuliert. Alles easy, nur nicht weitersagen. Er guckt verschwörerisch, ich auch, und er zahlt. Keine Kreditkarte. Danach ist Hans aufgekratzt und irgendwie glücklich. So kommt Geld in die Kasse. Nach drei, vier Monaten ist er wieder da. Leute, ich liebe es, ihm Barolo zu verkaufen."

Kurts Armbanduhr zeigte halb elf. Er stand auf und nahm seine beiden roten Kissen von den Stühlen, erklärte Paul und Sebastian die Lage und Funktion der mit einem glimmenden Punkt erleuchteten Lichtschalter, zeigte ihnen den Weg durch die Regale zur Toilette, wünschte eine gute Nacht und ging Richtung St. Emilion. Dort ordnete er seine Kartons und Decken, schlug den Kragen seines Mantels nach oben, umwickelte mit dem Schal sein graues Haar, zog die Socken hoch und rollte sich ein. Paul und Sebastian saßen vor den Teelichtern und sahen in Kurts Richtung.

„Wie soll ich jetzt schlafen?", stöhnte Paul und trank den letzten Schluck des 1989er Pétrus.

„Es muss doch einen Weg geben, um hier rauszukommen", stöhnte Sebastian.

Paul schnaufte. „Ich habe mich die ganze Zeit gefragt, was passiert, wenn Ewa nicht kommt. Wenn sie Kopfschmerzen bekommt, andere Termine hat, sich den Fuß verstaucht, ihr Mann krank wird, sie ihre Verwandtschaft in Polen besucht. Was – wird – dann?"

„Ich weiß es auch nicht", flüsterte Sebastian. „Glaubst du, sie kommt?"

„Ja. Nein. Ich hoffe es."

„Die Hoffnung stirbt zuletzt."

„Wenn es denn so wäre! Seit wir Computer, Internet und Handy haben, basteln wir uns die Welt doch selbst, organisieren wir uns die Ungewissheit des Lebens weg. Alles ist verfügbar. Man googelt sich ein bisschen Hoffnung, telefoniert herum, schreibt ein paar SMS, dann kann man halbwegs ruhig schlafen, weil nichts mehr ungewiss ist. Man muss der Hoffnung nicht mehr trauen."

„Und jetzt haben wir kein Netz."

„Dafür haben wir wenigstens Wein."

„Das hilft uns jetzt auch nichts."

„Wein ist meine Hoffnung. Wenn alles über mir zusammenstürzt, wenn ich in düsteren Gedanken ersticke, trinke ich so lange Wein, bis die Hoffnung zurück ist. Aber nur den allerbesten. Manchmal war ich schon ziemlich besoffen, und dann gab es diesen winzigen

Moment, in dem ich wieder hoffen konnte. Du siehst, ich lebe noch."

„Ich war schon ewig nicht mehr betrunken", erwiderte Sebastian, strich sich durchs Haar und knetete seine Lippen.

„Wein ist mehr so meine finanzielle Hoffnung. Ohne Computer und Handy würde ich wahrscheinlich so lange hoffen, bis ich pleite wäre."

Paul deklamierte wie ein Schauspieler auf der Bühne: „Ohne Hoffnung ist alles nichts ..."

„Könntet ihr bitte ein bisschen leiser sein? Ich versuche zu schlafen", brüllte es aus der Ecke von St. Emilion.

„Was soll's. Ich werd das jetzt auch mal versuchen." Sebastian tappte in Richtung Pfalz, wickelte sich umständlich in die Decke, zog seine Fleecemütze in die Stirn und legte sich auf die Matte aus Kartons und Tischdecken.

Paul saß unbeweglich in seinem Stuhl und fror. Er rieb seine Hände, fixierte das leere Glas, füllte Pétrus hinein und sagte fast lautlos: „Auf die Hoffnung."

Er trank es in einem Zug leer, stand auf, löschte die Teelichter und das Licht über dem Tisch. Im schwachen Schein der Neonröhre in der Toilette schritt er zu seinem Lagerplatz vor Australien und setzte sich zögerlich auf die Kartons. Paul spürte die Kälte aus dem Boden steigen, knöpfte den Mantel bis zum Hals zu, rollte sich mit den Decken ein, und drehte sich frierend auf die Seite. In die Dunkelheit rief er:

„Kurt? Gibt's hier Ratten?"

„Keine Mäuse, keine Ratten. Die letzten habe ich vor über zehn Jahren rausgeschafft."

Dann wurde es still.

***

In der Villa am Rand des Frankfurter Stadtwalds war es dunkel, als Martin Baumgärtner seinen Kontrollgang begann. Kein Laut war zu hören. Nichts bewegte sich, kein Schatten, nichts Verdächtiges. Wie immer. Das Handy in Baumgärtners Anoraktasche klingelte schrill. Er zog es heraus und blickte aufs Display. Stephan war dran.

„Hallo Sohnemann", rief er ins Telefon. „Du rufst spät an. Hast du Feierabend?"

„Seit acht. Ich war allein im Laden, aber es war eh nichts los. Dienstag ist Totentanz. Da kauft keiner Wein."

Sie redeten über die Fortschritte von Elisabeths Therapie, über Stephans Vorlesungen an der Uni und über Fußball.

„Bist du morgen auch im Laden?"

„Klar, den ganzen Tag! Sebastian bekommt 25 Kisten Bordeaux und 20 Kisten aus Spanien geliefert. Viel Arbeit. Ich muss schon morgens um acht da sein, weil die Spedition früh kommt. Da schläft mein Chef ja noch."

„Bist du den ganzen Tag da?"

„Wieso fragst du?"

„Irgendwie ging mir vorhin dein Job im Weinladen durch den Kopf. Wie viel Geld die Leute für Wein ausgeben."

„Die parken ihren Benz vorm Haus, wir suchen die Flaschen aus, reden ein paar Minuten irgendwelches Zeug und dann drucke ich ihnen die Rechnung über ein paar Tausend Euro aus. Das läuft ganz locker. Wenn ich genug Kohle auf dem Konto hätte – vielleicht würde ich's ja auch so machen. Keine Ahnung. Wieso interessiert dich das?"

„Nur so ein Gedanke. Noch zwei Stunden, dann mach ich mich nach Hause. Schluss mit dem Gegrübel."

Sie verabschiedeten sich. Der Anruf war zur rechten Zeit gekommen. Martin Baumgärtner hatte in diesen Stunden viel nachgedacht. Über Kurt. Seine Freunde. Den Weinkeller. Die vielen, teuren Flaschen. Nicht mehr nachdenken, das tut nicht gut, sagte er sich immer wieder und tat es in dieser Nacht dennoch.

Der zweite Tag

Sebastian schlug die Augen auf und spürte einen stechenden Schmerz zwischen Schulter und Hüfte. Seine Uhr zeigte fast sieben. Er drehte sich auf die andere Seite, streckte sich, rollte sich zurück in die Decke und spürte die Kälte und den Karton an seinen Knochen. Ein Schnaufen und ein leises Schnarchen waren alles, was er hörte. Sonst war es ruhig. Halb im Schlaf tastete er nach seinem Wecker, doch seine Hand fand nur den eiskalten Bunkerboden. In Bruchstücken kehrte die Erinnerung zurück, doch er war viel zu schlaftrunken, um klar denken zu können. Sebastian schüttelte seinen eingeschlafenen Arm, zog die Sitzkissen zu sich und dämmerte weiter. In der Nacht hatte er lange wach gelegen und die Gedanken kreisen lassen, war schließlich in einen Zustand nahe dem Schlaf gefallen, in dem die Zeit ihre ordnende Kraft verloren hatte. Langsam kehrte er zurück zwischen die Regale hinter der Stahltür. Nach einigen Minuten öffnete er die Augen, erkannte das fahle Licht aus dem Waschraum und spürte einen Druck auf der Blase. Er setzte sich auf, streckte die Schultern durch, erhob sich mühsam und tappte unsicher zur Toilette. Im Spiegel betrachtete er die wirren Haare und sein unrasiertes Gesicht. In seiner Wohnung würde er nun unter die warme Dusche springen und, begleitet vom Gute-Laune-Radio, die Kaffeemaschine einen schnellen, starken Kaffee aus der Kapsel brühen lassen. Das Wasser aus dem Hahn war eiskalt. Er wusch sich Hände und Gesicht, trank etwas Leitungswasser und schüttelte sich lautstark, weil seine Zähne schmerzten.

Als er zu seinem Lager zurückkehrte, sah er, dass Licht am Tisch brannte. Kurt hantierte an der Küchenzeile, Paul saß müde und vornübergebeugt am Tisch.

„Guten Morgen, die Herren, angenehm geruht?", versuchte er, den fröhlich-professionellen Ton von Hotelpersonal zu imitieren.

„Ich hab beschissen geschlafen", knurrte Paul, „wenn überhaupt. Hab die ganze Nacht kein Auge zugetan." Er gähnte.

„Als ich kurz wach geworden bin, hast du ordentlich geschnarcht, mein Lieber."

„Mir tut alles weh."

Kurt kam zum Tisch. „Wie vor Jahren mit Irene beim Camping. In Frankreich, mit dem Opel und einem undichten Zelt", sagte er wehmütig.

„Jetzt einen heißen Kaffee gegen die Kälte!", seufzte Paul.

„Der muss ausfallen", entgegnete Kurt, „außer Wasser haben wir nichts. Und das ist eiskalt."

„Doch, Champagner", grinste Sebastian.

„Wie soll ich um diese Zeit Champagner runterkriegen?", rief Kurt.

Paul nickte heftig.

„Wir können das frühstücken, was wir gestern Abend gegessen haben: Oliven, Käse und Schinken mit Wasser", sagte Kurt. „Aber nicht zu viel. Wer weiß."

„Ein Vorschlag: Wir essen morgens Oliven und Käse. Mittags gibt's Oliven und Schinken, und abends essen wir – Oliven und Käse und Schinken. Das bringt Abwechslung!" Paul breitete die Arme aus und setzte ein Bühnenstrahlen auf, als hätte er dem Publikum einen Zaubertrick vorgeführt.

„Meinetwegen“, brummte Kurt und ging Käse und Oliven holen.

Sie saßen kauend vor dem Emmentaler und sinnierten über einen Befreiungsplan. Doch alle Gedanken endeten an der Tresortür, die die Versicherung verlangt hatte, und den Betonwänden des Weltkriegsbunkers.

„So hat das doch alles keinen Sinn“, durchbrach Sebastian die Stille. „Leute, wir müssen uns organisieren. Für wie viele Tage haben wir zu essen? Müssen wir rationieren? Wie lange reichen die Teelichter? Was liegt hier herum, was uns nützlich sein könnte?“ Er setzte Pausen zwischen seine Sätze, als müsste er eine schlechte Nachricht überbringen.

Kurt nickte. „Du hast recht. Jammern bringt uns nicht weiter.“

Mechanisch nickte auch Paul.

Kurt hob die Hand. „Wir müssen auch das Klopapier einteilen. Ich gehe sonst hier unten nur pinkeln. Die Rolle hängt da für die Gäste. Und das schon lange. Außer euch lasse ich hier nicht viele Menschen das Klo benutzen. Das Papier ist knapp, also äußerste Sparsamkeit!“

Paul drehte die Augen nach oben.

***

Martin Baumgärtner gähnte und stieg im Bademantel die Treppe hinunter. Aus dem Bad hörte er Geräusche und Stimmen. Sabine vom Pflegedienst half Elisabeth beim Duschen und Anziehen. Er nahm den Hausschlüssel, der an einem verschlissenen Lederetui hing, vom Schlüsselbrett und öffnete die Haustür. Dicke Wolken hingen über den Dächern. Er schloss den Briefkasten vorne am kleinen Gartentor auf, zog die Zeitung heraus, las die Überschriften und ging mit schnellen Schritten den kurzen Weg ins Haus zurück. Einige Pflastersteine auf dem schmalen Zugangsweg bewegten sich, als er auf sie trat. Schon wieder etwas zu reparieren. Dieses gottverdammte Haus, dachte er und stöhnte. Sabine kam die Treppe herab und grüßte ihn fröhlich.

„Möchten Sie einen Kaffee?", fragte er.

„Nein danke! Ich helfe Ihrer Frau nur noch die Treppe herunter. Habe heute wieder volles Programm."

Sie sprintete die Treppe wieder nach oben. Elisabeth hielt sich mit einer Hand am Geländer fest. Mit vorsichtigen, steifen Schritten, bei Sabine eingehakt, bewegte sie sich schwerfällig abwärts, griff nach dem Rollator und tapste in die Küche.

Martin stand auf, gab ihr einen Kuss und half ihr in den Stuhl. „Guten Morgen, mein Schatz."

Sabine beobachtete die Szene mit einem Lächeln und verabschiedete sich. Die beiden winkten ihr hinterher. Baumgärtner streckte sich und blickte nach draußen.

„Der Frost hat die Gehwegplatten im Vorgarten gelöst. Die müssen alle raus und neu gefugt werden. Das gibt im Frühjahr viel Arbeit", murmelte er.

„Wenn Onkel Johannes wüsste, was er uns eingebrockt hat. Das war keine Erbschaft, das war ein Verurteilung zu Geldstrafe und Zwangsarbeit", erwiderte sie.

Martin schenkte ihr Kaffee ein.

***

Sebastian biss kleine Stücke von seiner Ration Käse ab.

„Wie lange reicht denn unser Essensvorrat?"

„Wenn wir streng rationieren, etwa zwei Wochen, sonst vielleicht nur eine. Schwer zu sagen. Aber es würde auch noch reichen – äh, nur mal angenommen –, wenn Ewa am Montag nicht käme."

„Noch ein Wort, Kurt, und ich …", schrie Sebastian.

Kurt legte ihm die Hand auf die Schulter. „Sie wird kommen."

„So? Sicher?“

Kurt blickte zum Fußboden.

„Wie viele Teelichter haben wir?“, fragte Paul im Ton eines Offiziers am Kartentisch.

Kurt stellte die Tüte auf den Tisch. „Da drin haben wir vielleicht 150 Lichter. Das wären also 20 pro Tag. Grob geschätzt.“

„Gut, das reicht“, nickte Paul in einer Haltung, als trüge er Uniform.

„Kriegen wir irgendwo warmes Wasser zum Waschen her?“, fragte Sebastian. „Die Brühe ist verdammt kalt.“

Kurt zuckte mit den Schultern.

„Ich weiß es nicht. Wir haben nicht mal Handtücher, um uns abzutrocknen, da ist nur das winzige Gästehandtuch im Klo. Deswegen würde ich vorschlagen, wir waschen uns nur gemäßigt und behalten die Unterhosen an. Nehmt's wie Männer.“

Paul kratzte sich zwischen den Beinen und schnaufte.

„Wir brauchen etwas zu tun, einen Tagesablauf, sonst drehe ich durch.“

Sebastians Zeigefinger streckte sich in Richtung Paul: „Ich schlage vor, wir verkosten so lange, bis Ewa kommt. Genug Themen finden wir ja in diesem Weinparadies.“

„Wir könnten hier monatelang mit verdammt viel Spaß verkosten“, antwortete Paul.

Kurt blickte wieder auf den Boden. Eine lange Pause entstand.

„Also gut“, sagte Kurt nach einer Weile bedächtig, „aber ich befürchte, guten Wein muss man in Freiheit probieren.“

„Stimmt. Ich habe noch nie gehört, dass jemand im Knast zum Weinexperten geworden wäre“, sinnierte Sebastian.

„Genießen bedeutet, sich freiwillig einer Sache mit allen Sinnen zuzuwenden. Jeder Genuss braucht die Freiheit der Gedanken, des Lebens, der Entscheidungen", dozierte Kurt. „Und das verstehen nur die wenigsten. Die meisten Verkostungen, die ich besucht habe, waren Genusstheater, und hinterher klatschen alle, weil die Vorstellung gut war. Es ist Entertainment. Mit echtem Genuss hat das nichts zu tun."

Paul war wie elektrisiert von Kurts Gedanken. „Du glaubst, der Wein schmeckt uns in diesem Verlies anders als oben in Freiheit?"

„Vielleicht verliert großer Wein seine Intensität, wenn man dunkle Gedanken hat. Das kenne ich gut. Und wie ist es, wenn die Genießer im Kerker sitzen? Wir kennen doch nur die Freiheit."

„Wir sitzen also zwischen den größten Weinen der Welt und können sie nicht genießen, weil die Scheißtür zu ist?", rief Sebastian und schüttelte den Kopf.

„Hier gibt's nur uns und den Wein", erwiderte Kurt, „das ändert alles."

„Wir müssen es ausprobieren", rief Paul, „dazu werden wir nie mehr Gelegenheit haben."

Sebastian grinste schief. „Bestimmt nicht – egal, wie die Sache ausgeht. Also ran an die Flaschen! Sonst rafft uns die Langeweile dahin."

Er schaute Kurt sanft an. „Es sind deine Weine. Du entscheidest."

Kurt erwiderte traurig den Blick. „Wir machen das. Etwas Besseres fällt mir auch nicht ein."

***

Elisabeth las Zeitung, aus dem Radio tönte hr1. Sie trug ein T-Shirt unter einem sportlichen Hausanzug und hatte ihre Locken sorgfältig zurechtgemacht.

„War alles ruhig bei der Spätschicht?"

„Alles ruhig. Habe nicht ein einziges Mal die Taschenlampe gebraucht. Bei diesem Wetter bleiben sogar die Einbrecher zu Hause." Er goss sich noch einmal Kaffee in seine bunte Tasse.

Elisabeth strahlte ihn an: „Ich konnte vorhin ohne Hilfe gehen. Ohne mich festzuhalten! Sabine hat's gefreut, da konnte sie fünf Minuten Zeit sparen. Werde gleich meine Übungen machen. Es muss doch wieder werden. Hast du gestern Kurt eigentlich die Wurst gebracht?"

„Aber ja", sagte Martin Baumgärtner abwesend.

„War er da?"

„Wie? Ach so, Kurt. Nein, er war schon weg. Habe Ewa die Tüte gegeben. Die hat geputzt. Bin gleich wieder gefahren."

„Gehst du heute zu Onkel Johannes auf den Friedhof? Wir waren so lange nicht am Grab."

Martin Baumgärtner schaute hinaus in die dunklen Wolken. „Bei diesem Sauwetter? Morgen ist auch noch ein Tag."

„Du warst zuletzt am Totensonntag mit Kurt da. Wer weiß, ob euer Gesteck das Wetter überlebt hat. Wie sieht das denn aus?"

„Also gut. Aber erst lese ich die Zeitung zu Ende."

Elisabeth sah ihn dankbar an. „Ich würde ja gerne selbst gehen, aber ich kann doch nicht. Noch nicht."

Er tätschelte ihre Wange.„Ist schon gut. Ich fahre ja gleich."

***

Paul, Kurt und Sebastian diskutierten lange über die Gebiete, Länder, Jahrgänge und Weingüter, die sich für eine Probe eignen könnten. Fast wie draußen in Freiheit flocht Paul feine Ironie in seine Argumente, Sebastian konterte schlagfertig und Kurt bewertete die Vorschläge mit sicherem Blick für die Flaschen in seiner Sammlung.

Paul kritzelte die Ideen in sein schwarzes Notizbuch, sah auf und fragte unvermittelt: „Wie wär's mit Romanée Conti?"

Er wusste, dass Kurt viele Flaschen dieses legendären Burgunders – des teuersten Weins der Welt – im Regal liegen hatte. „Ein paar Flaschen im Vergleich, das wäre was! Die besten Jahrgänge liegen doch alle hier!"

„Kommt nicht infrage. Der bleibt, wo er ist." Kurts strenge Antwort erstickte jedes Widerwort.

Paul heftete seinen Blick wieder ins Notizbuch. „Wir haben uns für die Regionen Medoc, Paulliac, St. Julien und St. Emilion entschieden, für Burgund in Weiß und Rot, außerdem Rioja, Piemont, Kalifornien, Jahrgangs-Champagner und gereiften Riesling. Das sind elf Themen – bei zwei Verkostungen pro Tag bis Sonntagabend eins zu viel. Was streichen wir?"

Kurt winkte ab. „Der Plan ist gut. Er beschäftigt uns ein paar Stunden am Tag, und vielleicht lernen wir was. Streich, was du willst."

Paul zuckte müde mit den Schultern.

Kurt hob seinen Zeigefinger und sah aus wie eine Christusstatue: „Wir brauchen einen Tagesrhythmus. Ich lebe seit viel zu vielen Jahren alleine – glaubt mir, ich weiß, wovon ich rede. Wir müssen Aufgaben verteilen. Die Zeit rumkriegen."

Sebastian und Paul sahen ihn zustimmend an.

„Mein Vorschlag: Ich stelle die Weine und die Reihenfolge der Probe zusammen. Einer von euch entkorkt die Flaschen und dekantiert den Wein, wenn es nötig ist. Im Schrank stehen ein paar Dekantierkaraffen, die sind aber staubig. Außerdem müsst ihr auch die passenden Gläser aussuchen. Einer schreibt die Verkostungsnotizen auf, und hinterher spülen wir alles. Wir sollten außerdem reihum täglich den Boden kehren, die Waschbecken reinigen und die Weinflaschen beiseite räumen. Außerdem muss jemand die angebrochenen Flaschen ausleeren, wir können das alles ja nicht komplett wegsüffeln. Es gibt eine Menge zu tun!" Kurt stand auf und ging ein paar Schritte im Kreis. „Wir probieren zweimal am Tag – um 16 Uhr und um 20 Uhr. Am Morgen räumen wir auf, kehren und bereiten vor, danach gehen wir die Verkostungsnotizen der letzten Probe durch, korrigieren und verkosten die Weine noch mal, bei denen wir uns nicht sicher sind, um zu einem Urteil zu kommen. Ich werde nur daran riechen, vormittags vertrage ich keinen Alkohol. Aber ihr seid jung, also ist das eure Sache. Nach dem Mittagessen machen wir ein Schläfchen und bereiten uns auf die erste Probe des Tages vor. Gegen 19 Uhr essen wir zu Abend, danach widmen wir uns wieder dem Wein, solange uns danach ist." Ein feines Lächeln zog über Kurts Gesicht. „Ich garantiere puren Weingenuss, ohne jede Ablenkung durch die Zivilisation."

„Mit ein wenig frischer Luft wäre das Ganze noch mal so schön", entgegnete Sebastian. Er sprach lauter, immer lauter. „Wenn diese beschissene Tür offen wäre, könnte ich jetzt in die Sonne gehen. An die Luft! Ich will da jetzt raus. Ich will frei atmen! Ich brauche Luft!"

Er rannte zur Stahltür, trat mit aller Kraft dagegen, rüttelte und schlug, bis seine Handgelenke schmerzten. Paul und Kurt stürzten hinterher und hielten ihn davon ab, mit dem Kopf gegen die mächtige Tür zu schlagen. Paul versuchte, ihn wegzuziehen.

Sebastian entwand sich ihm.

„Lass deine Dreckfinger von mir, verstanden? Mein Laden, meine Kunden, meine Existenz! Alles geht vor die Hunde! Mein Online-Shop ist tot wie der Hauptfriedhof! Nur wegen dieser Scheißtür!" Seine Stimme überschlug sich. „Ihr seid schuld! Einer ist ein paranoider Ordnungsfanatiker, der andere hat immer recht, weil er seine halbgaren Erkenntnisse in der Zeitung abdrucken kann! Deswegen verrecken wir hier, und zwar schön langsam! Sauft euren Wein doch alleine und feiert euch und eure unbestechliche Kennerschaft! Leckt mich doch!"

Er riss sich von den beiden los, stürzte in die Toilette und verschloss die Tür. Paul und Kurt schauten sich kurz an und gingen hinterher.

„Sebastian, bitte beruhige dich“, flehte Kurt. „Mir geht's auch dreckig. Aber das Leben muss weitergehen. Du sagst deinen Kunden, dass du einen schweren Unfall hattest und im Krankenhaus lagst. Das werden sie verstehen. Bald sind wir wieder draußen. Hab Geduld!“

„Hau ab!“, brüllte es durch die Tür.

Paul streckte sich auf den Fliesen vor der Toilette aus und atmete schwer. Kurt ließ sich ebenfalls zu Boden fallen, blickte ins Leere und schluchzte ohne Tränen.

Paul schnaufte: „Ich bin ein Vollidiot! Ein Trottel! Du hast völlig recht, Sebastian, ich bin ungerecht, ein Besserwisser und will mit dem Kopf durch die Wand. Habe mir damit eine Menge im Leben vermasselt. Ich wäre nach dem Studium fast am Theater gelandet – damals, als ich noch in Hannover gelebt habe. Ein Job als Regieassistent – das war mir zu wenig. Zu wenig! Wie blöd musste ich sein, um so ein Angebot abzulehnen! Zu wenig! So eine Chance kriegt man nie, nie wieder! Vorbei, das war's! Aber du hast Talent, du hast dir etwas aufgebaut. Wenn wir hier raus sind, machst du einfach weiter. Aber ich? Wer wartet schon auf einen alten Sack wie mich? Es gibt einige, die hätten Freudentränen in den Augen, würden die mich hier sitzen sehen. Die klatschen Beifall, wenn ich verrecke, statt den Kulturpreis zu bekommen!“

Kurt blickte ihn traurig an. „Ich habe nur noch euch und meine Flaschen.“

„Wie viele liegen denn eigentlich hier unten?“, fragte Paul in sachlichem Ton und stand auf.

„Ziemlich genau 35 000 Positionen. Käme ich an meinen PC, könnte ich es dir genau sagen. Ist alles gespeichert. Zugänge, Abgänge, Korkfehler, Regionen, Bewertungen – alles drin. Sogar alles, woran ich nicht erinnert werden will.“

„Das ist echt eine Menge“, erwiderte Paul bewundernd.

„Ich sammle nun schon über vier Jahrzehnte“, sagte

Kurt leise, „und wenn ich zwischen den Regalen stehe, habe ich das Gefühl, vor mir liegt mein ganzes, langweiliges Leben. Jede Flasche eine Episode. Die ganzen Jahre sind im Wein verschwunden."

Kurt klopfte an die Toilettentür. „Sebastian, komm jetzt raus. Da drin ist es eng, und Wein gibt es da auch nicht. Mach endlich auf!"

„Lasst mich in Ruhe, verdammt!"

Paul streckte seine Hand in Richtung des noch immer auf dem Boden sitzenden Kurt. „Komm hoch!"

Kurt packte Pauls Arm und zog sich nach oben.

***

Nach der Zeitungslektüre räumte Martin Baumgärtner den Tisch ab, spülte und machte die Betten. Danach packte er einen kleinen Rechen und die alte Gartenschere in eine Plastiktüte und fuhr mit dem Auto den kurzen Weg an der Stadtmauer vorbei zum Neuen Friedhof. Er lief an den niedrigen Pavillons der evangelischen Gemeinde mit ihren markanten, steilen Dächern vorbei, ging den Weg bergauf an Hecken, einem Zaun, Wiesen und Obstbäumen entlang und öffnete das Metalltor des Friedhofs. Krähen flatterten auf und schrien. Von hier hatte er einen weiten Blick auf die Hügel der Streuobstwiesen, sah die Häuser der umliegenden Orte, den Turm der Hochstädter Kirche und am Horizont die Skyline von Frankfurt, die im Dunst kaum zu erkennen war. Ein Flugzeug dröhnte in Richtung des Frankfurter Flughafens.

Zwischen weißem Kies reihten sich winzig kleine, gepflegte Gräber mit glänzend geschliffenen Steinen und Einfassungen. Manche waren als Herzen geformt. Unter seinen Stiefeln knirschte der gefrorene Kies. „Johannes Steinfeld 1928 – 2007" stand in goldenen Lettern auf dem schwarzen Grabstein. Martin und Kurt hatten ein Gesteck aus Tannen- und Fichtenzweigen davor arrangiert. Es lag da, als sei es für die Ewigkeit ausgesucht worden.

„Na siehst du, Onkel Johannes, ist doch alles in Ordnung", flüsterte Martin Baumgärtner und zupfte ein paar braune Blätter heraus. „Hätte ich damals geahnt, was du uns für einen Ärger vererbst, hätte ich das Haus abgefackelt."

Zornig blickte er auf den Grabstein. Wie jedes Mal, wenn er hier stand. Ohne sich umzusehen, ging er zurück zum Auto.

***

Kurt und Paul schlenderten langsam und ziellos die Regalreihen entlang. Kurt blieb plötzlich stehen, spähte in eine dunkle Reihe und zog eine staubige Flasche heraus.

„Hier! Damit hat alles angefangen. Eine Steinberger Auslese von 1962. Aus dem berühmten Kloster Eberbach im Rheingau. Ich habe den Wein dort bei einem Ausflug gefunden. Meine Freunde haben ordentlich gesüffelt und sich gefreut. Doch für mich hat sich mit dem Steinberger alles verändert. Eine Kiste mit sechs Flaschen habe ich nach Hause geschleppt. Die konnte ich mir zwar nicht leisten, aber das war mir egal. Diese eine Flasche habe ich aufbewahrt. Ich hatte damals weder Geld noch Ahnung. Aber dieser Geschmack! Der Riesling war so fein, so zart, das kannte ich nicht. Es war Liebe, schon im ersten Moment! Mit dem ersten Schluck! In diesem Moment wusste ich, dass meine kleine Welt, meine Arbeit im Amt, dass das alles viel zu klein war für mich und das Universum all dieser Aromen. So fing ich an, es zu erkunden. Ich habe viel zu viel Wein für mein kleines Gehalt gekauft, ich habe Bücher darüber gelesen, habe nur noch Wein getrunken und mir von Händlern eine Menge mieser Flaschen für viel zu teures Geld andrehen lassen. Ich hatte ja niemanden, mit dem ich mein

Interesse teilen konnte. Ich musste aus Erfahrung lernen. Jetzt liegt mein Wein-Universum schön sortiert hier im Keller."

„Und wir sind mittendrin im Schwarzen Loch", brummte Paul.

„Wollen wir ein Glas Champagner aufs Schwarze Loch trinken?"

„Du? Champagner? Zur Mittagszeit?"

„Kann man doch mal machen", entgegnete Kurt, ging in den hinteren Raum und steuerte eine Regalfront an, in der die Flaschenhälse bronzefarben, golden und silbrig glänzten. Er kam zurück mit einer Flasche Krug-Champagner des Jahrgangs 1996 und stellte sie auf den Tisch.

Paul pfiff durch die Zähne. „Jesus Christus, die ist doch ein Vermögen wert!"

Kurt holte Gläser aus der Küchenzeile, riss die Kapsel von der Flasche und richtete ihren Hals auf Paul. „Willst du sie aufmachen?"

Paul nickte begeistert wie ein Schuljunge, bevor er die Kapsel und den Draht löste. Dann versuchte er, den Korken zu drehen. Der rührte sich keinen Millimeter.

„Ich brauche ein Handtuch", rief er.

Kurt zuckte mit den Schultern.

Paul trabte in den Waschraum, um das kleine Gästehandtuch vom Haken zu holen. Bevor er zurückging, drehte er sich noch einmal um. „Sebastian, es gibt Champagner. Kurt hat einen Krug 1996 spendiert!"

Er hörte ein tiefes, langes Seufzen und das Geräusch des sich öffnenden Schlosses.

Paul schlang das Handtuch um den Korken, spannte die Muskeln an und drehte. Wieder nichts.

„Anfängerfehler!"

Er und Kurt drehten sich um. Sebastian stand da. Er hatte die Hände in den Taschen seiner Allwetterjacke vergraben, die Brille saß schief auf der Nase. Paul nahm die Flasche, legte das Handtuch wieder um den Korken und schaute Sebastian fragend an.

Der rückte seine Brille umständlich zurecht. „Mit der linken Hand oben den Korken festhalten, mit der rechten von unten die Flasche drehen. Ganz einfach!“

Wie ein Schüler im Chemieunterricht befolgte Paul die Anweisung. Der Korken leistete erst Widerstand, doch schließlich bewegte er sich. Es ploppte. Routiniert schenkte Paul den perlenden Champagner in die Gläser.

Kurt hob das Glas. „Auf das Schwarze Loch!“

Die beiden wiederholten die Worte und tranken.

„Wow“, flüsterte Sebastian nach dem ersten Schluck. Begierig trank er einen zweiten, einen dritten, schnappte nach Luft und füllte sich sofort das Glas wieder voll. Kurt und Paul beschäftigten sich mit den Aromen, die ihren Gaumen in Beschlag nahmen, und beobachteten zugleich Sebastians Reaktion. Ihre Blicke streiften sich für einen Augenblick. Das Schlimmste schien überstanden.

Paul kritzelte einige Zeilen in sein schwarzes Notizbuch, roch noch einmal am Glas und reckte das Kinn: „Ich finde diesen Krug fantastisch – aber der Dom Perignon 1996 hatte mehr zu bieten. Habe ihn in Hamburg bei einem Dinner im Glas gehabt. Er ist noch komplexer, weniger vordergründige Frucht, mehr Frische. Ich gebe dem Krug 94 Punkte, dem Dom Pérignon, sagen wir, 96. Wie seht ihr das?“

Kurt kratzte mit beiden Händen seine unrasierten Wangen. „Im Moment ist mir das völlig egal. Ich trinke jetzt guten Champagner und will nicht über Punkte debattieren. Ist doch sinnlos.“

Paul stellte das Glas ab und rutschte auf seinem roten Kissen hin und her. „Schmeckt uns dieser Champagner im Bunker anders als oben in Freiheit? Mich beschäftigt dieser Gedanke.“

Kurt beobachtete, wie im Glas die Kohlensäureperlen an die Oberfläche jagten. „Der Champagner ist zweifellos außergewöhnlich. Da draußen wird er wahrscheinlich zum Dinner mit großem Orchester angekündigt, jeder kriegt einen winzigen Schluck und freut sich, wenn ihm ein zweiter zugestanden wird. Danach ist Schluss. Wird sonst zu teuer. Jetzt bloß nicht saufen, das macht keine gute Figur, sondern nippen und jubeln. Laut jubeln – das ist wichtig, und zwar möglichst originell. Dazu muss er nur ziemlich gut schmecken, der Rest ist egal. Irgendeine vordergründige Note braucht er, die auch jeder Ahnungslose erkennt. So wie diese kandierten Aprikosen. Das reicht, damit alle aufgekratzt schnattern."

Kurt trank aus und füllte sich erneut Champagner ins Glas.

Auch Sebastian ließ sich nachschenken. Während sich der Schaum im Glas auflöste, putzte er mit dem Pulli seine Brille. „Hier unten ist Wein eben Wein. Dem Champagner ist es egal, ob's Mittag ist oder Abend, ob wir ihn saufen oder mit einem Zehn-Gang-Dinner zelebrieren. Wir machen die Flasche leer. Jetzt bist du dran, Herr Winterburg: Schmeckt er hier nun anders oder nicht?"

Paul sah ihn ratlos an. Er kannte die Szenen gut, die Kurt beschrieben hatte. Seit Jahren lud man ihn zu feinen Abendessen und Verkostungen ein, zu Proben mit Winzern, Galas und Partys. Paul liebte das Theater, und das war seine Bühne – der scharfe Ton in der Beurteilung, das generöse Lachen im Umgang mit dem Publikum, ein wenig originelle Schöngeistigkeit und ein paar philosophische Betrachtungen im richtigen Timing. Wie sehr beeinflussten diese Rolle, seine Spiellaune und der Verlauf des Auftritts auch seine Ansicht zum Wein des Abends, die er später im Arbeitszimmer in sein Notebook hämmerte? Paul trank sein Glas in einem Zug aus und ließ sich in den Stuhl rutschen. Wann fiel sein Vorhang? Beim Verkosten? Beim Schreiben? Er wusste es nicht.

„So gefällt mir das", rief Sebastian, „gut gemacht!"

Paul schaute irritiert auf. „Was meinst du?"

„Endlich nimmt der Kritiker mal einen richtigen Schluck. Deine Ein-Kleines-Schlückchen-Sprüche gehen mir schon lange tierisch auf den Sack!"

„Den Stoff für die kleinen Schlückchen verkaufst du den Herrschaften doch völlig beschwerdefrei", knurrte Paul.

Sebastian stemmte die Hände in die Hüften. „Wein wird nicht in Reagenzgläser, sondern in Flaschen gefüllt. Damit man sich einen Papageienschnabel davon auf die Zunge tropfen lässt? Wein wird getrunken, meistens gesoffen, damit der Alkohol wirkt. Und nicht verkostet, beobachtet und getestet. Was beobachtet man da schon? Was ist das für ein Test, wenn sechs große Gläser mit einer winzigen Pfütze Wein vor einem stehen? Ist doch alles nur Spaß! Die feinen Verkoster wollen doch auch nur saufen, aber bitte nicht zusammen mit dem Rest der braven, normalen Weintrinker, an die ich täglich drei Dutzend Kisten Acht-Euro-Wein verschicke. Also nehmen sie Haltung an, tun so, als würden sie rational bewerten und beobachten, aber hinterher sind sie so breit wie alle anderen auch. Die mit Notizen bekritzelten Zettel bleiben liegen, und die Kellner schmeißen sie beim Aufräumen in den Papierkorb. Interessiert keinen mehr."

Sebastian streckte die Schultern durch. „Wenn man das Zeug im Keller liegen hat, dann Flasche auf, rein ins Glas und abwarten, was passiert. Das ist Genuss! Was gibt's in so einem Moment zu beobachten und zu vergleichen? Die Jungs kaufen teuren Wein, weil sie sich gut fühlen wollen! Weil sie zeigen wollen, wie kultiviert sie sind! Dass sie zur Elite gehören. Und vor allem, weil sie auf die Rendite scharf sind! In jeder Bordeaux-Verkostung wird abgewogen, debattiert und das Zukunftspotenzial bewertet. Da geht's um die Rendite aufs eingesetzte Kapital, wie bei einer Analystenkonferenz! Wisst ihr was: Seit vier Jahren organisiere ich Verkostungen im Laden – und das Prinzip für guten Umsatz ist so einfach: Wer gut gelaunt kommt, sich amüsiert und genug getrunken hat, der bestellt. Er will ein bisschen gute Stimmung mit nach Hause nehmen. Und zeigen, dass er's kann. Da helfe ich gerne. Sogar auf Kreditkarte."

Er nahm einen großen Schluck Champagner.

Auch Kurt trank sein Glas leer.

Paul schwieg. Debattieren, Bewerten, Einordnen – damit kannte er sich aus. Er hatte vor vielen Jahren bei einer Lokalzeitung in Nordhessen damit begonnen, neben seiner viel zu langweiligen Arbeit als Lokalredakteur zum Wochenende kleine Geschichten über Weingüter und Weine zu schreiben. Paul fand stets einen originellen Blickwinkel, er erklärte farbenfroh, bewertete streng, aber nachvollziehbar. Bald bestellte ihn der Chefredakteur regelmäßig in sein unaufgeräumtes Büro. Er wollte Tipps, um sich in den Kreisen der lokalen Prominenz, Wirtschaft und Politik in Ermangelung weiterer Talente als Weinkenner zu profilieren. Doch dazu reichten weder sein Wissen noch seine Fähigkeit zur Leidenschaft – die hatte er weder fürs andere Geschlecht noch für Ideen oder Wein. Und so saß Paul jeden Donnerstag, einen Tag vor Redaktionsschluss der Wochenendausgabe, beim Chefredakteur, der sich jovial gab, weil er, wie er es formulierte, den freundschaftlichen Rat eines Experten brauchte. Er nötigte Paul sogar das Du auf.

„Paul, was hältst du vom Bordeaux 1993? Kaufen?"

„Schwieriges Jahr. Finger weg."

„Zur Gänsestopfleber einen Sauternes oder besser eine deutsche Trockenbeerenauslese?"

„Sauternes geht gar nicht, auch wenn's überall geschrieben steht. Nimm reifen Elsässer Gewürztraminer. Grand Cru."

„Paul, ich brauche ein Geschenk für ein halbprivates Abendessen beim Bürgermeister."

„Er ist seit 1996 im Amt, also wie wär's mit einem guten Riesling dieses Jahrgangs? Kauf die beste 1996er

Auslese, die du in Kassel auftreiben kannst, und sorge dafür, dass er sie trinkt. Dann habt ihr viel Spaß, die Symbolik streichelt Bürgermeisters Eitelkeit und du setzt einen dicken Punkt."

„Wie soll ich dir nur danken?"

Das wusste Paul. Es dauerte kein halbes Jahr, und er hatte eine wöchentliche Kolumne im Hauptteil der Zeitung. Nun ging er regelmäßig mit seinem Redaktionsleiter zum Mittagessen, um dessen Profilprobleme zu lösen. Manchmal nahm Paul ihn zu einer belanglosen Weinprobe mit. Die Kolumne wurde beachtet, und schon bald wurde er in den Stand eines Weinkritikers erhoben. Er zeichnete fortan seine Artikel mit vollem Namen und einem Foto im Halbprofil, nicht mehr als Lokalredakteur mit dem Kürzel aus drei Buchstaben. Bald erschienen die Artikel auch in sämtlichen Regionalausgaben der Zeitung. Nun spielte er sein dramatisches Talent aus: Paul schrieb mit Wucht und Polemik, manchmal hinterlistig und vergiftet, dann wieder voller Zuneigung, Lob und Nachsicht. Nach zwei Jahren erhielt er ein Angebot einer überregional angesehenen Tageszeitung in Frankfurt, das er nicht ablehnen konnte. Er wollte den Fehler, eine Chance nicht ergriffen zu haben, nie mehr wiederholen. Also zog Paul nach Frankfurt und lebte fortan als beachteter Weinkritiker, der auch Feuilleton-Artikel über Genuss und Kultur verfasste. Er moderierte Weinproben, wurde zu Diskussionen eingeladen und begann, Weinführer zu verfassen. Bald tauschte er seinen Redakteursposten gegen einen bestens bezahlten Pauschalistenvertrag, um genug Zeit für seine satt honorierten Aufträge zu bekommen. Es lief rund. Als Weinkritiker wurde er geachtet und gehasst, was Paul als Kompliment auffasste. Und am Freitag würde er den Kulturpreis bekommen. Er war angekommen – zwar nicht dort, wohin es ihn einst gezogen hatte. Aber da, wo er war, gefiel es ihm gut. Es gab keinen Grund, weiterzuziehen. Er hatte alles, was er brauchte: Wein, eine Bühne, Bewunderung und Sonja.

Kurt sah auf die Uhr und klatschte in die Hände. „Es ist Zeit zum Mittagessen! Ihr bereitet den Tisch vor, ich hole den Schinken. Wir trinken weiter Krug, also keine neuen Gläser."

„Wir reden dann später weiter", stotterte Paul.

Sebastian stand auf, streckte sich, ging zur Küchenzeile und holte Teller und Messer. Paul räumte den Korken, die zerknüllte Kapsel und den Draht in den alten Blecheimer und wischte den Tisch mit einem zerschlissenen, grauen Lappen ab, den er im Waschbecken fand. Kurt kam zurück, verteilte die Schinkenscheiben auf den Tellern und stellte eine Dose Oliven auf den Tisch. Sie aßen, tranken die Flasche leer und redeten ein wenig, um nicht schweigen zu müssen. Der Alkohol tat seine Wirkung. Kurt gähnte herzhaft, Paul rutschte auf dem Stuhlkissen immer weiter nach vorne, und Sebastian legte den Kopf auf seine Arme, die auf der Tischplatte ruhten.

„Ich leg mich eine Stunde aufs Ohr", sagte Kurt und ging zu seinem Lager. Auch Sebastian und Paul erhoben sich träge und tappten zu ihren Kartons.

„Mittags besoffen im Weinkeller! Das glaube ich nicht", krähte Sebastian.

„Bis später, die Herren", rief Paul und steuerte Australien an.

Sie rollten sich ein und fielen innerhalb weniger Minuten in einen tiefen Schlaf.

***

Als Martin Baumgärtner nach Hause kam, steckte die Post im Briefkasten. Er zog sie heraus und sortierte die Briefe. Werbung, Spendenaufrufe, eine Urlaubskarte mit dem kitschigen Foto des Markusplatzes von Elisabeths Cousine und zwei Umschläge seiner Bank. Er ging ins Haus, zog Jacke und Schal aus, schlüpfte in seine Hausschuhe und trat in die Küche.

„Hallo Schatz!", rief er.

„Alles gut auf dem Friedhof?", antwortete Elisabeth, die am Küchentisch saß und Kartoffeln schälte.

„Bestens. Das Gesteck sieht aus wie frisch gekauft." Er entdeckte einige Kartoffeln auf dem Fußboden.

„Bist du gefallen?"

„Mit dem Rollator ist Kochen nicht so einfach. Mir sind ein paar Kartoffeln runtergefallen, als ich sie mit einer Hand aus dem Sack gefischt habe. Ich kann mich doch nicht bücken."

„Entschuldige bitte. Ich habe vergessen, sie dir hinzustellen. Das war dumm von mir", sagte er und fasste sich an den Kopf. Er hob die Kartoffeln auf und legte sie zurück in den Sack, der in der Vorratskammer stand.

„Man muss sich doch nur helfen können. Es ging irgendwie, und viele sind ja nicht herausgefallen. Du willst doch zu Mittag essen."

Baumgärtner setzte sich zu ihr an den Tisch, legte den Markusplatz vor sie und öffnete die Umschläge mit dem Logo der Bank.

„Jahressteuerbescheinigung" stand auf beiden. Darunter waren sämtliche eingegangenen Zahlungen mit Zins und Tilgung aufgeführt.

„Sieh hier, wir haben wieder beide Kredite pünktlich bezahlt. Keine besonderen Vorkommnisse."

Er nahm die Kartoffeln aus der Schüssel, stellte sie in einem Topf auf den Herd und setzte sich wieder.

Seine Frau sah von der Postkarte auf, blickte ihn an und seufzte tief. Er nahm ihre Hand.

Sie lächelte gequält. „Noch sechs lange Jahre. Wenn im Haus nicht noch eine Katastrophe passiert, die wir nicht bezahlen können."

„Hätte ich geahnt, dass uns Onkel Johannes eine verschuldete Bruchbude vermacht, hätte ich das Erbe ausgeschlagen. Dann würde es uns gut gehen."

„Das sagst du jedes Jahr. Aber du hast recht! Wir waren selbst schuld, wir haben das Erbe einfach angenommen. Was wollen wir machen? Das Grübeln bringt doch nichts, Martin.

„Ich habe es schon x-mal gesagt: Dass ein hundert Jahre altes Haus Schäden hat, dass das teuer werden kann – geschenkt. Das muss bezahlt werden, dafür gibt's die Bank. Das hatte ich bedacht." Baumgärtners Augen weiteten sich. „Aber doch nicht, dass Onkel Johannes ein paar Wochen vor seinem Tod das Haus mit noch einem Kredit beliehen hat! Und niemand weiß, was er mit dem ganzen Geld gemacht hat. Es ist einfach weg! Da stirbt er, und für diesen Irrwitz darf ich jetzt Schichten beim Sicherheitsdienst schieben! Ich weiß gar nicht, wieso ich überhaupt zu diesem Irren auf den Friedhof gehe. Den hätten wir nebenan auf der Obstwiese verscharren sollen!"

„Nun lass, er war dein Onkel. Und er mochte dich. Onkel Johannes war sehr großzügig zu uns, das vergesse ich ihm nicht. Der ganze Wein von ihm im Keller, der dich so geärgert hat, ist doch schon so lange raus. Und abgeholt hat Kurt das ganze Zeug auch noch. Ich fand das sehr nett. Du hast jetzt da unten deine Werkbank und deinen Lieblingsplatz. Lass die Toten ruhen."

Baumgärtner warf die Briefe auf den Tisch. Sie nahm seine Hand, drückte sie fest, griff nach dem Rollator, zog sich daran hoch und schob ihn zum Herd.

„Es gibt gleich Mittagessen. Das Gulasch ist fertig, und in zehn Minuten sind die Kartoffeln gar. Danach kannst du dich hinlegen, du hast ja eine lange Nacht vor dir."

Baumgärtner stöhnte leise und nickte.

***

Nach zwei Stunden Schlaf erwachte Paul. Er wuchtete sich hoch, versuchte ungelenk ein paar Gymnastikübungen, massierte sich den Nacken, schaltete das Licht ein und ging zur Toilette. Schließlich trank er Leitungswasser und schlenderte ziellos an den Regalen entlang. Er spürte immer noch die Wirkung des Alkohols. Hier und da nahm er eine Flasche in die Hand, studierte das Etikett und dachte nach. Sonja. Vermisste sie ihn? Vermisste er sie? Nachdem ihm seine erste Ehe krachend um die Ohren geflogen war – seine damalige Frau hatte ihn zufällig beim Knutschen mit einer Redaktionsvolontärin erwischt und alles, wie er dachte, völlig falsch verstanden –, beschloss er, sich dem Wein, seiner Karriere und sonst gar nichts mehr zu widmen. Schon gar nicht Frauen. Dann kam Sonja. Sie mochte Wein und verstand sehr viel von Kunst, war eigenständig und suchte Verlässlichkeit in Freiheit. Sie gab ihm Nähe und hielt ihn auf Abstand, sie bewunderte sein Talent, aber gewährte ihm keinen Freibrief. Paul war von ihr magisch angezogen, von ihren Augen, ihrer Oberweite und ihrer Suche nach liebevoller Distanz. Er ließ sich scheiden, und sie heirateten. Es gab Phasen, da lebten sie wie in einer Wohngemeinschaft mit Ehebett zusammen. Wenn sie sich sahen, freuten sie sich und gingen ihrer Arbeit nach. Wie würde sie auf sein Verschwinden reagieren? Wutentbrannt die Koffer packen, weil sie Ehebruch vermutete? Die Polizei rufen? Er betrachtete die Flasche. Ridge Monte Bello 2005 aus Kalifornien. Ein Wein, der Ruhe und Tiefe verströmen würde. Den müsste er mit Sonja trinken, dachte er. Nur wir beide, ganz in Ruhe. Und reden. Einfach reden.

Paul drehte die Flasche vorsichtig zwischen seinen Fingern und sah Sonja. Mit spitzen Fingern legte er sie zurück an ihren Platz im Regal.

Kurt bog um die Ecke und streckte seinen Körper. „Oh Gott, mein Kreuz. Hast du wohl geruht?“

Paul fuhr zusammen. „Hast du mich jetzt erschreckt!"

„Ich sehe, du machst Meditationsübungen in Anwesenheit von Ridge Monte Bello. Nicht schlecht. Ein Yogalehrer könnte dir nicht mehr vermitteln als dieser Wein."

„Warst du mal dort? Bei Ridge in Kalifornien?", fragte Paul.

Kurt schüttelte den Kopf. „Ich bin doch nicht oft weggekommen. Für dich war das einfach."

„Vor drei Jahren war ich ein paar Tage dort. Presseeinladung. Du würdest es lieben! San Francisco ist nicht weit. Der Trip ist die Reise wert."

Kurt blickte gedankenverloren auf seine Kalifornien-Sammlung. „Ich kenne Frankreich ein bisschen, die deutschen Anbaugebiete ganz gut, und das war's. Irene hatte Flugangst, also mussten wir mit dem Auto fahren. Und die Urlaubspläne im Amt haben für lange Weintrips nie gepasst. Zwei Wochen, mehr hat mir mein Chef nie genehmigt. Nur wer mindestens zwei Kinder hatte, durfte länger weg. Aber nur in den Sommerferien. Also habe ich Dienst geschoben. Ich kenne die meisten meiner Weine nur aus der Flasche. Was soll's."

„Wenn mal wieder eine Reise ansteht, dann komm doch einfach mit."

„Ich kann nicht mal Englisch."

„Ich mache für dich den Dolmetscher."

„Du bist auf deinen Reisen beschäftigt, führst Gespräche, verkostest, machst Interviews, diskutierst. Da ist zum Dolmetschen keine Zeit."

„Ach was, das klappt schon."

Kurt versuchte ein Lächeln. „Für einen alten Mann wie mich ist das zu viel. Krawatte, Konversation und all das. Dein Angebot ist sehr nett, aber danke."

Sie gingen zurück zum Tisch und betrachteten die gebrauchten Teller, die Wein- und Champagnergläser.

„Jetzt aber erst mal spülen, nicht wahr? Wir haben heute noch viel vor!"

Kurt zog seine Winterjacke aus, ging zum Spülbecken

und krempelte die Ärmel hoch. Paul reichte ihm das Geschirr, das er routiniert abspülte.

„Ich würde ja abtrocknen, aber es gibt keine Geschirrtücher."

„Nee, die gibt's nicht. Wir müssen improvisieren."

„Und wie?"

Kurt setzte sich wieder auf den Stuhl. „Ich weiß es ja auch nicht."

***

Nach einem kurzen Mittagsschlaf fuhr Martin Baumgärtner zum Einkaufen. Mit dem Auto machte er zweimal pro Woche eine feste Runde durch die Orte in der Umgebung, mit der er am wenigsten Benzin verbrauchte: Aldi, Lidl, Rewe, zum Metzger und zum Bäcker. Elisabeth hatte ihm nach dem Studium der Angebotsprospekte einen langen Einkaufszettel geschrieben, in Rubriken für jeden Laden unterteilt. Er schob den Einkaufswagen mit fröhlichem Blick durch die Regale, griff hier eine Dose, dort eine Packung und hakte die Liste mit einem Kugelschreiber ab, um nichts zu vergessen. Früher war Einkaufen allein Elisabeths Sache gewesen, doch durch ihre Hüftarthrose kam sie schon lange nicht mehr ohne Hilfe durch den Supermarkt. Mehrere Male war sie operiert worden, doch jedes Mal waren die Schmerzen zurückgekehrt. Ohne Rollator oder Krücken konnte sie nicht gehen. Martin hatte ohne Widerspruch ihre Rolle übernommen.

Als er schließlich die Einkaufstasche und einige Tüten in den Kofferraum geladen hatte, beschloss er, für Elisabeth einen Strauß Blumen zu kaufen. Nur wenige Schritte von seinem Parkplatz entfernt lag das Blumengeschäft. Er fühlte sich voller Energie und guter Laune, zog sein Portemonnaie aus der Gesäßtasche und zählte das Geld. Er kam auf genau zehn Euro. Die würde er nicht wie sonst in die Haushaltskasse zurücklegen, sondern in einen Strauß investieren. Bald würde sich ja alles ändern. Keine Geldsorgen mehr. Freiheit.

„Wer weiß, wer weiß?", murmelte er, lachte leise vor sich hin und ging zum Blumenladen, in dessen Schaufenster die Sträuße in opulenten Farben leuchteten. Er wählte gelbe Tulpen und drei rote Rosen, die er geschmackvoll in winterliches Grün einbetten ließ. Es fehlten 50 Cent, die er aus seiner Hosentasche fischte. Danach machte er sich auf den Heimweg. Elisabeths Augen leuchteten, als er ihr den Strauß überreichte. Sie gab ihm einen Kuss auf die Wange.

„Wie komme ich denn dazu?", fragte sie mit freudig stockender Stimme.

„Einfach so. Mir haben die Blumen so gut gefallen. Da dachte ich, sie gefallen dir auch."

„Und wie! Die waren doch sicher teuer?"

„Das ist doch egal. Ich stelle sie in die Kristallvase, das sieht bestimmt hübsch aus."

Als er mit der Vase aus dem Wohnzimmer kam, lächelte sie ihn an und schüttelte den Kopf.

„Was in deinem Kopf so alles herumgeistert."

„Ja, da geistert eine Menge herum."

***

Sebastian tappte gähnend an den Tisch und blickte die beiden schweigend an.

„Hast du zufällig einen vollautomatischen Geschirrtrockner dabei?", fragte Kurt und grinste ihn an.

„Wozu denn das?"

„Na, um Geschirr abzutrocknen", entgegnete Paul.

Sebastian strich sich durch die zerzausten Haare. „Nö, hab ich nicht. Zu Hause räume ich das Zeug in die Spülmaschine und fertig. Lasst's halt trocknen."

„Das dauert bei der Kälte ewig. Nasser Schinken schmeckt nicht, und wenn wir die Teller dreimal täglich an unseren Kleidern trocknen, holen wir uns eine Erkältung. Die Kleider trocknen ja auch nicht", brummte Kurt.

„Mal sehen." Sebastian deutete auf das zerkratzte Edelstahlwaschbecken. „Je schneller das Wasser ablaufen kann, umso besser. Und da drin trocknet gar nix. Aber wartet!"

Er ging zum Tisch und holte die leere Champagner-Flasche, nahm ein Rotweinglas und stülpte es kopfüber auf den Flaschenhals. „Besser kann das Wasser nicht ablaufen. Ganz einfach!"

Paul klatschte in die Hände wie ein Kind und schrie: „Sebastian, das ist wunderbar!"

Kurt nickte zustimmend. „Gut. Und was machen wir mit den Tellern, Sebastian?"

„Mal sehen ..." Er nahm den alten Teller in die Hand, holte Messer und Gabeln aus der Schublade, legte sie zurück und fuhr sich durchs Haar. Kurt und Paul sahen ihn erwartungsvoll an.

Sehastian bemerkte die Blicke und grummelte: „Jetzt soll ich noch eine Idee haben, ja? Ihr dürft gerne mal ein bisschen mitdenken."

Er schnippte mit den Fingern, nahm drei leere Pétrus-Flaschen und füllte sie mit Wasser. Dann stellte er sie dicht nebeneinander und versuchte, die Teller dagegen zu lehnen. Sie rutschten, und Kurt fing sie kopfschüttelnd auf.

Sebastian füllte eine weitere Flasche. „Hast du einen alten Korken?"

Kurt grabbelte in der Schublade und zog einen ausgetrockneten, angebohrten Korken heraus.

Sebastian schaute ihn an. „Der sieht aus wie ein Fisch auf dem Trockenen", murmelte er, verschloss damit die Flasche und legte sie quer auf die Edelstahlablage. Sie rollte Richtung Spüle.

„Nichts da", sagte er triumphierend, kramte sein Taschenmesser aus der Hosentasche und schnappte sich den Krug-Korken vom Tisch.

„Den wollte ich aber für meine Sammlung ...", stammelte Paul.

„Es werden keine Trophäen gesammelt", schnitt ihm Sebastian das Wort ab. Schnell hatte die scharfe Klinge den Korken längs geteilt. Er legte die Flasche quer und schob die beiden Korkhälften als Keile darunter. Nun standen drei Flaschen längs in Reihe, und mit etwas Abstand lag die verkeilte vierte davor. Sebastian nahm einen Teller und stellte ihn hochkant gegen die stehenden Flaschen. Die liegende Bouteille verhinderte sein Abrutschen.

Sebastian klappte die Klinge des Taschenmessers ein, Paul stellte die gespülten Teller zögernd in den improvisierten Ablauf.

„Keine Sorge, das hält. Die Flaschen stehen, die Teller auch." Sebastian blickte fordernd zu Kurt.„Bei unserer Nachmittagsprobe sollten wir ein Champagner-Thema erörtern. Wir brauchen nämlich Gläserhalter."

„Ich schau mal, was passen könnte." Kurt stand auf und ging in den hinteren Raum.

Paul und Sebastian sahen ihm hinterher.

„Ich finde, du bist ein bisschen zu streng mit deinen Kunden", eröffnete Paul wieder die Diskussion. „Ich bekomme Mails von Lesern, die sich tausendmal bedanken, weil sie einen Wein, den ich empfohlen habe, sehr mochten. Ich habe verkostet, bewertet, einen interessanten Wein beschrieben – und meine Leser sind damit glücklich. Ist doch toll! Und du lebst ziemlich gut von dieser Art von Auswahl."

Kurt kam heran und stellte drei Flaschen auf den Tisch. „Klar, eine Probe ist nichts als Entertainment, aber dabei kann man wenigstens Wein probieren", gluckste er.

Paul reckte den Hals und schaute mit erhobenen Augenbrauen zu Sebastian. „Den zweitbesten, der nicht so teuer ist, den kauft man. Bei dir. Kunden brauchen Auswahl, damit sie sich nicht entscheiden müssen. Im

Supermarkt zehn Minuten lang vor einem riesigen Weinregal stehen und ein Etikett aussuchen – das ist ein Drama! Da gehen Ehen in die Brüche! Man kann völlig danebengreifen. Niemand hilft. Zu Hause schmeckt der Wein furchtbar. Alle Gäste gucken betreten, aber es gibt keine Alternative. Und was dann? Das Weinregal im Supermarkt ist eine der letzten Herausforderungen unserer Zivilisation."

Kurt betrachtete die mitgebrachten Flaschen, ergriff sie und verschwand mit ihnen wieder im Halbschatten der Regale.

„Vielleicht habe ich in letzter Zeit zu viele Proben organisiert", erwiderte Sebastian, „da führe ich immer die gleichen Konversationen, da höre ich das immer gleiche Geschwafel über Aromen und Jahrgänge und Rebsorten. Und das den ganzen Abend lang."

„Wieso organisierst du dann so viele?", fragte Paul.

„Dumme Frage. Wegen der Kohle! Ich muss Umsatz machen. Dafür mache ich sogar auf gut gelaunt. Wenn's kohlemäßig läuft, sogar den ganzen Abend lang."

„Warum wolltest du dann ausgerechnet zu Sterneck, dem alten Langweiler? Zu Hause vorm Fernseher wäre es doch gemütlicher gewesen. Und das Programm interessanter."

„Ich hätte kotzen können, als mich der Hotelier Schneider fragte, ob wir uns bei Sterneck sehen würden. Schon wieder eine verdammte Weinprobe! Wieder mal Hände schütteln, lächeln, nippen und Konversation machen. ‚Aber selbstverständlich komme ich', habe ich ihm gemailt. Dem gehören sieben Hotels, und er sucht einen Exklusivlieferanten. Mit dem Umsatz wären die kommenden zwei Jahre für mich geregelt. Hingehen ist also Pflicht. Tja, nun bin ich doch nicht hingegangen." Sebastian kniff die Lippen zusammen. „Aber wieso wolltet ihr eigentlich hinfahren? Ich hätte nicht gedacht, dass euch Bordeaux 1993 auch nur ansatzweise interessiert."

„Stimmt, nicht im Geringsten. Sonja ist in der Schweiz, ich hatte keine Lust zum Arbeiten, außerdem wollte ich Kurt mal wieder aus seiner Offenbacher Einsamkeit locken. Ich habe ihn überredet. Er muss unter Leute gehen."

***

Elisabeth bewegte sich mit aller Kraft vorwärts, bis sie am Wohnzimmertisch stand. Mit einer Hand hielt sie sich am Rollator fest, mit der anderen zog sie den dunkelbraunen Wohnzimmerstuhl zu sich. Sie ließ sich schnaufend auf das dunkle Polster fallen und betrachtete den Strauß, den ihr Martin mitgebracht hatte. Ihre Gedanken schwammen im Rot der Rosen und dem leuchtenden Gelb der Tulpen. „Wie schön", seufzte sie leise. Martin hatte ihr schon lange keine Blumen mehr gekauft. Es war ihm peinlich, dafür kein Geld zu haben. „Mach dir keine Sorgen", hatte sie jedes Mal gesagt, „es geht eben nicht. Wir müssen unsere paar Groschen zusammenhalten. Die Hauptsache ist doch, dass wir es warm haben und genug zu essen."

Martin kam in einem dicken Pullover und einem alten, grauen Arbeitskittel zu ihr ins Wohnzimmer. „Ich habe hinten am Haus die Eiszapfen weggemacht. War viel Arbeit. Nachher habe ich doch Nachtschicht."

„Die sind wunderschön." Noch ganz gedankenverloren betrachtete Elisabeth den Blumenstrauß.

„Wieso hast du heute Blumen gekauft?", fragte sie plötzlich streng.

Martin grinste verlegen und blickte zur Seite. „Das musste doch mal wieder sein."

„Es gibt keinen Grund?"

„Nein."

„Wirklich?"

Baumgärtners Blick schweifte von den Blumen durchs Zimmer, vorbei an der Schrankwand, der Gläservitrine und dem alten Foto, auf dem Johannes Steinfeld in seinem roten Klubjackett übermütig in die Kamera gelacht hatte.

„Onkel Johannes hat dir auch immer so schöne Sträuße mitgebracht. Da war ich schon manchmal ein wenig neidisch."

„Ja, einen guten Geschmack hatte er", seufzte Elisabeth.

„Ich verstehe bis heute nicht, wieso ein gebildeter Mann mit so guten Manieren wie Onkel Johannes plötzlich so versessen auf dieses Weinsammeln war. Die ganzen Flaschen, die Kisten, die hier im Keller herumstanden."

Elisabeth nickte.

„Früher hat er einfach gern ein Glas getrunken. Aber irgendwann gab es für ihn nichts anderes mehr. Nur noch Wein, Wein, Wein."

„Schöne Blumen hat er mir trotzdem mitgebracht."

„Und mir jedes Mal eine Flasche Wein. Mein Gott, was für Geschichten hat er über sie erzählt. Der beste, der tollste, der größte Wein von sonst woher. Wie wertvoll der bald sein würde. Ich konnte es wirklich nicht mehr hören ..."

„Als er Kurt kennenlernte, wurde es noch schlimmer", unterbrach ihn Elisabeth.

„Die zwei haben sich gesucht und gefunden", lachte Martin Baumgärtner auf. „An meinem Geburtstag fing das an. Da saßen sie nebeneinander und redeten den ganzen Abend über nichts anderes. Das war 1991, oder?"

Elisabeth blickte auf die Tischdecke und rechnete. „Wir hatten deinen Kurt zum ersten Mal eingeladen. Damals brachte Onkel Johannes einen teuren Champagner für uns mit. Kurt kannte sich damit auch aus, und schon redeten sie nur noch darüber. Du warst abgeschrieben. Gut, dass damals noch der Heinz und Josefine, Onkel Edgar mit der Hanni und Herbert gekommen sind. Die beiden haben gar nicht mehr gemerkt, dass sie bei uns zu Besuch waren. Die redeten nur noch über Wein."

„Seit diesem Abend waren Onkel Johannes und Kurt richtig befreundet. Die benahmen sich wie die Schuljungs, wenn sie zusammen waren. Ich musste wirklich lachen, wie ernst die das nahmen." Baumgärtner spannte die Muskeln an.

„Lass gut sein. Es hilft doch nichts."

„Wir schaffen das schon." Er legte den Arm auf Elisabeths Schulter und drückte sie.

***

Kurt kehrte mit neuen Flaschen zum Tisch zurück. „Und nun müsst ihr wieder verkosten." Er blickte Sebastian voller Mitgefühl an.

Sebastian lächelte vorsichtig. „Mit euch ist das was anderes. Hey, ihr seid meine Freunde."

„Wir müssen ja nicht reden", schlug Kurt vor, „wir setzen uns einfach still hin und süffeln ein bisschen Champagner."

„Alles easy. Nur mach bitte keine Analystenkonferenz draus. Geht das?"

„Ich?", fragte Paul gereizt, „wieso ich? Was habe ich mit einer Analystenkonferenz zu tun?"

„Weil du da den Chefanalysten gibst und den Beifall deines Publikums nicht ganz unfreiwillig hinnimmst."

„Schreiben ist mein Beruf", rief Paul, „ich kann doch jetzt nicht so tun, als würde ich Schlauchboote verkaufen!" Er setzte sich kerzengerade an den Tisch.

„Nein, das sollst du nicht. Nur beim Verkosten mal keine Analystenkonferenz leiten."

Paul drehte die Augen nach oben. „Also gut. Keine Konferenz."

„So", sagte Kurt und begann, die Flaschenhälse und Korken von der Umhüllung zu befreien. Paul zog sein

Notizbuch aus dem Mantel, blätterte kurz darin herum und legte es auf den Tisch.

„Was ist das Thema?“, fragte er.

Sebastian holte Gläser aus dem Schrank.

Kurt blickte kurz auf. „Champagner aus dem Supermarkt.“

Paul schnappte sich eine Flasche, las das Etikett und blickte Kurt scharf an. „Du machst Witze!“

„Nein. Wieso?“ Kurt grinste. „Ich musste vorhin daran denken, als du über den Supermarkt doziert hast. Vor Weihnachten habe ich mal bei Aldi ein paar Flaschen gekauft, die in manchen Artikeln als großartige Schnäppchen gepriesen wurden. Man lernt nur aus Erfahrung, oder? Also bitte: Champagner von Aldi, Norma, Netto, Lidl, Penny – und dazu eine sehr bekannte und traditionsreiche Marke. 10 Euro gegen 70 Euro pro Flasche! Mal sehen, ob wir die 60 Euro Unterschied herausfinden. Warum trinken wir nicht einfach das, was alle trinken? Kann man doch mal machen. Außerdem brauchen wir Gläserhalter. Dafür muss ich ja nicht die besten Jahrgangschampagner aufmachen, oder?“

Sebastian balancierte die Gläser heran und prustete los. „Kurt, du bist klasse! Also auf ins letzte Abenteuer unserer Zivilisation! Hast du das eben nicht so formuliert, Paul?“

Paul stöhnte auf. „Soll ich beim Verkosten noch herausfinden, welcher Champagner in welcher Regalreihe gelegen hat? Welcher ganz oben am Neonlicht gestanden hat und welcher unten im Angebot an der Kasse?“

Kurt schüttelte den Kopf. „Du musst nur herausfinden, welcher zehn und welcher 70 Euro gekostet hat.“

Paul hatte gehofft, Kurt würde seine Freunde mit guten, alten Jahrgängen, mit großen Champagnern versorgen. Gegen die Angst. Er verzog das Gesicht und schlug enttäuscht sein Notizbuch zu. Es würde diesmal keine Notizen geben, beschloss er.

„Ich mag dieses Thema nicht", brummte er.

„Das muss eine ganz neue Erfahrung für dich sein, dasselbe wie alle anderen zu trinken", grinste Sebastian und verteilte jeweils zwei Gläser.

„Ich habe schon verdammt viele schlechte Weine getrunken, aber wenigstens kein hingepfuschtes Zeug aus Massenproduktion", antwortete Paul patzig.

„Vielleicht ist einer ja so wunderbar, dass wir eine Flasche nach der anderen trinken wollen."

„Kann ich mir wirklich nicht vorstellen."

Die Korken ploppten, und Kurt schenkte die ersten beiden Champagner so in die Gläser, dass die beiden nicht das Etikett erspähen konnten. „So, die Herren. Ich bitte um qualifizierte Bewertungen."

Die drei schnüffelten am Glas, ließen die perlende Flüssigkeit im Gaumen hin- und herrollen, sie schmatzten und zogen geräuschvoll Luft in den Mundraum. Dabei blickten sie zur Decke, auf den Boden oder schlossen die Augen. Manchmal schluckten sie den Champagner hinunter, meist aber gingen sie zum Spülbecken und spuckten den Testkandidaten aus. Sie schwiegen, hoben die Augenbrauen, verdrehten die Augen, zogen die Oberlippe nach oben und schnauften.

Nachdem sie alle sechs gekostet und sich lange mit jeder einzelnen Flasche beschäftigt hatten, räusperte sich Kurt. „So, die Herren – welche sind billig, welcher ist der beste und welcher ist der teure in dieser Reihe?"

Paul und Sebastian sahen sich fast lauernd an. Paul ließ bei den Proben, die er besuchte, stets den anderen den Vortritt. Denn er formulierte gern laut, kontrastreich und drastisch, und so folgte darauf entweder kapitulierende Stille oder eine Diskussion, in der sich die anderen am Tisch gegen seine Haltung verbündeten. Also blieb er taktisch bescheiden und wehrte die Aufforderung zur Bewertung mit der Begründung ab, er sei sich in seinem Urteil noch nicht sicher. Jetzt wartete er auf den entscheidenden Moment, um seine Argumente überzeugend entfalten zu können. Sebastian kannte Paul gut genug, um das Manöver zu durchschauen. Doch auch er eröffnete ungern eine Diskussion. Lobte er einen Wein, geriet er als Weinhändler unter Verdacht, mit dem Winzer gute Geschäfte zu machen oder die Gelegenheit zur Werbung zu nutzen. „Das muss er jetzt sagen, der kriegt gute Konditionen", raunten die Neider im Publikum dann leise. Manchmal stimmte das auch. Daher hielt er es für das Beste, bei solchen Anlässen die Klappe zu halten und die Dinge sich entwickeln zu lassen.

„Na komm, Paul, alter Kritiker – was ist deine Nummer eins? Wenn du es sagst, sage ich auch etwas. Versprochen!"

„Wieso ich? Ich sagte doch schon, ich mag das Thema nicht. Mir fällt dazu nichts ein."

„Du musst nur eine Zahl von eins bis sechs sagen."

„Na, dann leg du doch los! Du warst von Kurts Idee schließlich sehr begeistert. Du hast die Erwartung formuliert, einer könnte wunderbar sein. Bitte! Wir hören."

„Jetzt sei nicht zickig."

„Wieso bin ich zickig, wenn du mich zu einer Äußerung nötigen willst, die du genauso gut abgeben könntest. Du bist Händler! Du hast eine gut geschulte Zunge. Was ist dein Problem?"

Kurt fixierte die beiden streng. „Das ist ja wie im Kindergarten, nur mit Alkohol", sagte er scharf.

„Du hast recht", erwiderte Sebastian, „also Paul, jetzt sag was."

„Ich sage gar nichts. Fang du an."

Kurt sah zu Boden und schnaufte. „Also so was. Wir stimmen jetzt ab. Wie bei der UN. Ich sage die Nummern der Champagner in der Reihenfolge von eins bis sechs an. Ihr hebt die Hand, wenn euer Favorit aufgerufen wird. Es dürfen gerne auch zwei Favoriten sein. Aber eine Hand von jedem will ich sehen."

Die beiden nickten. Sebastian knetete sein Kinn, und

Paul saß steinern mit verschränkten Armen da und blickte zur Decke. Kurt begann zu zählen, aber keiner bewegte sich. Bei „drei" hob Sebastian die Hand, bei „vier" ebenfalls. Auch Paul bewegte nach einem Moment des Zögerns nun ganz kurz seinen Zeigefinger, ohne eine weitere Regung zu zeigen.

„Na also", schnaufte Kurt.

„Und was war im Glas? Blamiere ich mich jetzt wenigstens?", fragte Sebastian.

Kurt ging zur Ablage am Spülbecken, wo er die Flaschen abgestellt hatte, und griff die beiden gewählten.

Paul sprang auf, streckte sich und stemmte die Hände in die Hüften. „Die Vier stammt nicht aus dem Supermarkt. Undenkbar. Der ist knackig, hat Körper, schmeckt sehr elegant und entwickelt feine Apfel- und Birnennoten. Sehr schön. 86 Punkte. Der ganze Rest war ziemlich traurig. Viel zu viel Säure, einige fast scharf, zu kräftige Hefenoten, alles ohne Balance. Wie ich schon sagte – nichts für mich. Diese Vier – das war der teure Champagner, ich bin sicher."

Sebastian nickte. „Die Nummer vier sehe ich ähnlich. Der schmeckt! Es ist kein klassischer Champagner, aber da stimmt alles."

Paul hob die Augenbrauen und schaute zu Sebastian. „Die Nummer drei fand ich den Besten unter den Schlechten. Er roch ganz gut, nach Blumen, Heu und ein paar Früchten. Der Geschmack war nicht großartig, aber wenigstens ganz in Ordnung. Der Rest – na ja, Paul hat alles gesagt."

Kurt trat wie ein Schauspieler an den Tisch und stellte die beiden Flaschen nebeneinander.

„Links die Nummer drei: ein Premier Cru aus dem Hause Aldi für 17 Euro. Rechts die Nummer vier: ein Sekt aus der Pfalz. Menger-Krug Pinot Brut. Ich habe euch übrigens ein bisschen angeschwindelt. Er kostet nicht 70, sondern um die 13 Euro und ist sogar im Supermarkt zu haben. Jetzt guckt ihr aber!"

Kurt klatschte in die Hände, machte mit den Füßen kleine Tanzschritte und strahlte.

Sebastian schüttelte den Kopf, lachte und goss sich ein halbes Glas von Nummer vier ein. „So kann man sich täuschen. Sag doch auch mal was, Herr Winterburg!"

Paul schaute beleidigt auf seine Fingernägel. „Ich bin ein Versager. Ich konnte einen Top-Champagner nicht von irgendeinem billigen Sekt aus dem Supermarkt unterscheiden. So was schmeckt man doch! Ich hab's vermasselt."

Kurt legte die Hand auf Pauls Schulter. „Ich habe dich auf die falsche Fährte gelockt."

„Der Sekt kann ja nichts dazu, dass er im Supermarkt verkauft wird", murmelte Sebastian.

Paul nickte betreten. „Ich muss mich davon lösen, wo man etwas kauft, wo man etwas trinkt, wie man etwas trinkt. Ich weiß, was mich erwartet, wenn ich zu einer Verkostung gehe. Aber ich brauche Unschuld, um beurteilen zu können. Wie soll das gehen? Alle Informationen sind im Internet verfügbar. Es gibt keine Unschuld mehr. Ich bin 54 Jahre alt, ich weiß, was ich tue, was ich vom Leben erwarte. Und vom Wein. Ich messe meine Erwartung an dem, was ich kenne. Ist der Wein schlechter, bekommt er eine schlechte Punktzahl. Übertrifft er meine Erwartung, lobe ich ihn. Das ist mein Maßstab. Ist das denn gerecht?"

Sebastian legte die Hand unters Kinn. „Es ist eine Momentaufnahme. Nichts für die Ewigkeit. Man sollte es auch nicht drucken. Erst, wenn andere es lesen, wird's zur Wahrheit. Tja. Morgen hat sich deine Erwartung wieder verändert, weil du schlecht geschlafen hast. Oder weil du Krach mit Sonja hattest. Dann urteilst du anders. Die ganze Wahrheit bei der Beurteilung von Wein, das ist doch ein Marketinggag."

„Du lebst von diesen Bewertungen nicht schlecht", warf Kurt ein.

„Zugegeben: Gut bewertet ist gut verkauft." Sebastian schaute zu den Flaschenhälsen im Regal. „Ich bin ein Glücksverkäufer. Ich verkaufe mit jeder Flasche 0,75 Liter Glück. Doppeltes Glück gibt's in der Magnum. Mit jedem Wein schwingt eine Erinnerung mit, eine Vorstellung von Sommeridylle, Kaminfeuer, Italien, Frankreich, Terrasse. Man schmeckt seine Erinnerungen, seine tiefsten Wünsche, seine Sehnsucht nach Ruhe und Frieden. Wer kein Glück findet, der kauft sich welches. Die einen kaufen Designerklamotten, die anderen nehmen Wein. Tja, und Wein wird schnell alle. Deshalb bin ich Weinhändler."

Paul starrte ins Nichts. „Ich beschreibe also eine Projektion, als wäre sie wahr. Eine Fata Morgana."

Sebastian zupfte an seiner Brille. „Du zeigst ihnen, mit welchem Wein sie noch ein bisschen mehr Glück finden können. Und weil du ihn gut besprochen hast, wird sich das Glücksversprechen erfüllen. Der Wein müsste schon grottenschlecht schmecken, damit das nicht funktioniert. Wenn du aber einmal so richtig daneben liegst, dann bist du dran. Wer anderen Glück verspricht und das nicht hält – oha, das bedeutet Trennung."

Kurt streckte das Kinn vor. „Dann wäre es aber egal, was in der Flasche ist. Solange das Versprechen nur funktioniert, wird Champagner auch in mieser Qualität verkauft. Wenn alle daran glauben, dass Champagner außergewöhnlich ist, trinken sie auch Plörre, bloß, weil sie aus der Champagne kommt."

Sebastian setzte einen verschwörerischen Blick auf. „Ich erzähle euch mal was. Aber das geht keinen außer euch etwas an. Klar?"

Kurt und Paul sahen ihn gespannt an.

„Ich habe Montrachet im Sortiment. Den teuersten Weißwein der Welt. Burgund."

Kurt und Paul nickten mit Kennerblick.

„Unter 250 Euro pro Flasche kaum zu kriegen. Die Mengen sind minimal, die Zahlungsbedingungen ziemlich frech. Die Winzer können sich das leisten. Bei meiner Einkaufstour vor drei Jahren im Burgund habe ich einem Kellerarbeiter ein paar Scheine in den Blaumann geschoben. Dafür hat er mir unauffällig einen Stapel Etiketten vom großen Montrachet hingelegt. Ich habe dreihundert Flaschen Chassagne-Montrachet gekauft, also den billigen Villages-Wein. Den gibt's dort für 15 Euro. Da hatte ich also Montrachet-Etiketten und Flaschen mit Villages-Wein ohne Etikett im Lager. Was für ein schöner Zufall! Es hat sich übrigens nicht ein einziger Kunde beschwert. Manche jubeln bis heute über die Eleganz ihres großen Montrachet und bekommen beim Erzählen glänzende Augen. Solange sie mit dieser Flasche den Moment genießen, ist doch alles easy! Hey, das ist Glück! Der Wein ist seinen Preis wert gewesen, er hat Glück transportiert. In diesem Jahr habe ich wahrscheinlich mehr Montrachet verkauft, als der Winzer überhaupt produziert hat." Sebastian lachte laut. „Als ich im Jahr darauf wieder zum Bestellen hinfuhr, hat mich der Arbeiter wie einen alten Freund begrüßt. Diese Franzosen! Immer lässig und völlig unkompliziert. Das sind klasse Typen."

„Aber ich habe", stotterte Paul, „ich ... ich habe doch auch drei Flaschen gekauft ..."

„Entspann dich. Du hast echte bekommen. Garantiert. Freunde und gute Stammkunden habe ich aus den paar Originalkisten bedient, die mir erlaubt wurden zu kaufen. Hey, du bist mein Freund. Das würde ich niemals tun."

***

Als Martin Baumgärtner den langen Weg zum Büro seiner Sicherheitsfirma fuhr, um die Nachtschicht anzutreten, war es fast dunkel. Die Ampeln leuchteten grell, aus den Fenstern der Häuser strömte warmes, gelbes Licht auf das Weiß der Straßen und Felder. Ein

Dach aus Wolken lag über dem Horizont. Baumgärtner schlug mit der Faust im Takt der Musik aus dem Radio auf den Beifahrersitz. Als er die Kreuzung passierte, an der er zu Kurts Haus hätte abbiegen können, lachte er laut, winkte in Kurts Richtung und gab Gas. Eine Sekunde später fror sein Lächeln. Musste Kurt Medikamente nehmen? Daran hatte er gar nicht gedacht. Jetzt kannte er ihn so lange, aber er wusste es nicht. Ich habe ihn nie gefragt, und erzählt hat er auch nichts. Über so was spricht man doch auch nicht, einfach so, ohne Grund. Er überlegte einen Moment. Nein, Kurt ist ziemlich gesund. Er hat nie etwas erzählt. Ein bisschen Arthrose, na gut. Würden Kurt und seine Freunde etwas zu essen haben? Kurt tat ihm leid, aber es musste sein. Er fror.

Kurz darauf trat er pünktlich seinen Dienst an. Es nieselte, ein eisiger Wind zerrte an seinem Anorak und ließ ihn frösteln. Doch Baumgärtner spürte es nicht. Gut gelaunt und aufgekratzt fuhr er mit einem blauen Wagen der Firma von Gebäude zu Gebäude und drehte seine Runde. Im Windfang eines großen Bürohauses setzte er sich auf ein Mäuerchen vor einer langen Glasfront, zog das Handy aus der Brusttasche und wählte die Nummer seines Sohns. Als Stephan sich meldete, sagte er mit strenger, tief verstellter Stimme: „Mein Sohn, hier spricht dein Herr Vater“ und lachte kreischend.

„Hey, Papa. Alles okay mit dir?“, fragte Stephan irritiert.

„Alles bestens. Hier zieht es nicht, im Auto gibt's ein Radio. Nur der liebe Gott hat seine Stromrechnung nicht bezahlt. Das Licht ist aus.“ Martin brüllte vor Lachen. „Und bei dir? Wie war's im Laden?“

Stephan berichtete von der unerklärlichen Abwesenheit Sebastians. „So etwas hat er noch nie gemacht. Er geht auch nicht ans Handy. Habe mindestens zehnmal angerufen. Wirklich seltsam. Hoffentlich ist nichts passiert. Ich habe schon überlegt, ob ich die Polizei rufen soll.“

„Lass mal. Wahrscheinlich hat er eine Dame abgeschleppt. Oder sie ihn. Das soll vorkommen. Zumindest erklärt es, warum er nicht ans Handy geht. Der hat einfach keine Hand frei." Baumgärtner kicherte kehlig.

„Vielleicht hast du ja recht. Ich komme ohne ihn klar, und den Stundenlohn kann ich verdammt gut gebrauchen."

„Na, siehst du. Mach dir keine Sorgen, dem geht's sicher gut."

„Wenn du meinst. Hast du eine Idee, wo er stecken könnte?"

„Ich? Keine Ahnung. Ich kenne den doch gar nicht. Er war nur ein paar Mal bei Kurt, wenn ich zu Besuch war."

„Wie geht's Mutter?"

„Sie konnte heute das erste Mal ohne Rollator sicher stehen."

„Klasse! Wird bestimmt bald wieder."

„In unserem Alter ist das nicht mehr so einfach. Drück ihr die Daumen."

„Klar, Paps. Drück sie von mir."

„Das mache ich. Bis die Tage!"

***

Paul stand auf, verließ den Tisch und drehte eine schnelle Runde ums Bordeaux-Regal.

Kurt blickte auf die Uhr und hob die Augenbrauen. „Es ist Zeit zum Abendessen, Kinder", rief er vom Tisch. „Zum Essen Menger-Krug oder Wasser?"

„Für mich Wasser", brummte Paul.

Sebastian deutete in sein nur noch halb mit Nummer vier gefülltes Champagnerglas. Sie holten Teller, Kurt schnitt Schinken und Käse und schenkte nach. Die drei aßen und erzählten sich von Weinen, die sie einst glücklich gemacht hatten, von Chianti, Grünem Veltliner, Riesling von der Saar und altem Rioja. Namen schwirrten über den Tisch, eingebettet in Begegnungen und schöne Begebenheiten an wundervollen Orten.

Sie räumten ab, leerten die angebrochenen Flaschen aus und füllten sie mit Wasser. Kurt spülte die Teller ab, Sebastian schüttelte das Wasser von den Gläsern und stülpte sie über die Flaschen. Auch die Abtropfkonstruktion für die Teller funktionierte. Kurt wanderte zwischen seinen Regalen umher, Paul verschwand aufs Klo und Sebastian starrte ins Halbdunkel.

Nach einer Viertelstunde versammelten sie sich wieder am Tisch.

„Hätten wir Karten, könnten wir wenigstens Skat spielen", unterbrach Sebastian die Stille.

Kurt schüttelte den Kopf. „Die liegen in der Kommode im Esszimmer. Aber wir hatten gestern doch ein Verkostungsthema festgelegt. Was ist damit?"

Paul blätterte in seinem Notizbuch. „Wartet ... aha, hier: gereifter Rioja."

„Das klingt doch gut für den Abend", seufzte Kurt.

„Ist jedenfalls besser, als gegen die Decke zu starren", brummte Sebastian.

Paul betrachtete seine Schuhspitzen. „Ich habe keine Lust mehr zu verkosten. Ich habe vorhin total falsch gelegen und einen Pfälzer Sekt zum Top-Champagner erhoben! Und jetzt soll ich das Spiel weiterspielen, als wäre nichts gewesen? Das kann ich nicht. Darüber muss ich erst nachdenken."

„Wir müssen doch nicht schon wieder verkosten und bewerten", stöhnte Sebastian. „Wir könnten doch einfach ein, zwei gute Flaschen Wein trinken. Kein Gequatsche. Hätte doch mal was."

„Rioja wäre jetzt genau das Richtige. Ein Wein zum Reden. Hilft gegen Depression", schlug Kurt vor.

„Und an was denkst du da?", knurrte Paul.

Kurt sah ihn fröhlich an. „Einen 1978er Ygay von Marques de Murrieta. Der ist zehn Jahre lang im

Barrique gereift, bevor er in die Flasche gefüllt wurde. Macht heute niemand mehr so. Ein Ausnahmewein! Drei Flaschen habe ich noch da. Wie wär's?"

Paul setzte sich auf und fischte sein Notizbuch aus dem Sakko. „Überredet."

„Es kann einen Moment dauern, ich habe nicht jede Regalposition auswendig im Kopf", entschuldigte sich Kurt und verschwand hinter der Regalwand.

Sebastian sah erst zu Paul, dann in die Regalreihen. „Jetzt mach dir keine Sorgen, dein Montrachet ist garantiert echt. Ich hätte euch das nicht erzählen dürfen."

„Hast du das auch bei anderen Weinen gemacht?"

„Nein, das war mir zu gefährlich. Aber der Typ im Keller hat mich doch eingeladen! Er wedelte mit den Etiketten und radebrechte: ‚Ah, Decoration! Looks good!' Völlig gaga. Ich hatte noch keine Idee, was ich damit tun sollte. Als ich die Hand ausstreckte, grinste er und rieb Zeigefinger und Daumen aneinander. Da kapierte ich, worum es ging. ‚Wieviel?', fragte ich ihn. Er zuckte mit den Schultern und zierte sich. Die Show war ziemlich schlecht. Ich rechnete die Sache kurz durch und steckte ihm erst hundert, dann noch mal hundert und noch einen Fünfziger in die Brusttasche. Schließlich streckte er den Daumen hoch, zwinkerte mir zu und flüsterte: ‚Entendu'."

„Was sagte er?"

„Geht in Ordnung! Als er nach draußen ging, lagen über hundert Etiketten auf einem Fass für mich bereit. Was er wirklich meinte, habe ich doch erst kapiert, als mir sein Kollege den billigen Villages-Wein für zehn Euro ohne Etikett in die Kartons packte."

„Du meinst, der hat das öfter gemacht?"

„Der hatte Routine."

„Ob der Winzer gewusst hat, wie seine Angestellten zu Geld kommen?"

„Leben und leben lassen. Die Franzosen sind mit so was echt lässig."

„Hattest du keine Bedenken, dich auf so was einzulassen?“

„Was hätte schon schiefgehen können? Wenn sich ein Kunde beschwert hätte, wäre ich aufs Äußerste empört gewesen, hätte mich tausendmal entschuldigt und ihm eine echte Flasche geschickt. Ist aber nie passiert. Mit dem Gewinn habe ich von diesem Baumgärtner und seinem Sohn den Laden renovieren lassen. Der hat nicht viel verlangt. Sieht doch jetzt super aus, oder?“

***

Martin Baumgärtner schlenderte pfeifend durch den Rohbau eines Bürohauses. Der Metallzaun rasselte und klapperte, die Windböen fegten durch das Gerippe. Sie rissen an den wenigen Lampen und brachten das fahle Licht zum Erzittern. Das weite, dunkle Skelett der Etagen, das er durchschritt, ließ seine Schritte langsamer und vorsichtiger werden. Er schaute misstrauisch in die Dunkelheit, registrierte die Geräusche des Windes, der aufgerissene Plastikfolien, Kabelstränge, lose Holzlatten und Kartons bewegte. Wie schon Dutzende Male zuvor rechnete er sich durch sein Leben. 100 000 Euro, um das alte, geerbte Haus zu sanieren – das war viel mehr, als er je gerechnet hatte. Mit ein bisschen Sparsamkeit passt das, dachte er. Doch dazu kamen die 100 000 Euro Schulden aus der Hypothek seines Onkels, die nun seine waren. Einige Wochen, nachdem der Brief mit der Erbschaft vom Gericht gekommen war, hatte die Zahlungsaufforderung der Bank im Briefkasten gelegen. Die Raten an die Bank waren viel zu hoch für seine Rente, dazu kamen die Kosten für Elisabeths Krankheit, denn die Krankenkasse zahlte nur das Nötigste. Und das reichte nicht, damit Elisabeth wieder auf die Beine kam. Physiotherapie half ihr, doch nach den absolvierten Stunden hatte sie von der Krankenkasse kein neues Rezept genehmigt bekommen. Baumgärtner wusste um jeden Cent in der Rechnung, die nicht gut aussah. Nur deswegen war er hier, im kahlen Gerippe des Rohbaus. Die Schatten der Wände, Säulen und Gerüste ließen ihn schaudern. Er lief mit schnellem Schritt zur düster beleuchteten Treppe aus rohem Beton.

Martin konnte sich nicht vorstellen, dass ausgerechnet Kurt ihn betrogen haben könnte. Vielleicht war es nur ein Missverständnis. Es musste anders gewesen sein. Es war an ihm, es herauszufinden. Nur wie? Sein Herz klopfte schnell. Er pfiff „California Dreaming" und kletterte die Treppe hinab zum Auto. Dieses Sauwetter. Noch drei Runden, dann ist endlich Feierabend.

***

Kurt kehrte mit einer millimeterdick verstaubten Flasche zurück, die ein spanisch-kitschiges Etikett mit knallroten, geschwungenen Buchstaben trug.

Er säuberte sie mit seinem Jackenärmel, hebelte mit seinem Kellnerkorkenzieher den Korken mit der Umsicht eines Chirurgen heraus und ließ den Inhalt in eine der Dekantierkaraffen fließen.

„Jetzt heißt's warten. Der Wein braucht mindestens eine halbe Stunde, bis er sich entfaltet."

Sebastian betrachtete das Etikett. „Bis dahin nehme ich noch einen Schluck Nummer vier. Paul, du auch?"

Der wehrte ab, als wären ihm Regenwürmer angeboten worden. Sebastian zuckte mit den Schultern und goss sich und Kurt den Rest aus der Flasche ein. Kurt brachte Teelichter, die Paul sogleich mit seinem Feuerzeug anzündete, und stellte die großen Rotweingläser auf den Tisch. Die drei blickten still in die zitternden Flammen und auf den in der Karaffe ruhenden Wein. Kurt gähnte. Sie saßen und warteten.

Einige Minuten vergingen, bis Paul ungeduldig auf der Tischplatte herumkratzte. „Wir trinken schon mal was."

Weder Kurt noch Sebastian protestierten, und so goss er sich ein, drehte das Glas eine Zeit lang über den Flammen und trank.

„Mein Gott! Das kann einen ja vergessen machen, dass wir im Gefängnis sitzen."

Nun schenkten sich auch Kurt und Sebastian ein, wärmten die Gläser und probierten. Ihre Gesichter entspannten sich ein wenig, und Kurt nickte freudig vor sich hin. Paul öffnete sein Notizbuch und schrieb. Doch nach wenigen Worten begann der teure Stift auf dem Papier zu kratzen. Paul hauchte auf die Miene, setzte neu an. Es kratzte. Er befeuchtete die Spitze mit Spucke und entrang der Mine so ein wenig Farbe für ein weiteres Wort. Dann hinterließ sie wieder Furchen statt Worte auf dem Papier.

Paul blickte verzweifelt auf seinen Stift. „Hast du was zum Schreiben hier?"

Kurt schüttelte den Kopf.

„Irgendwas? Ist völlig egal!"

Kurt schaute ihn traurig an. „Ist alles oben im Haus."

„Und du, Sebastian?"

Auch der verneinte stumm und zog sein Smartphone aus der Tasche. „Ich schreibe nur noch damit."

Paul schüttelte den Stift, hauchte ihn an, schlug die Spitze auf die Tischplatte. Wieder Furchen. Schließlich pfefferte er das Designerstück in den Gang, Richtung Burgund.

„Kein Telefon! Keine SMS! Kein Fernsehen! Kein Internet! Das ertrage ich! Aber keinen Stift? Wie soll ich ohne Kugelschreiber auskommen? Ich muss doch schreiben!" Er sank in sich zusammen. „Lasst mich schreiben. Bitte!"

Paul schluchzte und schob die Hände vor die Augen. Sebastian und Kurt sahen ihn mitfühlend an.

Kurt goss ihm Ygay ein. „Ein paar Tage musst du noch durchhalten. Dann kommt Ewa, und der Spuk ist vorbei. Genieß den Wein. Er ist es wert."

Paul nahm einen Schluck aus dem Glas. Die intensiven Aromen nach Sauerkirschen, Tabak, Erde und Stein forderten seine Aufmerksamkeit. Er trank noch einen Schluck, hustete, kratzte seine Bartstoppeln und flüsterte: „Entschuldigt bitte. Ich schreibe seit meiner Jugend. Einen Stift hatte ich immer."

„Ist schon gut."

Sie zogen ihre Jacken und Mäntel aus und tranken, schmeckten konzentriert in den Wein und schlossen die Augen. Niemand verwendete Begriffe aus dem Verkostungswörterbuch.

„Diese Tiefe, das ist wie …", flüsterte Kurt. „Das ist so zart, so irgendwie … ach, keine Ahnung."

Paul begann nach ein paar stillen Schlucken, mit schauspielerischen Einlagen aus seinem Alltag zu berichten, von devoten Lektoren, schwierigen Redakteuren und den Eitelkeiten der bevorzugten Autoren seines Blattes. Kurt erzählte von seiner längsten Urlaubsreise mit Irene, die ihn bis in die Rioja geführt hatte. Sie waren mit dem Auto gefahren, denn sie litt unter Flugangst.

Paul trank schnell wie lange nicht. Normalerweise kostete er, urteilte, ließ sich manchmal ein klein wenig nachschenken oder schob das Glas achtlos beiseite. Doch nun überschwemmte die Intensität des Ygay seinen Gaumen, er gurgelte, schmatzte, schluckte und goss nach. Als in der Karaffe noch ein kleiner Rest schwappte, schenkte er ihn Kurt ein.

„Und jetzt trinken wir Romanée Conti! Wie wär's, Kurt?"

Der schüttelte nur den Kopf.

Sebastian nahm die Brille ab und putzte sie an seinem Pullover. „Na, dann trinken wir eben was anderes. Es muss wegen mir mal nichts Großartiges sein."

Kurt ging zum spanischen Teil seiner Sammlung und zog eine weitere Flasche Rioja heraus: einen 2005er Baron de Ley Reserva.

Sebastian spülte die geleerten Gläser aus und schenkte sich ein. „Ich finde, dieser Rioja hat alles, was einen guten Rotwein ausmacht! Ich sag euch was: Der kostet bei mir zwölf Euro! Dafür bekomme ich bei einer Cheval-Blanc-Verkostung ein winziges Pfützchen ins Glas getropft. Das reicht nicht mal zum Nippen."

Kurt sah ihn mit zusammen gezogenen Augenbrauen an. „Da unterscheidet sich der Wein vom Wein. Das liegt aber nicht am Wein, sondern an denen, die zahlen. Das nennt man Klassenunterschied."

„Schönes Wortspiel! Ich liebe das. Sehr treffend formuliert", jubelte Paul. Er nestelte im Sakko nach seinem Notizbuch, zog es halb heraus und ließ es wieder fallen.

Sebastian kämmte sein Haar mit den Fingern und setzte seine Brille ab. „Wisst ihr, meine Eltern hatten nie viel Geld. Es war für alle genug da, aber keiner wäre auf die Idee gekommen, teuren Wein zu kaufen. Wir sind nur selten ins Restaurant gegangen und einmal pro Jahr mit dem Auto in den Urlaub gefahren. Sie haben Müller-Thurgau und ein paar Flaschen Riesling für wenig Geld bei einem Winzer in Rheinhessen gekauft. Den haben wir aufgemacht, wenn Mutter etwas Gutes gekocht hatte oder wenn Gäste kamen. Zu Weihnachten gehörte immer eine Riesling Spätlese aus irgendeiner Lage, die niemand kannte. Die Jahrgänge waren egal. Aber Spätlese musste es sein, und sie kam immer vom Winzer. Paul würde sagen, das ist kleinbürgerlich. Ich finde das eine gute Haltung."

Paul wollte zur Gegenrede ansetzen, doch diesmal war Kurt schneller.

„Meine Eltern wussten gar nicht, wie man das Wort ‚Wein' buchstabiert. Meine Mutter liebte süßen Sekt, mein Vater Bier und Schnaps. Davon gab es immer etwas im Kühlschrank. Wein – den gab es nur bei den Reichen. Als ich nach einem Ausflug mit Freunden drei Flaschen Riesling mit nach Hause brachte, hörte ich abends meinen Vater in der Küche schimpfen: ‚Herrgott, jetzt bringt der schon wieder Wein mit! Diesen sündteuren Rheingauer! Der schmeißt das Geld raus! Das Studium tut dem nicht gut! Der fühlt sich als was Besseres. Bald kennt der seine Eltern nicht mehr, Hermine!' Vater schimpfte immer weiter, bis meine Mutter seine Sinnkrise mit drei Worten beendete: ‚Wenn's ihm schmeckt!' Danach hat Vater meine Riesling-Neigung ignoriert. Probieren wollte er auch nicht. Habe es ihm angeboten, aber der hatte Prinzipien. Das ging nicht. Ende der Debatte."

Kurt schaute zu Paul. „Und bei dir? Wann hast du angefangen, dich für Wein zu interessieren?"

Paul räusperte sich, knetete seine Finger und sah zu Boden. „Zu Hause spielte Wein keine Rolle, denn bei uns gab es keine Familienfeste. Meinen Vater kenne ich nicht, der hat sich kurz nach meiner Geburt auf Nimmerwiedersehen verabschiedet und ist nach Spanien abgehauen. Gezahlt hat er übrigens auch keinen Pfennig. Meine Verwandtschaft ist weit verstreut, deswegen gab es nur Mutter, ihre Cousine und ein paar Freunde. Während meines Germanistikstudiums trank ich Rotwein, der aus sardischen Kooperativen stammte. Der war hart, bitter und sauer. Grauenhaft. Aber das war politisch korrekt, das gehörte sich so. Irgendwann hatte ich genug von dem Zeug und bin auf billigen Bordeaux umgestiegen. Ach, Leute, lasst doch die alten Zeiten ruhen! Da gibt's nicht viel drüber zu reden."

Paul trank sein Glas aus und schenkte sich sofort nach. Als der zweite Rioja zur Neige gegangen war, löschten die drei das Licht über dem Tisch und richteten ihre Nachtlager. Nacheinander gingen sie zum Waschraum und versuchten ihre Zähne, so gut das ohne Zahnbürste ging, vom Rotwein zu reinigen. Kurt setzte sich im Dunkeln an den Tisch, um den beiden am Waschbecken den Vortritt zu lassen. Er wünschte ihnen eine gute Nacht, knipste das Energiesparlicht aus und tastete sich zu seinem Lager.

Der dritte Tag

Ich muss endlich raus aus diesem Loch! In Sebastians Kopf drehte sich dieser Gedanken wieder und wieder, als er am Morgen die Augen aufschlug. Die Uhr zeigte fast acht. Sein Arm war eingeschlafen, er schmerzte, fühlte sich kiloschwer und wie betäubt an. Sebastian ignorierte es. Raus! Raus! Raus! In seinem Kopf ging er alle Eventualitäten und Möglichkeiten zum hundertsten Mal durch. Das Handy. Die Alarmanlage. Das automatische Schloss. Die Stahltür. Er verfolgte akribisch jedes Detail, was ihn aber stets zum Ausgangspunkt zurückführte. Obwohl er sich noch im Halbschlaf befand, war dieser Teil seines Hirns bereits befreit von den wirren Bildern der Nacht. Könnte man einen Alarm auslösen? Würde jemand kommen, der ihn abstellte, so wären sie frei. Er drehte sich um, schüttelte seinen Arm und buddelte das iPhone aus der Jackentasche. Auch die Kopfhörer fand er, steckte sie sich in die Ohren, startete den MP3-Player und wählte das Metallica-Album.

Mit geschlossenen Augen ließ er sich von der Melancholie der Songs und den donnernden Gitarren ins Nichts treiben. Sie taten ihm gut. Jede Zeile kannte er, tausendmal gehört. Er musste an Steffi denken. Alles hatte er falsch gemacht. Alles. Schon wieder. Er hatte nichts mehr von ihr gehört, nachdem sie wutentbrannt aus seiner Wohnung gerauscht war. Dabei hatte er ihr ein halbes Dutzend Nachrichten auf die Handy-Mailbox gesprochen und ein Dutzend SMS hinterhergeschickt. Doch sie antwortete nicht mehr. An jenem Abend war sie zu ihm nach Hause gekommen, fröhlich und ein wenig aufgekratzt. Etwas irritiert hatte er von seiner Arbeit am Notebook aufgeblickt und sich nicht weiter um sie gekümmert. Er hatte noch ein paar Mails geschrieben, seinen Online-Shop aktualisiert und das schwarz glänzende Gerät zusammengeklappt. Steffi hatte ihn voller Erwartung angeblickt. Sebastian hatte ihr von seinem arbeitsreichen Tag erzählt und vorgeschlagen, eine Pizza zu bestellen und es sich gemütlich zu machen.

Steffi hatte ihn enttäuscht angestarrt. „Du hast nicht dran gedacht!"

Sebastian hatte gekichert. „Was meinst du? Was habe ich vergessen? Valentinstag war erst. Ist heute Weltspartag?"

„Heute ist unser Kennenlerntag", hatte sie mit Tränen in den Augen geschrien, „heute vor zwei Jahren haben wir uns das erste Mal geküsst! Schon vergessen? Ich glaub's nicht!"

Der Jahrestag, verdammt. Er hatte nichts. Keine Blumen, keine Überraschung. Nicht mal eine Ausrede.

„Ich war die letzten Tage total unter Strom, ich weiß kaum, wo mir der Kopf steht", hatte er gestottert.

„Du bist mit deinem Laden zusammen, aber nicht mit mir! Wie oft hast du mir in den letzten Wochen abgesagt oder mich einfach versetzt. Oh, vergessen! Den Valentinstag? Vergessen! Na, die Steffi versteht das schon!"

Sie war in Schluchzen ausgebrochen.

Sebastian hatte die Hand auf ihre Schulter gelegt. „Wir sind doch zwei erwachsene Menschen. Ich hab fett zu tun. Ich mach's wieder gut, ich versprech's."

„Du wärst ein halbes Jahr mit Wiedergutmachen beschäftigt, so oft hast du diesen Spruch schon abgelassen. Weißt du was? Vergiss es einfach! Ich gehe, und du arbeitest ein bisschen weiter. Ich will dich doch nicht von der Arbeit abhalten und auch noch unseren Jahrestag feiern. Wie unpassend!"

Sie hatte ihre Jacke von der Garderobe im Flur gerissen, war aus der Tür geschossen und hatte sie mit lautem Knall ins Schloss geworfen. Sebastian hatte einfach nur dagestanden und das Gesicht in den Händen verborgen. Sie war weg und würde diesmal nicht wiederkommen. Er hätte ihr hinterherlaufen, einen Rettungsversuch unternehmen können. Doch Sebastian hatte nur im Flur gestanden und minutenlang auf die Haustür gestarrt.

Diese Leere im Kopf erfasste ihn nun wieder auf seinem Kartonlager. Die Gitarrenriffs dröhnten, und er fühlte ein schwarzes Nichts. Niemand vermisste ihn. Seine Eltern nicht, denn für sie hatte er ohnehin kaum Zeit, und sie akzeptierten murrend sein Arbeitspensum. Ein fleißiger Junge. Steffi war weg, seine Kumpels meldeten sich nur gelegentlich auf der Mailbox und erwarteten keine Rückrufe. Unter seinen 681 Facebook-Freunden war niemand, der auch nur einen Gedanken an sein Befinden verschwenden würde. Die Welt suchte ihn nicht. Deshalb musste er schnell zurück in diese Welt gelangen, in der er sich auskannte und in der man duschen und telefonieren konnte. Also die Alarmanlage. Wie könnte man sie auslösen, abschalten oder entriegeln? Könnte man ihr den Strom abdrehen?

***

Der alte Staubsauger zeigte neben dem Schalter ein rotes Feld. Martin Baumgärtner stöhnte leise auf, klappte den Deckel des grasgrünen Geräts auf und zog den Beutel heraus. Er streckte die Knie, zog sich am Tisch in die Höhe und ging die Treppe hinunter in die Küche. Elisabeth saß am Tisch und schnitt sorgsam die Blumen an, die Martin ihr geschenkt hatte. Sie warf ihm einen fragenden Blick zu.

„Das Ding ist schon wieder voll“, brummte er und ließ den prall gefüllten Beutel in den Mülleimer gleiten.

„Da siehst du, wie staubig es hier ist“, sagte sie, ohne von den Blumen aufzuschauen.

Er zog einen neuen Beutel aus dem Wandschrank. „Onkel Johannes hatte jahrelang eine Putzfrau. Dem war's egal. Aber wir können uns keine leisten. Wegen seiner vermaledeiten Schulden. Und meiner Dummheit.“

„Jetzt fang nicht schon wieder damit an“, entgegnete Elisabeth sanft, „es war nicht deine Schuld. Ich habe auch nicht eine Sekunde daran gedacht, die Erbschaft auf eine Hypothek zu prüfen.“

„Wer hat mit so was gerechnet? Der hatte teure Anzüge, der hat Luxusreisen unternommen. Er hat mehr als einmal gesagt: Wenn ihr erbt, müsst ihr euch keine Gedanken mehr machen. Tja.“

„Es war sein Haus, und wir haben die Erbschaft angenommen. Ich habe mich damals doch so gefreut! Es ist so ein schönes Haus. Jetzt lass es gut sein. Heute Mittag mache ich uns Koteletts mit Salat und Kartoffeln. Magst du das?“

Martin Baumgärtner fuhr sich durchs Haar, sah sie traurig an, nickte und ging nach oben. Kurz darauf brummte der Staubsauger wieder. Trotz Nachtschicht war er früh aufgestanden, um die beiden Zimmer im Obergeschoss und das Bad zu putzen. Bis zu den Koteletts würde er fertig werden, rechnete er, und nach dem Mittagessen würde er schlafen, denn am frühen Abend begann wieder die Nachtschicht. Sie war besser bezahlt als die Tagschicht, deswegen hatte er sie gewählt. Er öffnete das Fenster, klopfte den Staubwedel aus und ließ sich auf den alten Sessel im kleinen Gästezimmer fallen. Wie oft hatte er hier mit Onkel Johannes und Kurt zu dritt am Tisch gesessen und getrunken. Es war das Herrenzimmer, wie Johannes Steinfeld den Raum genannt hatte. Vor ihm und Kurt standen meist riesige Gläser mit teurem Rotwein aus alten Flaschen, während Martin Pils trank. Ab und zu nötigten ihn die beiden, auch ein Glas zu versuchen. Dann nickte er, trank und tat begeistert. Manchmal schloss Steinfeld die Tür, holte einen mit Leder bezogenen Aschenbecher aus dem Schrank, zündete sich eine Zigarre an und erzählte indiskrete Geschichten von den schwerreichen Kunden seiner Bank. Dabei paffte er dicke Wolken und schrie vor Lachen, wenn es unappetitlich wurde. Kurt und Martin lauschten den gut gesetzten Pointen und schlugen sich auf die Schenkel. Er hatte die langen Abende mit Onkel Johannes im Herrenzimmer geliebt.

Sein ganzes Leben hatte Baumgärtner keine Schulden gehabt. Doch nun hing seine und Elisabeths Existenz von den pünktlichen Zahlungen an die Bank ab. Er dachte an Kurt und seinen Weinkeller mit den vielen Tausend Flaschen. Wie es ihm jetzt geht? Viele Freunde hatte Martin Baumgärtner nicht, doch Kurt gehörte zu ihnen. Sie kannten sich über 30 Jahre. Vielleicht täusche ich mich, und Kurt hat keine Schuld an der Sache. Sollte ich nicht besser alles rückgängig machen? Sie rauslassen? Er stöhnte auf. Nein! Wenn Kurt mich betrogen hat, muss er bezahlen. Danach ist die Angelegenheit erledigt, und wir können wieder Freunde sein. Alles wird wie früher. Ich muss herausfinden, was Kurt mit dem Wein gemacht hat.

Martin stand auf. Es gab noch so viel zu tun bis zum Mittagessen. Er pfiff „California Dreaming".

***

Sebastian wickelte sich aus den Decken seines zerwühlten Lagers, stand auf, zog die Winterjacke aus und ging zur Toilette. Kurt kam ihm entgegen und wünschte einen guten Morgen.

„Kurt, die Alarmanlage! Wir müssen einen Alarm auslösen, dann sind wir hier raus“, rief Sebastian, ohne den Morgengruß zu erwidern.

Kurt dachte kurz nach. „Theoretisch ist das eine Möglichkeit. Praktisch ist es aber unmöglich.“

Obwohl Sebastian das dringende Bedürfnis verspürte, zur Toilette zu gehen, blieb er stehen. „Es gibt also eine kleine Chance. Wir brauchen einen Plan.“

„Ich weiß nicht, wie das gehen soll“, seufzte Kurt.

„Egal, uns fällt schon was ein.“

Kurt überlegte, und Sebastian huschte zum Klo. Danach wusch er sich Hände und Gesicht, spülte den Mund und redete wie elektrisiert weiter.

„Vielleicht können wir den Strom abstellen? Das müsste doch den Alarm auslösen.“

„Schwierig“, brummte Kurt.

„Also nicht unmöglich“, schnaufte Sebastian.

Kurt schwieg. In seinen Gedanken kroch er durch die Kabelschächte, die er damals eingebaut hatte. Er hatte gut und genau gearbeitet.

„Auf welche Weise wird der Alarm ausgelöst?“, fragte Sebastian im Tonfall eines Detektivs in amerikanischen Filmen.

Kurt umfasste mit der rechten Hand seinen linken Daumen. „Wenn jemand versucht, die Tür oder ein Fenster im Haus aufzubrechen, wenn sich jemand am Schloss zu schaffen macht oder dreimal ein falscher Zutrittscode eingegeben wird.“

„Und was dann?“

„Der Alarm geht über die Telefonleitung bei Security Team ein, mit denen ich einen Vertrag habe. Sie müssten sofort jemanden herschicken. Ob das passiert, weiß ich aber nicht. Habe es nie ausprobiert. Bislang war alles friedlich. Es gab keinen Grund, auch nur einen Gedanken daran zu verschwenden, verstehst du?“

„Wenn der Sicherheitsmann kommt, was ist seine Aufgabe?“

„Im Prospekt stand, er inspiziert Haus und Garten. Sollte ihm etwas verdächtig vorkommen, verständigt er die Polizei. Wenn alles in Ordnung ist, stellt er den Alarm ab, schaltet die Alarmanlage wieder ein und geht. Fertig."

„Wie schaltet er den Alarm aus?"

„Er schließt mit dem Schlüssel, den ich der Firma überlassen habe, die Haustür auf und schaltet die Alarmfunktion am versteckten Kasten im Bauernschrank ab. Den Code haben die."

„Wenn wir einen Alarm auslösen, ist die Tür also ein paar Minuten lang offen."

„Theoretisch ja. Praktisch weiß ich es nicht." Kurt lachte verzweifelt. „Wenn's so einfach wäre, hätten wir hier nicht übernachten müssen. Komm, wir frühstücken."

***

An der Wand im Herrenzimmer hing ein silbern gerahmtes Foto von Johannes Steinfeld, das Baumgärtner ein paar Monate vor dessen Tod aufgenommen hatte. Er trug einen dreiteiligen, dunkelgrauen Anzug mit dezenter Krawatte und hatte in seiner rechten Hand ein Rotweinglas. Mit der linken Hand stützte er sich auf einen Spazierstock mit silbernem Knauf, der von seinem Großvater stammte. Das silberne Haar hatte er schräg nach hinten gekämmt, er lachte charmant wie ein amerikanischer Filmstar der 50er-Jahre in die Kamera. Martin fuhr vorsichtig mit dem Staubtuch über das Glas, über den Rahmen und sah das Foto lange an.

Man konnte Onkel Johannes nie richtig böse sein, dachte er. Niemand konnte das, und ich kann es bis heute nicht. Er hat jeden mit seinem Charme und einer guten Geschichte eingewickelt. Wenn Onkel Johannes beschloss, dass jemand mit viel Geld in einen seiner speziellen Beteiligungsfonds investieren sollte, dann hat der irgendwann unterschrieben. Er hat immer gekriegt, was er wollte. Er wollte, dass ich das Haus erbe. Ich habe geerbt. Tja.

Er sah noch einmal auf das Bild und flüsterte: „Kurt und du, ihr wart wie zwei Jagdhunde. Wenn das Signal die Jagd eröffnete, konnte euch nichts aufhalten, bis die Beute gestellt und weggeschleppt war. Und wenn die Jagd vorbei war, sollte euch jemand die Ohren kraulen. Ihr habt euch gerauft und angebellt, aber niemals gebissen. Und immer ging's um Wein."

Baumgärtner ließ den Staubsauger wieder brummen.

***

„Wo ist eigentlich Paul?" Sebastian blickte sich um.

„Vorhin, als ich aufgestanden bin, hat er noch tief geschlafen", grummelte Kurt. Sie gingen zu Pauls Nachtlager vor Australien. Er hatte sich in Embryohaltung in seine Decken gerollt und atmete tief.

„Lass ihn schlafen", flüsterte Kurt. Sie schlichen davon und frühstückten Käse mit Oliven.

„Also noch mal von vorne. Wie können wir diesen verdammten Alarm auslösen? Was passiert, wenn wir den Strom abdrehen?"

„Dann sitzen wir im Stockdunklen. Mehr nicht. Der Strom für die Alarmanlage und die Zutrittskontrolle wird von einem Kabel drüben aus dem Haus gespeist."

Sebastian sank im Stuhl zusammen. Nach einigen Sekunden rappelte er sich wieder auf, schnellte hoch, rannte zur Stahltür und tastete jeden Zentimeter ab. Kurt, der ihm nachgegangen war, sah dabei zu. Jede Schraube hatte er selbst eingedreht, jeden Zentimeter des matten Graus gestrichen. Er fuhr mit der Spitze des Mittelfingers in die Mitte der Tür.

„Etwa hier, so 30 Zentimeter vor der Stahltür, ist die Zutrittskontrolle befestigt. Der Strom läuft vom Bunker weg, da kommen wir nicht ran. Die Zuleitung für den Schließmechanismus kommt von oben und läuft durch den Türrahmen, der aus einbruchsicherem Stahl besteht."

Sebastian schüttelte den Kopf und seufzte laut.

„Guten Morgen", brummte es von hinten. Paul kratzte seine Beine.

„Habt ihr einen Plan geschmiedet?"

„Klappt nicht", seufzte Sebastian.

„Gut geschlafen?", fragte Kurt.

„Mein Gott, nein. Ich habe wach gelegen und gefroren. Ich habe mir Gedanken gemacht. Was meine Arbeit betrifft, meinen Blick auf den Wein. Ich habe vieles hinterfragt."

Sebastian grinste. „Du hast dir gestern ordentlich was eingegossen."

„Ach was", brummte Paul und wischte den Einwand mit seinem Handrücken weg. „Der Ygay war großartig. Ganz wunderbar! Da habe ich einen kleinen Schluck mehr getrunken, als ich es normalerweise tue."

Sie gingen zum Tisch. Paul legte die roten Kissen von seinem Nachtlager auf die Stühle zurück, ließ sich auf einen davon fallen, griff sich einige Streifen Käse und schmatzte.

„Was ist euer Plan?"

„Einen Alarm auslösen, damit der Sicherheitsdienst kommt und die Anlage abschaltet."

„Ja, wie großartig", rief Paul, verschluckte sich am Käse und hustete. „Lasst uns sofort loslegen." Er rang nach Luft.

„Geht nicht", grummelte Sebastian, „wir kommen nirgends ran. Und nirgends raus."

Kurt schaute die Käsekrümel auf dem Tisch an und nickte. „Stimmt leider."

Paul drückte das Kreuz durch. „Was ist das Problem?"

„Wir sind drin, und die Alarmanlage wacht draußen." Sebastian fuhr mit der Hand durch seine Haare.

Paul ballte die Faust. „Wir brauchen einen Dietrich.

Einen sehr genau vermessenen Draht. In den 60er-Jahren gab es das Genre des Einbrecherfilms. In meiner Studienzeit habe ich viele davon gesehen. Im Original, nicht diesen synchronisierten Mist. Die Einbrecher sind hochintelligent gezeichnet, und ein Dietrich ist immer sehr wichtig. Teils sehr gekonnt inszeniert, gute Perspektiven, sehr schöne Dialoge."

„Schönschönschön", fiel ihm Kurt ins Wort, „ein Draht also. Wo setzen wir die Schlinge an?"

Kurt fuhr mit dem Zeigefinger durch seine Ohrmuschel und rieb sich die Bartstoppeln. Sebastian und Paul sahen ihn erwartungsvoll an.

„Wir müssten den Draht unter der Tür durchführen und ihn zur Tastatur bewegen. Wenn wir die Tasten erreichen und sie drücken könnten – bingo!", sinnierte Kurt. „Aber blind mit einem langen, dünnen Draht draußen rumfummeln und auf Tasten zielen? Das ist wie Scheibenschießen mit links, aber mit verbundenen Augen."

Sebastian und Paul nickten und sagten nichts.

„So also nicht", hauchte Kurt tonlos und blickte ins Leere.

Sebastian ging zurück zu seinem Nachtlager, fummelte mechanisch das Handy aus der Jacke, steckte die Kopfhörer in die Ohren und ließ wieder Metallica donnern. Das Display meldete: „Gerät aufladen". Er schloss die Augen und wippte mit dem Oberkörper im Takt.

Kurt warf sich eine Olive in den Mund. „Mir tut das alles so leid, Paul. Ich bin an allem schuld! Das kann ich nie mehr gut machen. Nie mehr."

Paul stand auf und zuckte mit den Schultern. Seine stoppeligen Backen verzogen sich zum Versuch eines Lächelns. „Was soll's. Ich mache dir keinen Vorwurf."

Er wollte Kurt auf die Schulter klopfen, zog seine Hand aber nach der ersten Berührung sofort wieder zurück. Dem freundschaftlichen Klaps hatte Kurt kaum

Widerstand entgegen gesetzt. Paul hatte Angst, ihn vom Stuhl zu reißen.

Mit aufgerissenen Augen blickte ihn Kurt an und flüsterte: „Scheiße".

Paul nickte.

„Du musst doch wahnsinnig werden. Deine Termine, deine Telefonate. Deine Konferenzen. Deine Besprechungen. Du musst verkosten und schreiben. Deine Preisverleihung."

„Ach, der Preis. Na, verkosten kann ich hier ja. Stell dir vor, hier würden nur Akten liegen. Nicht auszudenken. Ich würde wirklich wahnsinnig werden. Aber wenigstens gibt's guten Wein zu trinken. Äh, sehr guten, meine ich."

Kurt blickte zum Licht an der Decke und blinzelte. „Wenn wir alle großen Weine aus der Sammlung öffnen, verkosten, meinetwegen saufen, und Ewa kommt nicht – sterben wir glücklicher, als wenn wir sie nicht getrunken hätten?"

Sie schauten sich lange an.

Paul zog die Augenbrauen hoch. „Ein großer Wein muss für mich mehr haben als nur sehr gut zu schmecken. Er macht etwas Seltsames, Unerwartetes mit mir, etwas Geheimnisvolles. Ich verstehe meist nicht mal, was da mit mir passiert."

„Ein besonderer Wein kann einen Moment verändern, aber je länger ich darüber nachdenke: Er hat mich nur selten glücklicher gemacht", sagte Kurt gedankenverloren, „eher nachdenklicher, langsamer, manchmal leichter. Wenn man sich auf die Aromen konzentriert und jeder Schluck anders schmeckt, dann stolpern die Erinnerungen, die in den Kopf strömen, ineinander und übereinander. Da sind auch schöne Momente, aber oft lösen die Aromen bei mir traurige, melancholische Gedanken aus. Es gibt Weine, da erlebe ich meine schwersten Momente noch einmal. Wie den Tod von Irene. Und mit dem nächsten Schluck ist wieder alles heiter. Seltsam, nicht? Deswegen habe ich mich eben gefragt ..."

„Nein, ich denke, ich würde nicht glücklicher sterben." Paul presste die Zähne aufeinander. „Dazu müsste Wein glücklich machen können, und mich macht er es nicht. Diese ganze Weinlyrik! Die zarten Aromen des Apfels, der Geschmack nach Sonne, nach saftigen Früchten. Als hätte ich im Sonnenschein den Apfel vom Baum gepflückt und mein Vater hätte ihn mir liebevoll mit dem Taschenmesser zerteilt. Das ist blöder Kitsch! ‚Ein Wein, der nach Sonne, frisch geschnittener Melone und feinen Kräutern schmeckt' – wie oft habe ich diesen Dreck lesen müssen. Das ist Kitsch. Das ist dumm."

„Aber wenn ein Weißwein so eine Erinnerung auslöst? Ist doch schön, wenn man so etwas erlebt hat und es auf diese Weise zurückkommt ..."

Paul schnaubte. „Habe ich aber nicht! Mein ganzes Scheißleben nicht. Wenn ich im Wein nasses Laub, Erde und Waldboden rieche, ist da sofort die Erinnerung an meine Zeit im Kinderheim. Da musste ich stundenlang im Herbst durch den Wald wandern, meine Füße waren fast blau gefroren. Die anderen Jungs drangsalierten und prügelten mich. Das rieche ich! Und wenn alle den Wein für diese Aromen bejubeln, bin ich ganz still."

„Wenn ein guter Barolo intensiv nach Kohle riecht, kriege ich auch manchmal Beklemmungen", entgegnete Kurt leise. „Stundenlang haben mich meine Eltern im Kohlenkeller eingesperrt, wenn ich was ausgefressen hatte. Mit acht Jahren! Es war stockdunkel und saukalt. Ich hatte Angst. Dann rieche ich am Wein, und sofort ist diese Angst wieder da. Das ist Jahrzehnte her, aber ein außergewöhnlicher Wein holt diesen Moment zurück – ganz egal, ob er schmeckt oder nicht."

Zu gern hätte Paul diesen Gedanken in sein Notizbuch geschrieben, um ihn bei Gelegenheit als Pointe in einem Artikel unterzubringen. Seine Hand zitterte.

„Und der Ygay gestern Abend? Hat der etwas in dir ausgelöst?“

„Schwierig“, seufzte Kurt. „Ich habe an Irene denken müssen. Einfach nur so.“

„Schon gut“, sagte Paul milde, „ich dachte nur ...“

„Nein, alles in Ordnung. Darüber spricht man ja nicht so oft. Du warst im Heim?“

„Anderthalb Jahre lang, als meine Mutter ihr Leben nicht geregelt bekam. Damals waren die Zeiten strenger, und ihren Lebenswandel ohne Ehemann fanden die Behörden nicht erziehungsgeeignet. Mutter brachte nachts Männer mit, die morgens ganz zurückhaltend wurden und verschwanden. Ich musste alleine klarkommen. Die Lehrer beschlossen, ich würde vernachlässigt werden. Sie benachrichtigten das Jugendamt, als sich meine Mutter nicht kooperativ zeigte. Sie rauchte, soff und heulte ziemlich viel. Dummerweise tat sie das auch bei den Terminen in der Schule. Und da kam so ein Idiot vom Amt und fuhr mich ins Heim, in den dunklen Spessart. In den Wald, den ich manchmal im Wein rieche. Ans Ende der Welt. Es war furchtbar. Wenn man zum Verbrecher wird, dann in so einem Heim.“

„Du bist Weinkritiker geworden.“

„Ist doch fast das Gleiche. Nach eineinhalb Jahren durfte ich zurück nach Hause. Mutter konnte den sittenstrengen Damen und Herren im Jugendamt nachvollziehbar erklären, dass sie wieder in stabilen Verhältnissen lebte, einer geregelten Teilzeitarbeit nachging, dort als zuverlässig und zuvorkommend galt, ihr genug Zeit für meine Erziehung blieb, sie für mich ökonomisch und emotional angemessen sorgen konnte und so weiter. Da durfte ich nach Hause. Natürlich nur unter strenger Aufsicht des Jugendamts. Vielleicht kommt da meine Liebe zum Theater her. In fremde Rollen schlüpfen. Für zwei Stunden jemand anderes sein. Ach, was soll's. Genug davon.“

Er seufzte theatralisch und ging wortlos in den Bordeaux-Gang, warf einen Blick auf die Etiketten und lief weiter zum deutschen Riesling, um alleine zu sein. Dort pfiff er eine Melodie, die Kurt nicht kannte.

***

Martin Baumgärtner schob den Staubsauger in die Abstellkammer und schüttelte das Staubtuch aus. Es duftete nach gebratenem Kotelett. Bevor er wieder nach unten ging, öffnete er den kleinen Schrank im Schlafzimmer und zog den Ordner mit den Kontoauszügen heraus. Er blickte hinein und rechnete. Die Bank hatte die Kreditraten bereits abgebucht, der Pflegedienst würde in wenigen Tagen seine monatliche Rechnung schicken, das Auto musste zur Inspektion, und der Monat war noch lange nicht vorüber. Das Geld würde genau reichen, wenn er beim Einkaufen sparte. Die zehn Euro für die Blumen hätten für eine schöne Portion Wurst gereicht. Wie die für Kurt. Er betrachtete die Zahlenkolonne auf dem Auszug und hieb auf die Tischplatte. Müde legte er die Arme auf den Tisch und ließ seinen Kopf hineinsinken. Er fluchte, seine Hände krallten sich in den Haaren fest.

„Das werdet ihr alles bezahlen", flüsterte er, „Euro für Euro. Wartet nur ab. Ihr könnt mir nicht entkommen."

„Essen ist fertig", rief Elisabeth aus der Küche. Baumgärtner rappelte sich hoch, strich sich durch die Haare, legte die Kontoauszüge zurück und ging in die Küche.

„Das duftet aber gut", rief er.

Elisabeth versuchte ein Lächeln. Sie hielt sich mit aller Kraft an ihrem Rollator fest.

„Was ist los?", fragte Martin sorgenvoll.

„Heute geht gar nichts. Die Hüfte tut auf einmal so weh. Viel mehr als gestern. Ich war doch so froh, dass ich Fortschritte gemacht habe. Ich konnte doch schon ein paar Schritte gehen. Es war wieder alles umsonst."

Schwerfällig trippelte sie zum Esstisch. Mit zusammengebissenen Zähnen unterdrückte sie die Tränen. Ächzend ließ sie sich auf den Stuhl fallen. Martin nahm die Teller mit dem Fleisch von der Arbeitsplatte und stellte sie auf den Tisch, holte den Topf mit Kartoffeln und die Salatschüssel.

„Das wird schon. Verlier nicht die Geduld."

„Seit Wochen quäle ich mich. Es will einfach nicht besser werden. Diese Schmerzen!"

Martin sah sie sorgenvoll an und säbelte am Kotelett. „Wir schaffen das schon. Sei tapfer. Ich werde nachher übrigens einen kleinen Spaziergang machen. Gibt es noch etwas zu erledigen?"

„Du? Spaziergang? Du hättest doch schon zehn Jahre keinen Spaziergang mehr gemacht, wenn ich dich nicht genötigt hätte. Was hast du vor?"

„Nichts. Ich will einfach eine Runde drehen. Das ist doch nicht verboten."

„Wenn du meinst."

Sie aßen schweigend zu Ende.

***

Kurt schob ein Käsestück nach dem anderen in den Mund und kaute. Gedankenfetzen wirbelten durch seinen Kopf, ohne Anfang, ohne Sinn und Ergebnis. Er sah wieder, wie er die Klinke der Stahltür am Eingang seines Bunkers ausgebaut und die Öffnung verschweißt hatte, damit kein Eindringling sich unbemerkt aus dem Staub machen konnte. Er selbst hatte das Schweißgerät besorgt, die Schließmechanik sorgfältig mit einer Stahlkappe verschlossen und schließlich alles gestrichen. Er sah, wie er vor Jahren seine ersten wertvollen Weine im Regal platziert hatte, wie er mit Irene und ein paar Freunden zum ersten Mal einen schönen Abend zwischen den Weinen verbracht hatte. Er war glücklich gewesen. Irene, seine Freunde und er. Sie hatten Zeit,

Ort und Umstände vergessen, hatten gesessen, getrunken und geredet. Doch die Freunde waren nun weggezogen, einige gestorben, oder der Faden der Freundschaft war gerissen. Einfach so. Auch sein guter Weinfreund Johannes Steinfeld war nicht mehr da. Nur Martin Baumgärtner und seine Elisabeth waren geblieben. Er mochte sie wirklich, das schlichte, liebevolle Ehepaar aus Hochstadt. Doch alles hatte sich verändert, bis auf den muffigen Keller, in dem er nun saß, kaute und fror. Kurt atmete tief und presste die Lippen zusammen. Ausbruch. Ein neuer Plan. Wieder kam ihm Johannes in den Sinn, wie er mit ihm Mouton, Lafite oder Cheval Blanc trank und über das Leben plauderte.

„Laufen alle Stromkabel zum Haus?"

Kurt zuckte zusammen und fuhr mit dem Kopf herum. Sebastian stand breitbeinig hinter ihm, seine Kopfhörer lässig um den Nacken geschlungen.

„Mann, hast du mich erschreckt!"

„Die Stromkabel. Laufen die alle zum Haus?"

Kurt dachte einen Moment nach und nickte. „Der Hauptzähler ist im Haus. Von dort sind die Leitungen hierher gelegt worden."

„Na also. Warum nicht gleich so? Damit kommen wir vielleicht weiter."

Auch Paul bog nun um eine Regalecke, ließ sich auf einen Stuhl fallen und schaute Sebastian voller Erwartung an.

„Ganz locker, die Herren, ich weiß nicht, ob's funktioniert", wehrte Sebastian ab.

„Was funktioniert vielleicht nicht?", fragte Kurt mit bohrender, ungeduldiger Stimme.

Sebastian lehnte sich zurück. „Also: Wir müssen den Alarm auslösen. Richtig?"

Die beiden nickten.

„Dann tun wir das doch einfach."

„Ja, und wie? Jetzt mach keine Opernvorstellung draus", sagte Paul schnell und laut.

„Nein, keine Angst. Das ist dein Fachgebiet.“ Sebastian sah ihn an und grinste breit.

„Nun los“, brummte auch Kurt.

„Die Leitungen laufen ins Haus. Wenn wir hier einen satten Kurzschluss produzieren, haut's da drinnen die Sicherung raus. Hier wird es dunkel, aber der Stromausfall alarmiert den Sicherheitsdienst, weil die Anlage eigenständig mit Strom versorgt wird und darauf reagiert. Der Mann in Uniform kommt, stellt die Alarmanlage aus und tappt mit der Taschenlampe ins Haus, um die Sicherung wieder reinzudrücken. Und wir marschieren mit einem Teelicht in der Hand zurück ins Leben.“

Kurt und Paul klatschten. „Perfekt! Genial!“, schrien sie.

Sebastian deutete eine Verbeugung an. „Voilà, die Herren.“

Sie diskutierten aufgeregt die Details des Plans und zeichneten mit dem Finger imaginäre Linien auf die Tischplatte. Nach einigen Minuten verstummte Kurt.

„Was ist mit dir?“, fragte Sebastian.

„Es gibt hier unten auch einen Sicherungskasten. Ganz am Ende des Raums, ein Stück hinter der Nahe.“

Die drei sprangen auf, spurteten durch den Rheingau, an Rheinhessen vorbei und erblickten vor sich die Flaschen der besten Weingüter der Nahe, der Mosel und der Saar.

Paul nahm eine in die Hand.

„Hier liegen ja Schätze! Schau, diese Riesling Auslese 1971 vom legendären Scharzhofberg! Mein Gott, dass ich das erleben darf!“

„Paul? Was ist mit dir? Na los, komm jetzt! Oder willst du hier drinbleiben?“

„Ich überleg's mir – mit diesen Weinen kann man sterben“, hauchte er.

„Wenn du willst, von mir aus“, maulte Sebastian.

Paul schoss heran. „Aaaalso, da bin ich schon.“

Kurt öffnete eine weiße Metallklappe aus Blech. Nur eine Sicherung war darin montiert. „Schaut, da steht etwas mit Bleistift. Könnt ihr lesen, was da steht?"

Sie zwängten ihre Köpfe in den engen Kasten. Kurt tauchte weg und rannte nach vorne zur Küchenzeile, schnappte ein Teelicht und sprintete zurück.

„Paul, Feuer bitte."

Der kramte hektisch in seinen Taschen, zog das Feuerzeug hervor und entzündete den Docht.

„Kannst du was erkennen?"

„Hm, warte, ja, so könnte es ..."

Sebastian drehte das Teelicht hin und her, zog den Kopf aus dem Kasten und sagte enttäuscht: „Da steht nur: Beleuchtung innen. Mist, verdammter."

„Das ist alles?", fragte Paul.

„Hast du gedacht, da hat jemand den Hamlet abgeschrieben?", brummte Sebastian. „Die Sicherung macht die Sache kompliziert. Damit habe ich nicht gerechnet. Kurt hat es zu perfekt geplant."

„Ich habe gar nichts geplant. Von Strom habe ich keine Ahnung. Das ist mir doch viel zu gefährlich. Ich habe einen Elektrikermeister beauftragt. Man kann einen Schlag kriegen, es kann schmoren und brennen. Elektrische Energie ist gefährlich. Mit ihr treibe ich keine Spielchen."

„Wir könnten die Sicherung überbrücken", schlug Sebastian vor.

„Was? Wie? Überbrücken? Nichts dergleichen tun wir! Das ist viel zu gefährlich. Lebensgefährlich! Lieber bleiben wir noch drei Nächte hier, als direkt ins Jenseits zu schweben! Niemand fummelt hier am Sicherungskasten herum. Das verbiete ich!"

„Das kriege ich schon hin. Mach dir einen guten Rotwein auf, setz dich in ausreichendem Sicherheitsabstand hin und schau mir einfach zu. Du musst gar nichts tun. Keine Angst."

„Erstens trinke ich vormittags keinen Alkohol, und

zweitens werde ich nicht ruhig mit einem Glas Rotwein zusehen, wie du ins Jenseits entschwindest", erwiderte Kurt nervös. „Ich will nichts hören! Strom ist lebensgefährlich. Das weiß man doch."

Paul setzte zu einer Erwiderung an.

„Und du hältst den Schnabel. Keine Diskussion!"

Paul schaute beleidigt zur Decke.

Sebastian stöhnte. „Also gut. Ausbruch in der Lightversion. Garantiert ungefährlich. Für Jugendliche unter 16 Jahren geeignet. Frauen und Kinder zuerst."

„Kommen wir trotzdem raus?", fragte Paul mit banger Stimme.

„Wenn wir Pech haben, passiert gar nichts."

***

Nachdem Baumgärtner das Geschirr in die Spülmaschine geräumt hatte, zog er sich an und trat vor die Tür. Er war satt und etwas träge. Normalerweise hätte er sich eine halbe Stunde aufs Bett gelegt. Doch mit schnellem Schritt lief er nun durch die Kälte zur Hauptstraße mit ihren hübsch sanierten Fachwerkhäusern, folgte ihr ein Stück und bog links ab in eine enge Gasse, die vor der Stadtmauer in eine holprig asphaltierte Straße mündete. Im alten Stadtgraben plätscherte Wasser, Hühner krähten, ein Hund bellte. Er ging zwischen Gärten, alten Holzgaragen und dem schönen Ortskern bergauf und bog links ab in einen rutschigen Wiesenweg, der sachte in die Streuobstwiesen führte. Nach ein paar Minuten blieb er stehen und schnappte nach Luft. Er betrachtete die Dächer der Hochstädter Fachwerkhäuser, den hohen Kirchturm, die Stadtmauer und den weiten Horizont mit den Hochhäusern von Frankfurt. Sollte er Elisabeth erzählen, was geschehen war? Sollte er Stephan ins Vertrauen ziehen? Der kannte sich gut aus mit teurem Wein. Martin Baumgärtner hob einen dicken Ast am Wegrand auf, zerbrach ihn mit beiden Händen über dem Schienbein und schleuderte die Teile weit in die gefrorene Wiese. Nein, das ist allein meine Sache, dachte er. Ich habe sie angefangen, ich werde sie zu Ende bringen. Niemand soll eine Mitschuld tragen. Zweimal bin ich freundlich gewesen, habe vertraut, und zweimal ist über uns eine Katastrophe hereingebrochen.

Aber nun war es anders. Baumgärtner atmete tief aus, blickte noch einmal über die Häuser, drehte sich um und lief den Weg über den Hügel weiter, so schnell er konnte. Seine Fäuste hatte er geballt, den Rücken gestreckt.

„Ich habe lange genug für meine Dummheit gebüßt, nun wird die Sache für mich gut ausgehen", flüsterte er, „diesmal bin ich nicht der hilfsbereite Martin, der sich mit ein paar Worten um den Finger wickeln lässt. Diesmal ist es anders."

Nach einigen Minuten stieg der Weg wieder steil an, doch Martin Baumgärtner verlangsamte seinen Schritt nicht. Er blickte auf den nassen Weg, der durch die Wiese zwischen Apfelbäumen führte und an vielen Stellen unterspült und aufgeweicht war. Wie die Wege des Lebens, dachte er. Kurt hat Onkel Johannes durch mich kennengelernt, und er hat ihn mit Paul und Sebastian bekannt gemacht. Sie haben sich so gut verstanden, hatten stets eine besondere Flasche Wein als Präsent füreinander dabei. Ich habe wirklich geglaubt, Onkel Johannes wäre ein wohlhabender Mann, der sich seine Marotten leisten kann. Ein Wochenende in Baden-Baden? Eine Woche in der Schweiz? Eine Einladung zur Probe nach Hamburg?

„Ich bin so froh, dass du nach dem Haus siehst. Ich bin dir ja so dankbar. Du bist der Einzige, auf den ich mich verlassen kann." Das hatte er immer zu ihm gesagt. Baumgärtner erblickte neben sich einen knorrigen Apfelbaum. Er griff nach einem armdicken Ast und brach ihn mit aller Kraft vom Stamm. Diesmal werden mich die liebenswürdigen Weinfreunde kennenlernen. Was immer sie mit dem Wein aus dem Keller von Onkel Johannes gemacht haben, dafür müssen sie endlich zahlen. Ich habe lange genug abgewartet und geschwiegen.

Er machte sich auf den Rückweg und hielt den Ast fest in der rechten Faust. Einige Hundert Meter vor seinem Haus verlangsamte er seinen Schritt, warf den Ast in einen Vorgarten, blieb stehen und atmete schnaufend. Vielleicht sollte ich später an Kurts Haus nachsehen, ob alles so ist wie am Dienstag, überlegte er. Den Schlüssel konnte er im Büro bekommen, niemand würde eine Frage stellen. Er schloss die Haustür auf. Elisabeth war oben im Schlafzimmer. Er musste sich erst um sie kümmern, Kaffee kochen, und danach würde er losfahren.

„Martin?“, rief es von oben.

Er ging die Treppe hinauf.

***

Kurt, Paul und Sebastian besprachen ihren Befreiungsplan in allen Details, wogen das Für und Wider noch einmal ab. Sebastian versuchte, Kurt zu beruhigen, den die Angst vor einem Stromschlag im Griff hatte. Niemandem würde etwas passieren, beschwor ihn Sebastian wieder und wieder und legte den Plan fest. Kurt würde die Teelichter entzünden, mit Paul an dem Lüftungsschacht auf der Seite des Hauses nach Autogeräuschen lauschen und ansonsten auf Sebastians Umsicht vertrauen. Sie sahen sich kurz an und machten sich an die Vorbereitungen. Kurt stellte auf dem Tisch, an der Bunkertür und an den Lüftungsklappen jeweils ein paar Teelichter bereit. Sebastian lief den Bunker ab und suchte nach einer Möglichkeit, den Kurzschluss zu produzieren.

Paul saß da und tat nichts. „Sebastian, brauchst du Hilfe?“, rief er in die Regalreihen.

„Danke, es geht schon schwer genug!“ Sebastian hatte mit seinem Taschenmesser die Abdeckung eines Verteilers gelöst und versuchte, an die Drähte zu kommen, um ihren Gummimantel anzuschneiden und die blanken Kupferdrähte freizulegen. Er fluchte und fummelte mit der Klinge, Paul und Kurt sahen ihm mit Abstand konzentriert und schweigend zu. Es dauerte fast eine Stunde, bis es ihm gelang. Kurt zündete mit Pauls Feuerzeug die Teelichter an und schaltete die Sparlampen aus. Sicherheitshalber, wie er sagte. Nur das Licht über dem Tisch ließ er brennen, um zu sehen, ob der Kurzschluss wirklich die erhoffte Wirkung haben würde.

„Seid ihr so weit?“, fragte Sebastian übertrieben lässig, um seine Anspannung zu überspielen.

„Alles klar“, rief Paul.

In einigem Abstand zum blanken Kupfer ergriff Sebastian die Drähte und führte sie gegeneinander. Ein Funke schlug aus den Kabelenden. Am Sicherungskasten klackte es, das Licht erlosch. Nur der schwache Schein der Teelichter warf zuckende Schatten, die sich mit der Schwärze des Raums verbanden.

„Das war's“, sagte Sebastian und wischte sich über die Stirn.

„Wie ist die Chance?“, fragte Paul noch einmal.

„Höchstens fifty-fifty“, sagte Sebastian, als hätte er die Frage zum ersten Mal gehört. „Kommt drauf an, ob's im Haus auch die Sicherung rausgehauen hat.“

Kurt ging mit einem Stuhl zum Luftschacht, setzte sich und lauschte nach Geräuschen von draußen.

„Ein paar Minuten wird es dauern, so schnell sind die Sicherheitsleute nicht hier.“

Sie saßen und schwiegen gespannt. Es blieb still. Fast eine halbe Stunde verging.

„Vergiss es, da passiert nichts mehr“, sagte Sebastian und winkte ab.

Da hob Kurt die Hand. „Still!“
Sie sahen ihn an.
„Ein Auto kommt“, flüsterte er.
Paul riss die Augen auf.

***

Martin Baumgärtner fuhr langsam auf den Parkplatz vor Kurts Haus und stieg aus. Der große Schlüsselbund seiner Sicherheitsfirma lag auf dem Beifahrersitz. Er sah sich um. Der Saab von Paul stand noch da, wo er am Dienstag gestanden hatte. Er ging einige Schritte über den Parkplatz zum Haus und sprang die Stufen im Windfang hoch. Im Briefkasten mit dem matten Messingschild, in das „K. Gilser“ graviert war, steckten mehrere Zeitungen. Niemand war hier gewesen. Er könnte einfach hineingehen und die Alarmanlage abstellen. Den Code kannte er längst auswendig, er hatte ihn aus den Unterlagen im Büro abgeschrieben. Baumgärtner setzte sich auf die Stufen. Er könnte den dreien einen Brief mit seinen Forderungen unter der Bunkertür durchschieben, überlegte er, und wenn sie unterschrieben, würde er sie rauslassen. Was aber, wenn sie später die Polizei holten, statt zu zahlen? Er wäre wegen Entführung, Erpressung oder was auch immer dran. Er würde in den Knast wandern und müsste Elisabeth alleine lassen. Das geht nicht, dachte er, auf keinen Fall. Er schnäuzte sich die Nase und kratzte sich am Hals. Drei Tage sind nicht genug. Ich muss herausfinden, ob sie mich betrogen haben. Wer weiß, was der Wein von Onkel Johannes wirklich wert war? Sie bleiben so lange da drin, bis ich Klarheit habe. Wenn es stimmt, was Stephan mir erzählt hat, werden wir abrechnen. Und wenn nicht? Wenn Kurt ihm damals einen Freundschaftsdienst erwiesen hatte? Jetzt gab es kein Zurück mehr. Er ging zu seinem Auto, schaltete das Radio ein und fuhr los. Baumgärtner dachte an Stephan. Vor zwei Jahren hatte sein Sohn ihn angerufen und erzählt, dass Kunden in Sebastians Laden öfter Weinflaschen für über 1000 Euro kaufen würden. Manchmal gleich eine ganze Kiste davon. Für Stephan war das normal. Alltag. Martin Baumgärtner musste damals seine Hand um den Hörer krallen, damit er ihm nicht herunterfiel. Seitdem war sein Leben ein anderes. Er schüttelte sich, um die Bilder zu vertreiben. Sein Kopf dröhnte. Jetzt würde er erst einmal Kuchen kaufen. Er musste sich ablenken. Alles hatte seine Zeit.

***

„Pschscht", zischte Kurt. Oben näherte sich ein Motorengeräusch, kurz darauf war knirschender Kies zu hören. Das Auto hielt offenbar auf dem Parkplatz vorm Haus. Eine Autotür wurde zugeschlagen.

„Ich höre Schritte auf dem Kies in Richtung Haus", hauchte Kurt. Paul und Sebastian waren ganz nah an ihn herangerückt und starrten sich an. Eine stille Minute verging. Wieder knirschte der Kies im Rhythmus eiliger Schritte. Eine Autotür schlug wuchtig, der Motor röhrte, und das Auto entfernte sich. Kurt schaute erst auf die Uhr, dann zu Boden.

„Das war nur der Paketbote. Der kommt meistens um diese Zeit. Er hat geklingelt, gewartet und eine Karte eingeworfen." Kurt ließ seinen Kopf auf die Knie sinken.

Sebastian rannte zum Sicherungskasten und drückte den Schalter der Sicherung nach oben. Er rastete ein, und die Lampe erleuchtete wieder den Tisch.

„Das war wohl nichts", grummelte er und machte sich an dem Kasten zu schaffen. Wo waren die Kabel, die ins Haus liefen? Er zog und schob, drückte und zerrte an den Kabeln und Abdeckungen.

Kurt schoss heran. „Lass das! Finger weg!", brüllte er. „Ich will dich nicht auch noch verlieren!"

„Im Aufgeben bin ich nicht gut, verdammt", schrie Sebastian.

„Schluss!", herrschte Kurt ihn an, packte Sebastian an den Schultern und zog ihn zurück. Beide taumelten und stolperten zu Boden. Sebastian schaute Kurt überrascht an.

„Entschuldige bitte. So darf man sich nicht benehmen. Das war nicht richtig von mir", sagte Kurt mit leiser, zitternder Stimme.

Paul stürzte heran. Die beiden blickten in sein unrasiertes Gesicht.

„Ganz ruhig, ihr beiden!" Paul ging in die Hocke. „Alles klar mit euch?"

Sie nickten.

„Vor ein paar Jahren wollte Kurt mir schon mal eine reinhauen. Erinnert ihr euch?"

Kurt richtete den Blick zur Decke, Paul schüttelte den Kopf. „Du, Kurt? Das kann ich mir gar nicht vorstellen!"

Sebastian ließ sich gegen die Wand fallen und zog am Reißverschluss seiner Winterjacke.

„Vor ein paar Jahren habe ich ein paar Flaschen Masseto zu einem echt guten Preis organisiert. Du weißt ja, der Luxus-Merlot vom berühmten Weingut Ornellaia. Toskana. Ziemlich teuer."

„Ja, ja, ja, kenne ich. Weiter!" Paul fuhr hektisch durch seinen Bart.

Sebastian machte eine Kunstpause. „Ihr wollt gar nicht wissen, woher ich sie bekommen habe, aber die Sache war absolut sauber. Mit Zertifikat vom Weingut. Jahrgang 1997, einer der besten, den es beim Masseto gegeben hat. Ich hatte von Johannes Steinfeld einen Tipp und eine Handynummer bekommen. Der alte Fuchs kannte die richtigen Leute."

„Nicht mit der Montrachet-Methode veredelt?", fragte Paul misstrauisch.

„Alles perfekt und einwandfrei. Wie immer bei Steinfeld. Und zum unschlagbaren Preis. Nur 150 Euro pro Flasche. Kein Schnäppchen, ein ausgewachsener Schnapp. Deswegen habe ich sie zusammen angeboten. Alle drei oder keine. Für 750 Euro. Kurt sah sie und wollte sie sofort. Ich wollte sie ihm fast zum Einkaufspreis geben. Ehrensache. Also wollte er das Geld holen und sie zwei, drei Tage später abholen. Die Zeit verging, aber Kurt kam nicht. Nach fast zwei Wochen rief ich ihn an."

Kurt nickte nachdenklich.

„Kurt druckste herum, er würde dieser Tage vorbeikommen, er müsste noch mit Irene sprechen, außerdem sei er furchtbar im Stress. Stimmt's?"

„Ja doch."

„Wieder verging eine Woche, und wer tauchte nicht auf? Mein Freund Kurt. Ich rief ihn also noch mal an. Da ließ Kurt die Katze aus dem Sack: Der Masseto könne zu diesem Preis doch kaum echt sein. Ich war richtig sauer! Schließlich war der Wein zertifiziert! Ich habe sogar im Weingut angerufen und die Nummern überprüft! Alles stimmte. Aber Kurt wollte mir nicht glauben."

Kurt starrte in die Dunkelheit.

„Tja, aber man kennt doch seine Kunden. Zwei Anrufe, und innerhalb einer Stunde lagen die 750 Euro bar in der Kasse. So schnell geht das."

„Deswegen wollte Kurt dir eine reinhauen?"

Kurt legte die Hand auf Pauls Arm. „Die Geschichte geht noch weiter."

„Am nächsten Tag klingelte das Telefon, und wer war dran? Der Herr neben mir. Er hätte es sich überlegt, was mit dem Wein denn nun wäre. ‚Der ist verkauft', sagte ich. Stille in der Leitung. Ob ich noch drei Flaschen organisieren könne? Er wollte in den Laden kommen und sie abholen. Ich rief also den Verkäufer an. Ein Italiener. Dicke Sonnenbrille, schickes, weißes Hemd, getunter BMW. Er hätte keinen Masseto mehr. Nur noch den Ornellaia. Ich diskutierte mit ihm ein wenig, irgendwas geht schließlich immer. Ich schlug ihm vor, zwei Kisten Ornellaia abzunehmen, aber nur, wenn er noch drei Flaschen 1997er Masseto dabei hätte. Zum selben Preis wie zuvor. Er schlug vor, uns auf dem Rasthof Gräfenhausen an der A5 zu treffen. Geht doch, dachte ich."

„Das hast du mir gar nicht erzählt", empörte sich Kurt.

„Du musst auch nicht alles wissen. Steinfeld hatte mich übrigens gewarnt. Ich packte also eine Menge Bargeld ein und fuhr zum Parkplatz. Der Typ kam, stieg aus, und diesmal hatte er zwei bulgarische Drei-Zentner-Jungs mit Goldkette dabei. Mann, hatte ich Schiss! Wir wickelten den Ornellaia-Deal ab. Ich sagte: ‚Jetzt fehlt nur noch der Masseto, sonst läuft die Sache nicht. Dann kannst du die zwei Holzkisten wieder von deinen Jungs in deinen frisch gesaugten Kofferraum zurücklegen lassen.' Da packten mich die zwei Glatzen und gaben mir eins auf die Nase. Das Blut floss auf mein Hemd, und der Sonnenbrillentyp wurde streng: Bei seinen Geschäften bestimme er die Bedingungen. Sonst niemand. Ich nickte nur, denn das Sprechen war nach den Faustschlägen etwas schwierig geworden. Er hätte nur noch einen 1997er Masseto, und der koste jetzt nicht mehr 250, sondern 500 Euro. Eines der sprechenden Muskelpakete griff mir ins Sakko, holte das Geld raus, zählte ab und legte die Flasche auf den Rücksitz meines Wagens. Nur gut, dass ich es passend dabei hatte. Der andere ließ mich los, und die Herren verabschiedeten sich höflich. Damit hatte ich eine gute Quelle für Toskaner und Barolo weniger. So ist das Leben. Später kam Kurt in den Laden. Er sah mein Pflaster auf der Nase, und das Auge und die Mundpartie waren auch etwas geschwollen. Ich sagte, dass es da eine kleine Diskussion um den Masseto gegeben habe, ich hätte nur noch eine Flasche bekommen können. Kurt war außer sich. So kannte ich ihn gar nicht. Er wolle keinen Wein, für den Gewalt angewendet worden sei. Ich sagte: ‚Kurt, du hast ihn für 250 Euro bestellt, ich habe geliefert. Ich habe meine Prinzipien, du hast deine.' Da packte mich Kurt am frischen Hemd und schrie, ich dürfte mich doch wegen einer blöden Flasche Wein nicht in Gefahr begeben! Er würde sich nun ein Leben lang Vorwürfe machen! Er hätte mir fast eine gelangt."

Kurt schaute nach unten, rutschte immer tiefer zu Boden und zischte: „Habe ich aber nicht. Hätte ich es nur getan! Wir wären geschiedene Leute gewesen, und du müsstest nicht hier eingesperrt dein Geschäft ruinieren."

„Was ist aus dem Masseto geworden?", fragte Paul neugierig.

„Liegt auf einem Ehrenplatz. Toskana, oberste Reihe, genau in der Mitte. Habe ich abgezählt", antwortete Kurt.

Sebastian und Paul sahen sich an.

Kurt bemerkte es sofort. „Wir machen ihn heute Abend auf. Als späte Entschädigung. In Ordnung?"

Die beiden strahlten.

„Du hast draufgelegt", sagte Kurt unvermittelt. „Du hast für mich 250 Euro draufgelegt. Das geht doch nicht. Warum hast du nichts gesagt? Wenn wir draußen sind, werde ich das regeln."

Sebastian winkte ab. „Diese Erfahrung war das Geld schon fast wert."

„Mit der Mafia machst du Geschäfte. Also Sebastian, in allen Ehren ...", sagte Paul vorwurfsvoll.

Sebastian zuckte mit den Schultern. „Der Preis war klasse, die Ware einwandfrei. Mir doch egal, woher die Typen das Zeug hatten. Die Flaschen waren echt. Wo ist das Problem? Steinfeld hat seine ganze Sammlung so aufgebaut. Der kannte halt die richtigen Leute. Das spart viel Geld und macht das Leben spannend."

Kurt atmete tief aus und blickte auf die Uhr. „Ich habe mich damals nicht richtig verhalten. Ich war geradezu unmöglich. Ich muss dich um Entschuldigung bitten."

Sebastian nickte wortlos.

Kurt ging nach hinten und rief aus den Regalen: „Es

ist längst Zeit zum Mittagessen. Ich hole Schinken, es ist noch genug da. Deckt doch bitte schon den Tisch. Ich komme sofort."

Sebastian und Paul richteten mit wenigen Handgriffen den Mittagstisch. Kurt blieb verschwunden.

Paul fand ihn sitzend, an ein Weinregal gelehnt, kraftlos und zusammengesackt. „Was ist mit dir?"

Kurt deutete mit einer schwachen Bewegung auf das gegenüberliegende Regal. „Da liegt euer Schinken, Oliven sind noch vorne. Ich bleibe hier. Ich will nichts essen."

„Was ist denn los?"

„Lass mich in Ruhe. Bitte. Ich will hier sitzen. Esst. Es ist Zeit."

„Komm hoch, du verkühlst dich. Ich bringe dich zu deinem Bett."

„Wenn es doch nur mein Bett wäre. Es ist alles meine Schuld. Ich habe alles falsch gemacht. Lasst mich in Ruhe."

Paul zog ihn umständlich nach oben. Langsam tappten die beiden nach St. Emilion, bis sie Kurts Kistenlager erreichten. Behutsam ließ Paul ihn hinabgleiten. Er holte unter Sebastians fragendem Blick die Kissen von den Stühlen und brachte sie Kurt. Der schob sie unter den Kopf.

„Esst. Es ist schon spät fürs Mittagessen."

Paul schaute ihn mit hochgezogenen Augenbrauen an. „Willst du etwas trinken? Ein Glas Wasser?"

Kurt wehrte ab. „Esst. Lasst mich in Ruhe. Bitte."

Paul nickte, holte den Schinken, schaute noch einmal zu Kurts Lager und ging nach vorne zu Sebastian, der am Tisch saß.

„Was ist mit Kurt?", fragte er besorgt.

„Ich glaube, du hast ihn überfordert. Es ist schwer genug für ihn hier unten. Lass ihn schlafen."

„Wenn du meinst", grummelte Sebastian und biss in den Schinken.

Auch Paul griff zu und fragte: „Ein Schlückchen Riesling zum Schinken?"

Sebastian zuckte aufmunternd mit den Schultern. „Warum nicht? Wir müssen doch den Fehlschlag wegspülen."

„Ich hole eine einfache Flasche. Keinen großen Wein. Etwas zum Austrinken. Da hat Kurt sicher nichts dagegen. Na, aber schmecken muss er wenigstens."

Paul schnitt schnell einige Scheiben Schinken herunter und ordnete sie mit Oliven dekorativ auf dem unbenutzten Teller an. Er stand auf und ging damit zu Kurts Lager. Der hatte sich in den Decken zusammengerollt und schlief unruhig. Paul stellte den Teller vorsichtig neben ihn auf den Boden.

„Hier, falls du doch etwas essen magst", flüsterte er und ging weiter in Richtung Rheingau. Er spähte durch die Regalreihen, erkannte da und dort einen Wein, nahm einige Flaschen zur Hand und legte sie zurück. Paul fand einen 2009er Riesling aus der Pfalz, schnappte die Flasche und sah ihren Drehverschluss. Er schmunzelte. Jahrelang hatte er in seinen Kolumnen einen Feldzug gegen den Trend geführt, Wein wie Saftflaschen zu verschließen. Die Vorteile waren ihm zwar bewusst, doch Wein sei eine uralte Kultur und der Kork ein sehr wichtiger Teil von ihr, predigte er seinem Publikum. Wer Drehverschlüsse verwende, entziehe der Gesellschaft einen Teil der Weinkultur. Das sei geistige Globalisierung, hatte er geschrieben und so eine heftig geführte Diskussion ausgelöst. Paul war zufrieden. Es hatte funktioniert. Doch in diesem Moment empfand er den Drehverschluss als verdammt praktisch. Einmal gedreht und eingeschenkt. Wie wunderbar. Er beschloss, in Ruhe darüber nachzudenken und dem Publikum seinen Sinneswandel in einer mehrteiligen Serie mit kulturkritischem Ansatz darzulegen. Er setzte sich wieder zu Sebastian, drehte die Flasche auf und schenkte ein.

„Eine Flasche mit Drehverschluss? Ja, gibt's das? Das war doch gestern für dich noch der Untergang der abendländischen Weinkultur!"

„Ich wundere mich ja auch über mich", kicherte Paul.

Sebastian hob mit großer Geste das Glas. „Auf das Ende der Weinkultur!"

„Auf den Untergang", lachte Paul.

Sie tranken und aßen, redeten über die Aromen des Weins und vergaßen für ein paar Minuten die bohrende Enttäuschung über die gescheiterte Befreiung. Mit kräftigen Zügen leerten sie die Flasche, gingen zu ihren Lagern, zogen die Decken über den Kopf und schliefen bis in den Nachmittag hinein.

***

Nachdem er den Kaffeetisch abgeräumt hatte, nahm Martin Baumgärtner das Handy von der Ablage im Flur, auf dem es immer lag. Er blickte aufs Display. Keine neuen Anrufe.

„Der Käsekuchen war wirklich hervorragend", sagte Elisabeth gut gelaunt zu ihm, „ich fand es lieb von dir, dass du extra wegen mir mit dem Auto losgefahren bist, um so guten Kuchen zu kaufen."

Er sah sie an. „Die Hauptsache ist, dass es dir geschmeckt hat. Du musst auf andere Gedanken kommen."

Sie hangelte sich ins Wohnzimmer und fiel in den Sessel.

„Soll ich dir noch einen Kaffee bringen?"

„Das wäre lieb von dir."

Martin ging in die Küche.

„Hast du eigentlich mit Stephan gesprochen?"

„Ja, er hat mich gestern Nacht bei der Schicht angerufen", rief er ins Wohnzimmer. „Ihm geht's bestens. Sein Chef Sebastian ist irgendwie weg. Und jetzt muss er den

Laden alleine schmeißen. Das macht er richtig gut. Und es bringt ihm ordentlich Geld."

Er balancierte einen vollen Becher Kaffee ins Wohnzimmer. Als er ihn auf den Tisch stellen wollte, stolperte er an der Teppichkante, strauchelte und fing sich. Ein Schwall Kaffee ergoss sich auf die Tischdecke.

„Oh, entschuldige bitte, ich bin so ein Trottel!"

Elisabeth schüttelte den Kopf und verdrehte die Augen. „Na pass doch auf! Hast du mich erschreckt! Los, nimm das Tischtuch schnell runter und weiche es ein. Dann bleiben keine Flecken drin."

Baumgärtner gehorchte.

„Was ist nur mit dir? Seit gestern bist du so nervös. So unruhig. So kenne ich dich gar nicht!"

„Es ist gar nichts", rief er durch das Rauschen des Wasserhahns, „ich war eben ungeschickt. Kann doch mal passieren. Ich werde alt."

Kurz darauf kam er mit einer neuen Tischdecke zurück und breitete sie aus. Schließlich holte er frischen Kaffee und schob die Tasse vorsichtig vor sie hin.

„Entschuldige bitte. Es ist wirklich nichts."

Elisabeth sah ihn einige Sekunden genau an. „Was war mit Stephan und dem Laden?"

„Also, sein Chef, dieser Sebastian, ist gestern einfach nicht aufgetaucht. Er hat sich nicht abgemeldet. Er kam nicht."

„Wie? Dieser Sebastian ist nicht gekommen? Einfach so? Der ist doch mit Stephan sonst so streng! Wo ist er denn hin?"

Baumgärtner blickte auf die weiße Tischdecke. „Er ist eben nicht gekommen, am Handy geht nur die Mailbox ran. Aber Stephan hat alles im Griff. Der Laden läuft."

„Sollte man da nicht die Polizei anrufen? Vielleicht ist er entführt worden? Der ist doch sicher ziemlich reich."

„Ich habe Stephan geraten, den Laden pünktlich aufzuschließen, die Kunden gut zu beraten, sauber abzurechnen und abzuwarten. Vielleicht hat der Herr ja einfach eine Frau kennengelernt und befindet sich im Liebestaumel! Die jungen Leute heute …"

„Meinst du wirklich? Ich finde das sehr seltsam."

„Warte, ich ruf Stephan kurz an und frag ihn."

Er wählte die Nummer seines Sohns und begrüßte ihn, wie seit vielen Jahren, mit einer harmlos-fröhlichen Frotzelei. Nach zwei Minuten legte er auf.

„Stephan geht's gut. Aber Sebastian ist nicht aufgetaucht."

Elisabeth schüttelte den Kopf. „Was da wohl passiert ist? Ist er zu Hause?"

„Nein, Stephan hat heute früh bei ihm geklingelt. Da ist er nicht. Aber ich finde, wir haben genug Sorgen. Und es gibt keinen Grund, uns zu beunruhigen. Jeder muss sehen, wie er zurechtkommt. Der taucht schon wieder auf. Gibt es noch etwas zu erledigen? Sonst gehe ich in den Keller und mache an der alten Kommode weiter, die wir Stephan schenken wollen. Da ist noch viel dran zu tun."

„Geh nur, ich werde ein wenig fernsehen. Heute Abend gibt es einen Krimi, der in der Zeitung gut besprochen wurde."

„Schön", antwortete Martin und stieg die Kellertreppe hinab.

***

Als Paul sich umständlich aus seiner Decke schälte, war es immer noch still.

„He! Was ist? Keiner da?", rief Paul in Richtung der anderen Schlafstellen.

Niemand antwortete. Er blickte irritiert auf seine Armbanduhr. Es war schon nach vier.

„Haalloo?"

Er streckte sich, ging zur Toilette und setzte sich an den großen Tisch. Die leeren Gläser, die ausgetrunkene Flasche Pfälzer Riesling und die Reste des Mittagessens standen noch da. Paul schielte in Richtung Bordeaux. Mein Gott, diese Unordnung, dachte er und räumte in Windeseile den Tisch ab, säuberte ihn mit dem alten, grauen Lappen und spülte Geschirr und Gläser. Er fühlte sich erleichtert. Nun gab es keinen Grund mehr, dass Kurt schimpfen könnte und er sich verteidigen müsste. Er hasste solche Situationen, aber nun war ja alles in Ordnung. Da hörte er Schritte. Sebastian kam ums Regal getappt.

„Herrje, was habe ich geschlafen. Man gewöhnt sich an alles, sogar an diese Kartons. Ich habe eine Position gefunden, in der mein Arm nicht mehr einschläft. Herrlich! Was ist mit Kurt?"

Paul zuckte mit den Schultern, schlich sich ins Bordeaux und blieb bei St. Emilion stehen. Kurt lag einfach da. Seine Augen waren offen. Sie richteten sich auf Paul, nahmen ihn aber kaum wahr.

„Lass mich in Ruhe", murmelte er müde und zugleich barsch. Paul ging in die Hocke. „Kurt, was ist?"

„Hau ab. Bitte!"

Das letzte Wort mündete in ein langes Schluchzen. Nun kam auch Sebastian heran.

„Hey Alter, was soll das?", fragte er besorgt.

„Trinkt was. Irgendwas. Aber lasst mich allein. Ich will alleine sein. Verschwindet!"

„Ganz ruhig. Magst du etwas essen? Paul hat dir einen Teller gerichtet. Wir haben eine Flasche Pfälzer Riesling dazu getrunken. Sehr gut. Soll ich dir auch ein Glas holen?", fragte Sebastian so liebevoll, dass er sich gar nicht erinnern konnte, jemals in diesem Ton mit einem Menschen gesprochen zu haben.

„Ich brauche nichts. Niemanden. Lasst mich. Ich will nicht mehr. Lasst mich!"

Tränen liefen über seine Bartstoppeln. Paul wechselte einen beunruhigten Blick mit Sebastian und deutete mit einer knappen Kopfbewegung an, zurück zum Tisch zu gehen, um sich zu beratschlagen.

„Alles klar, wir lassen dich allein. Bis später."
Kurt schaute ihnen nicht nach.

Sebastian lief vor dem Tisch auf und ab. „Und jetzt, verdammt? Dreht Kurt jetzt durch? Ist das ein Lagerkoller? Depression? Was sollen wir machen?"

„Ich glaube Letzteres", seufzte Paul, „ich kenne das."

„Und was hilft dagegen? Wie kriegen wir ihn wieder flott?"

„Kommt drauf an", erwiderte Paul mit skeptischem Blick. „Weißt du, ob er so was öfter hat?"

Sebastian schüttelte den Kopf. „Wir kennen uns schon lange, aber so eng sind wir halt auch nicht."

„Nicht? Ich dachte, Kurt wäre wie ein zweiter Vater für dich."

„Ach, irgendwie ist er das auch. Aber ich bin dafür nicht so geeignet. Steffi sagte mal, ich wäre für Beziehungen nicht tauglich. Keine Ahnung. Vielleicht stimmt das sogar. Also, ich weiß nicht, ob er das schon mal hatte."

„Na, das wird was", sagte Paul langsam. „Wenn es nicht einmal der adoptierte Sohn weiß, wird die Diagnose schwierig."

„Wie? Adoptierter Sohn? Wie meinst du das? Ich? Wieso ich?"

„Kurt hat keine Kinder. Der Wein verbindet dich mit ihm wie mit keinem anderen. Du könntest sein Sohn sein. Und er bewundert dich für deine Unbekümmertheit, die Dinge einfach anzugehen. Kurt hat das mal erwähnt, als wir einen skurrilen, uralten Bordeaux getrunken haben. Kann mich nicht mehr erinnern, was es war. Völlig unbekannt, aber ganz wunderbar."

Sebastian stand wie versteinert vor Paul. „Ich? Echt?"

Paul nickte und sah ihm in die Augen. „So ist es."

Sebastian fuhr sich durch die fettigen Locken, ein Lächeln schoss durch seine Seele und formte zugleich für einen Moment sein Gesicht. „Ich wusste das nicht. Er hat's mir nie gesagt."

„Warum sollte er auch? Das muss man nicht rausplaudern."

„Wieso sagt er nichts? Ich kann das nicht annehmen. Ich habe ihn schlecht behandelt."

Paul winkte ab. „Damit kann er gut umgehen. Mach dir keine Sorgen."

„Wenn du meinst. Ich sollte mich mehr um ihn kümmern. Also wenn wir wieder draußen sind. Ihn öfter besuchen und so. Wäre doch gut, oder?"

Paul nickte wieder, ließ sich auf einen Stuhl fallen und stützte den Kopf in die Hand.

Sebastian trat mit einem großen Schritt zu ihm hin. „Und jetzt? Wie kriegen wir Kurt wieder aus dem Bett? Der darf doch nicht durchdrehen! Nicht jetzt, verstehst du?"

„Depressionen kommen und gehen", murmelte Paul. „Sie kommen blitzschnell aus dem Nichts, verdunkeln deine Sonne und lösen sich irgendwann wie Nebel auf. Sie verschwinden dorthin, wo keine Sonne ist. Weißt du, was ich meine?"

Sebastian nickte heftig, obwohl er kein Wort verstand. „Also, was machen wir?"

„Wir lassen ihn in Ruhe. Wir tun gar nichts."

„Wie nichts?"

„Na, nichts. Wir warten. Das ist aus meiner Sicht am besten."

„Und wenn er sich was antut? Ist ja alles nicht so leicht zu verkraften hier unten."

Paul winkte ab. „Das macht er nicht. Ich kenne ihn. Ich bin zwar kein Adoptivsohn von ihm, aber wir sind uns nahe. Vor allem, seit Irene tot ist. In vielem sind wir uns ähnlich, auch, wenn man das nicht so sieht."

„Also gut, wenn du meinst. Dann machen wir also nichts. Und was machen wir jetzt außer nichts?"

„Wir könnten zur Abwechslung eine Flasche Wein aufmachen, dann vergeht die Zeit bis zum Abendessen vielleicht ein bisschen schneller."

„Wenn du das sagst“, seufzte Sebastian und stand auf, um eine passende Flasche zu suchen.

Sebastian tappte zwischen den Regalen umher. Er hatte keine Idee, welche Flasche die richtige sein könnte. Einen guten Wein zur Situation zu finden, war selbst in entspannter Atmosphäre für ihn nicht einfach. Er verglich stets Preise, Margen und Möglichkeiten, hatte Punkte und Bewertungen präsent. Er hatte sein Gehirn auf das Speichern und sofortige Wiedergeben dieser Details so trainiert, dass es an Konditionierung grenzte. So entschied er nach schlichten Regeln: Für wohlhabende Freunde suchte er meist einen anspruchsvollen, aber nicht extrem teuren Wein, der trotzdem nicht kompliziert zu trinken war. Für alte Studienkumpels genügte ein anständiger Wein, den sich jeder leisten konnte. Vielleicht würden sie ja mal im Laden vorbeischauen. Für Geschäftspartner wählte er, je nach Lage der Dinge, entweder einen raren Jahrgang eines großen Weins – irgendwie musste er sie ja gefügig machen – oder einen günstigen Wein mit besonders gutem Preis-Leistungs-Verhältnis, um seinen Riecher für Beststeller-Weine zu demonstrieren. Und dieses Mal? Sie waren den dritten Tag eingesperrt. Kurt dämmerte depressiv auf dem Lager, und Paul erwartete einen angemessenen, aber dennoch besonderen Wein, der seinen Ansprüchen genügte. Was konnten ihm dabei die Bewertungsnoten der Weinführer helfen? Oder das Wissen, dass ein Wein, vor 20 Jahren für zehn Mark gekauft, nun fast hundert Euro wert wäre? Ihm wurde die Sache zu kompliziert. Er ging wieder zum Pfalz-Regal und schnappte sich noch eine Flasche. Diesen Deidesheimer Riesling mit seiner geschliffenen, saftigen Weichheit mochte er. Paul hatte sich ordentlich einschenken lassen, also konnte er ihn nicht ganz verachten. Sebastian wusste augenblicklich, dass die Flasche etwa zehn Euro kosten würde. Kurts Bestand sollte keinen Schaden nehmen. Er ging zum Tisch zurück und zeigte Paul die Flasche. „Wir bleiben dabei. Das passt, finde ich. Ich will keinen Wein aufmachen, mit dem Kurt etwas verbindet. Stell dir vor, Kurt würde merken, dass wir ihn einfach weggetrunken hätten. Das will ich hier unten nicht erleben. Es spricht nichts gegen den Deidesheimer. Er schmeckt."

Paul betastete den Drehverschluss.

„Na los", rief Sebastian, „mach sie auf! Dir springt nichts entgegen. Einfach nur drehen!"

Paul schaute misstrauisch.

„Stell dich nicht so an, sonst schütte ich Wasser in dein Glas."

Paul holte Luft und drehte am Verschluss. Es knackte laut, und die Flasche war offen.

„Gut gemacht", lobte ihn Sebastian überschwänglich wie einen jungen Hund, der zum ersten Mal apportiert.

Paul kratzte sich heftig an der Stirn und schenkte ein.

Beiden fehlte die Kraft, eine Konversation zu beginnen. So brummelten sie kurze Sätze über Kurts Zustand, die gescheiterte Befreiung und die Ungewissheit ihrer Entlassung. Sie sprachen mehr zu sich selbst als zum anderen, doch die gelegentlichen Antworten zeigten ihnen, dass da noch jemand war, zu dem sie sprechen konnten.

„Ich hoffe, Kurt kommt wieder von selbst auf die Füße. Wenn er einen Arzt braucht, ist alles aus", orakelte Sebastian.

„Ja, die Seele ist krank, aber der Doktor ist weit", seufzte Paul. Im nächsten Moment sprang er vom Stuhl hoch und juchzte: „Ist er nicht!" Er schaute Sebastian auffordernd an. „Komm mit!"

Sebastian erhob sich verwirrt und misstrauisch.

„Na los, komm schon!" Paul stürmte durch die Tür zum zweiten Raum.

„Hier muss es doch irgendwo sein ... Kurt muss mal Wegweiser anbringen, damit man sich nicht verläuft!" Paul schaute sich orientierungslos um. „Wo ist die Mosel?"

Sebastian hob den Daumen und deutete nach rechts.

Paul stürmte vorwärts. „Worauf wartest du?"

„Jetzt mach doch mal langsam. Was soll das?"

„Was soll das? Was soll das?", echote Paul. „Na was wohl, du großer Kenner deutscher Weine! Jetzt bist du an der Reihe."

Sebastian verstand weder den Sinn der Worte noch Pauls Verhalten. „Was – willst – du?", fragte er scharf.

Pauls Augen überflogen rasend schnell die Etiketten auf den Flaschen. „Warte, warte ... hmm ... nein ... na, irgendwo muss er doch ..."

Er kniete sich, um im fahlen Licht auch die Etiketten der nahe dem Boden lagernden Flaschen erkennen zu können, stellte sich auf die Zehenspitzen und spähte nach oben.

„Da ist er ja! Gleich kommt der Doktor zu Kurt." Er hielt Sebastian triumphierend eine Flasche vor die Nase. „Bernkasteler Doctor. Der beste Wein der Mosel. Kurt liebt ihn. Das weiß ich, seit er mir mal eine Flasche aufgemacht hat. Bevor ich trinken durfte, hat Kurt dem Doctor eine fast zehn Minuten lange Liebeserklärung gemacht. Es war rührend. Und jetzt kriegt er den besten Jahrgang davon zu trinken. Mal sehen, was dann passiert."

Sebastian fasste sich an den Kopf. „Einen Versuch ist es wert. Wäre nur ärgerlich, wenn er in seiner Depression das Glas ausschüttet."

Paul schnappte einige Flaschen, rannte zum Tisch und öffnete alle. Sie tranken und verglichen die Jahrgänge.

„Und welcher hilft wirksam und sofort gegen Bunkerdepression?", fragte Sebastian spöttisch.

„Jetzt sei nicht so negativ", rief Paul scharf.

„Ich? Negativ? Wie kommst du darauf? Ist doch alles perfekt! Wunderbar, wie du es gerne nennst! Wir machen endlich mal Ferien vom fiesen Alltagsstress! Und Onkel Kurt hat uns erlaubt, eine Flasche vom allerbesten Moselwein zu holen, damit er damit seine Spannungskopfschmerzen kurieren kann. Und das Allerbeste: In der Flasche steckt ein toller, echter Kork drin, damit Onkel Paul ihn aufmachen kann. Ganz ohne schlechtes Gewissen ums Abendland und die Kultur."

Paul schob seinen Bauch direkt vor Sebastian und griff nach einer der Flaschen. „Kurt geht es sehr schlecht. Und du nervst."

Sebastian verdrehte die Augen.

Paul hielt sich das Etikett vor die Augen und streckte ihm vorsichtig die Flasche hin. „Die Kronjuwelen der Mosel." Es war eine 1976er Auslese.

Sebastian hob die Augenbrauen. „Kommt der Doctor zum Kurt oder der Kurt zum Doctor?"

„Das Beste wäre, er käme zum Doctor", flüsterte Paul. „Dann ist er wieder bei uns. Er braucht andere Reize. Gute Schwingungen. Positive Gedanken. Dann geht das vorbei."

„Wie soll das gehen? Wir können ihn doch nicht einfach hochzerren."

„Ich habe eine Idee. Hol ein Glas."

Sebastian gehorchte und stellte es vor Paul auf den Tisch. Langsam und vorsichtig goss der einen winzigen Schluck ins Glas, schwenkte kurz, trank und verdrehte entzückt die Augen. „Wenn der nicht hilft, weiß ich auch nicht mehr weiter."

„He, und ich?", maulte Sebastian.

Paul goss einen Fingerhut voll in ein frisches Weinglas.

Auch Sebastian roch und kostete. „Hey, ist das ein Hammer. Ich bin echt gespannt."

Umsichtig füllte Paul das Glas für Kurt mit etwas Doctor und stand auf. „Du bleibst hier, bis wir kommen. Das kann etwas dauern. Lass mich machen!"

„Gut."

„Wenn wir kommen, hilf Kurt, aber halt den Schnabel, und wenn du das nicht kannst, will ich nur positive Silben hören. Egal, was er sagt – sei einfach nur nett zu ihm."

„Aye aye, Käpt'n."

Paul verschwand hinter dem Bordeaux-Regal. Sebastian setzte sich und roch am Wein in seinem Glas. Ein Mix aus Aromen nach frischen, reifen Mirabellen, Rosinen, Steinen und feiner Säure strömte in seinen Kopf.

Paul setzte sich zu Kurt, der in Embryohaltung dalag, die Decke fast über den Kopf gezogen.

„Wie geht's dir?", fragte er vorsichtig.

„Ich halte das nicht mehr aus. Lass mich!"

Paul nickte und schwieg. So saßen sie einige Minuten.

„Kurt, du musst etwas probieren."

„Ich will nichts. Ich brauche nichts."

„Du hast mir mal von deinen Mirabellen hinten im Garten erzählt. Wie schön der alte Baum ist. Wie sehr du ihn magst. Hier, riech doch mal."

Er schob Kurt das Glas unter die Nase. Kurt drehte sich zur Seite. Nach einigem Zureden schnupperte er den Duft, der aus dem Glas strömte. Schließlich blickte er Paul wortlos an, setzte sich auf, griff nach dem Glas und sog die Aromen tief ein.

„Gut, oder?", fragte Paul.

Kurt drehte den Kopf sofort wieder nach hinten.

„Riech noch mal. Das tut dir gut", flüsterte Paul.

Kurt blickte ihn irritiert an. „Was ... was ist das?"

„Wie wär's, wenn du einen Schluck probieren würdest? Du kennst diesen Wein."

„Ich will nichts." Kurt schob das Glas behutsam von sich weg und legte sich wieder auf die Stuhlkissen.

„Du hast diesen Wein zum ersten Mal in meiner Küche getrunken. Du kamst mich besuchen, und ich hatte einen Heidenrespekt vor dir. Wir haben uns damals noch gesiezt. Du brachtest einen perfekt gereiften Bordeaux mit. Ich war ein kleiner Kolumnist, und dann sitzt der Mann mit einer der besten Weinsammlungen Europas an meinem Küchentisch. Gott, was war ich nervös! Was sollte ich dir anbieten? Rotwein oder Weißwein? Weißwein, dachte ich. Rotwein kam mir damals zu bürgerlich vor. Spießig. Champagner? Gibt's überall. Weißer Burgunder? Ein junger Jahrgang – völlig unmöglich. Zu jung zum Öffnen. Einer aus einem guten, alten Jahrgang? Viel zu protzig. Ich habe also fürs Erste einen schönen Rheingauer Riesling aus dem Jahr 1999 genommen. Wir stritten damit über die Chancen der Weine aus der Neuen Welt in Europa. Ich sagte ihnen Großes voraus, ich prophezeite, sie würden die Welt der großen Weine neu zusammensetzen. Die Chancen der Globalisierung! Du warst skeptisch. Sie werden sich da durchsetzen, wo sie besser sind als andere, trugst du bedächtig vor. Ich hatte viel zu lange geredet, da fielst du mir ins Wort und sagtest nur: ‚Ich heiße Kurt.' Du hast diesen Wein aus dem Kühler gezogen und die Gläser gefüllt. Wir tranken Brüderschaft. Damit."

Kurt ächzte, schob sich nach oben und trank. Er roch und trank noch einmal. „Was ist das?", fragte er.

„Ich zeig's dir." Paul ging in die Hocke und legte seinen Arm um Kurts Schulter. Er drückte die Knie durch und beugte sich nach vorne. „Versuch zu gehen. Na komm, ich helfe dir."

Widerwillig ließ sich Kurt auf die Füße wuchten. Paul reichte ihm das Glas. Die beiden gingen bedächtig nach vorne. Kurt lächelte sacht, er erinnerte sich.

„Ja, das Du. Sie war gar nicht schlecht, deine Rede. Grundfalsch in der Sache, aber wirklich beeindruckend vorgetragen."

Paul konnte eben noch nach Sebastian rufen, bevor sie um die Regalecke bogen.

Der war aufgesprungen und strahlte Kurt an. „Hey Alter, du bist zurück. Das freut mich."

Kurt schaute durch ihn hindurch, ließ sich in den Stuhl fallen und blickte zur Flasche auf dem Tisch. „Ach, die Auslese von 1976. Ja, der Bernkasteler Doctor. Der ist wirklich was Besonderes. Den könnte ich zum Heiraten trinken."

Sebastian und Paul schauten sich erschrocken an. Paul füllte flink alle drei Gläser. „Ja, äh, auf deine Rückkehr."

„Schön, hm, schön, dass du wieder da bist", stammelte Sebastian, „deine Anwesenheit bedeutet mir, äh, bedeutet mir viel."

Er war irritiert. Hatte er das eben wirklich gesagt? Aber er fügte nichts hinzu. Kurt nahm langsam sein Glas, erhob es und sagte nichts. Die beiden warteten, bis er es an die Lippen setzte, dann tranken sie auch. Paul erzählte weiter vom Abend in der Küche, vom teuren Bordeaux, den er später aufgemacht hatte, um Kurt, einer spontanen Eingebung folgend, seine bürgerliche Seite zu demonstrieren und zugleich sein Revier abzustecken. Doch der Bordeaux hatte einen Korkfehler gehabt und war untrinkbar gewesen. Als Kurt ihm lachend von den viel zu oft nach Kork schmeckenden Weinen des gleichen Châteaus in über zehn Jahrgängen berichtete, überließ Paul ihm das Feld. Die Sache war geklärt. Er war ein Schreiberling mit Halbwissen und kokettierte damit für den Rest des Abends. So waren die beiden Freunde geworden.

Sebastian hielt sich an Pauls Anweisung und schwieg. Die Stimmung wurde immer besser. Was soll's –, dachte er sich und hörte einfach zu.

Doch schon bald schaute Kurt zur Uhr. „Es ist Zeit zum Abendessen."

Das war Sebastians Stichwort. „Oh ja, das stimmt", sekundierte er mit übertrieben überraschter Stimme. „Bitte wartet, ich decke nur schnell den Tisch und hole den Käse."

In Windeseile stand alles appetitlich an seinem Platz. „Bitte sehr“, lächelte Sebastian.

„Was wollen wir trinken?“, fragte Kurt, „der Doctor wäre ein bisschen zu schade dafür, oder?“

Beide schauten sich kurz an und nickten. Kurt blickte ins Nichts. „Ein alter Champagner wäre jetzt gut, finde ich. Ich sehe hinten mal nach.“ Er stand schwerfällig auf.

Schon stand Paul neben ihm. „Ich würde dich gern bei der Suche begleiten.“

„Ich suche doch gar nichts. Ich weiß schon, was passt. Muss das Zeug nur schnell aus dem Regal holen.“

„Ach, ich komme mal mit. Was denn für Zeug?“

Nach einigen Sekunden kamen beide mit einem Dom Pérignon des Jahrgangs 1990 zurück.

Kurt öffnete die Flasche. Paul dekorierte die Teller fast kunstvoll. Sie setzten sich, ließen die Gläser klingen, redeten Belangloses, aßen und tranken. Kurt verlor mit jedem Bissen seine Wortkargheit und erzählte, wie er das Kennenlernen in Pauls Küche erlebt hatte. Paul und Sebastian warfen sich immer wieder erleichterte Blicke zu. Kurt ging es besser. Doch er trank nicht viel. Nach einem halben Glas Champagner hielt er die Hand über die Öffnung des Glases, als Sebastian nachschenken wollte. Eine halbe Stunde nach dem Essen erhob er sich.

„Ich lege mich jetzt hin. Ich bin erschöpft. Aber ich danke euch sehr. Bis morgen!“

„Schlaf gut“, lächelte Paul.

„Gute Erholung“, wünschte Sebastian.

Als Kurt sich auf sein Lager fallen ließ, füllte Sebastian die Gläser noch einmal mit dem Dom Pérignon. „Geschafft!“

„Schade um den Masseto. Das war doch der Plan für heute Abend, oder?“, grummelte Paul.

„Ach, die Alternativen sind mehr als okay. Der Abend ist gerettet“, seufzte Sebastian. Er blickte auf die knapp halb volle Flasche Bernkasteler Doctor und die offene Champagnerflasche.

„Meinst du, morgen ist Kurt wieder der alte?"
„Schon möglich. Woher soll ich das wissen?"
„Dachte, du kennst dich mit so was aus."
„Ach, Sebastian ..."
„Ach, Paul ..."
Sie hoben das Glas.

Der vierte Tag

Die aufgehende Sonne leuchtete in den Nebel der Nacht, der den Garten über dem Bunker in eine dicke Decke gehüllt hatte. Sie verwandelte die grauen, milchigen Schwaden in leuchtendes Gelb, ließ sie tanzen und gab Bäume, Wiesen, Felder, Straßen und Häuser wieder frei. Der Tag brach mit Sonnenstrahlen an.

***

Martin Baumgärtner drehte sich auf den Rücken und machte ein Hohlkreuz. Der Schlafanzug war völlig verdreht und spannte. Er zerrte am Stoff und blinzelte in die schmalen Schlitze des Rollladens, durch die helles Licht ins Zimmer schnitt. Das konnte nur die Sonne sein. Baumgärtner hatte fast die ganze Nacht wach gelegen, war erst in der Frühe eingedöst. Er musste eine Entscheidung treffen. Noch drei Tage hatte er sich zum Nachdenken gegeben. Elisabeth atmete neben ihm in langsamem Rhythmus. Martin stand leise auf und schlich zur Toilette. Eine Idee aus der Nacht ging ihm noch einmal durch den Kopf: Er würde Stephan im Laden besuchen, bevor er zur Schicht musste. Vielleicht könnte er die Angelegenheit schnell und diskret beenden. Dazu brauchte er aber Stephan, den er doch aus der Sache hatte raushalten wollen.

***

Sebastian öffnete die Augen. Er hatte ruhig und tief geschlafen, ohne Albträume, ohne Wachliegen und Grübeln. Sein Hirn war hellwach. Normalerweise schossen ihm um diese Zeit seine Termine durch den Kopf, er dachte nach, fand Ideen zur Lösung seiner Probleme, hatte Gedanken, die keinen Aufschub duldeten. Notebook und Handy lagen stets in Reichweite, damit er sofort starten konnte. Doch jetzt war da nur der entsetzlich ermüdende Wille zu überleben.

Heute war Freitag, Sebastians wichtigster Tag der Woche im Laden. Stephan würde pünktlich erscheinen. Vor einigen Jahren hatte Kurt seinen Freund Martin Baumgärtner an Sebastian empfohlen, um ihm den Laden für einen guten Preis ohne Rechnung an einem langen Wochenende zu renovieren. Stephan hatte seinem Vater geholfen, und so war Sebastian mit dem Studenten ins Gespräch gekommen. Kurz darauf hatte er ihn als Aushilfe angeheuert. Bald war Stephan, der schnell lernte und auch mit anstrengenden Kunden geschickt umging, zu seiner wichtigsten Kraft geworden. Seit fast zwei Jahren kam er nun regelmäßig zur Arbeit. Auch freitags. Er hatte einen Schlüssel, kam alleine zurecht und betrog ihn nicht bei der Abrechnung. Das beruhigte Sebastian ein bisschen.

Er setzte sich auf und zählte: heute, Samstag, Sonntag. Danach müsste Ewa kommen. Drei verdammte Tage. Was aber, wenn sie nicht auftauchte? Noch eine lange Woche zwischen den Flaschen aushalten? Er spürte Panik. „Sie muss kommen, sie wird kommen“, flüsterte er zu sich selbst, als würde er einen Rosenkranz beten. Sebastian schloss die Augen, sein Herz pumpte. Keine Panik, alles wird gut.

Er versuchte, sich an all die Weine zu erinnern, die er in den vergangenen Tagen mit Kurt und Paul getrunken hatte. Lafite 1986, Ygay 1978, Dom Pérignon 1990, Krug 1996, Bernkasteler Doctor 1976. Was für Weine! Wenn er auch nur eine dieser Flaschen bei einer Verkostung für gut zahlende Kunden geöffnet hätte – es wäre zugegangen wie beim Würstchengrillen am Kindergeburtstag, dachte er und musste schmunzeln. Seine Kindheitserinnerungen an Feiern mit gegrillten Bratwürsten waren blass, denn meist waren seine Geburtstage elend langweilig ausgefallen. Überraschungen waren für seine Eltern eine unbekannte Größe gewesen. So kamen stets seine Großeltern, sein Onkel Georg und ein oder zwei seiner Freunde zu Besuch, es gab Kaffee und Kuchen und später ein Abendessen mit Braten und Kartoffelsalat. Die anderen Kinder gingen ins Kino, machten eine Radtour oder ein buntes Gartenfest. Er nicht. Er musste an seinem Geburtstag am Tisch sitzen, auf die langweiligen Fragen der Erwachsenen antworten und auf die Erlaubnis warten, sich in sein Zimmer zum Spielen zu verziehen. Die Geburtstage von Vater und Mutter verliefen ganz ähnlich, abgesehen von der Zahl der Schnäpse am Abend.

Nur einmal – sein Vater hatte einige Tage zuvor einen billigen Grill gekauft – gab es zum Geburtstag eine Art Grillfest für ihn und seine beiden Freunde. Die drei standen erwartungsvoll um den Grill, pusteten trotz der Ermahnungen des Vaters, ganz vorsichtig zu sein, mit voller Lunge in die Glut und spürten die aufsteigende Hitze. Die Mutter brachte auf einem großen Teller abgezählte Würstchen, Frikadellen und Koteletts, die sie auf einem großen Teller angeordnet hatte. Sebastian betastete die verschiedenen Fleischsorten, roch voller Erwartung daran, bis ihn der Vater, eine Bierflasche in der Hand, mit einem „nimm die Finger da weg“ verscheuchte. Bald lag eine duftende Wurst auf seinem Teller, dazu Senf, Ketchup und Kartoffelsalat. Er saß aufgeregt erzählend mit seinen Freunden am Tisch, biss in das dunkel gebräunte Würstchen, verbrannte sich dabei die Lippen, kühlte sie mit eiskalter Cola und aß und aß. Endlich erlebte er einen Geburtstag, wie ihn seine Freunde jedes Jahr im Sommer feierten. Er aß Würste, Frikadellen und ein Kotelett, dazu Gurken, Ketchup, Senf und Kartoffelsalat, bis die Erwachsenen sich wunderten, wie das alles in den kleinen Magen passte. Er wollte nie mehr aufhören zu grillen.

Seit Sebastian allein wohnte, lud er Freunde und Bekannte zum Grillen ein – zum Sommerfest, zum Geburtstag, zum Kundenfest seines Ladens. Auch Kurts Sommerfest mochte er sehr. Er half ihm beim Vorbereiten und auf dem Fest beim Wenden des Grillguts und Erfüllen der diversen Sonderwünsche. Erst früh am Morgen band er die vom Fett fleckig gewordene Grillschürze wieder los, machte sich ein Bier auf, schaute in die glimmende Asche und fühlte sich einen kurzen Moment lang glücklich.

Sebastian fuhr sich über die Lippen. Jetzt eine gegrillte Wurst, dachte er. Richtig schön braun und saftig. Mit Dijon-Senf. Alles ist gut, wenn gegrillt wird. Sonne, Mond und Sterne, dazu eine gegrillte Wurst. Das ist Freiheit.

***

Als das warme Wasser der Dusche auf Martin Baumgärtners Körper prasselte, hatte er seinen Plan klar und deutlich im Kopf. Sobald ich genügend Kisten der teuren Bordeaux aus der Sammlung von Onkel Johannes in den Kofferraum gepackt habe, werde ich Kurt, Paul und Sebastian die Bunkertür öffnen. Die Sache ist dann erledigt. Sicher, er könnte mehr herausholen. Aber darum ging es ihm nicht. Er stieg aus der Dusche, trocknete sich ab, zog den Bademantel über, ging in die Küche und richtete das Frühstück. Konnte er in eine Falle laufen? Nein, da ist nichts, versuchte er sich zu beruhigen. Es ist ein einfacher, guter Plan.

„Martin? Bist du schon wach?", rief Elisabeth aus dem Schlafzimmer.

„Ja, Schatz."

„Es ist erst halb sieben!"

„Ich konnte nicht mehr schlafen. Ich richte das Frühstück. Magst du ein Ei?"

„Nein, vielen Dank. Ist alles in Ordnung?"

„Alles bestens. Ich war einfach schon wach. Brauchst du Hilfe?"

„Ich versuche, allein aufzustehen. Es ist noch so früh. Nur die Treppe schaffe ich nicht."

„Lass dir Zeit. Ich helfe dir runter."

Martin setzte sich an den Tisch, goss sich Kaffee ein und ging noch einmal alle Details durch. Aus der Ablage im Flur zog er ein Branchenbuch, blätterte darin und setzte seine Brille auf. Abwasser, Astrologie, Augenlaserzentren, Au-pair-Vermittlung. Nichts. Er blätterte zurück. Nein, er hatte nichts übersehen. Keine Auktionshäuser. Er blätterte nach hinten. Wein und Sekt. Eine große, zweispaltige Anzeige, „Feine Weine – Sebastian Renz". Unten stand die Adresse: Intzestraße, Frankfurt. Kein Zweifel.

„Meine Weine", las Martin laut und streckte die Faust zur Decke.

Als er auf „Versteigerungen" stieß, schlug er sich an die Stirn und schrieb drei Adressen mit Telefonnummern heraus. Die Auktionshäuser lagen ebenfalls in Frankfurt. Er würde dort zuerst alles Nötige in Erfahrung bringen und danach zu „Feine Weine" fahren, um Stephan zu besuchen und die Sache diskret zu Ende zu bringen. Er müsste ihn ablenken, am besten kurz wegschicken. Ich bin schließlich dein Vater, machte er sich Mut, irgendwie kriege ich dich schon aus dem Weg.

„Martin? Hilfst du mir?", rief es von oben.

„Ich komme“, antwortete er und rannte die Treppe hinauf.

Elisabeth quälte sich, von Martin gestützt, langsam die Stufen herab und ließ sich auf einen Küchenstuhl fallen.

„Kannst du nachher zur Apotheke gehen? Ich brauche dringend die Schmerztabletten.“

„Ich hole sie dir heute Nachmittag. Ich hab nachher zu tun.“

Sie biss ins Marmeladenbrot und sah ihn überrascht an. „So? Was denn?“

Martin Baumgärtner brauchte einen Lidschlag Zeit, bis er antwortete: „Für Stephans Kommode muss ich einen speziellen Antik-Lack kaufen gehen. Ich habe hier nur das Zeug aus dem Baumarkt, und das ist viel zu glänzend. In Frankfurt gibt es ein Geschäft, die haben diese speziellen Lacke zum Restaurieren. Ist alles nicht so einfach.“

„So? Und da bleibt keine Zeit für meine Tabletten? Wegen Lack?“

„Ich gehe ja gleich rüber. Die Apotheke macht um acht auf. Schon gut.“

Sie schüttelte den Kopf, nahm die Zeitung und begann zu lesen.

***

Sebastian tastete nach seiner Brille und blickte in die Dunkelheit. Ein leises Geräusch durchbrach die Stille. Er lauschte konzentriert. Was war das? Wieder raschelte es kaum hörbar aus dem hinteren Raum. Sebastian schoss aus der Decke und lief leise nach hinten. Er knipste das Licht an und wartete. Untersuchte jemand von außen den Keller, um sie zu finden? Er öffnete eine Luftklappe und lauschte. Doch es blieb still. Als er sich umdrehte, blickte er in Kurts unrasiertes Gesicht. „Gott, hast du mich erschreckt. Ich habe Geräusche gehört. Von hier!“

„Was für Geräusche?“, fragte Kurt scharf.

„Keine Ahnung. Ein leises Rascheln. Zweimal."

„Etwa eine Maus?"

„Du sagtest, hier gibt es keine!"

„Habe auch keine gesehen. Seit Jahren nicht. Aber das heißt ja nicht ..."

„Was heißt das nicht?", fragte Sebastian unwirsch, „beim Schlafen könnten wir von Mäusen angeknabbert werden? Meinst du das etwa?"

Kurt lächelte schief. „Die mögen keinen Alkohol. Deswegen müssen wir uns da keine Sorgen machen. Die meiden uns weiträumig. Wenn überhaupt welche hier sind. Wovon sollen die sich denn ernähren? Von den Resten der Weinkapseln?"

„Vielleicht sind es ja Geräusche von draußen! Vielleicht sucht uns oben jemand?"

Kurt legte den Zeigefinger an die Lippen. „Mal abwarten, ob was passiert."

Sie standen an der Lüftungsklappe und lauschten nach oben. Nur der Wind war zu hören, der sich an den alten Tannen rieb.

„Das ist gar nichts", brummte Kurt.

„Ich habe es aber genau gehört. Zweimal, da hinten."

Kurt schüttelte nur den Kopf. „Komm, wir machen Frühstück."

„Du glaubst mir nicht?"

„Was soll es schon gewesen sein? Wir schlafen unruhig und warten den ganzen Tag, dass jemand kommt. Da hört man nachts Gespenster."

Mehr als ein „Kurt!" kam Sebastian nicht über die Lippen. Der sah ihn lange und fragend an.

„Ja?"

„Ääh, hast du, hast du gut geschlafen?", fragte Sebastian schnell.

„Hmmh", antwortete Kurt so abwesend, als würde er seine Zeitung zum Morgenkaffee lesen. Er ging zur Küchenzeile. „Ihr habt gestern nicht gespült. Der Tisch ist auch nicht abgeräumt", rief er schneidend.

Sebastian verdrehte die Augen. „Ich mach's ja schon."

Er sammelte die Teller und Gläser ein und brachte sie zur Spüle.

Kurt schüttelte den Kopf, hob den Arm und streckte den Zeigefinger. „Ordnung führt zu allen Tugenden. Was aber führt zur Ordnung?"

„Wie bitte?"

„Lichtenberg", brummte Kurt.

„Wer?"

„Georg Christoph Lichtenberg. Physiker und begnadeter Aphoristiker. Nie gehört?"

Sebastian spülte vorsichtig ein Weinglas und stülpte es über die improvisierten Gläserhalter. „Nö. Sollte ich?"

„Würde dir nicht schaden."

„So?"

„Einer seiner berühmtesten Sätze lautet: ‚Wenn ein Buch und ein Kopf zusammenstoßen und es klingt hohl, ist das allemal im Buch?'" Kurt kicherte hysterisch.

„Nicht schlecht", sagte Sebastian tonlos, ohne das Spülen des dritten Weinglases zu unterbrechen.

„So, die Ordnung ist wiederhergestellt", sagte er unterwürfig und ärgerte sich im nächsten Moment über seinen Tonfall. Sollte er Kurt dafür um Entschuldigung bitten? Wegen drei Tellern, Messern und ein paar Weingläsern?

Kurt nickte ihm zu. „Ich richte uns das Frühstück. Würdest du hinten ein neues Stück Käse holen? Ihr hattet gestern Abend ja noch reichlich Appetit. Die Packung ist schon alle. Hoffentlich fehlt uns das Stück nicht am Ende."

Sebastian ignorierte den Vorwurf und ging nach hinten zum Schrank, griff sich ein in Folie geschweißtes, großes Stück Parmesan und schloss die Tür. Da raschelte es, ganz in der Nähe.

Sebastian erstarrte. „Kurt! Schnell!"

Sekunden später stand Kurt neben ihm.

„Was ist?"

„Es hat geraschelt. Genau da vorne!“ Er deutete mit dem Finger unter das Regal.

„Da liegt der Rheingau. Kein schlechter Geschmack für eine Maus.“

Kurt ging ans Regal, legte sich auf den Boden und spähte in die dunklen Winkel. „Da ist absolut nichts.“

Sebastian kam dazu, kniff die Augen zusammen und untersuchte akribisch jeden Zentimeter des Regals. Auch er fand nichts.

„Was wird das? Rituelle Handlungen? Séancen?“

Die beiden blickten nach oben. Paul stand im dämmrigen Licht, kratzte seinen Bauch und gähnte.

„Sebastian hat ein Geräusch gehört. Ein Rascheln. Wir versuchen, die Herkunft zu klären.“

„Ein Rascheln. Aha.“ Paul gähnte noch einmal.

„Haben wir dich geweckt?“, fragte Sebastian.

„Ja, aber egal. Ich kann doch den ganzen Tag schlafen.“ Nun bückte auch er sich und blickte unters Rheingau-Regal.

„Also, wo hat es geraschelt?“

„Genau hier!“

„Aber hier ist nichts.“

Wieder raschelte es, diesmal schräg hinter ihnen. Die drei fuhren herum.

„An die Loire“, schrie Kurt.

Sie stürzten zu der Stelle, an der sie den Ursprung des Geräuschs vermuteten. Wieder nichts. Alle drei robbten auf dem Boden entlang und suchten jeden Meter des staubigen Kellerraums ab. Gelegentlich fluchte oder hustete einer von ihnen.

„Hier! Kommt her! Schaut!“

Paul und Sebastian spurteten heran.

Kurt zerrte zwischen verstaubten Kartons eine ausgebleichte Plastiktüte hervor und zog eine alte elektrische Kochplatte heraus.

„Warmes Wasser! Wir können Wasser heiß machen! Uns waschen!“, schrie er.

„Das ist wunderbar, ganz wunderbar!“, schrie Paul, sprang auf und hüpfte herum.

Sebastian beobachtete die beiden mit verschränkten Armen. „Funktioniert die noch oder ist das Schrott?“

„Das Ding liegt schon ein paar Jahre hier. Was weiß ich, was damit los ist.“

Sebastian untersuchte die schwere Kochplatte. Sie hatte einen großen, schwarzen Drehschalter an der Vorderseite.

„Wisst ihr was“, rief Kurt, „wir probieren es einfach aus! Was soll schon schiefgehen?“

Paul räusperte sich. „Ich würde gerne erst mal frühstücken. Was, wenn es kompliziert wird? Mit leerem Magen schafft das nur unnötige Spannungen.“

Kurt nickte. „In der Ruhe liegt die Kraft.“

Sebastian blieb regungslos. Sie liefen zum Tisch, hielten Abstand voneinander und schwiegen. Kurt ging zuerst und hielt die Kochplatte in beiden Händen, dann folgten Paul und Sebastian.

Sie aßen Käse und tranken Leitungswasser, den Blick auf ihren Fund geheftet.

„Hey, damit könnten wir auch den Rotwein auf Trinktemperatur bringen“, sinnierte Sebastian, „wir stellen die Flasche auf die warme Platte und warten ab. Damit kriegen wir den Wein locker auf 18 Grad. Der berühmte Masseto bei zwölf Grad, das geht doch nicht. So ersparen wir uns das Gläserdrehen über den Teelichtern!“

„Ach ja, der Masseto“, brummelte Kurt, „stimmt, ich habe es euch versprochen. Gut, den machen wir heute Abend auf.“

Sebastian und Paul strahlten. Sie aßen schnell und räumten die Teller ab. Paul spülte.

„So“, sagte Kurt.

„Also denn, lasst es uns versuchen“, rief Paul im Bühnenton.

Sebastian blickte ihn abfällig an, schnappte sich die Kochplatte und steckte den uralten Stecker, der an einem rissigen Kabel baumelte, in die Steckdose. Paul und Kurt traten zwei Schritte zurück.

„Ist da eine gewisse Zurückhaltung zu beobachten?", fragte Sebastian und grinste. „Keine Angst, der Schalter steht auf null. Noch fließt kein Strom. Aber jetzt!"

Er drehte den Schalter auf Stufe zwei. Drei Sekunden lang geschah nichts, dann klackte laut die Sicherung. Plötzlich war es stockfinster im Bunker. Die drei blickten angestrengt in undurchdringliche Schwärze ohne Konturen und Schatten.

„Scheiße!", jaulte Paul.

„Die Sicherung ist rausgeflogen, sonst nichts. Vielleicht kann man das Ding ja reparieren", sagte Sebastian ruhig. Er tastete mit der Hand die Spüle entlang, erspürte die Kochplatte, fand den Weg zum Kabel und von dort zum Stecker. Er zog ihn aus der Dose.

„So, keine Gefahr mehr. Paul, mach doch mal dein schickes Feuerzeug an, dann drücke ich die Sicherungen wieder rein."

„Ich habe es nicht dabei", jammerte Paul.

„Wie? Nicht dabei?"

„Es ist in meiner Jacke. Die liegt hinten auf meinem Lager. Mir war irgendwie warm. Da habe ich sie ausgezogen."

„Tja", stöhnte Kurt, „jetzt musst du dich durch die Dunkelheit tasten. Da kann ich dir auch nicht helfen."

„Verdammt noch mal", schrie Paul.

„Stell dir vor, du hättest jetzt einen leeren Magen. Dann wäre alles viel schlimmer", flüsterte Sebastian ins Dunkle.

Kurt stieß gegen einen Stuhl. Er hielt ihn fest, ertastete die Sitzfläche, setzte sich vorsichtig und sagte:

„Es liegt an dir, wie lange wir das aushalten müssen."

Paul jaulte auf.

„Hör zu, ich lotse dich. Ich kenne meinen Bunker und weiß, wie du gehen musst. Wir machen das Etappe für Etappe, hörst du?“

„Ist gut“, schluchzte Paul.

„Du musst zuerst hier den Tisch finden. Du bist sicher nur ein paar Schritte vom Spülbecken entfernt, ich bin hier am Tisch. Orientiere dich an meiner Stimme.“

Paul zählte: „Eins, zwei, drei ...“

„Paul, du kommst mir nicht näher. Das ist die falsche Richtung. Hör mir einfach zu, dann findest du die Richtung.“

„Zuhören war noch nie seine Stärke“, kicherte Sebastian.

„Halt bloß das Maul“, keifte Paul.

„Keinen Streit im Dunklen. Paul, hörst du mich? Komm einfach auf mich zu.“

„Ja, ja, ja“, flüsterte es von der Seite. Kurz darauf schepperte Holz auf Stein. Paul war am Tisch angekommen.

„Gehe nun zur äußersten Kante des Tischs, von dir aus nach rechts.“

Wieder machten die Stühle ein hohles Geräusch.

„Bin da.“

„Sehr gut. Jetzt kommt der schwierige Teil. Bereit?“

Paul atmete verächtlich aus. „Was bleibt mir anderes übrig?“

„Du musst zuerst das Burgund-Regal finden und es bis zum Ende durchgehen. Dort überquerst du drei regalfreie Meter. Wenn du geradeaus gehst, landest du auf der anderen Seite wieder an einem Regal. Du umrundest seine Außenseite, und schon bist du in dem Gang, in dem du dein Lager hast. Ist nicht schwierig.“

„Woher soll ich denn wissen, wo ich lande?“, fragte Paul verzweifelt.

„Im Burgund-Regal liegen Burgunderflaschen. Im Bordeaux-Regal liegen die Bordeauxflaschen. Taste dich einfach mit den Händen entlang – aber möglichst nichts runterwerfen. Könnte teuer werden“, sagte Sebastian ruhig.

„Auch das noch“, stöhnte Paul. „Kennt ihr ‚Vor Sonnenaufgang‘ von Gerhart Hauptmann? Das Stück spielt auch in der Dunkelheit. Und Leo Tolstoi hat ‚Die Macht der Finsternis‘ geschrieben. Ein Bauerndrama. Großartig. Mit dieser Erfahrung werde ich die Intention der Autoren viel besser verstehen. Ich werde sie neu lesen.“

„Das Gequatsche hilft dir jetzt auch nicht“, giftete Sebastian.

„Aber Dunkelheit ist eines der großen Motive der Weltliteratur.“

„So kommen wir nicht weiter. Wir können das gerne nachher ausführlich erörtern. Aber zuerst brauchen wir Licht“, rief Kurt in einem Ton, der Wärme und Schärfe zugleich in sich trug.

„Also gut“, murmelte Paul, „ich gehe jetzt los.“

Nach einigen Sekunden waren Glasgeräusche zu hören. „Gelandet!“

„Bordeaux oder Burgund?“, rief Kurt in Richtung der Geräusche. Wieder war Glas zu hören.

„Bordeauxflasche!“

„Nicht getroffen. Du musst ein Regal weiter gehen, nach links in Laufrichtung. Taste dich zurück zur Stirnseite, dann um die Ecke. Da liegen nach ein paar Metern die Burgundflaschen.“

„Ich tue ja, was ich kann“, brummte es aus dem Regal. Es klapperte, dann klingelten wieder gefüllte Flaschen.

„Bin da. So, da sind die Burgund-Flaschen. Ich muss auf die andere Seite?“

„Richtig“, rief es aus der Schwärze.

„So, da bin ich. Die Flaschen hier sind fast kantig und sehr schwer. Italien?“

„Kann nicht sein. Geh einfach weiter.“

„Also gut. Mir geht ein Gedanke nicht aus dem Kopf ...“

„Paul, bitte. Geh einfach nur weiter.“

„Schon gut ...“ Wieder klang Glas.

„Jawohl, ich bin sicher. Hier liegt der Burgunder!"

„Sehr gut", lobte Kurt, „jetzt geh nach vorne bis zur Stirnseite des Regals."

Glas klapperte, dann rief Paul: „Bin daaaa!"

„Jetzt musst du nur noch die letzte Etappe schaffen! Die richtige Reihe befindet sich etwas links gegenüber. Es sind nur ein paar Meter, die du überqueren musst."

Einige Sekunden war es still, dann schrie Paul: „Bin angekommen!"

„Vorne um die Stirnseite herum und wieder am Regal entlang", dirigierte Kurt.

Glas klingelte, dann ein dumpfer, kalter Knall.

„Verdammt, mir ist eine Flasche heruntergefallen."

„Ist egal", beruhigte ihn Kurt.

Paul tastete sich schwankend und orientierungslos voran. Die beiden hörten ihn rascheln.

Nach einer Minute näherte sich den beiden ein matter Lichtschein. In seinem Schatten sahen sie Paul, mit dem Lachen des Siegers im Gesicht.

„Geschafft! Ich hab's geschafft!", rief er wieder und wieder.

Sebastian klopfte ihm auf die Schulter. „Hast du echt gut gemacht! Ich schaue nach der Sicherung."

Paul schnaufte schnell und zündete die Teelichter an. Ein schwacher Lichtschein verschwand mit Sebastian im vorderen Raum. Kurz darauf war der Keller wieder matt erleuchtet.

Sebastian kam an den Tisch zurück. „Ich schau mir die Kochplatte an. Vielleicht kann ich sie reparieren."

Kurt ging nach vorne zum Regal, an dem die Flasche zerbrochen war. Der Geruch von Wein und Alkohol schlug ihm entgegen. Er betrachtete die Scherben.

Paul schaute ihn schuldbewusst an. „Entschuldige bitte."

„Nur ein einfacher Beaujolais. Nichts Wertvolles."

Kurt sammelte umsichtig die Scherben ein und legte sie auf einen Haufen. „Wir müssen die Pfütze aufwischen, sonst stinkt's hier noch wie im Weinkeller."

„Das hier ist doch ein Weinkeller", erwiderte Paul.

„Nein, das ist es nicht", sagte Kurt trotzig, „hier liegt eine Sammlung, die aus Flaschen besteht. Im Weinkeller wird Wein produziert und im Fass bis zur Trinkreife gelagert. Das ist ein gewaltiger Unterschied."

„Jetzt sei doch nicht kleinlich. Mir tut es wirklich leid, dass die Flasche heruntergefallen ist. Aber es war stockdunkel."

„Ist ja schon gut."

Paul ging nach hinten zur Küchenzeile und kehrte mit dem alten Spüllappen und einem großen Rotweinglas zurück.

„Etwas anderes gibt's leider nicht."

Kurt schaute ihn leidend an. Sie tauchten den Lappen in die Rotweinpfütze und drückten ihn im großen Glas aus. Nach einigen Wiederholungen war es halb gefüllt.

Paul nahm das Glas, schnupperte in der übertriebenen Pose des Kritikers bei einer Weinpräsentation daran, stellte sich in Bühnenpose und rief: „Feine Frucht, schon etwas oxidiert, Kelleraromen, etwas Staub. Sehr steinige Noten. Ein Wein mit besonderem, etwas morbidem Charakter!"

Erst begann Kurt zu lachen, dann prustete auch Paul los. Bald war vom Wein nur noch ein dunkelroter, feuchter Fleck auf den Fliesen zu sehen.

„Dieser Fleck wird mich immer an diese Tage erinnern", sagte Kurt traurig, „ein Denkmal meiner Dummheit und Angst."

Paul sah ihn an und sagte nichts.

Im hellen Licht am großen Tisch hatte Sebastian den Boden der Kochplatte abgeschraubt und auf der Rückseite die Kabel freigelegt.

„Ein klassischer Kurzschluss. Ein blankes Kabelende, ein freiliegender Draht – das ist die perfekte Kombination." Er deutete mit seinem Taschenmesser auf das brüchige Kabel und dessen Kupferdraht. „Klarer Fall!"

Paul sah sich alles genau an. „Kannst du es reparieren?"

„Klar. Ohne Werkzeug wird's aber dauern. Ich muss improvisieren."

Sebastian versuchte, die Kabel zu lösen, sie zuzuschneiden und die Enden abzuisolieren. Kurt und Paul sahen ihm zu.

Einige Minuten, Flüche und Schmerzensschreie später schaute Sebastian die beiden zufrieden an. „Mission erfüllt. Testen wir?"

Die beiden nickten zögernd. Kurt schob zwei Teelichter vor Pauls Nase und sah ihn an. Der verstand, fischte sein Feuerzeug aus der Jacke und zündete sie an.

Sebastian schloss die Kochplatte wieder an der Steckdose über der Spüle an. „Alle bereit?"

Die beiden nickten. Er drehte den Schalter unter den ängstlichen Blicken von Paul und Kurt auf Stufe zwei. Die Lampen im Keller leuchteten.

Vorsichtig berührte Sebastian die Platte. „Sie wird warm! Sie funktioniert!"

Sie jubelten, als hätte sich die Eingangstür des Kellers geöffnet. Paul streckte die Faust zur Decke.

„Haben wir einen Topf?", fragte Sebastian.

Kurt schüttelte ratlos den Kopf.

„Auch egal!"

Er griff sich eine der geleerten Rotweinflaschen, spülte sie aus, füllte sie mit Wasser und stellte sie auf die mittlerweile heiße Platte. Die drei standen davor und warteten. Immer wieder testete Sebastian die Temperatur der Flasche. Es dauerte eine Viertelstunde, bis sie sich angenehm warm anfühlte.

Er überreichte Kurt die Flasche. „Bitte sehr, einmal heißes Wasser. Die Teebeutel sind leider ausgegangen."

„Vielen, vielen Dank! Ich geh mich dann mal waschen."

Kurt nahm die Flasche, umfasste sie mit beiden

Händen und trug sie in die Toilette. „Ein Stück Seife ist am Waschbecken", rief er noch und verschwand.

Derweil füllte Sebastian die nächste Flasche und stellte sie auf die heiße Platte. Er blickte zu Paul. „Die ist für dich."

Paul hob die Arme. „Warmes Wasser. Für mich. Das ist ein Traum. Hätte nie gedacht, dass mich ausgerechnet warmes Wasser glücklich machen könnte."

Sebastian füllte die nächste Flasche und lachte leise. „Ich finde, wir sollten die Maus belohnen. Ohne ihr Rascheln hätten wir die Herdplatte niemals gefunden. Was für ein Glück!"

„Solidarität für die Gefangenen der Unterwelt!" Paul streckte die Faust in die Höhe. „Wir werden unsere Vorräte mit ihr teilen. Ich gebe ihr von unserem Käse!"

Sebastian hob nur die Augenbrauen. Paul brach etwas Parmesan ab, nahm noch ein Stückchen Schinken und ging nach hinten, um der Maus die Delikatessen zu offerieren, weit genug von ihren Lagern entfernt.

Kurt kehrte mit nacktem Oberkörper zurück. „Warmes Wasser am Körper! Und Seife! Was für ein Gefühl! Das ist Luxus! Großartig!"

„In ein paar Minuten ist die nächste Flasche bereit. Château Lafite mit Warmwasserfüllung!"

„Ich kann es kaum erwarten! Das wird der beste Lafite meines Lebens!", juchzte Paul, der zurückgekehrt war.

Er ging im Kreis, bis Sebastian die Flasche von der Platte zog.

„Wünsche viel Vergnügen!"

Paul nahm sie wie einen Orden im Empfang. „Wie wunderbar! Bis später!"

Kurt hatte sich mit seinem Mantel trocken gerieben und wieder angezogen. „Man fühlt sich wie ein neuer Mensch."

„Mit Wein geht das halt nicht", erwiderte Sebastian, „da stößt der Genuss an seine Grenzen."

„Man braucht beides“, sinnierte Kurt, „eine warme Dusche und einen perfekt temperierten Rotwein. Das eine erfrischt den Körper, das andere beruhigt den Geist. Yin und Yang.“

„Was ist mit Weißwein? Mit Riesling? Gewürztraminer? Mit Rosé? Und was ist mit Champagner?“

„Die ersetzen doch keine Dusche, so sehr sie manchmal wie Duschgel nach Zitrone und Pfirsich riechen.“

„Manche Weißweine riechen wahnsinnig intensiv. Meine Kunden mögen das. Die kaufen das Zeug wie verrückt. Weil sie es kennen und mit Frische verbinden. Eine erfrischende Dusche mit Alkohol, am besten nach dem Arbeitstag. Ganz einfach.“

Kurt verzog den Mund. „Dieses ganze Zeugs ist mir zuwider. Wein mit Duschgel-Geruch kommt mir nicht ins Glas. Yin oder Yang, Duschen oder Wein. Es geht nur eins.“

Während des Gesprächs hatte sich Sebastian eine leere Champagnerflasche gespült und auf die Herdplatte gestellt. Er betastete sie, rüttelte vorsichtig am Schalter, berührte die Herdplatte mit dem Zeigefinger und zog ihn schnell zurück.

Kurt bemerkte gar nicht, dass Sebastian ihm nicht zuhörte.

„Ich liebe Wein, aber er erfrischt mich nicht. Noch nie. Der Alkohol, die konzentrierten Aromen, der intensive Geschmack – wie soll das erfrischen? Nur weil ein Wein nach Zitrone riecht, die als erfrischend gilt? Wie bei Erfrischungstüchern? Wer das behauptet, hat nichts, aber auch gar nichts von Wein verstanden. Beim Weintrinken spielt die Welt keine Rolle mehr. Man schmeckt einfach hinein und fühlt, was da alles drin ist, was am Gaumen geschieht! Es ist der Weg nach innen. Frische ist ein dummes Klischee für ahnungslose Käufer!“

Sebastian sah ihn wieder an, nickte artig und sagte lieber nichts, denn mit dem Argument „schön frisch für den Sommer“ schlug er kartonweise Rosé- und Weißweine los. Kunden irren nie, solange sie zahlen.

Paul kam ebenfalls mit nacktem Oberkörper zurück und streckte sich. „Ach, ich fühle mich wieder frisch!“

„Hol dir mal keine Erkältung“, ermahnte Sebastian fast streng, froh um die Ablenkung.

Paul holte seinen Wollmantel und legte ihn über die Schultern.

„Von Frische haben wir eben ausführlich gesprochen“, sagte Kurt.

Sebastian, der Kurt den Rücken zudrehte, rollte die Augen. Er fühlte erneut die Temperatur der Flasche, aber sie war nur lauwarm. Nun gab es kein Entkommen mehr.

„Was ist mit Frische?“, fragte Paul irritiert.

„Gibt es eine Frische im Wein, die dieselbe Wirkung hat wie eine Dusche? Ich glaube nicht!“, dozierte Kurt.

„Ein knackiger Riesling wirkt bei mir wie eine kühle Dusche im Gehirn“, widersprach Paul. „Die Säure reinigt die Hirnwindungen, die Aromen lüften die staubigen Gedanken, die steinigen Komponenten polieren die vom Grübeln matt gewordenen Stellen. Nach zwei Gläsern Riesling kann ich wieder schreiben – vorausgesetzt, ich habe nicht vorher schon eine Flasche Rotwein getrunken.“

„Das klingt alles sehr schön, ist aber nur eine Metapher“, insistierte Kurt. „Dich entspannt der Alkohol. Der Rest ist kulturelle Beruhigung, ein wasserdichtes Alibi für die Vernunft und die Weinverkäufer! Der Geschmack ohne Alkohol würde garantiert nicht dein Hirn durchlüften!“

In Pauls Gehirn formte sich eine Kolumne: „Über die Frische im Wein“. Kurts Gedankengänge waren oft druckreif, und Paul nutzte sie gern für diesen Zweck. Nach Erscheinen seiner Kolumne bedankte er sich stets formvollendet mit einer sehr guten Flasche für die Inspiration, wie er es nannte. Aber für ihn war es viel mehr.

Kurts knappe, treffende Formulierungen waren für ihn unbezahlbar. Er würde alles für Kurt tun, damit diese Quelle niemals versiegen würde, hatte er sich vorgenommen.

Paul ging einen Schritt auf ihn zu. „Wie würdest du einen Riesling bezeichnen, der alles bietet, was im Klischee der Werbung mit Frische verbunden wird? Aromen von knackigen Äpfeln, von Limetten und frischen Aprikosen? Das ist doch unsere Welt, und die Bilder von einer frischen, kühlen Dusche erscheinen beim Trinken. Das kühle Wasser, das wir so angenehm finden."

Kurt drehte den Kopf weg. „Ich trinke keinen Wein, der ..."

„Du hast ja recht. Wie soll ich es ausdrücken?"

„Och, ich geh jetzt auch mal frisch aus der Flasche duschen", verabschiedete sich Sebastian, erleichtert, der Diskussion entfliehen zu können.

Paul sah ihm hinterher. „Gibt es einen Geschmack, der am Gaumen das kühle Nass einer Dusche simuliert? Wir essen und trinken dort ja normalerweise nicht."

„Wir essen auch keine Steine, kein Holz, kein Leder und keine Kohle. Aber nach all dem schmecken Weine. Ich liebe das. Aber nur, wenn ich Ruhe habe, diese Aromen zu suchen und manchmal auch zu finden. Das ist der Weg nach innen, die Konzentration auf sich selbst. In diesem Moment der Ruhe kommt dir beim passenden Riesling das Duschen als Bild in den Kopf, und schon nennst du den Wein erfrischend. Es ist aber lediglich das schöne Bild der Erfrischung, das dir im Kopf herumgeistert, während dich der Alkohol bedröhnt."

Paul verschränkte die Arme. „Autosuggestion. Das funktioniert perfekt. Bei einem guten alten Rotwein stehst du nicht unter der Dusche, sondern sitzt am Kaminfeuer mit einem Schinkenbrot, umgeben von antiken Möbeln und rußigen Leuchten."

Die Suggestivkraft des Weins. Für Paul war diese Kolumne bereits geschrieben: eine Geschichte, die an einem heißen Sommertag erscheinen müsste. Dazu ein paar Beispiele von Rieslingweinen, die man schnell und unbedacht als erfrischend bezeichnet. Schließlich ein Blick hinter diesen Vorgang des angeblichen Erfrischens mit Kurts sezierendem Blick. Das hatte er noch nirgends gelesen.

„Das ist ein origineller Gedanke. Ich werde das weiterentwickeln."

„In deiner Kolumne, ahne ich", knurrte Kurt.

„Mal sehen."

„Mir ist es recht. Aber denk dir was Anständiges als Honorar aus. Wie immer also. Wir trinken es zusammen aus und diskutieren dabei die Folgen der Autosuggestion. Es darf auch ein erfrischender Riesling sein. Du kannst mir dann ja genau erklären, was er alles mit mir macht."

Kurt sah ihn auffordernd an.

Paul schluckte. „Ich weiß es noch nicht", log er, „aber wenn es soweit ist, begießen wir es angemessen. Ich verspreche es dir."

„Na dann", sagte Kurt und hob die Augenbrauen.

Sebastian kam mit tänzelnden Schritten zurück.

„In die Flasche geht ein bisschen wenig Wasser, aber das war klasse! Und wisst ihr, was das Beste ist? Das haben wir jetzt jeden Tag. So oft wir wollen. Bis die Seife alle ist."

Sorgsam vermied er den Begriff „Erfrischung", um nicht die Debatte neu zu befeuern. Er zog die Kopfhörer aus der Jackentasche, prüfte den Akkustand seines Smartphones, das „noch 5 Prozent" anzeigte, und ging kopfschüttelnd zu seinem Lager. Er brauchte jetzt Ruhe und vor allem Musik. Aus seinen Kopfhörern ertönte kurz darauf das Album „The man comes around" von Johnny Cash. Die raue Stimme der Country-Legende ließ ihn frösteln. Der pure Sound war jetzt genau richtig. Er war der Tiefe der Seele eines todkranken Menschen entsprungen, der oft gestrauchelt war, aber nie gebrochen wurde. In den traurigen Coverversionen berühmter Songs lag viel Wut und immer ein Funken Hoffnung. Er ließ sich auf seine Decke fallen und summte mit. Sebastian kannte fast jeden der Texte auswendig. Nach dem ersten Song war ihm endlich klar, was ihm fehlte: frische Luft. Er ging nach dem Duschen oft im Bademantel für ein paar Minuten auf den Balkon und atmete durch. Doch hier unten war es muffig und kalt. Er stand auf, öffnete einen Luftschacht und spürte den Luftzug. Doch auch die von oben hereindrückende Luft roch dumpf nach Beton und Staub. Sebastian war drei Meter von frischer Luft entfernt. Nicht mehr. Aber auch nicht weniger.

Er drehte die Musik lauter und ließ sich wieder auf die Decke fallen. Schlafen. Jetzt drei Tage schlafen und danach einfach hinausgehen in die frische Luft.

***

Als Martin Baumgärtner gespült, aufgeräumt und Elisabeths Medikamente in der Apotheke abgeholt hatte, ging er in den Keller und setzte sich auf den zerschlissenen Hocker, der vor den Teilen der zerlegten Kommode stand. Aus einer Schublade unter der Werkbank zog er einen welligen Schreibblock, der dort seit Jahren lag. Aus einem Kästchen nahm Baumgärtner einen Bleistift und setzte zum Schreiben an. Doch die akkurate Spitze bewegte sich nicht. Wie hießen die Weine, die er versteigern lassen wollte? Baumgärtner hatte es vergessen. Der Bleistift fiel auf das leere Blatt.

Im Auto versuchte er, den Radionachrichten zuzuhören. Finanzkrise. Die SPD. Afghanistan. Frankreich. Der FC Bayern. Schneeregen. Ich muss mich konzentrieren. Es muss doch klappen. Ich will mein Leben zurück. Meiner Elisabeth muss es doch besser gehen. Auf dem

Zettel neben ihm lag die Adresse eines Auktionshauses. Wenigstens wusste er, wo es lag. Bald erreichte er die Frankfurter Innenstadt und parkte im Parkhaus an der Alten Oper. Er ging in die Goethestraße mit ihren teuren Boutiquen, bog in eine schmale Seitenstraße ab und stand vor dem Auktionshaus. „Kunst und Antiquitäten" war in eleganter Schrift auf der Glastür zu lesen. Er drückte dagegen, doch sie war verschlossen. Drinnen stand ein Schreibtisch voller Papiere, doch der Computer war ausgeschaltet. Er suchte an der Scheibe nach Öffnungszeiten. Sie waren nicht angeschrieben. „Scheiße", brüllte er so laut, dass sich ein Geschäftsmann mit Aktenkoffer nach ihm umdrehte. Er kramte den Zettel aus der Anoraktasche. Die zweite Adresse, die er notiert hatte, lag in der entgegengesetzten Richtung, im Westend. Er verdrehte die Augen und ging über den Opernplatz. Es nieselte nun nicht mehr, es begann mit dicken Tropfen zu regnen. Zehn Minuten lief er die Bockenheimer Landstraße entlang, bog in die Mendelssohnstraße ein und entdeckte kurz darauf das im Regen glänzende, dezente Messingschild an einer sanierten Altbauvilla aus der Jahrhundertwende mit elegant verziertem Erker. Er öffnete die hohe, dunkle Holztür an der Seite des Gebäudes und betrat das Auktionshaus. Die blonde, junge Dame hinter dem Empfangsschalter trug ein graues Wollkleid und musterte ihn.

„Guten Morgen. Was kann ich für Sie tun?"

„Guten Tag. Ich würde gerne Wein bei Ihnen verkaufen."

„Haben Sie einen Termin?"

Baumgärtner blickte auf das Holz des Tresens. „Nein, habe ich nicht."

Sie deutete ausladend auf die Designersessel am Fenster. „Warten Sie bitte einen kleinen Moment. Ich will sehen, ob jemand da ist."

„Das ist sehr nett. Vielen Dank."

Baumgärtner schlich zu einem der weißen Ledersessel, setzte sich vorsichtig auf die Kante der Sitzfläche und sah sich um. An der Wand hingen riesige Bilder mit moderner Kunst, an der Decke tauchten elegant gedrehte Glasröhren das Foyer in ein dezentes Licht. Er vergrub die Hände in den Anoraktaschen. Ein schlanker Mann im braunen Anzug und mit schwarzem Scheitel kam ihm in schnellem Schritt entgegen.

„Guten Morgen. Warburg mein Name. Wie kann ich Ihnen helfen? Es geht um Wein, sagte meine Kollegin."

Baumgärtner erhob sich und stellte sich vor.

„Ich will Wein bei Ihnen verkaufen."

„Sie meinen: versteigern?"

Warburg ließ sich in den Sessel gegenüber fallen. Seine Handbewegung bedeutete Baumgärtner, dasselbe zu tun.

„Das ist richtig. Ich habe nämlich Wein geerbt. Französischen Wein. Immer in Kisten mit zwölf Flaschen drin. Die sind doch sicher sehr teuer?"

„Das kommt darauf an. Welche Châteaux Sie geerbt haben, welche Jahrgänge es sind und wie sie gelagert wurden."

„Die standen im Weinkeller meines verstorbenen Onkels. Der hat sie nicht angefasst. Da ist es kühl drin. So 13, 14 Grad."

„Aha. Das ist sehr gut. Und da liegen sie jetzt auch noch? Sollen wir sie zunächst ansehen, ob es lohnend ist?"

„Nein, da liegen sie nicht mehr. Da ist jetzt meine Werkstatt."

„Und wo sind sie?"

„Die liegen jetzt bei drei Weinsammlern."

„Welche Châteaux gehören denn zu Ihrer Erbschaft?"

„Lassen sie mich mal überlegen. Also dieser christliche Name ..."

Warburg blickte zur Decke. „Pétrus?"

„Ja, der ist dabei. Und dann auch Mutron oder so."

„Mouton meinen Sie sicher. Mouton Rothschild. Ist auch Lafite darunter?"

„Das kann gut sein. Pétrus, dieser Mouton und Laf, äh, Lafite. Die sind dabei. Sie kennen sich wirklich aus."

„Welche Jahrgänge?"

Baumgärtner schaute für einen Moment hilflos auf das Parkett. „Ist das so wichtig?"

Warburg nickte kurz.

„Nein, die weiß ich leider nicht."

Warburg fasste an den Knoten seiner Krawatte. „Diese Weine können unter Umständen gute Umsätze erzielen. Bevor wir sie aber zur Auktion annehmen, müssen Sie sämtliche Jahrgänge und die Anzahl der Flaschen genau dokumentieren, den Zustand klären und ihre Herkunft natürlich. Wenn Sie mir das vorbereiten könnten, wäre das sehr hilfreich."

Baumgärtner nickte und kritzelte Stichworte auf seinen kleinen Zettel.

„Die Herkunft? Wie meinen Sie das? Die sind doch von diesen Weingütern, oder?"

Warburg lachte. „Wer waren die Vorbesitzer? Wie sind sie gelagert worden? Das kann den Preis entscheidend beeinflussen. Wenn die jahrelang neben der Heizung gelegen haben, kauft die garantiert niemand."

„Ach so. Nein, die lagen ewig in seinem, also jetzt in meinem Keller. Von wem und wann die mein Onkel gekauft hat, weiß ich aber nicht. Wie schnell geht das denn mit dem Versteigern?"

„Wein machen wir hier nicht viel. Das meiste läuft in London, New York und Hongkong. Aber wenn wir es annehmen, sollte die Auktion noch vor den Sommerferien laufen."

„Geht das nicht schneller?"

„Nur, wenn Ihr Angebot so interessant ist, dass wir eine eigene Auktion dazu ausrufen können. Unter uns, das geschieht ziemlich selten. Da müsste uns schon ein Jahrhundertkeller unterkommen."

„So lange dauert das?“

„Ja, das ist unsere Timeline. Und machen Sie sich in einem Punkt keine Hoffnungen. In Singapur und Hongkong werden Preise erzielt, über die man viel liest und an denen wir uns orientieren, aber die Gebote bleiben hier meist deutlich darunter. Angebot und Nachfrage. Aber es lohnt sich trotzdem.“

Warburg stand auf, zog eine Visitenkarte aus dem Jackett und hielt sie Baumgärtner vor die Nase. „Ich schlage vor, Sie sehen nach, welche Weine Sie genau geerbt haben, und dokumentieren den Bestand. Danach rufen Sie mich wieder an. Ich werde mir das anschauen. Erst wenn wir mehr wissen, können wir entscheiden, ob wir sie annehmen oder nicht.“

Baumgärtner nickte. „Ach so. Vielen Dank auch! Ich rufe Sie an.“

Warburg lächelte professionell. „Ich freue mich. Auf Wiedersehen.“

Martin Baumgärtner stolperte aus der riesigen Tür und sah sich auf der Treppe die Visitenkarte an. Langsam tappte er zurück Richtung Alte Oper und sah zu, wie sich die Autos an den Ampeln stauten. Jahrgänge. Zustand. Herkunft. Hongkong. New York. Kurt. Seine Gedanken kreisten.

***

Paul fuhr sich durch die Haare und schaute in die Regalreihen.

„Was denkst du über Sebastians Maus?“, fragte Kurt.

„Ich habe das Geräusch auch gehört. Kein Zweifel. Aber ob es sie wirklich gibt? Ich weiß es nicht. Wir haben ihr jedenfalls ein wenig Käse und Schinken zum Knabbern hingelegt.“

„Was habt ihr?“, schrie Kurt, „ihr könnt doch keine Mäuse füttern! Spinnt ihr?“

„Ohne sie hätten wir die Kochplatte niemals gefunden.

Ich hätte mir zwar einen Höllenritt durch die Dunkelheit erspart, aber nun hebt das Ding unsere Stimmung beträchtlich. Sollen wir sie deswegen umbringen? Wenn es sie überhaupt gibt?“

Kurt schaute nachdenklich. „Wenn sie da ist, wird sie den Käse fressen. Etwas anderes findet sie schließlich nicht. Wenn wir wissen, dass sie sich hier herumtreibt, besprechen wir das. Das Urteil ist noch nicht gefällt.“

„Kurt, lass Gnade vor Recht ergehen! Sie hat uns nichts getan. Im Gegenteil.“

„Ich will keine Mäuse in meinem Keller haben. Sie auffordern, den Keller zu verlassen, ist leider in der Regel erfolglos. Da bleibt mir keine Wahl. Es ist traurig, aber so ist das Leben.“

Paul ging in den hinteren Raum, wo er Käse und Schinken abgelegt hatte. Beides war unberührt. Paul atmete auf.

„Der Käse ist intakt“, meldete er.

„Gut. Wir warten ab.“

„Sei nicht so streng“, bat Paul innig.

„Ich bin nicht streng, sondern konsequent. Ich sammle systematisch Wein, und das hier ist das Ergebnis. Trotz mancher Lücken ist das doch nicht ganz schlecht, finde ich.“

„Nicht schlecht? Das ist ein Paradies!“

Kurt ignorierte das. „Ich habe ein Haus gekauft und renoviert, und oben kannst du es ansehen. Mit Liebe zum Detail. Richtig oder gar nicht.“

„Und du hast Haus und Keller gesichert. Richtig oder gar nicht.“

„Jetzt mach mir nicht schon wieder Vorhaltungen. Ich habe einen schweren Fehler gemacht. Dafür muss ich büßen, und ihr leider auch. Hör auf damit!“

Paul kratzte sich verlegen am Ohr.

„Darf ich ... dich was fragen?“

„Ja doch!“

„Wie hast du diese Sammlung angelegt? Ich meine, was ist dein Ziel? Was willst du erreichen? Alle großen Weine der Welt einlagern? Was um Himmels willen treibt dich an?"

Kurt presste die Lippen zusammen. „Schwierige Frage", murmelte er, um Zeit für eine Antwort zu gewinnen. Er kaute auf seiner Unterlippe. „Als ich meine Liebe zum Wein entdeckt hatte, wollte ich mein Studium hinwerfen. Ich wäre damals viel lieber Winzer geworden. Ich träumte von einem alten Gutshaus an einem idyllischen Fleck im Rheingau mit guten Weinbergen. Ich war verdammt nah dran, alles von vorne zu beginnen. Ich hätte beinahe ein Weinbaustudium angefangen. Es war alles geregelt: Studienplatz, Notendurchschnitt, meine Kenntnisse, das alles hätte gepasst. Aber – ich habe es nicht gemacht, sondern mich mit Architektur durchgebissen. Das war hart."

„Warum denn?"

„Falsche Ideale und ein schlechtes Gewissen. Zu dieser Zeit war es noch einfach, mit einem mittelmäßigen Abschluss ein rundum versorgter Beamter zu werden. Mit Zulagen und gesicherter Pension. Immerhin haben mir meine Eltern das Studium finanziert. Ich stand in ihrer Schuld. Sie haben den Krieg überlebt. Also war für sie klar: Der Sohn wird Beamter und ist damit gut versorgt für alle Zeiten." Kurt schlug mit der Hand auf den Tisch. „Ein Winzer war für sie nichts als ein Bauer, aus dem nichts geworden war und aus dem nichts werden konnte. Sie verstanden eben nichts vom Wein. Hätte ich Weinbau studiert, wäre das der Bruch mit meinen Eltern gewesen. Das habe ich nicht geschafft, obwohl ich nahe dran war. Ich konnte es nicht. Das schlechte Gewissen. Also habe ich weiter studiert, den Abschluss gemacht und bin ein langweiliger, aber gut bezahlter Beamter mit viel Freizeit geworden. Ich bekomme eine anständige Pension, die ich in Wein investiere. Das ist meine Rache."

„Du hast angefangen zu sammeln, weil du nicht Winzer werden konntest?"

„Ach, vielleicht. Wahrscheinlich schon", antwortete Kurt und kicherte verlegen. „Ich treffe im Keller meine Entscheidungen nach meinen Maßstäben und trage die Konsequenzen, die sich ergeben. Im Beruf konnte ich das nie. Ich machte, was meine Vorgesetzten verlangten, und sie taten, was die Politik von ihnen verlangte. Wein ist meine zweite Welt. Ich lasse mir von niemandem hineinreden, welche Weine in welchen Jahrgängen ich wann kaufen soll. Ich lebe nun wie ein Winzer, der entscheidet, wann er schneidet, wann und wie viel er erntet, wie er den Wein ausbaut, an wen er verkauft. Der Winzer ist frei und autonom, er ist niemandem verpflichtet. Nur dem Wetter und dem Wein, den er produzieren will."

Paul kratzte sich lange zwischen den Beinen. „Ich kenne Winzer, deren Gut der Bank gehört und die jeden Monat genug Geld in die Kasse bekommen müssen. Zu denen kommt der Großgastronom, definiert den Charakter eines mäßigen Weins für den offenen Ausschank, setzt einen verdammt niedrigen Preis fest und verspricht, genug Flaschen abzunehmen – aber nur, wenn er so schmeckt, wie er es sich vorstellt. Diesen Wein produzieren sie ihm, egal wie, denn die Bank muss pünktlich bedient werden. Ob der Wein zu den Ideen des Winzers passt – Kurt, vergiss es! Das ist einfach ein verdammt hartes Geschäft." Paul rieb sich den Bart und hob eine Augenbraue. „Ich kenne einen jungen Weingutbesitzer mit langem Titel. Uralter Adel. Er gibt sich als Unternehmer, ist die Dynamik und Lässigkeit in Person. Aber jahrelang machte er den ganzen Tag nur das, was sein Vater verlangte. Der ließ ihn dafür wenigstens einen teuren Geländewagen fahren. Vor ein paar Jahren gab es zwischen den beiden eine fast blutige Familienfehde – nur wegen einer einzigen, modern produzierten Riesling Spätlese. Sie schmeckte großartig. Der junge Graf hatte sie gemacht, aber ohne Genehmigung des Patriarchen. Abgefüllt hat er sie trotzdem, hat hervorragende Bewertungen bekommen und sie zum guten Preis verkauft. Da war er schon überall als Nachfolger eingeführt worden, als künftige Spitze des Hauses und des Weinguts. Er wollte zeigen, was er drauf hat. Aber so ging das in dieser Familie nicht. Er hätte den Alten fragen und bitten müssen. Exzellenz hat jahrzehntelang alleine bestimmt, welche Weine wie gemacht werden, auch wenn er keine Ahnung hatte und sowieso dauernd auf Reisen war. In dem Jahr war es anders. Da stand nun diese Spätlese in der Weinliste. Der Alte war erzürnt wie im Alten Testament. Über ein Jahr hat er kein Wort mit seinem Sohn gewechselt. Betrat einer den Raum, verließ ihn der andere. Zwischen ihnen war nur noch Hass. Aber sie mussten sich bei Verkostungen und Kundenbesuchen gegenseitig auf die Schultern klopfen. Der Alte musste sogar vor wichtigen Kunden die Spätlese loben. Ein entwürdigendes Schauspiel. Ich habe es erlebt. Der Junge hatte Talent, aber geholfen hat es ihm nicht. Vor einem Jahr ist der Alte gestorben. Sie haben sich nicht mehr versöhnt. Alles wegen einer einzigen Spätlese."

Kurt sah Paul mit aufgerissenen Augen an.

Der hielt seinem Blick stand. „Vielleicht hättest du es ja hinbekommen, dich nicht zu verbiegen. Ich hätte es dir zugetraut."

Kurt lächelte verkrampft. „Konsequent zu sein ist leicht, wenn es keine Konsequenz hat. Ich muss doch nur entscheiden, was ich wann kaufe und wem ich mein Geld gebe. Das ist nichts Besonderes. Es braucht nicht mal Charakterstärke. Es ist nur teuer."

„Sei nicht so streng zu dir", erwiderte Paul milde, „du hast sehr viel erreicht. Mehr als jeder andere, der Wein sammelt. Deine Sammlung hat Charakter, weil sich deine Prinzipien darin spiegeln."

„Welche Prinzipien meinst du bitte?"

„Du öffnest zum Beispiel niemals Romanée Conti. Der größte, teuerste und beste Wein der Welt liegt hier in allen großen Jahrgängen. Er ist da, aber du trinkst ihn nicht. Das ist konsequent. Bewundernswert. Du kannst warten. Ich könnte das nicht."

Kurt bewegte seine Hände vor dem Kopf, als würde er einen schweren Stein anheben und fallen lassen.

„Nein, also, nein", stotterte er. „Das hat mit ... also es hat mit Irene zu tun."

Paul schaute an Kurt vorbei, betrachtete ihn aber scharf aus den Augenwinkeln. „Wie meinst du das?"

„Ach, ist doch egal. Es ist, wie es ist."

„Und wie ist es?"

„Ich kann keinen Romanée Conti trinken."

„Bist du nicht neugierig, wie er sich entwickelt?"

„Schon. Aber ich kann nicht."

„Aber warum denn?"

Kurt schlug die Hände vors Gesicht und beugte es bis auf die Oberschenkel. Er atmete schwer. „Wegen Irene."

Zwei, drei Minuten saßen sie still da.

„Wegen Irene?", unterbrach Paul das Schweigen.

Kurt hob abrupt das Gesicht und sah Paul verzweifelt in die Augen. „Es war drei Wochen vor ihrem Tod. Die Ärzte konnten nichts mehr für sie tun. Sie entließen sie aus dem Krankenhaus, verschrieben ihr Schmerzmittel, sonst nichts mehr. Es war ein wunderbarer, warmer Sommerabend. Wir saßen auf der Terrasse, sprachen über unsere Familien, über unsere Pläne und was aus ihnen geworden war. Wie alt die Patenkinder inzwischen waren. Es war so friedlich. Wir waren uns ganz nah. ‚Magst du vielleicht ein Glas Wein?', fragte ich sie, obwohl sie wegen der Medikamente keinen Alkohol trinken sollte. ‚Aber ja. Lass uns einen guten Wein trinken', bat sie. Ich rannte runter in den Keller und holte eine Flasche Romanée Conti. Den besten Jahrgang, den ich auf die Schnelle finden konnte. Es war ein 1985er, aber das spielte keine Rolle. Wir haben das Etikett nicht beachtet. Es war egal. Wir schwenkten die Gläser, so wie früher. Irene mochte diesen Wein so sehr. Wir haben damit bis in die Nacht hinein geredet. Sie küsste mich. Es war so wunderbar."

Kurt wischte mit der Faust zwei Tränen weg. „Es war ein großartiger Wein zur schlechtesten, falschesten Zeit, die es je in meinem Leben gegeben hat. Ein paar Tage später ging es ihr schlechter. Der Tumor wuchs rasend schnell. Einen Monat später ist sie gestorben. Diese Flasche war unsere letzte. Seitdem kann ich ihn nicht mehr trinken. Ich habe sie so geliebt! Kein noch so großer Wein kann das vergessen machen."

Paul sah Kurt erschüttert an. „Ich hatte ja keine Ahnung", sagte er, „vergib mir bitte! Wie oft habe ich dich belästigt, eine Flasche zu öffnen. Ich wusste ja nicht, dass ..."

„Nein, du wusstest es nicht besser", schnitt ihm Kurt milde das Wort ab. „Ich mache dir keinen Vorwurf. Auch Sebastian nicht. Obwohl er mich damit auch manchmal wirklich genervt hat. Das kann er nämlich richtig gut."

Paul lächelte vorsichtig. „Da ist er verdammt gut drin."

Jetzt lächelten beide.

„Oh Mann", sagte Paul und umarmte Kurt. Der ließ es sich gefallen.

„Lass die Sache unter uns bleiben. Ich will nicht, dass Sebastian davon erfährt."

Paul schloss die Augen. Dann schnaubte er: „Ich brauche jetzt was zu trinken."

Kurt sah auf die Uhr.

„Es ist doch gleich Mittag. Ein kleines Schlückchen zum Essen nehme ich heute auch. Lass mich schauen. Ich glaube, etwas sehr Gutes wäre diesem Vormittag angemessen."

***

Als Baumgärtner zurück zu seinem Auto lief, begann es wieder zu regnen. Er schloss mit einer schnellen Handbewegung den Reißverschluss seiner Jacke und vergrub die Hände in den Taschen. Die dicken Tropfen wehten ihm ins Gesicht. Pétrus, Mouton, Lafate? Oder wie hieß das Zeug noch? Lafette? Er dachte nach. Lafite. Genau, das war der Name, den Warburg genannt hatte. Lafite. Also Pétrus, Mouton und Lafite. Das waren auch die Weine, über die Onkel Johannes im Weinkeller so oft mit Kurt gesprochen hatte. Er hatte jedes Mal eine dieser Kisten aus dem Regal gezogen, wenn Martin Baumgärtner zu Besuch war, er hatte auf den Deckel geklopft und gesagt: „Lieber Martin, diese Kiste wird dir mal sehr viel Freude bereiten. Aber leider erst, wenn meine Zeit um ist. Du wirst schon sehen!"

Baumgärtner hatte immer geantwortet: „Trink sie doch vorher aus, du hast sie schließlich bezahlt. War sicher teuer genug. Mitnehmen kannst du sie ja nicht."

Und Onkel Johannes hatte gesagt: „Lass dich überraschen!"

Baumgärtner wischte sich das kalte Regenwasser von der Stirn und ging schneller. Diese Holzkiste in seinem Weinkeller, die nun nicht mehr da war. So wie all die anderen Flaschen auch. Welche verdammte Kiste sollte ihm so viel Spaß machen? Wie hieß der noch? Lafrance? Lafette? Und warum ausgerechnet der? Der Name, den Warburg erwähnt hatte, fiel ihm nicht wieder ein. Er schlug sich an die Stirn, wieder und wieder klatschte seine Hand an den nassen Kopf. Er musste herausfinden, welcher Wein in dieser Kiste gewesen war. Und wie hießen all die anderen Weine nur? Er blickte in den Regen, der immer stärker aus den Wolken prasselte. Von Weitem sah er die Alte Oper.

Reifen quietschten schrill, ein lautes Hupen ließ ihn zusammenfahren. Baumgärtner blickte sich verwirrt um. Er stand auf einem Zebrastreifen, mitten auf der Straße. Ein Lieferwagen stand zwei Meter vor ihm. Der

Fahrer gestikulierte und schrie. Baumgärtner hob die Hand und nickte ihm zu. „Tschuldigung. Hab Sie nicht gesehen."

Er ging zur anderen Straßenseite, der Lieferwagen gab Vollgas. Baumgärtner atmete tief, wischte sich das Regenwasser aus dem Gesicht und marschierte weiter. Jetzt wollte er den Wein holen. Seinen Wein.

***

Kurt ging eine Regallänge nach hinten, blieb stehen und blickte sich um. Was waren das für Geräusche neben ihm? Menschen beim Sex? Das war unmöglich. Doch genau so klang es. Vorsichtig spähte er durch die Regale in die Richtung, aus der heftiges Schnaufen und Stöhnen zu hören war. Was konnte das sein? Sollte er Paul rufen? Lieber nicht, entschied er. Denn würde er an Halluzinationen leiden, wäre die Sache umso peinlicher. Er dachte nach. Der Ursprung der Geräusche musste in etwa dort sein, wo Sebastian seine Kartons ausgebreitet hatte. Sebastian? Sollte er etwa ...? Hatte er sich deshalb zurückgezogen? Vorsichtig schlich er vorwärts. Das Stöhnen stammte von Sebastian, ohne jeden Zweifel. Er fasste sich ein Herz und bog um die Regalecke. Sebastian hatte Schuhe, Jacke und Pullover ausgezogen und machte laut ächzend Liegestütze.

Als er Kurt erblickte, ließ er sich zu Boden fallen.

Er war völlig außer Atem.

„Ich musste dringend mal was für die Muskeln tun. Einunddreißig Liegestütze – ich hätte aber noch weitermachen können. Zehn wären noch locker gegangen!"

Kurt lachte und schämte sich für seine Gedanken. „Ich wollte dich nicht stören, aber gleich gibt es Mittagessen und einen Schluck zu trinken. Wenn du magst."

„Was trinken wir denn Schönes?", fragte Sebastian, atmete tief aus, federte hoch und tänzelte auf und ab, während er die Arme ausschüttelte.

„Ich denke, ein Meursault täte jetzt gut", sagte Kurt, der sich im Gehen kurz umdrehte.

Sebastian pfiff durch die Zähne. „Du lässt ja gar nichts aus! Bester weißer Burgunder zu schnödem Käse und Schinken. Das hat Stil."

Kurt ging einige Schritte das Regal entlang und zog mit zielsicherem Griff eine Flasche heraus. „Coche Dury, Jahrgang 1993."

„Was Besseres findet man nicht", raunte Sebastian und kratzte sich am Kinn. „Aber wieso jetzt? Zu Mittag?"

„Ach, kann man doch mal machen."

„Gibt's was zu feiern? Habe ich deinen Geburtstag vergessen?"

„Was sollten wir schon feiern? Ich habe Lust auf einen weißen Burgunder. Einen anständigen. Paul muss ich nicht fragen. Wenn eine Flasche offen ist, lässt er sich einschenken. Und was ist mit dir?"

„Habe ich dir jemals einen Wein ausgeschlagen?"

„Sag niemals nie." Kurt lächelte ihn an.

Sebastian dachte angestrengt nach. Ihm fiel keine solche Begebenheit ein. Dann plötzlich erinnerte er sich.

Nachdem er wegen Kurts Masseto-Bestellung auf dem Autobahn-Parkplatz zusammengeschlagen worden war, traf er Kurt in der Weinhandlung Sterneck in Frankfurt. Er trug noch ein Pflaster auf der nur mäßig abgeschwollenen Nase. Paul war anderweitig beschäftigt und kam nicht. Der mit dunklen Holzmöbeln elegant eingerichtete Laden hatte den Ruf, gut sortiert zu sein. Zu den Stammkunden zählten Banker, Anwälte, Werbeleute und Architekten, die in den schönen, teuren Altbauwohnungen des Westends wohnten. Nach der vom Inhaber für Sebastians Empfinden etwas zu launig kommentierten Weinprobe kam er mit einem der Gäste ins Gespräch, als er, mit einem Glas in der Hand, im geschmackvoll begrünten Hof frische Luft schnappte. Viele der Besucher taten das, und so wurde das Flanieren im Hof zu einem Defilee nützlicher Verbindungen. Man begrüßte sich mit Küsschen links und rechts, tat hoch erfreut und pflegte intensiv den Small Talk. Wer niemanden zum Küssen fand, stand gelangweilt herum, ließ sich nichts anmerken und beobachtete die Umstehenden beim Küssen und Reden. Sebastian war nicht auf Small Talk aus, außer, er hätte noch ein kleines Geschäft anbahnen können. Doch es ergab sich nichts.

Bald gesellte sich ein älterer Herr mit einem Weinglas in der Rechten zu ihm. Er trug ein grellgrünes Sakko mit goldenen Knöpfen und auf dem Kopf eine gleichfarbige Baseballkappe. Es war Johannes Steinfeld. Sie begrüßten sich, und Steinfeld begann sofort zu reden. Auch Kurt kam nach draußen und war umgehend von einigen Herren und Damen umlagert, die seine Nähe suchten. Johannes Steinfeld redete und redete, Sebastian hörte höflich zu. Vom Thema Wein kam Steinfeld schnell auf die Lebenskrise, die ihn fest umklammert hatte. Immer wieder winkte er eine der Studentinnen heran, die den Gästen Wein einschenkten. Er sprach von seiner Scheidung vor einigen Jahren, von der jungen Freundin, die ihn erst von der Ehefrau getrennt und bald darauf aus der frisch bezogenen gemeinsamen Wohnung geworfen hatte, vom Zurückkommen in sein nun leeres Haus in Hochstadt, von den Erwartungen an den Rest seines Lebens und von der Gesundheit, die sich einfach nicht mehr einstellen wollte. Das Herz, der Blutdruck, die Venen.

Nach einigen Minuten kam Kurt zu den beiden, um den Fragen seiner Bewunderer zu entfliehen, sah Steinfeld und wusste, dass der Ort diesmal kein friedliches Exil sein würde. Er kannte dessen schwierige Phase gut. Sebastian fixierte Hilfe suchend Kurts Gesicht. „Hol mich raus!“, schrien seine Augen. Kurt bot den beiden Rotwein aus einer Flasche an, die er vom Inhaber in die Hand gedrückt bekommen hatte, um sein Urteil darüber zu hören. Steinfeld hielt sein schon wieder leeres Glas unter die Flasche. Kurt schenkte ein, zuckte unmerklich mit den Schultern und richtete den Flaschenhals auf Sebastian. „Auch einen Schluck?"

„Später vielleicht", flötete Sebastian, hielt die Hand über sein Glas und starrte Kurt mit erhobenen Augenbrauen an.

Der nickte beiden lächelnd zu, machte kehrt und ging mit seiner Flasche ins Innere der Weinhandlung zurück. Sebastian blickte ihm hinterher wie ein Schiffbrüchiger, an dessen Floß ein Frachter vorbeizieht, während er schreit und springt und winkt.

Nachdem Steinfeld ausführlich die von der Ehefrau zurückgewiesenen Versöhnungsversuche und die folgende Einsamkeit – die Freundin hatte sich inzwischen mit einem weitaus jüngeren Kollegen liiert – geschildert hatte, begann er, die großen Dinge des Lebens zu umreißen. Da rutschte ihm das Rotweinglas aus den Fingern und zersprang klirrend auf dem Kies. Der Rotwein verteilte sich nach kurzem Flug gleichmäßig auf Sebastians Hose und Jackett. Johannes Steinfeld betrachtete die roten Flecken, ließ sich in einen Stuhl fallen, vergrub das Gesicht in den Händen und erstarrte. Die jungen Damen halfen Sebastian aufgeregt mit feuchten Tüchern, Salz und Küchenrolle, was aber mehr die Regeln der Höflichkeit erfüllte als half, den Zustand von Hose und Jackett zu verbessern. Sebastian schnappte sein Weinglas, ignorierte Steinfeld und wollte sich durchs Innere des Ladens auf den Weg nach Hause machen.

Da kam ihm Kurt entgegen, nun mit einer anderen Flasche in der Hand. „Schau, ich habe hier einen 1985er Bordeaux, Château Gloria! Die haben doch alle keine Ahnung hier! Den musst du versuchen! Traumhaft!"

Sebastian blickte ihn vorwurfsvoll an. „Nein, danke! Kein Bedarf!"

„Na komm! Den Anzug lässt du halt reinigen. Also los, probier schon!"

„Du hättest mir eben ruhig aus der Patsche helfen können", schimpfte er im Flüsterton.

„War es denn so schlimm?", fragte Kurt regungslos.

„Er hat mir sein ganzes, langweiliges Leben erzählt", stöhnte Sebastian. „Seine dämlichen Frauengeschichten und alle anderen Katastrophen. Das nervt!"

„Ich mag ihn", erwiderte Kurt. „Und er versteht eine Menge von Wein."

„Das erklärt ja wirklich alles", schnappte Sebastian.

„Probier den Wein. Es ist hochinteressant, wie sehr sich die Kritiker da verschätzt haben. Von wegen säurebetont und wenig entwicklungsfähig. So ein Blödsinn!"

Sebastian sah, wie Steinfeld aufstand und sich wankend näherte. Er klopfte Kurt auf die Schulter und sagte: „Danke, Kurt. Interessiert mich nicht."

„Bitte, mich interessiert deine Meinung. Wen soll ich hier denn sonst fragen?"

Sebastian nickte Kurt zum Abschied zu, winkte zum Tresen und spurtete zur Eingangstür.

Steinfeld stolperte hinterher. „Warte doch einen Moment", rief er, taumelte nach vorne, prallte auf Kurt und entschuldigte sich formvollendet.

Kurt hielt ihm die Flasche hin. „Magst du vielleicht einen Schluck 85er Château Gloria probieren? Der ist hervorragend!"

„Wieso nicht?", schnaufte Johannes Steinfeld, hielt Kurt sein leeres Glas hin und begann zu reden. Sebastian beobachtete die beiden durch die Scheibe der Ladentür, schüttelte den Kopf, zog sein Handy aus dem feuchten Sakko und blickte im Gehen aufs Display. Das Handy funktionierte noch. Das Display signalisierte keine verpassten Anrufe.

Sebastian war es, als sei die Episode eben erst geschehen. Er sah zu Kurt und versuchte, nicht zu lachen.

„Na denn, was hat Kurt uns diesmal Schönes ausgesucht?", riss ihn Paul aus der Erinnerung.

Sebastian, der die Zähne zusammengepresst hatte, um nicht losprusten zu müssen, entspannte seinen Körper. Die Ablenkung tat gut.

„Ach so, einen Meursault von Coche Dury, 1993."

Paul hob die Augenbrauen. „So ein berühmter Burgunder, und das schon zum Mittagessen? Was hat er?"

„Dachte, du wüsstest, warum."

„Nö, keine Ahnung", log Paul. „So ein Wein braucht doch keinen Anlass. Er ist der Anlass."

Kurt hatte bereits sorgfältig den Tisch gedeckt und den Wein in eine Dekantierkaraffe gefüllt. Daraus goss er nach einigem Schwenken in die großen Gläser ein. Paul betrachtete das Etikett der leeren Flasche, bis Kurt das Glas erhob.

„Auf uns. Und auf Irene", sagte er feierlich.

Auch die beiden erhoben ihr Glas. Sebastian warf Paul einen fragenden Blick zu. Der tat, als bemerkte er ihn nicht. Er roch lange und intensiv am Wein, schwenkte und kostete, um nicht Sebastians Blick kreuzen zu müssen.

Paul drehte langsam sein Glas. „Es gibt eine interessante Verbindung zwischen diesem Wein und der Philosophie. Albert Camus hat ‚Der Fremde' geschrieben, den Schlüsselroman des Existenzialismus. Seine Hauptfigur, die am Ende konsequenterweise hingerichtet wird, heißt – Meursault."

„Hat Camus den Wein gekannt?", fragte Kurt, zog die Karaffe zu sich und roch daran.

„Glaube ich nicht. Aber der Existenzialismus und der weiße Burgunder haben viel miteinander zu tun." Paul legte die Hände in den Nacken. „Erst wir geben diesem Wein seinen Sinn, weil wir ihn als großartig betrachten. Weder Gott noch die Vernunft machen den Meursault zu etwas Besonderem, sondern nur wir Menschen. Es ist unser Eindruck eines Moments. Sonst nichts. Davon bleibt nichts übrig. Der Geschmack dieses Moments ist flüchtig. Wir können später über Aromen sprechen, die wir gelernt und mit dem Gehirn in ein Raster gepackt haben. Wir erzählen eben, was im Weinführer steht. Das ist ja auch nicht schwer. Den Sinneseindruck dieses einzigartigen Moments, die Kombination der Aromen, die Feinheit – das alles ist weg. Wir müssen eine neue Flasche aufmachen, um es neu zu erleben."

Sebastian trank einen großen Schluck. „Jetzt weißt du, warum ich Weinhändler geworden bin."

Kurt wischte den Einwand mit der Hand zur Seite.

„Du hast recht", sagte er ganz leise zu Paul. „Die Erinnerung an den Geschmack des Romanée Conti, den ich damals mit Irene getrunken habe, ist verloren. Leider. Aber dieser Moment hat seitdem mein Leben bestimmt."

„Das erlebt man nur mit Wein", erwiderte Paul, „und vor allem mit Weinen wie diesen. Es ist der Moment, den wir bestimmen und der uns bestimmt. Das Schmecken von Wein ist ein flüchtiger Augenblick, den wir so wenig festhalten können wie den Lauf der Zeit."

Wie drei Meditierende nippten sie am Wein und sahen sich nicht an. Kurt nahm die Karaffe und goss noch einmal Meursault in die Gläser. Sie starrten in den Wein und schwiegen lange.

„Danke für die Einsicht, Paul. Ich lege mich ein wenig hin", unterbrach Kurt die Stille und stand auf.

„Der Wein ist eine Granate", seufzte Sebastian, „habe selten so etwas Gutes getrunken. Auch wenn der Eindruck nur flüchtig ist."

Paul seufzte traurig und erhob sich. „Ich mache auch einen Mittagsschlaf."

Sebastian tippte wie ein Soldat die Hand an die Stirn und goss sich Meursault nach. Ein Schluck für den Augenblick, dachte er spöttisch und ein wenig irritiert von der Entwicklung des Gesprächs. Was hatte Kurt nur mit dem Romanée Conti und Irene gemeint? Er beschloss, keine Rücksicht mehr auf Kurts Depression zu nehmen und ihn zu fragen. Später. Sebastian trank das Glas in kleinen Schlucken aus und schlurfte zu seinem Lager. Auch er spürte nun ein inniges, ungewohntes Schlafbedürfnis. Paul schnarchte bereits.

***

Als der alte Astra auf den Parkplatz an der Intzestraße einbog, kam Stephan nach draußen gerannt.

„Hey Paps, was machst du denn hier? Ist was passiert?"

„Hallo Sohnemann! Ich hatte doch schon so oft vor, dich in deinem Weinlager zu besuchen! Immer kam etwas dazwischen. Heute musste ich sowieso in die Stadt. Ist doch kein großer Umweg."

Er drehte sich und erblickte stählerne Laderampen, rissige Mauern, ein paar kantige Bürogebäude und geduckte Lagerhallen aus Ziegelstein, deren Stahltore und Rollläden mit Graffitis besprüht waren. „Die Gegend ist ja nicht gerade der Bad Homburger Kurpark. Hier macht ihr Umsatz?"

„Da vorne ist der Porsche-Händler und gleich da hinten sind BMW und Jaguar. Alles gut. Aber wir leben vom Versand. Und wer uns kennt, kommt vorbei. Liegt zentral, ist mit dem Auto gut erreichbar. Die Jungs in den schicken Werbeagenturen an der Hanauer Landstraße kommen auch, wenn sie Schampus brauchen. Das passt schon. Was hast du denn in Frankfurt gemacht?"

„Ich habe, äh, ein paar Sägeblätter für die Stichsäge gekauft. Mit speziellem Profil. So was gibt's doch nicht bei uns im Baumarkt."

Stephan kratzte sich am Kopf. „Komm mit ins Büro. Bin sowieso alleine. Sebastian ist immer noch nicht aufgetaucht. Ich mache mir echt Sorgen."

Baumgärtner sah ihn an und zuckte mit den Schultern. Draußen rumpelten Lastzüge vorbei.

„Kaffee?"

„Ja, gerne."

„Wart eine Sekunde, ich mach dir einen."

Stephan verschwand hinter einer dicken Stahltür, und Baumgärtner sah sich um. Die Tür zum Lager stand offen, und er ging hindurch. Drinnen war es kalt. Volle Stahlregale. Überall Wein, in bedruckten Pappkartons, großen Paketen und Holzkisten. Das mussten Tausende Flaschen sein, überschlug er schnell. So verdammt viele. Irgendwo hier mussten auch die Weine liegen, die ihm gehörten.

„Paps?“

„Ja, bin hier.“

Stephan drückte ihm einen dampfenden Becher in die Hand.

„Danke. Und hier verdienst du also unser Geld.“

„Es gibt schlimmere Jobs. Ich komme schon klar.“

„Ich habe gehört, ihr lagert hier die besten Weine der Welt.“

Stephan blickte ihn gelangweilt an. „Ja, machen wir.“

„Wo liegen die denn? Darf ich die mal sehen? Wenn ich schon mal hier bin, will ich doch auch die Kronjuwelen bestaunen.“

„Komm mit. Sieht zwar nicht anders als hier aus, aber wenn du willst.“

Sie durchquerten das Lager und stiegen eine Treppe hinab. Unten war es dunkel. Stephan schaltete das Licht an, das milchig und trübe einen Gang mit grauer Stahltür beleuchtete. Es roch nach Karton, Staub und Wein. Stephan tippte einen Code ins Tastenfeld neben der Tür und öffnete sie. Die beiden standen in einem hohen, weiten Raum voller Stahlregale, die dicht mit Holzkisten gefüllt waren.

„Da sind wir. Das Zeug hier hat einen Verkaufswert von etwas über einer Million Euro. So über den Daumen geschätzt. Kann auch mehr sein. Ist mir aber echt egal.“

Baumgärtner pustete in die Tasse und nippte am Kaffee.

„So viel wert sind diese Weinflaschen? Kann gar nicht glauben, dass die jemand einschenkt und wegsüffelt.“

„Die einen sammeln, die anderen saufen. Beide kaufen."

„Und welche sind die teuersten? Nur so aus Neugier."

Stephan schlurfte in die Mitte des Raums.

„Hier liegen die Top Twenty aus Bordeaux. Das teuerste Zeugs, das du kriegen kannst. Wir haben hier zwanzig Jahrgänge Pétrus, dort Mouton Rothschild, da vorne Lafite, ein Stück weiter hinten Cheval Blanc, Margaux und all das andere Luxuszeugs."

Baumgärtner sah ihn fragend an, blickte auf den Wein und dann zur Tür.

„Hier liegen die richtig teuren Bordeaux. Ach so, das sind alles Weine aus Frankreich. Die besten Weingüter eben. Dafür muss man ein bisschen Kleingeld übrig haben. Nichts für uns."

„Eine Flasche ist wirklich so teuer? Konnte es gar nicht glauben, als du mir das erzählst hast."

Stephan zuckte mit den Schultern. „Die hier unten kosten so zwischen 500 und 5000 Euro. Klar, pro Flasche. Da vorne, der Pétrus, da kostet eine Flasche knapp 4000. Habe ich erst gestern eine verkauft. Schau dich ruhig um, wenn du willst. Die Tür fällt von selbst zu und verriegelt sich. Ich muss noch eine Bestellung einpacken, da kommt gleich der Expressdienst."

„Ich staune noch ein bisschen. Dass es Leute gibt, die dafür so viel Geld ausgeben! Versteh' ich nicht. Wein trinkt man. Wenn man ihn mag."

Stephan grinste, schob sich die Haare aus der Stirn, zog die Cargohose über die Hüften und zuckte mit den Schultern. „Schmeiß bitte nichts runter. Das wird teuer und gibt mächtig Ärger mit Sebastian."

„Ich pass schon auf."

Baumgärtner ging an den Kisten entlang. Lafite. Hier war also der Lafite, mit dem ihm Onkel Johannes so viel Spaß prophezeit hatte. Und der schon lange nicht mehr in seinem Keller stand. Was war mit diesem Wein? Er untersuchte eine Kiste nach der anderen. Lagen die

Kisten von Onkel Johannes vielleicht hier? Nach so langer Zeit? Er zog eine heraus, ließ sie vorsichtig zu Boden gleiten und sah ins Regal. Weiter hinten entdeckte er den Pétrus. Er überlegte. Fünf Kisten waren das Mindeste als kleiner, erster Ausgleich. Er zog eine Kiste hervor und umfasste sie mit beiden Armen. Sie war schwerer, als er gedacht hatte. Um sie ins Auto zu schaffen, müsste er durch das Büro gehen, an Stephans Schreibtisch vorbei. Es gab nur eine Tür nach draußen. So ging es nicht.

Vorne auf dem großen Packtisch stand eine leere Holzkiste. Er trug sie zur Tür und stellte sie in den Rahmen, damit die Tür nicht ins Schloss fallen konnte Schnell stemmte er die Lafite-Kiste hoch und wuchtete sie an den Treppenabsatz. Dasselbe tat er mit dem Pétrus. Baumgärtner schnaufte und ging die Treppe nach oben. Stephan hantierte im Büro mit einer Klebebandrolle an einem riesigen Paket. Baumgärtner sah sich um. Wohin könnte er ihn schicken, damit er freie Bahn hätte? Draußen schoss ein Lieferwagen auf den Parkplatz, die Türglocke klingelte.

„Guten Tag, Paketdienst!"

„Ich komme!" Stephan warf den großen Karton auf einen Rollwagen und zog ihn zum Ladentresen, an dem der Fahrer mit seinem Lesegerät für die Barcodes wartete.

Baumgärtner sprintete durch die Tür in den Keller, schnappte die Lafite-Kiste und wuchtete sie die Treppe hoch. Er musste immer wieder nachfassen, damit sie ihm nicht herunterfiel. Sie war so schwer.

„Paps? Wo steckst du?"

Schnell schob Baumgärtner die Kiste hinter zwei große Kartons, die an der Treppe standen.

„Ja?"

„Was machst du denn?"

„Ich such das Klo."

„Da vorne. Durchs Büro, dann gleich rechts. Ist beschildert."

Er ging ins WC und überlegte. Der Plan funktionierte so nicht. Er pinkelte, zog und lief zurück.

„So, ich muss wieder los. Mama wartet."

„Hey, war nett, Paps."

Mit einer großen Handbewegung schlug sich Martin Baumgärtner an die Stirn. „Mist, der Kaffeebecher. Den habe ich im Lager stehen lassen. Ich werde alt."

„Ich räume ihn später weg, der stört niemanden."

„Kommt nicht infrage. Bin sofort zurück."

Er ging zur Treppe, schaute sich kurz um, packte die Lafite-Kiste und schleppte sie nach unten. Wo hatte sie nur gelegen? Egal, irgendwo rein. Er rannte zurück und umfasste die Pétrus-Kiste. Arrrgh! Ein Holzsplitter hatte sich tief in seinen Daumen gebohrt. „Scheiße!", keuchte er, trug die Kiste zum Regal und ließ sie auf eine andere Kiste sinken. Er rannte zurück und stoppte jäh. Die Kaffeetasse. Sie stand neben einer Kiste Lafite, deren Deckel offenstand. Er nahm eine Flasche heraus, versteckte sie unter seinem Parka und sprintete mit dem kalten Kaffee im Becher die Treppe hinauf.

„So, da ist sie. Muss alles seine Ordnung haben, finde ich." Er lutschte das Blut von seinem Daumen.

„So, findest du. Was ist mit deinem Finger?"

„Ach, ich habe mir vorhin einen Holzsplitter von irgend so einer teuren Kiste in den Daumen gehauen. Ist nichts Ernstes."

„Brauchst du ein Pflaster?"

„Nein, das ist nichts. Mach's gut, Sohnemann! Danke für den Kaffee."

„Grüß Mama."

„Mach ich. Und melde dich mal. Sie freut sich."

Stephan hielt ihm eine Flasche hin. „Hier, für dich. Das ist richtig gutes Zeug. Rioja. Das schmeckt auch einem Weinbanausen wie dir."

„Für mich? Das kann ich nicht annehmen."

„Kannst du. Lass es dir schmecken."

„Wenn du meinst. Tausend Dank."

Baumgärtner ging zum Auto. Er setzte sich hinein, betrachtete die beiden Flaschen und rieb lange seine Augenbrauen. Ein Rioja, ein Lafite. Das war der Anfang. Jetzt ging es um den Rest. Er sah auf die Uhr und erschrak. Lisbeth wartete schon lange mit dem Mittagessen. Er startete den Wagen und gab Gas. Der Motor heulte. Zwanzig Minuten später parkte er den Astra in der Weiherstraße.

„Hallo Lisbeth! Tut mir leid, ich bin zu spät."

„Ist ja nicht das erste Mal. Ich hab schon gegessen. Dein Essen steht auf dem Herd", rief sie aus dem Wohnzimmer. „Hast du einen amüsanten Vormittag gehabt?"

„Entschuldige bitte. Ich habe Stephan im Weinladen besucht, und da habe ich irgendwie die Zeit vergessen. Tut mir leid."

Sie blickte ihn misstrauisch an. „Du warst bei Stephan? Im Laden? Wieso das denn? Das hast du zwei Jahre lang nicht hingekriegt!"

„Ach, der Laden lag fast auf dem Weg. Da bin ich einfach spontan abgebogen. Sonst schimpfst du doch, ich müsste alles planen. Habe ich diesmal halt nicht. Ich soll dich übrigens herzlich grüßen."

„Danke. Jetzt geh in die Küche und iss, sonst ist die Bratwurst völlig ausgedörrt. Gut schmeckt sie sowieso nicht mehr. Ich lege mich jetzt hin. Bis später."

„Soll ich dir helfen?"

„Geh in die Küche und iss." Elisabeth zog sich mühsam am Geländer nach oben ins Schlafzimmer.

Martin schaute ihr nach, ging in den Flur, öffnete den Parka und zog die beiden Flaschen heraus. Er schlich in die Küche, stellte die Weinflaschen leise auf den alten Küchentisch, nahm die Bratwurst aus der Pfanne, biss hinein und löffelte den Kartoffelbrei aus dem Topf. Kauend setzte er sich und betrachtete die Lafite-Flasche.

Ich werde ihnen eine Lektion erteilen, die sie nicht vergessen. Vier Jahre Nachtschicht. Jede Schicht eine Qual. Nie wieder. Nie wieder Schicht. Er atmete tief und schwer. Ich werde ihnen die Tür freigeben und sie beim Hinausgehen in den Lauf eines Gewehrs blicken lassen. Ich werde ihnen jeden Cent abrechnen, der mir fehlt. Mit Zinsen. Wie es die Bank macht. Ich brauche ein Gewehr. Schließlich stopfte er den Wurstzipfel in den Mund, stellte das Geschirr in den Spülstein, ließ Wasser und Spülmittel in Topf und Pfanne laufen und trocknete sich die Hände ab. Aus seinem Parka an der Garderobe kramte er das kleine Adressbuch hervor und blätterte. Er holte das schnurlose Telefon aus dem Wohnzimmer, schloss leise die Küchentür und wählte.

„Ei Heinz, hier ist Martin", sagte er leise in den Hörer, „ja, alles wie immer. Könnte schlimmer sein. Und du? Was machste denn, alter Kunstschütze? Ja, ich weiß, ich war lange nicht mehr im Schützenhaus. Wegen Lisbeth. Die Sache mit der Hüfte wird nicht besser, jedenfalls nicht so richtig. Da komme ich schlecht weg."

Er nickte, brummte „mmhm", „ach ja" und „so", bis eine kurze Stille entstand.

„Ich wollte dich mal fragen, ob du mir ein Gewehr ausborgen könntest. Mit ein paar Schuss Munition. Du kriegst es gleich morgen zurück."

Wieder eine Pause.

„Ich habe einen Fuchs im Garten. Das geht nicht so weiter. Ein Schuss und Schluss."

Die Stimme im Hörer wurde lauter.

„Ich weiß, ich hab keinen Waffenschein. Klar passe ich auf. Es geschieht nur auf meinem Grundstück. Im Garten. Morgens um fünf. Ein Schuss, und das war's. Vielleicht zwei. Tu mir doch den Gefallen. Ich will nachts endlich wieder Ruhe haben. Gib mir das Gewehr und drei Patronen, das reicht. Ja, ich weiß doch, das ist illegal. Sieht doch keiner. Die Nachbarn sind grade im Urlaub. Hier kriegt keiner was mit. Wir leben doch nicht in der Großstadt."

Die Stimme im Hörer wurde schneller.

„Jetzt bleib doch mal locker! Ich mach dir einen Vorschlag: Ich besorge dir ein wasserdichtes Alibi für deine Traude, wenn du mal wieder im Bahnhofsviertel stromern gehen willst. Dann sind wir zwei eben einen Abend im Schützenhaus. Und du leihst mir einen Abend das Gewehr. Wäre das nicht ein Angebot unter Freunden?"

Aus dem Hörer lachte es laut.

Auch Baumgärtner lachte und kratzte sich am Ohr.

„Na also, da sind wir uns doch einig. Wann ich es haben will? Am besten gleich morgen."

Martin verdrehte die Augen, als er die Antwort hörte. „Aha, da biste unterwegs. Gut, dann nicht. Übermorgen? Gut, das geht. Ich komme am Sonntagnachmittag, und am Montag kriegst du das Ding zurück. Nein, keine Sorge, das bleibt unter uns. Kannst dich auf mich verlassen. Ich kann nachts kaum schlafen wegen dem blöden Viech. Passt es dir so gegen vier? Ja, bis dann! Und vielen Dank noch mal!"

Baumgärtner legte auf und spannte die Muskeln an. Er nahm die beiden Weinflaschen und trug sie in den Keller. Unten sah er die Lafite-Flasche lange an.

„Die erste ist also zurück. Bald kommt der ganze teure Rest auch wieder nach Hause. Ich war so ein Kamel."

Er streckte den rechten Arm, den Daumen und den Zeigefinger, peilte mit dem rechten Auge über den Daumen. „Peng! Peng!"

Er wieherte vor Lachen. Die Flaschen schob Baumgärtner hinter die großen Farbtöpfe im Regal und tappte die knarrende Treppe nach oben. Im Wohnzimmer ließ er sich auf die Couch fallen, zog das Kissen nach unten, drehte sich zur Seite und schlief ein.

***

Sebastian erwachte erst spät am Nachmittag. Er öffnete die Augen, streckte die Arme und hörte Stimmen. Paul und Kurt saßen vorne und unterhielten sich. Er lauschte. Genau verstand er es nicht, aber es klang friedlich. Kein

Streit, keine Depression, keine Vorwürfe. Er ließ sich zurück aufs Kissen fallen und lag einfach da.

Der Nachmittag verging langsam, die Minuten streckten sich. Kurt räumte einige Flaschen im Toskana-Regal um, Paul half und kommentierte fast jede Flasche, die Kurt ihm zum Umlagern in die Hand drückte, und Sebastian wärmte sich ein paar Flaschen Wasser, um sich zu waschen.

Zum Abendessen öffnete Kurt einen Sassicaia, der ihm beim Räumen in die Hände gefallen war und den Sebastian umsichtig mit der Kochplatte auf die Trinktemperatur von 18 Grad erwärmte – jedenfalls behauptete er, dies sei die Temperatur, die seiner langen Erfahrung zufolge ziemlich genau 18 Grad sein müsste. Kurt und Paul eröffneten keine Diskussion darüber – auch, weil ihnen die Gegenbeweise fehlten. Die Teller räumte diesmal Paul ab, ebenfalls ohne Debatte, wie Sebastian misstrauisch registrierte. Ohne literarisches Zitat? Ohne Volte? Kein geschickt eingefädelter Scheinangriff? Auch Kurt beobachtete staunend Pauls Handgriffe beim Abräumen und Spülen. Kurt und Sebastian kommentierten den Wein, die kantigen und kraftvollen Aromen. Paul warf nur hin und wieder einen belanglosen Satz der Bestätigung ein.

Da setzte sich Kurt kerzengerade und legte die Arme auf den Tisch. „Ich hätte eine Idee, was wir jetzt trinken könnten. Darauf kommt ihr nie."

Sebastian schaute zu Paul, der seine Arbeit am Spülbecken beendet hatte. Paul antwortete nur mit einem vielsagenden Blick und einem Schulterzucken.

„Da bin ich aber gespannt", sagte Sebastian, so neutral es ihm möglich war.

„So", sagte Kurt und ging zum Burgund-Regal. Er kam mit einer Flasche 1995er Romanée Conti zurück und stellte sie auf den Tisch. „Wäre das nicht eine gute Alternative?"

Paul nickte Sebastian mit einem Lidschlag zu. Der sah Kurt in die Augen und sagte irritiert: „Aber das ist Verrat an deinen Prinzipien."

Kurt lachte laut und schnappte nach Luft. „Lass die Prinzipien bitte meine Sache sein." Er hob die Stimme. „Es ist so in Ordnung."

„Das ist wunderbar, Kurt. Damit hätte ich nie gerechnet", erwiderte Paul.

„Ehrlich gesagt, ich auch nicht!" Kurt kicherte und hieb mit der Hand auf den Tisch.

Sebastian blickte Kurt unsicher an. Solange er Kurt kannte, war dies eines seiner eisernen Prinzipien gewesen: Romanée Conti wird gekauft, wenn er günstig zu haben ist, aber er wird niemals geöffnet. Seine Bekannten hatten dieses Verhalten stets als liebenswerte Marotte eines Sammlers abgetan. Eine Flasche dieses weltberühmten Burgunders kostete selbst in schlechten Jahrgängen mehr als 1000 Euro. Nur die wenigen Snobs – mit denen Paul meist argumentierte – sahen den exorbitant hohen Preis nicht als ernsthaftes Hindernis an, sich und den jederzeit bereiten Freunden damit ein kleines Weinvergnügen zu gönnen.

Kurt löste die Kapsel und setzte den Korkenzieher an.

Sebastian beobachtete seine umsichtigen Handgriffe. Wie gut kannte er Kurt? Lag es nur an der Situation im Keller, dass er sich so anders als sonst verhielt? Was hatte Irene damit zu tun?

Es ploppte. Kurt roch kurz am Korken und übergab ihn an Paul. Der sog den herb-sauren Duft der vom Wein getränkten Unterseite ein. Dann schaute er den Korken misstrauisch an, drehte ihn in der Hand und schnupperte noch einmal.

„Der hat einen Korkfehler."

Kurt nahm ihn zwischen Daumen und Zeigefinger und roch ebenfalls daran. „Schon möglich. Wäre verdammt schade."

Er reichte ihn an Sebastian weiter, der seine Nase auch über die Flaschenöffnung streckte und die Augen schloss.

Kurt schenkte den Romanée Conti in die Gläser. Sie rochen nun mit geschlossenen Augen daran. Intensive und zugleich zarte Noten nach Beeren, Waldboden, Gewürzen und Pfeffer drängten sich in die Sinneszellen, dazu Trüffel- und Lakritzaromen. War da nicht ein scharfer Fehlton, der wie ein grober Kratzer auf der Leinwand ein großes Kunstwerk beschädigte?

„Wir warten. So ein Wein muss atmen", beschloss Kurt.

***

Martin Baumgärtner hatte das Licht im Wohnzimmer angeknipst und deckte den Abendbrottisch. In der Küche stellte Elisabeth zwei Teller, ein Bier- und ein Wasserglas auf die Arbeitsplatte, dazu etwas Wurst, Schinken und Käse. Sie legte zwei alte Messer dazu, öffnete ein Glas Gurken und eine Schale mit rotem Heringssalat. Ihr Ehemann trug alles ins Wohnzimmer. Elisabeth schnitt mit der großen, alten Maschine vier Scheiben Brot vom Laib und legte sie in den Brotkorb. Sie zog den Rollator heran, stellte ihn auf die Ablage und humpelte ins Wohnzimmer. Martin half ihr beim Hinsetzen.

Elisabeth sah ihn traurig an.

„Verdammt, heute geht nicht viel. Ich hab wieder eine Schmerztablette genommen, sonst kann ich nachher gar nicht einschlafen. Ich kann doch nicht von diesen starken Tabletten leben. Die machen mich noch ganz blöd im Kopf. Das muss doch mal besser werden."

„Es ist halt eine Geduldsprobe. Was willst du machen? Wenigstens kannst du dich vorwärtsbewegen, und die Treppe schaffst du auch schon wieder ganz gut. Das sind doch tolle Fortschritte."

Sie hieb mit der Hand auf den Tisch. „Ich will wieder laufen können ohne dieses Dreckding da. Früher hat es mich ziemlich genervt, wenn wir dauernd zum Grab von Onkel Johannes mussten wegen dem Laub und den Mäusen. Heute ist es mein Traum, einfach mal alleine zum Grab spazieren zu können."

„Jetzt sei nicht so. Das Grab sieht so aus, wie wir es angelegt haben. Du hast nichts verpasst." Er lächelte und legte seine Hand auf ihre. Sie zog sie weg, schnitt eine Ecke vom Salamibrot ab und schob sie in den Mund.

„Wie war's eigentlich im Laden bei Stephan? Hast gar nichts erzählt."

„Nicht? Oh. Na, er schmeißt den Laden jetzt alleine. Der hat alles im Griff. Super macht er das, richtig klasse. Er sieht aber nicht wie ein Verkäufer aus. Mehr wie ein Lagerarbeiter. Der hatte so einen Kapuzenpulli an und dazu eine Arbeitshose mit großen Taschen an den Beinen."

„Die heißen Cargohosen, und so was tragen die jungen Leute heute halt", unterbrach ihn Elisabeth scharf.

„Er hätte sich aber wenigstens rasieren können."

Elisabeth verdrehte die Augen. „Könnte es sein, dass er das von seinem Vater hat?"

Baumgärtner griff sich ans Kinn.

„Ist dieser Sebastian immer noch nicht aufgetaucht?", fragte sie leise.

„Stephan ist das egal. Der macht seine Arbeit und rechnet die Stunden ab, der Laden läuft, und irgendwann sitzt der Kerl wieder auf seinem schicken Bürostuhl und zahlt ihm eine Menge Geld."

Elisabeth löffelte Heringssalat.

„Wenn Stephan diesen Job nicht hätte, wären wir längst schon raus aus dem Haus. Stell dir vor, wir müssten ihn mit unseren paar Euro auch noch unterstützen. Das ginge doch nicht." Baumgärtner nickte betreten.

„Ich bin so froh, dass ihr zwei damals den Laden von diesem Sebastian renoviert habt", sagte sie kauend. „Seitdem hat Stephan den Job und kann sein Studium allein finanzieren. Andere Eltern zahlen ihren Kindern Wohnungen, ein Auto, Auslandssemester und was weiß ich. Ich hätte Stephan gerne mehr unterstützt. Er soll es doch mal gut haben."

„Sebastian und Stephan haben sich sofort prima verstanden. Da hat er ihn gleich als Aushilfe eingestellt. Das war unser Glück."

„Im Grunde musst du Kurt dankbar sein. Der hat dich empfohlen. Der wusste, ihr zwei könnt anständig renovieren und verlangt kein Anwaltshonorar."

Baumgärtner lächelte. „Einfach ein bisschen Verputzen und Streichen. Da konnten wir endlich Stephan etwas für seinen Urlaub zuschießen. Dieser Renz hatte vorher ein paar Flaschen italienischen Wein unter der Hand verkauft und wollte das Geld in den Laden stecken. Da kam ihm Kurts Empfehlung gerade recht. Hat gepasst."

Martin trank einen Schluck Bier. „Der hat in seinem Lager Weinflaschen im Wert von einer Million liegen. Das hat mir Stephan erzählt. Die teuersten Flaschen kosten 4000 Euro. Da kommen Leute in den Laden, lassen sich eine Flasche einpacken und zahlen. Ist doch irre."

„Es gibt Kleider von Modeschöpfern, die kosten 40 000 Euro. Wer's hat, soll's doch ausgeben. Deren Sache."

Martin biss ins Käsebrot. „Ich frage mich schon lange, ob die Weinsammlung von Onkel Johannes wirklich nur 1000 Euro wert war."

Baumgärtner trank einen großen Schluck, wischte den Schaum vom Mund und sah Elisabeth fragend an.

„Für Onkel Johannes war immer nur das Beste gut genug", stöhnte sie. „Aber jetzt bringt das Rumgrübeln doch nichts mehr. Du wolltest den Wein erst wegkippen, dann hast du die Kisten verkauft. Jetzt gehören sie Kurt und seinen Freunden, und das ist dir auch nicht recht. Du hättest dich eben erkundigen müssen."

„Hab ich doch, verdammt! Wen sollte ich denn fragen? Der einzige Weinexperte, den ich kenne, ist Kurt. Der hat mir noch diesen Paul von der Zeitung empfohlen. Mit dem habe ich doch geredet, und der hat gesagt, in China könnte man das Zeug teuer verkaufen! Hätte ich vielleicht mit zehn Kisten Wein nach China fliegen sollen?"

„Beruhige dich", sagte Elisabeth liebevoll und legte die Hand auf seinen rudernden Arm. „Kurt hat uns bestimmt nicht übers Ohr gehauen. Vielleicht waren die Flaschen viel wert, vielleicht waren sie mit 1000 Euro gut bezahlt. Es ist, wie es ist."

„Bald wird alles anders, das verspreche ich dir!"

„Das war doch kein Vorwurf. Tut mir leid. Ich räume ab, und dann schauen wir die Nachrichten und danach den Krimi. Beruhige dich."

Baumgärtner leerte das Bierglas in einem Zug und schenkte es sich wieder voll.

Sie schauten die Nachrichten. Die Bilder und Ereignisse des Tages, die ihn sonst so interessierten, zogen an Martin vorbei, ohne dass er sie sah. Stattdessen sah er das Gewehr, die Betontreppe am Bunker und seine drei Gefangenen, wie sie mit erhobenen Händen zu ihm hinaufkommen und in den Lauf seines Gewehrs blicken würden. Und weiter? Der Wetterbericht kam. Er versuchte, der Prognose für morgen zu folgen. Doch er sah nur das Gewehr und die Treppe hinab zum Bunker.

***

Kurt, Paul und Sebastian warteten gespannt, was mit dem Romanée Conti in ihren Gläsern geschehen würde. Immer wieder sogen sie die Aromen ein, tendierten mal zu einem einwandfreien, mal zu einem verkorkten Wein.

„Der ist doch viel zu kalt", maulte Sebastian. „Ein Romanée Conti mit zwölf Grad, das ist wie Weißwein mit 26 Grad. Wir sollten ihn mit der Kochplatte anwärmen."

Kurt und Paul sahen sich an und nickten ihm zögernd zu. Sebastian stellte die Flasche auf die Kochplatte und schaltete sie an. Ängstlich schauten Kurt und Paul zu, beäugten misstrauisch jede seiner Handbewegungen.

„Ich tue ihm doch nichts", versuchte er die beiden zu beruhigen, „ich bringe ihn nur auf Trinktemperatur. Wenn das für einen Wein wichtig ist, dann doch wohl für diesen."

„Ist ja gut", brummte Paul.

„Kann man machen", grummelte Kurt. „Aber pass gut auf, hörst du?"

Als die erste Wärme den Boden erreichte, schwenkte Sebastian den Wein vorsichtig in der Flasche und stellte sie zurück auf die Platte. Das wiederholte er mehrere Male. Schließlich nahm er ein frisches Glas aus dem Schrank, spülte es mit kaltem Wasser aus, goss eine winzige Menge hinein und kostete.

„Also ich kann keinen Kork mehr schmecken." Sebastian lachte auf und knetete seine Finger.

„Wir trinken ihn jetzt. So wie er ist", befahl Kurt. „Einen Romanée Conti schüttet man niemals weg."

Er erhob das Glas. „Auf die guten und die schlechten Zeiten im Leben."

Sebastian fragte sich, was Kurt damit meinte, schob den Gedanken beiseite und kostete den Wein. Er schmeckte elegant und ausgewogen, mit zarten Aromen, Kraft und Tiefe.

Paul neigte den Kopf hin und her und murmelte: „Ich glaube, er korkt tatsächlich."

Kurt bemerkte es nicht. Seine Sinne und Gedanken waren auf den Wein konzentriert wie die eines Mönchs beim Abendmahl.

Sebastian seufzte. „Einwandfrei. Da ist nichts. Wirklich außergewöhnlich. Großartig!"

Als sie den Schluck getrunken hatten, öffnete Kurt kurz die Augen, blickte über die Gläser und goss nach.

Wieder roch Sebastian am Glas. „Fantastisch", rief er voller Staunen.

Paul verdrehte die Augen. „Kork! Und das in so einem Moment. Das ist wirklich Pech."

„Der Wein ist perfekt", entgegnete Sebastian, irritiert von Pauls Urteil. Kurts Augen blieben geschlossen. Er war wie in Trance, drehte das Glas am Stiel zwischen seinen Fingern und nippte still in winzigen Schlucken am Wein.

Paul stellte das Glas lautstark auf dem Tisch ab. „Dann eben nicht."

Er verschränkte die Arme und starrte an die staubige Decke.

Die beiden achteten nicht auf ihn. Sebastian ergriff den Stiel von Pauls Glas, und als er keinen Protest vernahm, zog er es zu sich herüber und trank daraus. Da war kein Kork. Sebastians Gaumen wurde von den Aromen des Burgunders geflutet.

Nach einer stillen Viertelstunde stand Paul auf, verabschiedete sich beleidigt und verzog sich zu seinem Lager vor Australien. Die beiden nahmen seinen Abgang kaum wahr. Erst einige Minuten später öffnete Kurt die Augen.

„Seit zehn Minuten wird Paul der Kulturpreis verliehen. In Abwesenheit. In einem großen Saal voll mit Politikern, Kulturleuten, Verlegern und Bewunderern. Er hatte eine gute Rede vorbereitet. Das ist jetzt schwer für ihn."

Sebastian fuhr zärtlich über das Etikett der Flasche. „Jetzt haben wir einen guten Schluck mehr für uns." Er sah Kurt ernst an. „Was denkst du? Hat der Wein Kork?"

Kurt machte ein unbeteiligtes Gesicht. „Er schmeckt mir. Er tut mir gut. Der Rest ist mir egal. Der Romanée Conti ist eine große Bühne für Paul. Aber heute hat er kein Publikum, das applaudiert oder ihn ausbuht. Es verleiht ihm einen Preis. In unentschuldigter Abwesenheit. Das ist tragisch."

Kurt blickte Sebastian in die Augen. „Was denkst du?"

„Ich? Du meinst, ob er, äh, Kork hat?"

„Ja."

„Ich finde, es ist ein großartiger Wein. Ohne Kork."

Kurt legte den Kopf schräg. „Ich schmecke schon einen klitzekleinen Fehler. Mein antiker Sekretär in der Bibliothek hat sogar einen großen Kratzer. Nun kann ich mich am wunderschönen Sekretär erfreuen oder dauernd auf den Kratzer starren und dabei den Sekretär vergessen. Heute starre ich nicht auf die Kratzer."

Sebastian nickte. Das ist mal eine Haltung, dachte er und nahm noch einen Schluck. Bestärkt durch die Kraft, die der Wein ausstrahlte, fasste er sich ein Herz. „Kurt? Darf ich dich etwas fragen?"

Kurt stellte elegant sein Glas auf den Tisch, richtete seinen Oberkörper auf und sah ihn neugierig an.

„Äh, dieser Romanée Conti ..."

„Ja, was ist damit?"

Sebastian versagte die Stimme. „Ich habe mich gefragt, wie viele Flaschen du davon noch hast."

Kurt lachte verlegen und erleichtert. „Noch drei."

„Aha. Drei noch. Gut."

Er roch tief am Glas, um Kurts Blick zu entkommen.

„Deinen Masseto habe ich übrigens nicht vergessen. Den machen wir morgen auf. In Ordnung?"

„Wenn du das sagst, Kurt."

„Ist alles in Ordnung mit dir?"

„Ja klar, es ist nur ... ich weiß auch nicht. Mir gehen zu viele Gedanken durch den Kopf. Mir fehlt die Ablenkung. Das ist nicht gut für mich."

Kurt ging um den Tisch und legte seine Hand fest um Sebastians Schulter. Sebastian wollte sich von ihm wegdrehen, entspannte sich aber sofort.

„Danke, dass du nicht in Pauls unsägliche Korkdiskussion eingestiegen bist. Das hatte Haltung", sagte Kurt leise.

Sebastian nickte, ohne ihn anzuschauen, und verteilte den Rest des Weins. Er hob sein Glas, schaute Kurt lange an und flüsterte: „Auf Irene!"

Kurt rieb seine feuchten Augen. Er wiederholte die Worte, trank einen Schluck und setzte sich neben Sebastian an den Tisch. Dort blieben sie lange sitzen, bis der Wein ausgetrunken war.

Der fünfte Tag

Ist heute Sonntag? Oder Samstag? Paul spürte, wie sein Rhythmus für Tage, Stunden und Minuten aus dem Takt geriet. Wie lange waren sie eingeschlossen? Fünf Tage? Oder länger? Er fand keine Antwort. Paul nahm die Finger zu Hilfe und zählte sich im Flüsterton die Tage vor, die seit dem Einschließen vergangen sein mussten. Zählte noch einmal. Heute ist Samstag, morgen kommt der Sonntag, und dann kommt Ewa. Es fiel ihm schwer zu atmen, sein Herz pumpte. Er wälzte sich hin und her und presste seinen Kopf tief in die dünnen Sitzkissen. Lange beobachtete er die Leuchtzeiger seiner Uhr, die kaum noch leuchteten. 5.05 Uhr.

In dieser Nacht hatte Paul die meiste Zeit wach gelegen, sich im Minutentakt vom Bauch auf den Rücken und auf die Seite gedreht, bis sein Wintermantel und die Decken sich wie eine Fessel um seinen Körper gewunden hatten. Er schloss die Augen. Schlafen. Seine rechte Hand umklammerte mit aller Kraft den linken Zeigefinger. Er drehte sich auf den Rücken, atmete tief die kalte Luft ein und spürte Kopfschmerzen, die sich wie Nadeln in sein Hirn bohrten. Er setzte sich auf, rieb sich die Augen und blickte in die Flaschenreihen im Regal gegenüber. Das Licht in der Toilette schien ihm entfernt wie ein Leuchtturm auf See, so weit weg wie sein altes Leben. Er sah Sonja, wie sie ihn morgens nach dem Aufwachen anlachte, wenn sie nicht in ihrem Zimmer, sondern in seinem Bett geschlafen hatte. War sie wirklich allein in der Schweiz? Gab es für sie keinen anderen Grund als die Kunstmesse, um dort hinzufahren? Er ließ sich auf die Kissen fallen und schloss die Augen. Ob Minuten oder Sekunden vergingen, konnte er nicht mehr unterscheiden. Als er wieder auf die Uhr sah, war es nach acht. Er fühlte sich schwer und orientierungslos, als wäre er aus einer Narkose erwacht. Warum war Sonja nicht da?

Er wuchtete sich hoch, schüttelte die schmerzenden Arme, kratzte seine Bartstoppeln, kämmte mit den Fingernägeln die fettigen Haare und ging zur Toilette. Vorne am Tisch saß Kurt, summte die Melodie von Dave Brubecks „Take Five“ und schnitt Käse. Die Romanée-Conti-Flasche stand noch auf dem Tisch.

„Du hast dich gestern eindeutig zu früh hingelegt“, begrüßte ihn Kurt und deutete auf die Flasche. „Der Wein war ganz ausgezeichnet.“

Paul brummte: „Der Irrtum ist steuerfrei.“

Kurt lachte. „Frühstück?“

Paul setzte sich an den Tisch und stürzte ein großes Glas Wasser hinunter. „Ich halte das nicht mehr aus“, stöhnte er.

Kurt sah ihn streng an. „Dann hör auf, dauernd zu streiten. Das führt doch zu nichts. Und es ist anstrengend.“

„Jetzt mach mich nicht dafür verantwortlich, dass wir hier die Zeit totschlagen müssen“, entgegnete Paul scharf.

„Paul, bitte“, sagte Kurt ruhig und schob die leere Weinflasche vor ihn. „Der Romanée Conti gestern Abend hatte übrigens keinen Kork, obwohl du das anders gesehen und uns nachdrücklich belehrt hast.“

„Tut mir leid“, erwiderte Paul schnippisch, „ich habe mich geirrt. Na und? Bin ich der Papst?“

Kurt drehte sich auf dem Stuhl zur Seite. „Lass gut sein, Paul. Bitte!"

„Bin ja schon still", brummelte Paul und biss in ein großes Stück Käse. Sie schwiegen lange.

Da kam Sebastian zum Tisch und verdrehte die Augen. „Es ist echt Zeit, dass wir hier rauskommen."

„Da sagst du etwas Wahres", murmelte Paul und stampfte mit dem Fuß auf.

Kurt starrte an die Decke.

Sebastian zog den Teller zu sich und nahm eine Handvoll Käsestreifen. „Nun vertragt euch wieder, das ist ja nicht zum Aushalten", stöhnte er.

Kurt nickte und sah Paul an. Dessen Blick streifte ihn für einen Moment und wanderte weiter zu den Regalen. Schließlich nickte Paul auch.

„Na also", sagte Sebastian. Routiniert wie ein Kellner im Bistro räumte er die Teller und Gläser vom Tisch und spülte sie. Keiner der drei sagte etwas.

„Wie wollen wir heute den Tag rumkriegen?", durchbrach Sebastian das Schweigen. „Hat jemand eine Idee? Ich nämlich nicht."

Kurt schaute ihn müde an.

Paul hob die Hand. „Hat unsere Maus eigentlich schon den Käse gefressen? Wenn ja, könnten wir nachher die Hinrichtung vorbereiten."

Sebastian schlenderte nach hinten und sah nach. „Keine Feindberührung. Keine besonderen Vorkommnisse."

„Gott sei Dank", stöhnte Paul.

„Ich werde hier unten keine Mäuse dulden. Nur damit das klar ist", sagte Kurt im scharfen Ton eines Beamten an der Zollkontrolle.

„Entspann dich, Kurt", versuchte Sebastian zu beschwichtigen. „Es ist alles in Ordnung. Ich werde mich jetzt waschen gehen, vielleicht fällt euch was ein, bis ich zurückkomme."

Niemand antwortete. Sebastian blickte zur Romanée-

Conti-Flasche, ließ die Hand aber in der Hosentasche. Besser nicht, dachte er, das gibt nur wieder Ärger. Er griff sich stattdessen eine Flasche, die neben dem Spülbecken stand, füllte sie mit Wasser und stellte sie auf die Kochplatte. Schließlich kramte er sein Handy aus der Jackentasche und warf einen beiläufigen Blick auf das Display. Der Akku war leer. Er schob das Handy zurück in die Jacke und ballte die Faust. Seine letzte Zuflucht, den MP3-Player, gab es nicht mehr. Er fühlte an der Flasche. Kalt.

„Verdammt, das dauert", stöhnte er.

„Die Wellnessabteilung ist heute leider geschlossen", grinste Paul.

„Vielen Dank für den Hinweis", erwiderte Sebastian und ging ziellos zwischen den Regalen umher.

Bei den Bordeaux-Regalen blieb er da und dort stehen, hob eine staubige Flasche an, betrachtete ihr Etikett und legte sie zurück an ihren Platz. In der untersten Reihe stapelten sich viele Dutzend Holzkisten, deren Wappen und Namen ihre Herkunft verrieten. Er ging in die Knie und las die Aufdrucke der berühmten Weingüter: Lafite, Haut Brion, Cheval Blanc, Mouton-Rothschild, Latour und Margaux. Sebastian überschlug den Wert der Flaschen – es mussten 50 000, vielleicht 100 000 Euro sein. Er pfiff durch die Zähne, setzte sich im Schneidersitz auf den Boden und betastete die wie neu wirkenden Kisten, die hier schon 20 Jahre lagen. Bei einer Kiste Château Margaux zuckte er. War es wirklich diese Kiste, an die er sich erinnerte? Jahrgang 1985. Kein Zweifel, das musste sie sein. War es richtig, dass diese Weine hier lagerten?

„Sebastian, lass dein Wasser nicht überkochen!", rief Paul vom Tisch herüber.

„Ich pass ja auf, entspann dich", bellte Sebastian zurück. Er lief zur Küchenzeile, vorbei an Kurt und Paul, die noch immer still dasaßen.

Kurt studierte die Etiketten und Rückseiten einiger

Flaschen, Paul drehte den leeren Romanée Conti immer wieder in der Hand.

Sebastian fühlte an seiner Waschwasserflasche. Sie war lauwarm. „Ich habe vorhin die Kiste mit dem 85er Margaux entdeckt. Leute, was war das damals für eine Aktion. Erinnert ihr euch?"

„Ich will gar nicht dran denken", brummte Kurt.

Paul blickte starr auf die Flasche in seiner Hand. „Wir hätten das nicht machen sollen. Aber was soll's. Ich habe jedenfalls keine Lust, darüber zu reden."

Sie schwiegen.

„Ach, der Margaux", seufzte Kurt nach einigen Minuten in die Stille.

Sebastian betastete die Flasche. Das Wasser war fast heiß, also nahm er sie, schaltete den Kocher aus und eilte zur Toilette. Er war froh, auf diese Weise der Situation zu entkommen. Ich hätte niemals diese Kiste finden dürfen. Warum habe ich nur meine Klappe nicht halten können, dachte er. Als er sich auszog, kroch die Kälte sofort unter seine Haut. Das warme Wasser, das über seinen Körper gluckerte, entspannte ihn ein wenig. Mit der Hand rieb er immer wieder über seinen Oberkörper und war froh, etwas Menschliches zu spüren. Er stellte sich vor, zu Hause unter dem Strahl seiner komfortablen Duscharmatur zu stehen. Sebastian wusch sein Gesicht und seinen Hals, bis das Wasser versiegte, rieb seinen Körper mit dem klammen Gästehandtuch ab und trocknete sich mit seiner Winterjacke. Er fröstelte. Schnell zog er Hose, Hemd und Pullover wieder an. Jetzt spürte er ein bisschen Leben in seinem Körper. Sollte er zu den beiden zurückgehen und vielleicht ins Unglück rennen? Er beschloss, lieber ein wenig zu dösen und abzuwarten, bis sich die Lage wieder beruhigen würde, und trabte zu seinem Kistenlager.

Paul drehte immer noch die Flasche in seiner Hand. „Wollen wir heute Abend ein wenig verkosten? Ich werde ganz artig sein, ich verspreche es", sagte er unvermittelt zu Kurt.

„Was sollen wir auch sonst machen? Welche Themen hast du noch auf deiner Liste?"

Paul tastete seine Jacke ab, fand nach kurzem Suchen sein schwarzes Büchlein und blätterte darin. „Wir haben die Bordeaux-Regionen noch gar nicht abgearbeitet. Wie wär's mit Margaux?"

„Gute Idee", nickte Kurt, „vielleicht machen wir auch mal eine Flasche aus der – wie soll ich es sagen – besonderen Kiste auf?"

„Du meinst den 1985er Château Margaux?", fragte Paul zögerlich.

Kurt nickte. „Na klar! Sebastian fing ja vorhin auch schon damit an."

„Herrje", seufzte Paul. „Wann sollten wir es auch sonst machen? In einem Bunker herrscht militärische Geheimhaltung."

Kurt versuchte ein Grinsen, doch mehr als eine Grimasse gelang ihm nicht.

Paul nahm die Romanée-Conti-Flasche, füllte sie mit Wasser und schaltete die Herdplatte ein. „Ich werde mich aus ihr waschen. Auf diese Weise habe ich mich noch nie gereinigt. Das hat schon etwas Religiöses, ja Rituelles."

„Sei bitte vorsichtig. Ich will ihr einen Ehrenplatz geben. Oben im Wohnzimmer, auf dem Kaminsims."

„Ich werde vorsichtig sein, keine Angst", versprach Paul.

Kurt kratzte sich am Hinterkopf und ging zu den Regalen, um die Weine für den Abend zu suchen.

Sebastian hörte, wie sich Kurts Schritte näherten. Er drehte sich auf die Seite und schloss die Augen. Kurt blieb stehen, und Sebastian hörte ihn flüstern: „Schlaf weiter, mein Junge. Alles in Ordnung."

Dann schlurfte Kurt weiter und bog am Regalende ab

zum Bordeaux. Sebastian atmete tief aus. Er hörte das glockenhelle Geräusch sich berührender Flaschen, als Kurt die Weine aus ihrem Lagerplatz zog, und hoffte auf ein unverfängliches Verkostungsthema, eines, bei dem er sich ohne Rücksicht auf die Vergangenheit äußern könnte. Für den Moment war es ihm egal. Seine Muskeln entspannten sich. Er schloss die Augen.

***

Martin Baumgärtner war sehr früh aufgestanden. Er hatte schlafen wollen, einfach schlafen. Doch in seinem Kopf waren die Gedanken gekreist, hatten sich gejagt, Saltos geschlagen und immer wieder dieselben Fragen hinausgebrüllt: Warum tust du das? Kriegst du das hin? Bist du irre geworden? Kannst du schießen, wenn du musst?

Elisabeth hatte tief und friedlich neben ihm geschlafen. Er hatte sich leise aus dem Bett gedreht, war die Treppe hinabgeschlichen und hatte lange aus dem Wohnzimmerfenster in die schwarzen Schatten des Gartens geschaut. Ist das richtig, was ich tue? Was, wenn es schiefgeht? Gegen sechs war er ins Bad gegangen, denn Sabine würde um halb acht Elisabeth beim Duschen helfen und Übungen mit ihr machen. Er kochte Kaffee, holte die Zeitung und wartete.

Sabine kam pünktlich, trank wie immer einen schnellen Becher Kaffee, scherzte mit ihm und ging nach oben. Er sah ihr hinterher. Vielleicht könnte Elisabeth bald zur Kur fahren. Ohne Anträge, Ablehnungen und Einsprüche. Vielleicht könnte er bald einen Physiotherapeuten bezahlen, der zu ihr ins Haus kam. Vielleicht. Er blätterte durch die Zeitung, doch seine Augen blieben nicht wie sonst an den Überschriften hängen. Er ließ die Finanzkrise, die NATO, die Steuerprobleme und die Bundesliga ungelesen vorbeiziehen.

Sabine verabschiedete sich und trabte zu ihrem Kleinwagen.

„Schönes Wochenende!", rief Baumgärtner ihr hinterher. Sie hörte es nicht mehr. Er richtete den Frühstückstisch, schnitt Brot und stellte den Stuhl so, dass Elisabeth ihn einfach, ohne einen Schritt zu viel machen zu müssen, erreichen konnte. Als sie kam, küsste sie ihn.

„Guten Morgen, mein Schatz!", sagte sie voller Liebe.

„Gut geschlafen?", fragte er.

„Ach, herrlich, wie ein Stein. Diesmal ohne Schmerzen. Wunderbar."

Sie frühstückten, hörten Radio und lasen Zeitung. Baumgärtner musste sich konzentrieren, um den schwarzen Zeilen eine Bedeutung abzuringen.

„Ich gehe heute noch mal zum Grab von Onkel Johannes und sehe nach dem Rechten", sagte er unvermittelt.

„Wirklich? Wochenlang bist du nicht hingegangen, hast nur über ihn geschimpft. Was ist?"

„Ich habe etwas mit ihm zu besprechen. Vielleicht hat er ja eine Idee, wie es für uns leichter wird."

„Wie meinst du das denn?"

„Nur so. Manchmal muss man die Toten im Jenseits befragen, wenn man einen Rat braucht. Machen die Indianer doch auch so. Habe ich mal gelesen."

Elisabeth schaute ihn mit großen Augen an. „Den Indianern hat es nicht so viel geholfen. Viele sind ja nicht übrig geblieben. Und was soll er dir erzählen? Welche Lottozahlen du tippen sollst?"

„Vielleicht erzählt er mir ja ein Geheimnis, das er mit ins Grab genommen hat."

Elisabeth lachte laut auf und legte ihre Hand auf seine Faust.

„Wenn du was mit ihm zu besprechen hast, dann kannst du ja gleich nachsehen, ob er ordentlich angezogen ist."

Baumgärtner lächelte. „Ich schaue, ob alles am Grab in Ordnung ist."

Elisabeth schüttelte den Kopf, trank Kaffee und vertiefte sich wieder in den Lokalteil. Sie las einen Augenblick und fragte: „Hast du nicht heute Nachtschicht?“

Baumgärtner nickte. „Ja, heute Abend habe ich noch mal Dienst.“

***

Kurt lief am Bordeaux-Regal entlang und suchte. Ohne seinen PC, in dem die nur ihm verständlichen Koordinaten der Lagerplätze seiner Weine gespeichert waren, fühlte er sich verloren zwischen all den Flaschen. Er hatte vage Erinnerungen, welche Weine wo liegen müssten, doch oft genug trogen sie. Kurt fluchte leise, studierte die vielen Etiketten und zog mal hier, mal dort eine Flasche heraus. Er fand einen Château Figeac, einen Château Palmer, beide von 1985. Den Lagerplatz des speziellen 1985er Château Margaux hatte er dagegen deutlich in Erinnerung. Mit sicherem Schritt ging er zu dieser Kiste und wuchtete sie auf den Boden. Kurt wollte sie mit der Hand öffnen, doch es ging nicht. Die rostigen Nägel des Deckels hatten sich fest in das Holz gekrallt. Er ging nach vorne zur Küchenzeile, kramte ein Messer aus der alten Schublade und hebelte den Deckel auf. Zwölf Flaschen lagen darin, alle wie neu. Auf dem Etikett mit der Ansicht des Schlosses prangte das selbstbewusste „Premier Grand Cru Classé“. Kurt nahm eine Flasche in die Hand und betrachtete sie zögernd. Konnte er sie Paul und Sebastian wirklich zumuten? Es ist viel Zeit vergangen, und Zeit heilt Wunden, sinnierte er und trug sie nach vorne zum Tisch. Als er den Korkenzieher ansetzte, kam Paul. Er erblickte die Flasche in der Reihe von Kurts Funden und sah ihn fragend an.

„Alles zu seiner Zeit“, antwortete Kurt knapp.

Paul hob die Augenbrauen und trippelte ein paar Schritte umher. „Lass uns einen Schlussstrich unter die

Sache ziehen. Der Margaux ist großartig, aber er hat mir nicht gutgetan."

„Mir auch nicht. Es ist an der Zeit, die Sache zu Ende zu bringen. Wir verkosten den Wein zusammen mit den anderen Margaux, die ich gefunden habe. Keine Sonderstellung. Wein ist Wein. Er kann nichts für die Umstände."

Paul blickte sich fast ängstlich um. „Wo ist Sebastian?"

„Er schläft."

„Das ist gut", flüsterte Paul.

Kurt setzte sich und blickte die Flaschen an. „Wollen wir nur diesen Margaux oder gleich die ganze vermaledeite Sammlung verkosten?", fragte er leise.

Paul wog sachte den Kopf. „Wozu sollen wir die ganze Sammlung aufmachen? So viele Flaschen? Das macht die Sache nicht besser. Lass uns das Thema wechseln, bevor Sebastian kommt."

Kurt blickte eine Zeit lang auf die Flaschenreihe. Dann sah er Paul direkt an. „Wann kommt eigentlich Sonja zurück? Ich meine, bekommt sie von unserem kleinen Problem überhaupt etwas mit?"

Paul zuckte ein wenig mit dem Mundwinkel. „Ich glaube, am Sonntag oder Montag. Sie wollte mir Bescheid geben."

„Aha."

„Wenn sie am Sonntag heimkommt, bin ich nicht da. Das wird sie sicher misstrauisch machen."

„Glaubst du?"

„Der Anrufbeantworter wird jedenfalls voll sein, das ist immerhin ein klares Indiz meiner – sagen wir – Abwesenheit. Wenn sie es nicht mitbekommt, wäre ich nicht unglücklich. Die Sache ist schließlich peinlich genug. Wenn ja, muss ich es ihr erklären. Was, wann, vor allem: warum. Ich hasse das."

„Sie ist deine Ehefrau, es ist ein wenig ihr Recht, finde ich."

„Wieso das denn?“

„Du bist eine ganze Woche wie vom Erdboden verschluckt. Das ist eine ausführliche Erklärung wert. Sie vermisst dich.“

„Sie soll sich freuen, dass ich da bin. Warum muss es immer gleich ins Detail gehen? Sie war auch eine Woche weg. Frage ich, wann und mit wem sie wo war? Das ganze Gerede und Getratsche. Weiberkram. Dafür hatte sie immerhin eine Woche lang rund um die Uhr Gelegenheit.“

„Ich wollte jedenfalls immer wissen, wie es Irene ergangen ist, wenn sie mit einer Freundin unterwegs war. Ich hätte sie gesucht, hätte ich keine Antwort auf meine Anrufe bekommen.“

„Damals gab's noch keine SMS. Heute schreibt mir Sonja kurz eine SMS. Ich lese sie, wenn ich Zeit dazu habe, und manchmal antworte ich schnell und kurz. Alles geritzt. Und kein Gequatsche. Ich danke Gott, dass die SMS erfunden wurde.“

„SMS verschicken – wenn ich das schon höre“, erwiderte Kurt empört. „Ich verschicke Nachrichten. Keine Services.“

„Wie meinst du das jetzt?“

„SMS bedeutet ‚Short Message Service‘. Noch nie gehört, du Sprachvirtuose? Du verschickst also Services. Was für ein Unsinn! Ich habe kein Handy, ich habe ein Telefon. Meinetwegen ein mobile phone, wie die Engländer sagen. Und du verschickst, wenn man Sprache ernst nimmt, eine SM. Eine Short Message. Dazu nutzt du einen SMS – einen Short Message Service.“

Paul rollte die Augen und stöhnte. „Eins zu null für dich.“

Kurt stand auf und ging einige Schritte im Kreis. „Sonja schickt dir eine Nachricht, in der steht, wann sie kommt. Du antwortest oder nicht. Deswegen vermisst sie dich nicht, weil sie dir ja eine Nachricht geschickt hat. Sie ist sicher, dass sie dein Telefon erreicht und du sie liest.“

Paul richtete seinen Zeigefinger auf Kurt. „Und umgekehrt funktioniert es genauso. Das ist perfekt!"

„Und Sonja ist also bei Martha wegen der Kunst."

„Genau! Irgendeine Ausstellungseröffnung. Expressionisten oder so. Hab's vergessen."

Kurt sah ihm in die Augen. „Du machst dir keine Gedanken über die Umstände?"

„Wie meinst du das? Was sie unternehmen? In welche Boutiquen sie danach marschieren? Das jetzt nicht ...", stammelte Paul und rieb seinen Bart. „Du meinst, ob Martha nicht vielleicht Martin heißt ...?"

Kurt schwieg und sah eine Flasche an.

Paul sank in sich zusammen und schnaufte. „Ich habe mir ziemlich oft darüber Gedanken gemacht. Vor allem, wenn Sonja unbedingt allein wegfahren wollte. Aber so läuft unser Leben. Wir sind autonome Wesen. Heute hier, morgen dort. Es gibt Tage, da macht es mich ganz krank. Was soll ich machen? Ich bin ein aufgeklärter Mensch."

„Warum sprecht ihr nicht darüber?", fragte Kurt, nahm eine der Weinflaschen in die Hand und betrachtete sie.

„Was gibt es da zu bereden? Es ist mein Problem, nicht ihres. Warum soll ich mir neue Probleme schaffen?"

„Du redest darüber, um das Problem abzustellen."

„Da bin ich nicht gut drin", brummte Paul leise.

„Du? Nicht gut im Reden?", antwortete Kurt und lachte.

„Ja, amüsier dich nur. Über Wein kann ich gut reden. Da kenne ich mich aus. Aber über so etwas? Ich stammele. Ich werde vielleicht nicht von Sonja verstanden. Es gibt Missverständnisse. Es gibt Streit. Warum soll ich mich ihr gegenüber zum Affen machen?"

„Um es zu klären. Irene und ich haben immer die wichtigen Dinge besprochen."

„Ich gratuliere dir. Sonja und ich machen es eben anders. Geht auch."

Sebastian hatte das Gespräch von seinem Lager aus mitgehört. Alte Männer und Eifersucht, das kann was werden, dachte er, aber besser, als die Geister von Steinfelds Weinsammlung zu wecken. Die hatte er vor einigen Jahren mit Paul und Kurt in Kurts Keller geschafft. Sebastian kam es vor, als sei das gestern gewesen. Er streifte die Decke ab, stand auf und ging zum Tisch.

„Wie ist die Lage? Gibt's Neuigkeiten?", rief er und versuchte, Fröhlichkeit vorzutäuschen.

Beide schüttelten den Kopf.

Sebastian erblickte die Reihe der Weine, taxierte sie und zuckte. „Aha, wir trinken heute Abend Margaux. Den guten 1985er habt ihr aus der verbotenen Gruft geholt. Ganz wie ihr meint."

„Das war Kurts Idee, nicht meine", sagte Paul und hustete.

„Ist das wirklich die erste Flasche, die wir aufmachen, seit wir die Kisten damals hier heruntergeschleppt haben?", fragte Sebastian verlegen.

Kurt nickte betreten.

„Also denn, Kurt will es so", krächzte Paul.

„Was soll das heißen? Vorhin, als wir allein waren, fandest du die Idee hervorragend. Du hast mich geradezu angefeuert! Also so was."

„Verdammte Hacke", schrie Paul, stand auf und ging wütend zu seinem Lager.

Sebastian blickte misstrauisch hinterher, dann fixierte er Kurt. „Was soll das werden?", fragte er scharf.

„Ich weiß es auch nicht", antwortete Kurt mit Unschuld in der Stimme. „Wir haben über Untreue und solche Dinge geredet. Vielleicht hat ihn das depressiv gemacht."

Sebastian tippte sich mit dem Zeigefinger an die Stirn und beschloss, die Dinge ruhen zu lassen. Er warf sich in einen Stuhl, zog einen zweiten heran und streckte die Füße darauf aus. Er blickte auf die Uhr. Noch nicht einmal Mittag. Die Sekunden vergingen im Takt von Minuten.

„Erst redet Paul mir zu, ich solle den 85er Margaux in die Probe stellen. Ich war mir nicht sicher. Als du dazukamst, war es plötzlich allein meine Idee. Warum tut er das? So geht das doch nicht", schimpfte Kurt im Flüsterton.

Sebastian verstand, dass er dem Thema nicht entkommen würde. Oben, in Freiheit, hatte er Fluchtwege. Er hatte sie schon mehrfach genommen – ein dringender, vorgetäuschter Anruf, eine vergessene Verabredung, ein plötzlich wieder auftretendes Rückenproblem. Da fielen ihm Kopfschmerzen ein. Die würden auch hier unten funktionieren. Wunderbar. Es gibt immer einen Plan B, beruhigte er sich. Seine Laune wurde besser. Kopfschmerzen waren hier unten ein Segen. Sebastian fühlte sich wieder einigermaßen sicher. So fand er Ruhe, mit Kurt über Belangloses zu reden. Bald würde es Mittag sein.

***

Nachdem er die Zutaten für das Sonntagsessen eingekauft hatte, ging Baumgärtner zum Friedhof. Auf den Gräbern lagen Laub und Äste über den Wintergestecken, an Holzkreuzen hingen Kränze mit welken Rosen und silbernen oder goldenen Schleifen. Auf Steinfelds Grab stand das Gesteck mit Schneeheide. Baumgärtner zupfte ein paar Blätter heraus und drehte sich um. Er war allein zwischen den Grabreihen.

„Du und deine Freunde", rief er, „was seid ihr eigentlich für Typen? Erst verarschst du uns, weil du jedem erzählst, wie reich du bist, und am Ende hast du dir das schöne Leben auf Kredit gekauft. Den bezahle ich jetzt. Dein Freund Kurt holt den Wein, den du teuer auf Kredit bezahlt hast, aus meinem Keller und zahlt mir ahnungslosem Idioten ein paar Kröten. Ist es immer nur um euch gegangen? Immer das beste Stück, nie das zweitbeste! Und immer auf Kosten der anderen! Hast du so deine tolle Weinsammlung zusammenbekommen? Den ein bisschen beschissen, dem was abgeschwatzt und dem nicht die Wahrheit gesagt? Ich war auch nur so ein Idiot! Aber wenigstens ein nützlicher. Alle Handreichungen waren gratis, hier einen Gefallen, da eine kleine Hilfe. Dafür gab's Blumen für Elisabeth und gute Witze bei unseren Feiern. Alles in allem war das viel billiger als einen Handwerker oder eine Haushaltshilfe oder einen Gärtner oder was weiß ich zu beauftragen. Du hast ja immer gesagt: Man muss nur richtig rechnen können. Jetzt weiß ich endlich, was du damit gemeint hast. Aber übermorgen ist Feierabend, hörst du? Dann zahlen Kurt und seine Kumpane die Rechnung, die aufgelaufen ist. Man muss richtig rechnen können. Das war dein Motto. Dem werde ich folgen. Richtig gerechnet, habe ich bei Kurt und seinen dämlichen Freunden ein hübsches Sümmchen offen. Mit Zinsen wird, richtig gerechnet, eine schöne Summe draus. Und die wird bezahlt. Kein Kredit. In bar. Dann zahle ich deine verdammten Schulden ab, für die du diesen ganzen Wein gekauft hast. Gefällt dir das? Oder soll ich sie nachher einfach aus dem Bunker rauslassen, sie zur Rede stellen, ihnen den Ernst der Lage klarmachen und hoffen, dass Kurt weiß, was Betrug ist? Dass sie die vergangenen Tage darüber nachgedacht haben? Das haben sie bestimmt. Irgendwie weiß ich das.

Martin schleuderte die Hacke in den Kies.

Verdammt, ich weiß es nicht! Schöne Scheiße!

Eine alte Dame mit schwarzem Hut, dickem, schwarzem Mantel und einer kleinen Plastiktüte ging vorbei und sah ihn an. Er bückte sich, rechte das Laub zusammen und säuberte die Hacke.

Beim nächsten Besuch ist das Thema erledigt. Mal sehen, ob ich so gut rechnen kann wie du. Elisabeth wartet mit dem Essen. Mach's gut.

***

Kurt deckte den Tisch, schnitt Schinken, öffnete ein neues Glas Oliven und holte einen Riesling, diesmal aus der Pfalz. Dann ging er hinüber zu Pauls Lager. Kurz darauf erblickte Sebastian, der zum Tisch gekommen war, die beiden im Gang. Sie setzten sich lachend zu ihm und aßen Schinken, als sei nie etwas zwischen ihnen vorgefallen. Der Riesling, ein 2007er Forster Pechstein, schmeckte den dreien. Kurt hatte großzügig eingeschenkt, und so tranken sie ihn auch. Bereits nach wenigen Minuten war die Flasche geleert. Kurt holte schnell eine zweite aus dem Regal.

„Das ist die letzte Flasche, die ich habe. Verabschiedet euch von ihr, solange ihr noch könnt!"

Paul prustete. „Das muss ich mir merken."

Auch Sebastian grinste. Er erzählte von Weinverkostungen mit Pfälzer Winzern, die stets in der Schatzkammer des Weinguts mit einer Orgie alter und nicht immer großartiger Jahrgänge endeten, und von streng intellektuell blickenden Gutsinhabern, für die Lachen eine nicht behandlungsbedürftige Form des Hustens war. Die drei wieherten los. Und tranken. Nach einer Viertelstunde war die zweite Flasche geleert.

„Nachher trinken wir nur noch große Weine", rief Kurt, „nichts anderes. Nur wirklich große Weine. In 48 Stunden sind wir frei. Das müssen wir doch angemessen feiern!"

Paul blickte auf seine Füße.

„Warten wir's ab", sagte er leise. „Wer weiß schon, ob Ewa kommt? Was noch auf uns wartet?"

„Ach, komm schon", entgegnete Kurt ungeduldig, „wir trinken nachher den Masseto. Das habe ich euch versprochen. Ich werde ihn gleich dekantieren, und wir wärmen die Karaffe ein wenig an, damit er die richtige Temperatur bekommt. Und für später habe ich den Margaux ausgesucht. Das ist nicht so schlecht. Es wird uns ablenken."

„Wie kamt ihr denn ausgerechnet jetzt auf den

Margaux? Der 1985er liegt vier Jahre hier unten. Meinetwegen hätten es noch mal zwölf oder vierzehn Jahre sein können."

Kurt hob den Kopf. „Du hast das Stichwort geliefert, und Paul hat mir zugeredet, es zu tun. Und nun machen wir es."

„Ich? Ich habe dir zugeredet?", empörte sich Paul. „Jetzt aber langsam, alter Freund!"

„Ruhig, Paul!", versuchte Sebastian zu beschwichtigen. „Was du mit deinen Weinen aus der Steinfeld-Sammlung gemacht hast, geht uns nichts an. Kurts Anteil liegt in diesem Keller, und nun machen wir eine seiner Flaschen auf, die heute außerdem verdammt teuer sind. Also lass ihn. Du musst nicht mittrinken. Es zwingt dich niemand."

Paul schnappte nach Luft. „Ich bin müde. Ich gehe schlafen", sagte er, erhob sich, torkelte eine Sekunde, bis er sicher auf den Beinen stand, und tappte wortlos zu seinem Lager.

„Ist der Château Margaux die einzige Flasche aus dem Steinfeld-Keller?", fragte Sebastian fast besorgt.

„Nein, es ist eine Kiste", antwortete Kurt sachlich. „Die anderen Margaux, die ich übrigens bei Sterneck gekauft habe, finde ich ohne meinen PC nicht mehr. Die anderen beiden Weine von ihm, einen Château Palmer und einen Figeac, habe ich vorhin zufällig entdeckt."

„Auch Jahrgang 1985?" Kurt nickte.

„Der alte Steinfeld hat sich gut ausgekannt und genau zum richtigen Zeitpunkt gekauft", sagte Sebastian anerkennend.

Wieder nickte Kurt.

„Warst du mit Steinfeld eigentlich gut befreundet?"

„Ja, doch", antwortete Kurt, fast ohne den Mund zu öffnen.

„Woher kanntet ihr euch überhaupt?"

„Durch Martin Baumgärtner. Wir haben beide im Amt

gearbeitet. Johannes war sein Onkel. Er hat mich mal zum Geburtstag seiner Frau eingeladen, und Johannes Steinfeld kam auch. Wir haben Champagner getrunken, den er mitgebracht hatte. Steinfeld hatte einen exquisiten Geschmack, er wusste, was er kaufte und sammelte. Die ganzen Biertrinker haben ihn damit aufgezogen, aber ihm war das egal. Da sind wir ins Gespräch gekommen. Ein paar Tage später hat er mich in sein Haus eingeladen und mir seinen Weinkeller gezeigt. Das war ein richtiger Keller mit anständigen Flaschen."

Sebastian blickte zur Energiesparlampe und quälte sich ein „Ja, ich weiß" heraus.

„Ach, ich werde mir auch ein Schläfchen gönnen. So viel Riesling am Mittag bin ich nicht gewohnt", sagte Kurt und zwang sich zum Lächeln.

„Angenehme Ruhe", sagte Sebastian milde und blickte an Kurt vorbei auf die Flaschen für den Abend. Er zog sie zu sich und betrachtete sie wieder und wieder. Bald tappte auch er zu seinem Lager. Er spürte den Riesling, aber das war ihm egal.

Es war fast vier, als die drei wieder am Tisch saßen und sich ansahen. Kurt schwenkte den Masseto in der Karaffe, spülte die großen Rotweingläser vorsichtig mit Wasser aus, füllte eine Karaffe mit Wasser und stellte sie samt drei Wassergläsern formvollendet auf den Tisch. Er blickte auf das Ensemble und stellte fest, dass nichts fehlte.

„So", sagte Kurt und stellte die Karaffe mit dem Masseto in die Mitte des Tischs.

„Ich wärme ihn an, wenn du willst", bot sich Sebastian an.

„Gut", sagte Kurt und sah zu, wie Sebastian die Karaffe auf der Kochplatte platzierte und den Schalter drehte.

„Für diesen Wein hast du schwer gelitten", sagte Kurt unvermittelt.

„Ist lange her."

„Ich kann mich noch gut an dein geschwollenes Gesicht erinnern", sekundierte Paul.

Sebastian stand auf und legte die Hand auf die Karaffe. „Wir warten noch zwei Minuten."

Sie starrten die Karaffe auf dem Kocher an. Nach langen Sekunden prüfte Sebastian ihre Temperatur und nahm sie von der Kochplatte. Er wollte den Wein in die Gläser gießen, als Kurt ihm die Karaffe aus der Hand zog.

„Ich mach das."

„Oh, entschuldige bitte", maulte Sebastian theatralisch.

Kurt füllte die Gläser, nahm sich eins und erhob es.

„Auf Sebastians blaue Flecken."

Die beiden anderen hoben zaghaft ihre Gläser und kosteten.

„Sehr interessant", schwärmte Paul, „viel besser, als ich erwartet hatte."

Sebastian schlürfte und schwieg beeindruckt. „Wie denkst du darüber, Kurt?", fragte er.

„Ich bin im ersten Moment etwas enttäuscht", antwortete der, noch dabei, die Aromen zu erschmecken und zu ordnen.

„Ist der Wein wirklich keine Fälschung?", grummelte Paul.

Kurt schaute ihn ratlos an. „Ich glaube nicht. Warum? Hast du einen Verdacht?"

„Ich dachte nur."

„Du dachtest nur, ja?", schrie Sebastian und machte einen Satz auf den sitzenden Paul zu. „Was soll das schon wieder heißen? Glaubst du, ich drehe Kurt Fälschungen an? Bin ich ein Betrüger? Willst du das sagen? Sag einmal laut und deutlich, was du denkst! Immer diese taktischen Andeutungen! Benimm dich endlich wie ein Mann! Wenn ich ein Fälscher sein soll – also gut! Dann will ich Fakten sehen, mein Freund! Ich habe mir dreimal die Echtheit des Masseto bestätigen lassen. Also lass das dumme Geschwätz, du eitler Wicht."

Kurt sah erschrocken zu, wie Paul ebenfalls aufsprang und seinen massigen Körper vor Sebastian schob.

„Ausgerechnet du hast also die Wahrheit gepachtet. Du! Das ist doch lächerlich! Wer hat denn den falschen Montrachet für viel Geld verkauft? Junge, Junge, pass auf, was du sagst! Noch ein falsches Wort ..."

Kurt sprang hoch, schob sich zwischen die beiden und hielt sie auseinander.

„Es ist jetzt gut!", brüllte er wie ein Feldwebel. „Ihr habt sie doch nicht mehr alle! Schluss! Aus!"

Sebastian und Paul atmeten schnell und ließen sich nicht aus den Augen. Sebastian machte einen Schritt zur Seite und sah Kurt an, der seinen Arm gegen Pauls pumpende Brust gedrückt hatte.

„Also gut: Ich bin ein Betrüger, was soll's? Paul stiehlt deine Gedanken und benutzt sie für Artikel, für die er Lob aus ganz Deutschland einfährt. Und du, Kurt? Wie war das mit den Baumgärtners und der Steinfeld-Sammlung? Wer hat die Sache eingefädelt? Wer wollte unbedingt großen Wein für ein Taschengeld kaufen? Gelegenheit macht Diebe. Und an Gelegenheiten hat es euch ja nicht gefehlt."

Paul schoss nach vorne und packte Sebastian an seiner Jacke. „Ich mach dir die Hölle heiß, du ..."

„Nichts wirst du!", fuhr Kurt dazwischen. „Gleich vergesse ich mich! Dann könnt ihr was erleben!"

Die beiden wichen zurück. Sebastian nestelte an seiner Winterjacke und rückte seine Brille zurecht.

Paul stand breitbeinig da und schnappte nach Luft.

Kurt blickte beide abwechselnd scharf an. „Ihr benehmt euch wie kleine Kinder!"

Paul setzte sich wieder und starrte auf die Tischplatte. Sebastian ging hektisch auf und ab, verschwand hinter einem Weinregal und kehrte nach wenigen Sekunden zurück.

„Setz dich hin!“, befahl Kurt.

Sebastian gehorchte wortlos und fixierte sein Weinglas.

„Was soll das?“, herrschte Kurt die beiden an. „Sind wir nicht genug gestraft, hier unten eingesperrt zu sein? Reicht euch das nicht?“

„Mach nicht auf Schiedsrichter, Kurt“, entgegnete Sebastian und trank Masseto.

Kurt blickte auf den Boden.

Auch Paul nahm sein Glas, atmete den Duft ein und schlürfte. „Schön, sehr schön“, sagte er tonlos, ohne die beiden anzublicken. „Rote Früchte, Kakao. Pfeffer und Gewürze. Unbändige Kraft. Sehr intensiv.“

Kurt nickte wie ein geduldiger Lehrer. „Was denkst du, Sebastian?“

„Der Wein mag jeden Euro seines verdammt hohen Preises wert sein, aber irgendwie ist er nicht mein Fall. Zu wenig Ecken und Kanten. Toskana-Urlaubsidyll im Luxushotel mit allem Schnickschnack, du verstehst?“

„Ist ja auch schön in der Toskana“, brummte Paul.

Kurt sah, dass Sebastian etwas erwidern wollte, und kam ihm zuvor: „Ich fühle mich zu einer Bewertung nicht in der Lage – nach der Vorgeschichte, die dieser Wein besitzt, der Tatsache, dass wir ihn im Gefängnis trinken müssen und nach eurem Streit. Er ist gut, er schmeckt mir. Mehr fällt mir nicht dazu ein. Mir fehlt die Ruhe, um ihn zu hören.“

„Du hörst den Masseto nicht?“, fragte Paul überrascht und kratzte sich lange den Bart.

Sebastian grinste. „Ich kann auch wie du von den Aromen faseln, aber das ist doch langweilig. Ob mir der Wein etwas schenkt, mir Freude macht? Ich weiß es nicht.“

Paul streckte die Arme wie eine Heiligenstatue aus. „Aha, ich fasele also.“

„Es tut mir leid. Ich bin etwas durcheinander. Ich habe einen Wein aufgemacht, den alle als ‚groß‘ bewundern, und ich weiß nicht mehr, was Größe ist. Habe es wohl vergessen. Ja doch, er ist gut. Das muss reichen." Er goss sich das Glas üppig ein, trank und reichte Paul die Karaffe.

„Nehmt schon, trinkt! Er schmeckt! Bedient euch. Wein ist zum Trinken da."

Paul goss sich ein, richtete seinen Blick vorsichtig auf Sebastian, der ihn friedlich erwiderte, und schob ihm die Karaffe zu. Der nahm sie, nickte Paul ein Danke zu und füllte erneut sein Glas. Sie rochen und nippten, schweigend, jeder für sich. Kurt verzichtete auf das Ritual und trank einen Schluck nach dem anderen, bis das Glas fast leer war. Er schenkte sich den Rest ein und sah zu, wie die letzten Tropfen aus dem Bauch der Karaffe rannen.

„Diese Geschichte hat nun ein Ende gefunden", rief er und beobachtete die kleinen Bläschen, die an der Oberfläche des Rotweins zerplatzten.

„Vielen Dank für das schöne Erlebnis", sagte Sebastian mit diplomatischer Höflichkeit.

Kurt winkte ab. „Was soll er hier noch länger herumliegen. Jetzt ist genug geschmeichelt", erwiderte er und presste die Augen zu Schlitzen zusammen. Er ließ sich an die Stuhllehne fallen, atmete ein paar Mal tief durch und schnellte wieder nach vorne. „Der Abend ist lang und hat noch nicht einmal begonnen. Was trinken wir jetzt? Sucht euch etwas aus. Egal, was!"

Lange rutschten Paul und Sebastian unsicher auf ihren Stühlen herum.

Kurt sah sie fordernd an. „Was ist? Sonst könnt ihr doch nicht genug bekommen!"

„Dein Angebot ist sehr großzügig, aber ich kann es nicht annehmen", sagte Paul leise. „Das wäre nicht richtig. Wir sind alle sehr angespannt. Ein anderes Mal gerne."

„Dann such du etwas aus, Sebastian. Du hast die guten Jahrgänge doch alle im Kopf. Also, was soll ich dir holen?"

Sebastian nahm seine Brille ab. Der Rotwein hatte sein Denken schwerfällig gemacht. Er suchte nach einer Idee, die die Situation entspannen würde, doch da war nur Leere. Bevor sein Gehirn einen neuen Gedanken formen konnte, brach es aus ihm heraus: „Lass uns Margaux trinken. Der Wein steht schon bereit."

Paul schaute ihn erleichtert an.

Kurt stand auf. „Gut. So machen wir es."

***

Martin Baumgärtner schaute zur Uhr. Er könnte die Sache noch vor Dienstantritt regeln. Er müsste nur zu Security Team fahren und mit einem Vorwand den Schlüssel zu Kurts Haus aus dem Schrank holen. Einfach die Tür entriegeln und Kurt zur Rede stellen. Dann hätte er Gewissheit. Was für eine dumme Idee, dachte er. Doch der Gedanke an das Gewehr machte ihm Angst. Auf einen Fuchs könnte er schießen, auch wenn er es hasste. Aber auf Menschen? Ausgerechnet auf Kurt? Ihm grauste bei dem Gedanken. Und wenn sie sich wehrten und er trotzdem nicht schießen würde? Sie würden ihn auslachen, er wäre wieder der kleine, dumme Martin, der nett war, aber nicht bis drei zählen konnte. So durfte es nicht ausgehen, dachte er, so nicht. Die drei hatten nun fünf Tage Zeit gehabt, um über alles nachzudenken. Das sollte reichen! Und wenn sie kein schlechtes Gewissen hatten? Wenn sie die Zeit mit Weintrinken und Geschichtenerzählen und Schlafen abgesessen hatten, ohne auch nur einen Gedanken daran zu verschwenden? Wenn es eine Gerechtigkeit gibt, dann wissen sie genau, warum sie da unten sitzen. Wenn nicht, habe ich sowieso verloren. Dann ist es auch egal.

Er gab Elisabeth einen Kuss, strich ihr übers Haar und ging zu seinem Auto, um Kurts Hausschlüssel zu holen.

***

Kurt ging zur Küchenzeile, auf der er die ausgesuchten Flaschen abgestellt hatte, fischte den Korkenzieher aus seiner Hosentasche und machte sich an den Flaschen zu schaffen. Die Kapsel des Château Margaux klebte fest am Flaschenhals. Er musste mehrfach das Kellnermesser ansetzen, um sie abzulösen. Immer wieder rutschte er ab, schnitt sich fast in den Finger und fluchte laut. Bald hatte er die Kapsel mehr abgerissen als abgeschnitten, doch der Korken lag frei. Er versenkte die Spirale des Korkenziehers darin, setzte den metallenen Hebel auf den Flaschenrand und zog mit aller Kraft. Ein Ruck warf ihn nach hinten, und er blickte auf die chromblitzende Spirale, in der ein feuchtes, abgebrochenes Korkenstück steckte.

„Verdammter Mist", schimpfte er und warf den Korkenzieher mit dem Korkstück auf den Tisch. „Jetzt zeigt mal, was ihr könnt."

Die beiden sahen ihn überrascht an. Paul nahm Kurt die Flasche aus der Hand. Er blickte mit einem Auge in den Flaschenhals und untersuchte den Bruch.

„Der Rest steckt drin. Scheint intakt zu sein. Vielleicht kriegen wir ihn noch raus."

Kurt verzog den Mund. „Viel Glück."

„Zeig mal", rief Sebastian ungeduldig und zog die Flasche zu sich. „Mit einem Spezialkorkenzieher ohne Spirale wäre das überhaupt kein Problem." Er hob Kurts Kellnermesser in die Höhe. „Jetzt muss es damit funktionieren."

Sebastian stellte die Flasche vor sich und setzte den Korkenzieher mit den Fingerspitzen genau im rechten Winkel an. Sachte bohrte er die stählerne Spitze in den weichen, bröckelnden Korkrest.

„Pass bloß auf", mahnte Paul, „sei ganz vorsichtig!"

Sebastian stöhnte, statt zu antworten. Kurt verfolgte jede Bewegung seiner Hände.

„Nur nicht verkanten, schön gerade halten", wies Paul ihn an.

Sebastian stemmte die Hände in die Hüften. „Ich mache das nicht zum ersten Mal. Du kannst es gerne übernehmen, wenn du glaubst, ich kriege es nicht hin." Er hielt ihm den Korkenzieher entgegen. „Bitte sehr."

Paul hob die Hände vor sich. „Ich bin schon still. Mach weiter!"

Sebastian verdrehte die Augen und blickte zur Seite. Er seufzte und setzte den Korkenzieher wieder an. Sachte wie ein Uhrmacher bewegte er die Spirale, deren scharfe Spitze sich langsam in den Korken bohrte. Einige kleine Krümel sprangen an die Oberfläche. Sebastian hielt inne und untersuchte sie.

„Die sind feucht. Der Korken zerbröselt. Das wird echt schwierig."

„Ganz vorsichtig, bloß keinen Druck auf den Korken bringen", dozierte Paul.

Sebastian schob ihm die Flasche hin und sagte genervt: „Du bist dran."

„Ich? Wieso? Ich wollte dir nur einen freundschaftlichen Rat geben. Jetzt sei nicht so empfindlich, verdammt."

Sebastian vergrub die Hände in den Hosentaschen. „Ach so? Wenn du so viel Erfahrung damit hast – bitte schön."

Kurt blickte die beiden scharf an, zog die Flasche zu sich und nahm den Korkenzieher in die Hand. Ohne Paul und Sebastian zu beachten, setzte er präzise den Korkenzieher an und bohrte die Spindel sachte in den Rest des Korkens. Bald steckte sie einige Umdrehungen tief in dem fragilen Rest.

„So", sagte er, ohne die beiden anzusehen. Er klappte den Hebel auf den Flaschenrand, fixierte ihn mit der linken Hand und drückte mit der Rechten von unten gegen den Korkenzieher. Vier Augen folgten gespannt der Bewegung. Erneut setzte er den Hebel an,und bewegte er ihn nach oben.

„Komm raus, du Teufel", knurrte er. Der Korkenzieher hatte den Stopfen einen Zentimeter nach oben gebracht. Wie ein Chirurg hielt Kurt sein Werkzeug mit der Rechten fixiert, während er mit der Linken den Hebel neu justierte. Er schob sein Gesicht ganz nah an den Flaschenhals, schluckte und zog am Hebel. Die Spirale hob sich nach oben und mit ihr der nasse, dunkelrot gefärbte Kork.

„Na also“, rief er und lachte ein wenig. Er roch am Rest des Korkens und atmete tief. „Scheint alles in Ordnung zu sein.“ Er schenkte sich ein.

„Wollen wir die anderen beiden Flaschen auch aufmachen? Damit wir vergleichen können?“, fragte Sebastian vorsichtig.

„Mir egal, meinetwegen“, knurrte Kurt und wandte sich wieder seinem Margaux zu.

Sebastian rückte seine Brille zurecht, wartete eine Sekunde auf eine Reaktion, stand auf und stellte die beiden Flaschen auf den Tisch. „Wer macht sie auf?“

„Gib sie her“, seufzte Paul und griff nach dem Korkenzieher. Eine Minute später waren der Palmer und der Figeac offen. Kurt roch an den Öffnungen und nickte zufrieden. Dann tranken er und Sebastian ihren teuren Margaux, ohne Paul zur beachten.

„He, und ich?“, schrie Paul.

Wortlos schob Kurt die Flasche zu ihm. Er goss sich ein und trank sofort, ohne sein Ritual des Schnupperns. Er schloss die Augen und schnaufte. Dann trank er noch einen Schluck.

„Verdammt gut“, grummelte Sebastian, „geschmeidig, elegant, mit Brombeeren und Lakritz. Was für ein Stoff!“

„Mir würde er viel besser schmecken, wenn ich ihn anständig gekauft hätte“, sinnierte Kurt traurig.

„Du hast ihn doch gekauft. Allerdings verdammt günstig“, entgegnete Sebastian.

Paul hieb mit der flachen Hand auf den Tisch. „Hör auf, so eine Scheiße zu erzählen. Du weißt genau, was

Kurt dafür bezahlt hat. Das war ein Taschengeld, nicht mehr."

Sebastian rollte mit den Augen. „Lasst es doch einfach gut sein. Wie lange ist das jetzt her?"

„Vier Jahre", sagte Kurt, ohne nachzudenken.

„Schschscht!" Sebastian hob die Hände und drehte sich in Richtung der Luftschächte. „Da kommt jemand! Da ist ein Auto über den Kies gefahren."

Kurt und Paul horchten. Es klang, als würde eine Autotür zugeschlagen, es konnte aber auch ein zufälliges Knacken sein. War es Ewa? Die drei wagten kaum zu atmen. Sie starrten zu den Luftschächten.

***

Baumgärtner lief mit dem Schlüsselbund zur Treppe vor Kurts Haus. Der Briefkasten war mit Zeitungen, Werbung und Briefen vollgestopft. Er suchte nach dem richtigen Haustürschlüssel, erkennbar an einem Anhänger, auf dem eine Nummer mit vielen Ziffern stand, und schob ihn ins Schloss. Doch statt ihn zu drehen, ließ er die Hand wieder sinken. Waren fünf Tage genug? Genug für das, was er mitmachte? Tag für Tag? Elisabeth. Ihre Krankheit. Dieser beschissene Job. Die hatten ihn zur Hure gemacht! Er passte auf, dass reichen Leuten niemand etwas stahl, weil die drei ihm sein Erbe gestohlen hatten. Wie würde es Kurt da unten gehen? War er gesund? Ob er genug zu essen hatte? Er holte tief Luft.

***

„Hörst du etwas?", flüsterte Paul.
Sebastian schüttelte den Kopf. „Ich habe ein Auto gehört, da bin ich sicher", zischte Sebastian.

Paul hob beide Arme. „Pscht!"

Kurt sah sie ängstlich und voller Hoffnung an.

„Ewa ist öfter schon am Samstag gekommen. Sie ist aus Polen, da ist nur der Sonntag heilig. Ihr war das egal. Wenn es anders nicht ging, kam sie samstags."

Paul faltete die Hände. „Bitte, lieber Gott, bitte, lass es Ewa sein. Bitte! Lass uns raus, bitte!"

„Wen meinst du?", flüsterte Sebastian. „Du hast uns Dutzende Male sehr ausführlich erklärt, es könne keinen Gott geben. Da habe ich gern einen drauf getrunken, vor allem, als du fertig mit deinem Vortrag warst."

Paul sah ihn an. „Schnauze, hörst du?"

Er drehte den Kopf wieder zum Lüftungsrohr.

„Da ist niemand", sagte Kurt leise und traurig. „Das war nur der Wind."

***

Martin Baumgärtner zog den Schlüssel aus dem Schloss und drehte ihn in der Hand. Könnte er wirklich schießen, wenn es soweit wäre? Auf Kurt? Baumgärtner lachte. Die drei haben doch viel zu viel Angst, um aufzumucken, dachte er. Aber werden sie so viel Angst haben, dass sie zahlen? Wenn nicht, was dann? Dann müsste er schießen. Er drehte den Schlüssel schneller und schneller. Kurt wird Angst haben. Paul wird sich in die Hose machen, wenn er den Lauf spürt. Sebastian? Schwer zu sagen. Aber er wird um Kurt Angst haben. Man muss nur richtig rechnen können. Solange sie Angst haben, tun sie, was ich ihnen sage. Sie zahlen. Aber jetzt noch nicht. Sie müssen warten. Erst brauche ich das Gewehr.

Er ging zu seinem Astra, schloss auf und drehte das Radio laut. Zum Dienst würde er, wie immer, pünktlich erscheinen. Alles hatte seine Ordnung. Auch diesmal. Und morgen auch. Und übermorgen. Er legte den Rückwärtsgang ein, fuhr eine schwungvolle Kurve und gab Gas. Zur Arbeit. Mitteldienst.

***

„Wartet!", flüsterte Sebastian. „Da ist ein Auto! Sicher! Verdammt, es fährt weg. Scheiße!"

Er zog sein Hemd hoch, verbarg das Gesicht darin und stöhnte.

„Vergessen wir's. Es war irgendwer. Egal. Wo waren wir stehen geblieben? Stimmt, der Margaux. Also weiter damit!"

Auch Paul saß wieder am Tisch. Er schluckte, biss sich auf die Lippen und knetete sein Kinn, um nicht weinen zu müssen.

Sebastian zog die beiden anderen Flaschen heran, goss sich den Château Figeac ein, schlürfte und kostete gleich darauf den Palmer. „Ich finde alle drei fantastisch. Große Klasse! Aber der Château Margaux ist etwas Besonderes." Er zog die Flasche zu sich und betrachtete das Etikett.

„Kostet ja auch eine Stange Geld", grummelte Paul, zog Sebastian die Flasche aus der Hand und goss sich einen großen Schluck ein.

„Jetzt aber mal langsam, ich war noch nicht fertig."

Verächtlich schob Paul die Flasche wieder zu ihm.

Kurt sah die beiden an, als müsste er ihnen den Tod eines nahen Angehörigen mitteilen.

„Ich erinnere mich genau, wie ich damals in Johannes' Keller stand. Ohne ihn. Martin hat es mir am Telefon erzählt. Ich hatte Johannes ein paar Tage nicht erreicht und mir Sorgen gemacht. Tja, so war das. Sein Onkel Johannes wäre völlig überraschend gestorben, sagte er. Das Herz. Er hätte doch den ganzen Wein im Keller liegen, ob ich mir den nicht mal ansehen wollte. Also sind wir nach Hochstadt gefahren. Es war ein schöner, alter Keller. Ziegelwände und Lehmboden. Ich wusste ja, was mich erwartete. Romanée Conti, Pétrus, Lafite, Latour, Mouton, Margaux, dazu Sassicaia und Ornellaia. Nur Top-Weine. Alles, was gesucht und teuer ist. Gut gewählte Jahrgänge. Viele fehlten mir. Ich fragte, was er damit machen wollte. Er schaute mich treuherzig an und antwortete: ‚Wegkippen, was sonst? Ich trink keinen Wein und Elisabeth auch nicht. Ein paar Flaschen sehen hübsch aus mit diesen alten Etiketten. Die stelle ich als Erinnerung an Onkel Johannes ins Wohnzimmer. Ansonsten – weg damit!'"

Die beiden schüttelten den Kopf, als würden sie die Geschichte zum ersten Mal hören.

„Was hast du ihm gesagt?", fragte Paul.

„Ich habe ihm gesagt, dass mich einige Kisten interessierten und ich sie ihm gern abkaufen würde. Ich müsste nur einige Experten wegen des Preises befragen. Da wurde er hellhörig und fragte mich aus: Was so eine Flasche denn so wert wäre, die kämen ja immerhin aus Frankreich. Ich erklärte ihm, dass man das nicht so einfach sagen könnte. Stimmt ja auch."

Sebastian lachte laut und kreischend. „Ich erinnere mich gut, als Kurt völlig aufgeregt im Laden anrief. Da wäre ein ehemaliger Arbeitskollege, der wollte kistenweise Pétrus und was weiß ich alles ins Klo kippen."

Kurt nickte betreten, trank einen Schluck Château Margaux und blickte Paul ins Gesicht.

„Kurz darauf habe ich dir auch die Sache erzählt. ‚Was, wenn Baumgärtner noch einem anderen früheren Arbeitskollegen davon erzählt, der bei denen einläuft und das Zeug wegschafft? Kommt nicht infrage', habe ich dir gesagt."

Sebastian schaute ins matte Licht der Birne über dem Tisch. „‚Was wollen wir Baumgärtner zahlen, damit er keine Lunte riecht?', habe ich euch gefragt. ‚Am besten nicht viel, sonst wird er gierig und will am Ende noch verhandeln', war Pauls Meinung."

„Das ist gelogen. Hör auf damit!", zischte Paul.

„Oh doch, mein Freund. Ich habe vorgeschlagen: Wir geben ihm tausend Euro, das ist unauffällig, er wird damit glücklich sein und lässt uns in Ruhe. Das fandet ihr genau richtig."

Paul hob den Zeigefinger. „Kurt, du hast dem Vorschlag zugestimmt. Du hast vorgeschlagen, Baumgärtner die Telefonnummern von Sebastian und mir als, sagen wir, unabhängigen Experten zu geben. Aber wir sollten uns etwas einfallen lassen, wenn er anrufen würde."

Kurt war zwei Tage später wieder in den äußersten Westen Frankfurts gefahren. Dort hatte das Ehepaar Baumgärtner damals im Stadtteil Sindlingen am Chemiewerk der früheren Hoechst AG in einem hellblau angestrichenen Mietshaus aus den 60er-Jahren gewohnt. Beim Kaffeetrinken hatte er Baumgärtner die Summe vorgeschlagen.

„Tausend Euro? Bist du sicher? Für das französische Zeug im Keller?"

Kurt hatte genickt.

„In Ordnung, wenn du meinst."

Baumgärtner hatte ihn misstrauisch angeschaut. „Aber es gibt eine Bedingung!"

„Und die wäre?"

„Du machst den ganzen Keller komplett leer. Kipp weg, was du nicht brauchst, den Rest behältst du."

„Na denn, wenn es sein muss!"

Baumgärtner hatte ihn lauernd angesehen. „Du zahlst tausend Euro und entrümpelst auch noch den Keller? Das sind ein paar Hundert Flaschen, und die Treppe ist eng! Ist der Wein vielleicht viel mehr wert?"

Kurt hatte ihn arglos angesehen und die beiden vorbereiteten Visitenkarten von Paul und Sebastian hervorgezogen.

„Das sind zwei seriöse Weinexperten, die ich ganz gut kenne", hatte er gesagt. „Frag sie einfach, was der Wein wert ist. Und richte schöne Grüße von mir aus."

Baumgärtner hatte Pauls Karte voller Hochachtung betrachtet.

„Den Namen kenne ich doch! Der schreibt in der

Zeitung solche Kolumnen. Ich les die immer, obwohl ich von Wein nichts verstehe. Ist aber ganz interessant!"

„Ruf ihn an, er kennt sich aus", hatte ihn Kurt ermutigt. Baumgärtner hatte ihm die Hand auf die Schulter gelegt und sich bedankt.

Nachdem sie bei Kaffee und Kuchen noch den Abtransport besprochen hatten, war Kurt nach Hause gefahren und hatte den beiden am Telefon Bericht erstattet. Irene hatte er nichts erzählt. Sie wäre sofort eingeschritten, und das hatte er nicht riskieren wollen.

„Noch am selben Abend hat mich dieser Baumgärtner angerufen", erinnerte sich Paul. „Mein Gott, war der ahnungslos! Der konnte nicht mal die Namen der Güter richtig aussprechen. Einige hatte er sich abgeschrieben, und ich musste raten, welches Château er damit meinte. Es war köstlich! Dann wollte er wissen, ob 1000 Euro nicht zu wenig Geld sei. Ich habe ihm nur gesagt: ‚Wenn ein Interessent in China mehr zahlt, musst du den Wein halt nach China bringen. Es ist gut möglich, dass dort ein Händler einiges mehr bietet. Aber der will den Wein sehen, bevor er ihn kauft.' Er beruhigte sich, und wir redeten noch ein wenig über meine Kolumnen. Wenigstens etwas."

Schon am Abend des folgenden Tages waren die drei in einem alten Lieferwagen, den Sebastian organisiert hatte, zu Steinfelds Haus nach Hochstadt gefahren. Es hatte geregnet. Baumgärtner hatte hinter der nassen Scheibe des Wohnzimmers gewartet. Kurt hatte ihm das Geld in einem Umschlag gegeben. Baumgärtner hatte hineingeblickt, ohne zu zählen, Kurt auf die Schulter geklopft und ihn einen Freund genannt, auf den man sich verlassen könnte. Derweil hatten Paul und Sebastian, die Kurt ihm nicht mit Namen vorgestellt hatte, die Kisten und Flaschen in den Wagen geschleppt.

Eine Stunde später waren sie vor Kurts Haus angekommen. Durch den peitschenden Regen hatten sie die Kisten in den Bunker getragen und am Tisch die Flaschen geteilt. Kurt konnte damit die Jahrgangslücken in seiner Bordeaux-Sammlung mit Mouton, Lafite und Cheval Blanc schließen, ebenso in seiner Pétrus-Kollektion, die seitdem 30 Jahrgänge umfasste. Paul hatte sich einige prominente Top-Weine genommen, dazu zwei Dutzend Bordeaux sehr guter Jahrgänge aus der zweiten Reihe. Sebastian dagegen hatte auf die Bordeaux verzichtet und sich mit teuren italienischen Weinen und einigen teuren Grand Crus aus dem Burgund eingedeckt. Ein wertvoller Burgunder war übrig geblieben. Den hatten sie sofort geöffnet und ausgetrunken. Damit war die Sache für sie erledigt gewesen. Es fiel nie mehr ein Wort über diese Weine.

Paul stand auf und tappte unruhig um den Tisch. „Was ist eigentlich aus diesem Baumgärtner geworden?"

Kurt zog die Mundwinkel nach unten. „Er geht seit vier Jahren wieder regelmäßig arbeiten. Bei einem Sicherheitsdienst. Nachtschicht. Und er muss wohl ziemlich genau rechnen, damit das Geld bis zum Monatsende reicht. Außerdem ist seine Frau krank. Das hatte ich dir doch erzählt."

„Kriegt der keine Rente?"

„Bestimmt. Aber es scheint nicht zu reichen. Darüber spricht er nicht."

„Hätte er etwas Anständiges gelernt, hätte er genug Rente. Was haben wir mit ihm zu schaffen? Ich hatte jedenfalls keine Ahnung."

„Wir auch nicht", sagte Kurt leise, „aber wir haben auch nichts unternommen, als wir es erfahren haben."

„Wie denn auch?", schrie Paul. „Der hätte uns doch wegen Betrug verklagt! Die Zeitungen hätten mich in der Luft zerrissen: ‚Weinkritiker betrügt armen Rentner mit wertvoller Weinsammlung' hätten die geschrieben! Ich wäre am Ende gewesen! Da halte ich doch die Schnauze. Versteht ihr das?“

Sebastian sprang auf. „Ach ja? Das hätte man auch anders regeln können! Aber du irrst dich nie! Und wenn doch, ist Schnauzehalten und Abhauen das Einzige, was du kannst!“

„Schön langsam, mein Lieber“, entgegnete Paul, blieb stehen und ballte seine rechte Faust. „Überleg dir gut, was du sagst.“ Er stand breitbeinig da und fixierte Sebastian scharf. „Du wärest doch genauso am Ende gewesen. Ein Weinhändler, der einen armen Rentner betrügt! Niemand hätte auch nur eine Flasche mehr bei dir gekauft. Also tu nicht so, als hättest du die Moral erfunden! Ausgerechnet du!“

Er machte einen großen Schritt auf Sebastian zu.

Der starrte Kurt an. „Und du? Du hältst dich wieder raus, wie? Ohne dich wären wir nie in diese Sache hineingeraten! Und ohne dich würden wir auch nicht hier unten herumsitzen!“

„Es war nicht richtig“, brüllte Kurt. „Wir hätten es niemals tun dürfen! Haben wir aber! Ich bin auch nur ein Mensch! Verstehst du? Hättet ihr euch diese Gelegenheit entgehen lassen? Ich wette tausend zu eins, ihr hättet es auch getan! Habt ihr mich davon abgehalten? Gelegenheiten gab es doch genug! Was seid ihr für Freunde?“

Kurt hämmerte mit der Hand auf den Tisch. „Ihr hattet glänzende Augen wie am Kindergeburtstag, als wir die Flaschen verteilt haben. Niemand kam damals zu kurz, oder? Schlimm genug, aber das ist lange her. Gebt jetzt Ruhe!“

Paul entspannte seinen Körper, und Sebastian ging in Richtung Regale.

Einen Moment dachte er nach, dann drehte er sich zu ihnen und schrie: „Ich habe euch geholfen und meinen Anteil bekommen. Richtig. Ich habe die Summe für Baumgärtner vorgeschlagen. Auch richtig. Ich habe die Kisten aus dem Keller geschleppt. Aber ich habe die Sache nicht zu verantworten! Ihr habt die Sache gecheckt, sie klargemacht und den Typen gezahlt. Das ist ganz etwas anderes, als wenn ich meinen Freunden einen Vorschlag mache, Kisten räume und einen kleinen Anteil erhalte. Die großen Weine hattet ihr doch sowieso schon aufgeteilt, bevor wir hier zusammensaßen. Ein bisschen Pétrus für Kurtchen, ein kleiner Latour für Paulchen – solche Nummern kann ich riechen! Aber alles easy! Ihr habt es durchgezogen, ich habe geholfen, ihr habt mir einen Anteil zugeteilt. So sieht das aus! Wenn ihr Baumgärtner nachträglich bezahlen wollt – kein Problem. Meinen Anteil bekommt ihr. Kein Problem. Aber für euch wird die Sache ein bisschen teurer, wenn ihr euch freikaufen wollt. 10 000 Euro? 20 000 Euro? Bisschen wenig, oder?"

Paul rannte auf ihn zu und versetzte ihm einen Stoß gegen die Brust. Sebastian schlidderte nach hinten und stieß an ein Weinregal, das bedrohlich wankte, aber klirrend stehen blieb.

„Halt jetzt dein Maul, hörst du?"

Kurt sprang zwischen die beiden und breitete beschwichtigend die Arme aus.

„Bitte hört auf", flüsterte er verzweifelt. „Ich ertrage das nicht. Bitte! Bitte! Setzt euch wieder hin! Bitte!"

Paul drehte sich um und ging wortlos zu seinem Stuhl. Sebastian setzte sich und staubte seine Jacke ab.

„Der Typ hätte sich besser mal selbst um seine Erbschaft gekümmert. So läuft das eben. Aber hinterher auf schlechtes Gewissen machen? Was soll das ganze Theater? Meinetwegen hätte das Zeug weiter hier unten im Regal bleiben können. Niemand hätte einen Gedanken daran verschwendet. Die Preise dafür würden steigen, und ihr müsstet nicht durchdrehen."

Sebastian sah Kurt an. Der blickte zu Boden.

„Wir haben etwas gutzumachen. Ich muss darüber nachdenken", flüsterte er. Dann sank er in sich zusammen, vergrub seinen Kopf zwischen den Armen und begann zu schluchzen.

Paul ignorierte ihn.

„Wie wollen wir das anstellen?“, fragte Sebastian abfällig. „Hingehen, treuherzig gucken, Händchen halten und uns von ihm anzeigen lassen?“

Kurt hob den Kopf und zuckte kraftlos mit den Schultern. „Sei bitte nicht so ungerecht. Habe ich dich angeklagt, als du mir erzählt hast, wie du als Student deine Freunde mit Wein versorgt hast?“

„Da schau an, der Prediger hat auch mal einer Betschwester unter den Rock gegriffen“, zischte Paul. „Ich bin gespannt!“

Sebastian blickte überrascht auf. „Woher weißt du das?“

„Von dir. Wir haben an einem Abend oben im Wohnzimmer ziemlich gute weiße Burgunder getrunken. Und spät am Abend – da hatten wir jeder schon zwei Flaschen intus – hast du mir erzählt, dass du als Student deinen Kombi in Italien mit Landwein randvoll gepackt und nach Hause gefahren hast. Die Flasche kostete dich damals eine Mark fünfzig, und hier hast du sie an deine Freunde für sechs Mark schwarz vertickt. Für euch zum Selbstkostenpreis, hast du ihnen gesagt.“

„Da schau her“, rief Paul. „Das ist ja interessant.“

„Ich wollte endlich meinen Weinladen eröffnen“, schrie Sebastian mit hektischer, unsicherer Stimme. „Ich hatte einen kleinen, halbwegs bezahlbaren Laden gefunden, aber keiner meiner Kumpels hat mir damals Geld geliehen. Renovierung, Weinlager, Kaution, Miete – das musste ich von jetzt auf gleich zahlen! Der Kreditberater in der Bank hat nur müde gelächelt. Keine Immobilien, keine Sicherheiten, kein Aktiendepot, keine Bürgen. Ich war ein Niemand. Ich hatte nichts auf dem Konto. Also habe ich mir ein paar zinslose Kredite besorgt. Bei meinen Kunden mit einem kleinen Aufschlag auf den Kaufpreis. Die haben den Wein geliebt! Und wie billig der wäre, haben sie gesagt. Na also! Immer in den Semesterferien bin ich mit dem alten Kombi über den Brenner und zurück geschrubbt. Verdammte Plackerei! Alle, die später im Laden Wein kauften, haben einen kleinen Freundschaftsrabatt bekommen. So habe ich zurückgezahlt. Wer nicht in den Laden gekommen ist, hat Pech gehabt. Ich habe aber niemanden betrogen!“

Paul lachte höhnisch auf, goss sich Wein ins Glas und trank einen großen Schluck.

Kurt vergrub sein Gesicht wieder in den Handflächen. „Es tut mir so leid. Ich hätte das nicht erzählen dürfen. Es war eine Sache zwischen uns beiden.“

Sebastian machte eine abwehrende Handbewegung, stemmte die Hände in die Hüften und sah Paul scharf an. „Jetzt ist es auch egal. Kann eh nicht schlimmer kommen. Tratsch es schön herum, das ist doch dein Spezialgebiet.“

Paul trank sein Glas in einem Zug leer. „Ich erzähle von Dingen, die wichtig sind. Aber nicht von armen Würstchen, die sich ihren Laden zusammenschnorren müssen.“

Sebastian sprang auf und packte Paul, der nicht schnell genug von seinem Stuhl hochkam.

„Jetzt reicht's, du arroganter Wichser! Dich wichtig machen – das kannst du in grandioser Perfektion! Das Einzige, was du im Leben zustande gebracht hast, sind Zeitungsspalten am Sonntag, die montags ins Altpapier wandern. Herzlichen Glückwunsch! Ich habe verdammt hart für jeden Euro geschuftet. Ich hatte ziemlich wenig Glück im Leben – also habe ich noch härter gearbeitet und das Glück manchmal überredet, mir was abzugeben. Aber du? Wer wärst du denn, wenn es die Zeitung nicht gäbe? Ein Schwätzer, der zu gern Wein säuft! Am liebsten, wenn's nichts kostet!“

Paul drehte sich mit einer schnellen Bewegung um, seine Rechte schnellte nach vorne, prallte aber an Sebastians Arm ab. Sebastian verpasste ihm eine Ohrfeige, die ihn vom Stuhl fegte.

Kurt sah wie versteinert zu. Sebastian griff nach einer

Flasche auf dem Tisch und kippte den Rotwein in seine Kehle. „Leckt mich doch am Arsch!"

Paul, benommen von seinem Sturz, versuchte aufzustehen. Dabei verlor er das Gleichgewicht, taumelte nach hinten und stürzte gegen die Küchenzeile. Die leeren Flaschen klirrten und flogen durcheinander. Eine stürzte zu Boden und zerplatzte in viele Scherben. Es war die Romanée-Conti-Flasche. Kurt sah eine Sekunde lang die Scherben an und stürzte sich auf Paul, sprang mit den Knien auf seine Brust und hieb mit beiden Händen auf ihn ein. Er schrie, schluchzte und jaulte laut auf.

„Meine Flasche! Was hast du mit meiner Flasche gemacht? Du bist ein Unmensch! Ein Tier!"

Während Paul versuchte, sich zu wehren, sah Sebastian zu und tat nichts. Er goss sich ein Glas Château Margaux ein und trank es aus. Ein leichter Schwindel überkam ihn.

Paul hatte inzwischen Kurts Arme gepackt und rang ihn von seinem Körper. Als Kurt wieder auf ihn eindreschen wollte, verabreichte Paul ihm zwei kräftige Ohrfeigen und einen Schlag auf die Brust. Kurt taumelte nach hinten, kroch keuchend zu den Scherben der Flasche und griff hinein. Blut tropfte aus seiner Hand. Er betrachtete den Rest des Halses mit dem Etikett, strich zärtlich darüber, legte ihn auf die Spüle und ging wieder auf Paul los.

Sebastian sah mit verschränkten Armen zu. „So ist das mit der Konsequenz, Paul Winterburg. Man tut etwas und spürt, was man getan hat. Eine ganz neue Erfahrung für unseren Besserwisser."

Mit einem Schrei riss Paul den zappelnden Kurt zur Seite, machte einen Schritt auf Sebastian zu und schlug ohne Vorwarnung in sein Gesicht. Sebastians Brille schoss über den Boden. Er taumelte nach hinten und stolperte rückwärts in ein Weinregal. Mehrere Flaschen krachten zu Boden. Seine Jacke war rot vom Wein. In einem Reflex federte er nach oben und traf Paul unter das Kinn. Der fiel wie eine gesprengte Diktatorenstatue kerzengerade zu Boden.

Danach war es still. Kurt schluchzte am Spülbecken, Paul schnaufte schnell und unregelmäßig. Sebastian spürte einen rasenden Kopfschmerz. Wieder nahm er sein Glas, goss Rotwein hinein und schlürfte ihn aus. Er dachte an nichts. Er wollte nur, dass der Kopfschmerz aufhörte. Wieder füllte er das Glas. Die Flasche war fast leer. Er trank. Als er versuchte, aufzustehen, ließ ihn der Schwindel schwanken. Die Brille, die er unter unter einem Regal hervorzog, war nicht beschädigt. Er versuchte, den Staub wegzuputzen, doch der Rotwein an seiner Jacke und der Staub auf der Brille hatten sich zu einem zähen, grau-roten Film verbunden. Er stolperte in die Toilette, ließ Wasser über die Brille laufen und setzte sie auf. Der Raum drehte sich, schneller und schneller.

„Ihr Arschlöcher", schrie er nach hinten, taumelte zu seinem Lager und fiel auf die Kartons. Doch die roten Kissen lagen noch auf den Stühlen. Er versuchte, sich am Regal hochzuziehen. Mit lautem Knall zersprang eine Flasche Riesling neben ihm. Er ignorierte sie, hielt sich an den Regalen fest und tappte nach vorne.

Kurt und Paul lagen immer noch am Boden. Paul hatte sich die Flasche Château Margaux vom Tisch gezogen, setzte sie mit beiden Händen an und trank den Rest aus. Sebastian bemerkte, dass auch die Palmer-Flasche noch zu einem Viertel gefüllt war, und griff danach.

„He!", protestierte Paul und streckte die Hand aus, aber Sebastian beachtete ihn nicht.

„Prost, Kameraden", lallte er, trank die Flasche aus und ließ sie aus der Hand rutschen. Sie zersprang vor seinen Füßen. Da bemerkte er einen dumpfen Reflex im Magen. So schnell es ging, stolperte er zum Waschraum und übergab sich im Waschbecken. Gierig nach Flüssigkeit spülte er den Mund aus, trank schmatzend und atemlos, torkelte hinaus und fiel wieder auf sein Lager. Er lag auf dem Rücken, was ihm den Schwindel erträglich machte, und schlief ein. In der Nacht wurde er nur einmal wach. Er hörte laute, würgende Geräusche aus der Toilette.

***

Noch eine Stunde bis zum Feierabend. Baumgärtner biss in sein Brot und schaute auf die Uhr. Dann stieg er aus seinem kleinen, dunkelblauen Wagen und begann die letzte Runde, diesmal im Villenviertel von Gravenbruch. Die Villen und eleganten Bungalows lagen still in der Dunkelheit. Niemand war auf der Straße. Nur die Flugzeuge donnerten nicht weit über ihm durch die Nacht. Er hatte am späten Nachmittag drei Halbwüchsige verjagt, die auf der Treppe eines prächtigen Hauseingangs lümmelten, riesige Pizzen aus ihren Kartons hoben und sich langweilten. Als sie seine Uniform und das Funkgerät in der großen Brusttasche sahen, schnappten sie nach ein paar derben Sprüchen ihre Mountainbikes und zischten davon. Baumgärtner hatte ihnen mit den Händen in der Hüfte nachgesehen, die Pizzakartons aufgesammelt und in die Mülltonne gestopft. Mehr war nicht passiert in dieser Schicht.

Er lief an gepflegten Hecken und Vorgärten entlang, schloss hier und dort das Gartentor auf, schaute über große, abgeräumte Terrassen und Blumenbeete, in deren harter Erde noch der Winter wohnte. Am Nachthimmel war kein Stern zu sehen, nur dicke, graue Wolken. Wenigstens regnete es nicht. Seit seinem Dienstbeginn sagte er sich, dass dies die letzte Schicht seines Lebens sein würde. Die letzte, die letzte, die letzte, die letzte. Es musste ein Ende haben. Er ging durch matt von schmutzigen Laternen erleuchtete Straßen, wollte am liebsten seine Uniformjacke in einen Hauseingang werfen und verschwinden. Nach Hause. Sein Plan stand fest. Er hatte ihn Hunderte Male durchdacht. Entweder. Oder. Ihn fröstelte.

In der Brusttasche fiepte es. Er zog das Funkgerät heraus. „Hier Baumgärtner, was gibt's?“

In einem Haus in der Fasanenstraße war ein Alarm ausgelöst worden.

„Ich schau es mir an, bin ja in der Nähe“, antwortete er und eilte zurück zum Auto. Als er sich der Adresse näherte, sah er neben der Garageneinfahrt eines großen Bungalows das Warnlicht grellorange blinken. Er stieg aus und schluckte. Es konnte so viel passieren. Sein Herz schlug schnell. Er strich sich das Haar aus der Stirn, suchte im Schlüsselbund den passenden Schlüssel und schloss das hohe, geschwungene Tor auf. Martin Baumgärtner zog seine Taschenlampe aus der Tasche und schaltete sie ein. Ein gleißender Kegel erhellte die Beete vor der Wand. Er leuchtete in den Hauseingang, in die Rollläden vor den Fenstern, in die dunklen Nischen. Niemand da. Baumgärtner ging ums Haus, richtete den Lichtkegel zur Terrassentür und auf den Gartenweg. Alles still. Da hörte er hinten im Garten das laute Knacken von Holz.

„Hallo?“, schrie er und spurtete in Richtung des Geräuschs. Es knackte noch einmal.

„Wer ist da?“ Im weißen Lichtkegel sah er eine Gestalt über den Zaun springen und im Wald verschwinden. Er leuchtete hinterher, erkannte einen Kapuzenpulli und die reflektierenden Streifen von Turnschuhen, die einen Moment später in der Dunkelheit verschwanden. Baumgärtner setzte zum Sprint an, blieb aber stehen und keuchte. Er drehte sich um, ging zurück zur Terrasse, untersuchte Rollläden, Fenster und Türen. Kein Einbruch. Alles intakt. Er schloss die Haustür auf und stellte am Stahlkasten im Flur das Alarmsignal ab.

Dann nahm er das Funkgerät. „Zentrale? Alles klar, alles ruhig, alles in Ordnung. Muss ein Fuchs gewesen sein.“

Baumgärtner schaltete die Taschenlampe aus, aktivierte die Alarmanlage wieder, verschloss die Haustür, setzte sich in den Wagen und stützte den Kopf in seine Hände. Wieder sah er auf die Uhr. Es war nach zehn. Noch eine letzte Runde, dann war Feierabend. Für immer. Für immer. Er schlug die Autotür zu und fuhr los.

Der sechste Tag

Vor der Küchenzeile lagen Scherben, von denen einige mit Blut beschmiert waren. Das Spülbecken war gefüllt mit leeren Flaschen. Weitere lagen neben und auf dem Tisch. Eine Rotweinpfütze bedeckte die halbe Tischplatte, darin zwei Gläser, die noch zur Hälfte gefüllt waren. In der Pfütze schwammen zwei Korken. Es roch nach Alkohol. Vom Regal neben dem Tisch tropfte Wein, der sich in einem roten See zwischen braunen Scherben auf den Fliesen gesammelt hatte.

Kurt tastete sich zum Tisch. Er taumelte. Seine rechte Hand war von Blut verkrustet. Er hielt sich mit der Linken an der Tischplatte fest und stolperte zum Waschbecken. Es stank nach Erbrochenem. Schnell öffnete er, ohne hinzusehen, den Wasserhahn, hielt seinen Kopf darunter und trank in großen Schlucken das eisige Wasser. Mit dem Sakko, dessen Ärmel in Rotwein getränkt waren, rieb er seine Stirn trocken und tappte zurück. Ohne sich umzusehen, kniete er sich schwerfällig vor der Spüle hin und begann, die Scherben der Romanée-Conti-Flasche aufzusammeln. Sein Gesicht zeigte keine Regung, als er sie in den alten Mülleimer warf. Verwundert schaute Kurt auf die Wunde an seiner Hand, von der er nicht mehr wusste, wie sie entstanden war. Mit den Fingern seiner Linken betastete er sie vorsichtig und spürte einen brennenden Schmerz. Mit einem Ächzen wuchtete er sich von den Scherben hoch und durchwühlte seine Sakkotaschen nach einem Taschentuch. In der Innentasche fand er eins, das schon sehr lange darin gelegen haben musste. Er faltete das mit graubraunen Fusseln bedeckte Papier auseinander, schüttelte es aus und legte es auf den Rand der Spüle. Seine Rechte bewegte sich vorsichtig in den laufenden Wasserstrahl. Es tat weh. Nach wenigen Sekunden rann rot gefärbtes Wasser ins Becken. Kurt betrachtete die saubere Schnittwunde. Stammte sie von einer Glasscherbe? Hatte er sie sich selbst beigebracht? Mit dem Taschentuch betupfte er die Wunde und säuberte die Hand von den Resten des Bluts. Der pulsierende Schmerz machte ihn schwindlig. Er stolperte den Gang entlang zurück zu seinen Kartons, legte sich hin, stützte die verletzte Hand mit der Linken und schloss die Augen. Seine Schläfen pochten und stachen im Rhythmus des schnellen Herzschlags, sein Nacken tat bei jeder Bewegung höllisch weh. Da erinnerte er sich, wie die Flasche heruntergefallen war und wie er auf Paul eingeschlagen hatte. Wie er danach eine Flasche Rotwein hinuntergestürzt und Paul verflucht hatte, wie sie nach Sebastians Absturz immer weiter über „die Sache", wie Paul sie nannte, gestritten und dabei gesoffen hatten. Er wollte nur noch liegen bleiben, bis er sterben könnte. Leise begann er zu schluchzen. Er starrte an die graue Decke und fühlte sich, als sei er eine Klippe hinabgestürzt, auf dem Strand aufgeschlagen und würde regungslos in den Himmel starren, bis der Tod ihn holte. Kurt schloss die Augen und versuchte, nicht mehr zu atmen.

Der Speichel im Mund schmeckte scharf und bitter. Paul rollte sich schwerfällig zur Seite und sah die blauen Flecken an seinen Armen, die Schrammen. Sein Kiefer schmerzte und sein Kopf dröhnte, als er sich mühevoll aufsetzen wollte. Er ließ sich wieder fallen. Aber er musste dringend zur Toilette, also musste er die Schmerzen ignorieren, um irgendwie aufzustehen. Nach zwei Anläufen stand er unsicher auf den Beinen und klammerte sich am Regal fest. An der Tür zum Waschraum schlug ihm Gestank entgegen. Am Waschbecken sah er, dass dort Reste aus der Nacht klebten. Seine Reste. Er ging pinkeln und sah sich dabei um. Die Erinnerungsfetzen liefen in seinem Kopf wie ein Videoclip ab.

War ihm das tatsächlich geschehen? Hatte er wirklich getan, woran er sich erinnerte? Paul spürte, wie sich sein Hals zuschnürte, wie sein Magen drückte und seine Augen schwer wurden. Er öffnete den Wasserhahn und begann, das stinkende Waschbecken zu säubern. Mit den Handflächen lenkte er den Strahl akribisch in die Ecken und zu den Rändern, bis alles durch den Ausguss verschwunden war. Es durfte nicht sein, was geschehen war.

Paul wusch seine Hände und sein Gesicht. Das weiße Neonlicht ließ ihn blinzeln. Er blickte sich noch einmal um, taumelte zurück zu seinem Lager, zog seinen Mantel aus und rollte sich in die Decke. Er schloss die Augen und konnte die Dunkelheit fühlen, die ihn umgab. Es war dieselbe Traurigkeit wie viele Jahre zuvor im Kinderheim, eine schwarze Traurigkeit, die ihm das Denken versagte. Er hörte sein Atmen, seinen Herzschlag. Er wünschte, dass das Pochen einfach aufhörte.

Nach Sebastians Absturz hatte Kurt ihn wegen der zerbrochenen Flasche angeschrien, ihn noch einmal angegriffen, hatte geweint und mit dem Kopf gegen die Wand geschlagen. Paul hatte ihn zurück auf den Stuhl geschoben, ihm gedroht, ihm sehr viel Rotwein eingeschenkt und ihn genötigt, das Glas auszutrinken. Er wollte nur, dass Kurt aufhört. Der trank, schimpfte und schrie. Paul trank auch und brüllte zurück. Doch die Flasche war in Scherben zersprungen. Sie war für immer aus Kurts Leben verschwunden. Wie Irene.

Der Anblick der Weine aus dem Erbe von Johannes Steinfeld hatte beide in einen Gefühlszustand zwischen Panik, Überlegenheit, Arroganz und einem Mitleid versetzt, das nichts von Mitgefühl hatte. Solange sie in den vergangenen Jahren nicht mehr darüber gesprochen hatten, war alles gut gewesen. Baumgärtners Weine hatten zwischen den anderen Flaschen in ihren Regalen gelegen. Sie hatten sie nicht angerührt, sie vor niemandem erwähnt und nicht eine Sekunde daran gedacht, sie eines Tages zu öffnen. Als die Flaschen in ihre Keller eingezogen waren, hatten sie nicht mehr zum Trinken getaugt. Sie waren kein Gegenstand von Debatten, keine Erzeuger eines höchst angenehmen Rauschzustands mehr gewesen, waren nicht mehr geeignet, naive und intellektuelle Bedürfnisse zu befriedigen, Hoffnung zu säen oder ein Geschäft anzubahnen. Ihre Besitzer hatten es nicht zugelassen, aus Angst vor Entdeckung und vor dem Gefühl von Scham. Doch in dieser Nacht hatten sich die Flaschen wieder zu Wein verwandelt.

Sebastian betastete seine Brille. Er fühlte nur einige Schrammen am Bügel, sonst schien sie heil geblieben zu sein. Mit halb offenen Augen fixierte er angestrengt die Gläser. Sie waren grau verschmiert, voller fettiger Abdrücke und Flecken, aber unversehrt. Als er die Brille aufsetzte, spürte er einen heftigen Schmerz im Nacken, der sich bis ins Rückgrat bohrte. Er drehte sich und bemerkte, dass er ohne Kissen auf den Kartons lag. Die Knochen seiner rechten Hand taten weh, ebenso sein Steißbein, der Hintern, die Schienbeine. In kurzen, schnellen und wirren Sequenzen wiederholte seine Erinnerung die Filmfetzen der vergangenen Nacht. Er setzte vorsichtig seine Brille ab, drehte sich auf den Kartons zur Seite und atmete die feuchte, staubige Luft. Seine Kehle brannte, sein Gaumen war ausgetrocknet. Mit einer steifen Drehung richtete er sich auf und erhob sich langsam. Er horchte angestrengt und sah nach allen

Seiten. Der Gedanke, Paul und Kurt begegnen zu müssen, ließe ihn erstarren. Er wollte einfach nicht da sein. Wie sollte das in diesem Dreckloch noch gehen? Was, wenn sie hier noch tagelang sitzen müssten? Panik stieg in ihm hoch, ließ seine Finger zittern und sein Herz rasen. Den beiden nicht begegnen, bis die Tür aufgeht. Dann raus, weg hier und niemals wiederkommen.

Es war völlig ruhig, also schlich er zum Waschraum. An der Tür roch er das Erbrochene. Sebastian ging hinein und sah in seiner Erinnerung, wie er ins Waschbecken kotzte. Das Becken war sauber, und so hängte er den Kopf in den Wasserstrahl und hörte nicht mehr auf zu trinken. Das kalte Wasser tat gut. Hinter sich hörte er ein Geräusch. Jemand kam. Sebastian drehte den Wasserhahn zu und huschte, so lautlos es ging, zurück zu seinem Lager. Er horchte. Dem Geräusch des Schrittes nach ging Kurt zur Toilette. Sebastian musste an die Kisten und Flaschen aus Baumgärtners Keller denken, die er in Kurts Lager geschleppt hatte. Er hatte damals daran gedacht, das Ganze rückgängig zu machen. Er war kurz davor gewesen, Baumgärtner anzurufen und ihm einen Deal vorzuschlagen. Er hätte die Sammlung für ihn verkauft, die besten Posten an ein Auktionshaus gegeben und zwanzig Prozent Provision verlangt. Saubere Sache. Kurt hätte einen Anteil bekommen, Paul nicht. Was hatte er schon damit zu tun? Als Sebastian Kurt am Telefon von der Idee erzählt hatte, war es lange still in der Leitung gewesen.

„Wie soll ich das Martin erklären? Wir haben fast 30 Jahre zusammengearbeitet! Er ist doch mein Freund! Und wie soll ich ausgerechnet Paul sagen, dass er all die guten Weine zurückgeben muss? Er ist auch mein Freund. Ich stehe in seiner Schuld! Ich kann das nicht", hatte er gestammelt.

So blieb alles, wie es war. Doch Steinfelds Flaschen hatten nicht lange in Sebastians Weinlager gelegen. Er hatte einige Kunden kontaktiert, deren Vorlieben er kannte, und die Flaschen in bar ohne Rechnung zum günstigen Preis verkauft. Nach acht Tagen war er die letzte Flasche losgeworden. Selbst getrunken hatte er keine davon. Der stattliche Betrag reichte für ein edles Sofa, das er im Schaufenster eines Designerladens gesehen hatte. Er kaufte es und zahlte cash. Damit war die Sache für ihn aus der Welt. Geschäft ist Geschäft. Er wusste, dass eine falsche Entscheidung, Pech oder einfach schlechtes Timing ausreichen konnten, um ihn in dieselbe Situation wie die Baumgärtners zu bringen. Er würde niemals darüber klagen, hatte er sich geschworen. Er wollte, wenn es sein müsste, wenigstens in Würde verlieren.

***

Gleich nach dem Frühstück stand Martin Baumgärtner auf, um in den Keller zu gehen.

Elisabeth blickte streng zu ihm. „Was ist? Liest du keine Zeitung mehr?“, fragte sie scharf.

„Ich will im Keller weiterarbeiten. Ist halt ziemlich schwierig mit dieser Kommode. Viel mehr Arbeit, als ich dachte.“

„Jetzt setz dich mal hin.“

Er gehorchte.

„Seit ein paar Tagen bist du so seltsam. So anders. Nervös. Abwesend. So kenne ich dich gar nicht. Erzähl, was ist passiert? Ist irgendwas?“

Er blickte in den Rest des Kaffees in seiner Tasse. „Was soll schon sein?“

„Das frage ich dich. Was beschäftigt dich so? Ist etwas mit dir?“

„Nein, mach dir keine Sorgen, alles in Ordnung. Ich bin gesund, ich bin fit, ich habe Arbeit. Alles bestens.“

„Du sagst mir nicht die Wahrheit“, flüsterte Elisabeth. „Das sehe ich doch. Erzähl, was ist los?“

Martin Baumgärtner verschränkte seine Hände, knetete die Finger, streckte sie durch, sah auf die Kaffeetasse.

„Alles klar, glaub mir, es ist, äh, alles in Ordnung", stammelte er. „Ich denke halt viel nach."

„Und über was?"

„Na, wie ich dir mehr helfen könnte, damit deine Beweglichkeit wiederkommt. Was aus uns wird. Was aus Stephan wird. Der ist so fleißig, aber soll der sich ewig als Aushilfe ausbeuten lassen und nichts in die Rente einzahlen? Ich denke nach, wie lange ich diesen beschissenen Job noch machen kann. Und was wird, wenn ich ihn nicht mehr machen kann. Das ist doch alles scheiße so!"

Er hieb mit der Hand auf den Tisch und sah sie mit schmalen Augen an. „Ich weiß, was du sagen willst. Dass wir damit leben müssen. Will ich aber nicht, verdammt noch mal!"

„Und was willst du machen? Hier sitzen und weiter rumbrüllen? Es ist halt, wie es ist."

„Eben nicht. Aber das ist nicht so einfach. Hunderttausend Euro sind ein Haufen Geld. Das kann ich nicht am Automaten gewinnen."

Elisabeth schlug jetzt auch mit der Faust auf den Tisch, dass das Geschirr klirrte. „Automaten, so ein Quatsch! Jetzt erzähl endlich, was du vorhast. Sonst ist meine Geduld am Ende", schrie sie.

Seine Augen wanderten zur Küchenzeile, blieben am Brotkorb hängen, in dem Vollkornbrot lag, wanderten zum Fenster, an dem die Regentropfen herabliefen.

„Also gut. Es gibt vielleicht einen Weg, dass Kurt, dieser Sebastian und dieser Paul den Wein von Onkel Johannes ehrlich bezahlen, den sie uns aus dem Keller geschleppt haben. Wenn es stimmt, was mir Stephan erzählt hat, dann könnten wir damit den Kredit abzahlen. Ich müsste nicht mehr zur Schicht. Und du bekommst anständige Physiotherapie. Aber ich muss erst, wie soll ich sagen, mit Kurt vernünftig reden. Mal abwarten."

„Und wieso sollte er jetzt etwas teuer bezahlen, was er vor drei Jahren von uns billig gekauft hat? Mit Handschlag unter Freunden? Weißt du denn genau, was diese Flaschen wirklich wert sind? Wie kommst du auf so was? Mach bloß keine krummen Sachen, hörst du? Das passt nicht zu dir!"

„Nein, natürlich nicht."

„Also, was soll der Unsinn? Du und dein Dickschädel! Was hast du vor? Ich will nicht, dass du irgendeinen Blödsinn anstellst! Uns könnte es schlechter gehen. Wir leiden keinen Hunger. Du hast Geld zum Einkaufen. Ich habe das als Kind ganz anders erlebt. Im Vergleich zu damals geht's uns doch gut."

„Ja doch, aber das war damals. Ich gehe jetzt wieder runter in den Keller. Mach dir keine Gedanken. Ich denke schon genug nach. Vergiss es einfach, ja? Glaub mir, es ist alles in Ordnung."

Er gab ihr einen Kuss aufs Haar und verschwand schnell durch die Kellertür. Elisabeth hörte seine Schritte, das Knarren der Tür unten im Keller. Dann war es still im Haus. Sie saß da und sah zu, wie die Regentropfen langsam am Fenster herunterliefen.

***

Als Kurt von der Toilette kam, wollte er nach Sebastian sehen. Doch nach drei Schritten blieb er stehen. Es gäbe nichts zu sagen. Er schämte sich. Für alles. Kurt machte kehrt, ging zurück zum Tisch und machte sich ans Aufräumen. Lange betrachtete er das Etikett des Romanée Conti mit dem Rest der Flasche daran.

„Vergangenheit", sagte er laut und warf sie in den Mülleimer. Mit dem grauen Lappen beseitigte er, so gut es ging, die Pfützen der Nacht. Der Geruch des Weins ekelte ihn. Er betrachtete die angebrochenen Flaschen.

Sehr, sehr teurer Bordeaux. Kurt fasste sich an die Stirn. Welch eine sinnlose Verschwendung, dachte er und räumte sie zu den anderen leeren Flaschen in die Ecke hinter der Spüle. Er machte sich daran, die Scherben zusammenzufegen, und versuchte dabei, sich an den Geschmack der Weine zu erinnern. Es gelang ihm nicht. Die Nacht war vorübergezogen und hatte die Aromen mitgenommen. Kurts Erinnerung an die Ereignisse war nun klar und lückenlos. Er schlurfte zu seinem Lager, legte sich auf seine Decken und grübelte. Es führte zu nichts. Kurt wollte einfach nicht mehr denken. Er starrte an die Decke. Es gab nichts, worauf er seinen Blick fixieren konnte. Nur fahles Licht und die grau gestrichene Decke. Er fühlte den trägen Rhythmus seines Herzschlags. Ein kreischender Schmerz betäubte seinen Kopf. Lass mich gehen, bettelte er. Tränen liefen über seine Wangen, und er ließ es geschehen. Leise schluchzte er, hörte nicht mehr auf zu schluchzen, sein Körper zuckte und schüttelte sich. Er schob die Hände vor die Augen, wischte die Tränen ab, bis seine Hand nass war, und wischte und wischte.

***

Baumgärtner sah wieder zur Uhr. Er stand an seiner Werkbank und betrachtete die Einzelteile der Kommode für Stephans Geburtstag, die auf alten Decken lagen und auf den Zusammenbau warteten. Laut tickte der Sekundenzeiger der staubigen, dunkelbraunen Uhr, die vor ein paar Jahren noch bei Johannes Steinfeld oben im Herrenzimmer gehangen hatte. Er strich über das Holz einer Kommodentür, das er von einer dicken Lackschicht befreit hatte, fühlte die Kanten und Risse, die er vorsichtig mit feinem Schleifpapier geebnet hatte, und die im Licht blinkenden Beschläge aus Messing, die er erneuert hatte. Sie waren eiskalt. Er sah auf die verschorfte Wunde an seiner Hand, die er sich in Sebastians Weinlager geholt hatte. Sie war getrocknet und fast verheilt. Zeit heilt doch die Wunden, dachte er und wunderte sich, wie viele Jahre vergangen waren. Warum war ich nur so gutgläubig? Er blickte zur tickenden Uhr. War es nicht sogar richtig, dass ich um viel Geld betrogen worden bin? Ich habe es doch falsch gemacht. Ich hätte mich darum kümmern müssen. Ich hätte Weinexperten finden und befragen, einen guten Preis heraushandeln müssen, dachte er und schüttelte den Kopf. Dann müsste ich nicht hier unten stehen und zittern. Habe ich aber nicht. Geschieht mir doch recht! Jetzt muss ich meine Strafe eben vor den Häusern reicher Leute verbüßen. Zehn Jahre Zwangsarbeit für verschärfte Dummheit. So ist das. Er hieb mit der Hand aufs sorgfältig restaurierte Holz. Das kannst du, Martin, im Keller herumwerkeln, bis etwas fertig ist. Aber was sonst?

Er ballte die Faust, bis am Unterarm die Adern heraustraten. Ich bin ein Trottel, noch dazu einer, der seinen Freunden vertraut. Ich Idiot! Wer weiß, wie oft ich beschissen worden bin und es bis heute nicht einmal gemerkt habe! Er lachte kehlig, ging um die Ecke, holte eine Bierflasche aus dem Kasten, öffnete sie mit einem Schraubenschlüssel und trank. Das Bier schmeckte kühl, süß und etwas bitter. Wieder setzte er die Flasche an den Mund.

„Vielleicht regle ich die Sache unter Männern. Ohne Gewehr. Ich sage ihnen einfach, ihr habt mich beschissen, und jetzt will ich meinen Anteil. Sofort. Ich schaue ihnen in die Augen, den drei Herren. Dann parieren die schon. Zuerst kommt Kurt an die Reihe. Dann Paul. Und zum Schluss dieser Sebastian. Den behandle ich nicht so streng. Wegen Stephan. Die wissen, worum's geht. Da muss ich keinen Firlefanz mit Erklärungen machen. Die rücken den Wein wieder raus und fertig. Ich lade die Kisten ein und fahre zur Auktion."

Baumgärtner drehte die alte Tür, deren Holz in feiner

Struktur gezeichnet war, nach oben, zur Seite, nach unten. Wieder ballte er die Faust.

„Martin?“, rief es von der Kellertreppe.

„Was ist?“

„Kannst du mir mal helfen? Ich muss was oben aus dem Schrank holen. Das geht heute nicht. Wenn es dir nichts ausmacht beim Nachdenken.“

„Nein, ich komme ja schon.“

Er seufzte und stieg die Kellertreppe hoch.

***

Sebastian rückte seine Brille zurecht, drehte sich zur Seite und stemmte sich hoch. Er horchte. Es war still. Er blickte nach links und rechts. Nichts bewegte sich. Auf den Fußspitzen schlich er los und bog rechts ab, um Kurt und Paul nicht nahezukommen. Als er die Eingangstür erreichte, drückte er sich mit seinem ganzen Gewicht dagegen. Sie blieb verschlossen. Immer wieder versuchte er es. Er biss die Zähne zusammen, es zog ihn zu Boden, seine Hände sanken auf die Knie. Ich brauche Wasser, dachte er, er hatte das Gefühl zu verdursten. Mühsam stemmte er sich hoch, schlurfte zur Spüle und öffnete den Wasserhahn. Er trank und trank, hustete, ließ das kalte Leitungswasser übers Gesicht laufen. Als seine Backen eiskalt waren, setzte er sich auf einen Stuhl am Tisch und betrachtete die letzten Rotweinspuren darauf. Er biss sich auf die Lippen, hieb mit der Faust auf den Tisch und flüsterte: „Dieser verdammte, beschissene Scheiß-Wein! Es ist genug! Ich muss raus aus diesem Loch!“

Immer wieder hieb er mit der Faust auf die Tischplatte.

Paul hörte, wie vorne jemand immer wieder auf den Tisch schlug. Er atmete schnell, rieb sich die Augen und spürte, wie sein Rücken stechend schmerzte, die

Rippen und die Arme wehtaten. Was war da vorne los? Stritten Kurt und Sebastian? Er hielt die Luft an. Stimmen waren nicht zu hören. Noch einmal bebte der Tisch. Stille. Paul ließ den Kopf zurück aufs Kissen fallen. Sonja. In seinem Kopf dröhnten Kopfschmerzen und Bilder von Sonja, in ihrem hübschen Sommerkleid mit dem tiefen Dekolleté und den Spaghettiträgern.

„Sonja“, flüsterte er, „hol mich hier raus! Ich mache alles wieder gut, aber hol mich hier raus! Ich darf dich so nicht behandeln. Aber wie denn sonst? Wie geht das? Du bist meine Frau, ich muss dich gut behandeln. Wie macht man das? Wie ist das, wenn man eine gute Ehe führt? Verlass mich nicht, Sonja, bitte! Verlass mich nicht! Ich mache alles wieder gut! Ich brauche diesen Preis doch nicht. Soll ihn halt ein anderer kriegen. Es gibt so viele Kritiker, die gut sind. Ich will ihn nicht. Wir fangen noch mal an. Aber hol mich hier raus!“

Er versuchte, sich zu drehen, und schrie vor Schmerz. Es ging nicht. Er musste irgendwie aufstehen. Und dann? Wohin? An den Tisch. Es gab doch nur den Tisch. Taumelnd zog er sich hoch. Er hielt sich am scheppernden Regal fest, sonst wäre er hingefallen. Dann stand er, tappte einen Schritt nach vorne, unsicher einen zweiten und einen dritten. Langsam stolperte er vorwärts.

Sebastian hörte den Schrei aus Pauls Richtung, das vielstimmige Klirren der Flaschen. Er war nicht mehr allein. Sebastian setzte sich auf und drehte den Kopf. Der Nacken tat höllisch weh. Paul hinkte ins Licht der Lampe. Er ließ sich in einen Stuhl fallen und starrte an die Decke. Sebastian beachtete ihn nicht. So saßen sie eine Viertelstunde.

„Scheiße“, brummte Paul plötzlich, „was war das heute Nacht?“

Sebastian schnaufte laut.

„Was ist mit Kurt?"

„Weiß nicht", brummte Sebastian, „geh' halt und sieh nach."

Paul ließ sich wieder auf den Stuhl sinken. Sein Oberkörper fiel nach vorne auf den Tisch. Er starrte zur Tür. „Mach ich."

Dann war es sehr lange still im Keller.

Sebastian hob den Kopf und blickte auf Paul, der immer noch mit großen Augen die Tür fixierte. „Ich muss nach Kurt sehen."

Paul reagierte nicht. Sebastian zog sich nach oben und tappte zu Kurts Lager. Kurt lag ohne Decke auf dem Rücken, sah an die Decke, hustete leise, hielt die Luft an und schnaufte.

„Alles klar mit dir?"

Kurt sah ihn nicht an.

„Was ist?", rief Sebastian noch einmal, kniete sich zu ihm und legte die Hand auf seine Schulter. „Hey, alles klar?"

Kurt warf ihm einen kurzen Blick zu, atmete schwer und schloss die Augen. Er schüttelte den Kopf.

„Kurt! Jetzt sag was."

„Ach, Sebastian!"

„Du musst aufstehen. Dich waschen. Die Knochen strecken. Na komm."

Wieder schüttelte Kurt den Kopf. „Lass mich."

„Paul ist auch schon vorne am Tisch. Ihm geht's nicht gut. Und mir geht es auch beschissen, um es höflich zu sagen."

„Wegen mir. Nur wegen mir", hauchte Kurt. „Ich habe euch das alles eingebrockt. Mein Gott!"

„Lass es gut sein. Komm mit an den Tisch!"

Kurt schloss die Augen und schüttelte den Kopf.

„Na gut. Dann schlaf jetzt." Sebastian tätschelte steif Kurts Schulter, drehte sich um und ging wieder zu seinem Lager. Er warf sich hin, zog die Decke über den Kopf, drehte sich auf die Seite und schloss die Augen. Steffi schmiegte sich an seinen Arm, lachte ihr strahlendes Lachen und legte liebevoll ihren Arm um seine Brust. Er biss die Zähne aufeinander. Steffi. Die violette Bluse, die sie trug, betonte ihre Figur und ihre Brüste. Verdammt, Steffi, verdammt. Sebastian schluchzte los. Er wollte es unterdrücken, aber das konnte er nicht mehr. Steffi, hol mich hier raus! Kurz darauf fiel er in einen Sekundenschlaf, träumte einen Moment lang von Steffi, schreckte hoch, wälzte sich, biss sich auf die Lippen, kratzte lange seinen wunden Handrücken. Dann schlief er ein.

Paul saß allein am Tisch. Er sah die vielen Flaschen, die Spüle. Die Glühbirne über ihm brannte hell. Er blinzelte ins Licht und schrubbte den Bart, der ihn unerträglich juckte. Tag und Nacht, gestern, heute und morgen tanzten in seinem Kopf wild im Kreis.

Paul schüttelte sich, stand auf, zog seinen Mantel aus und hängte ihn sorgfältig an einer herausstehenden Verbindung am Weinregal auf. Er strich zärtlich über die feine Wolle. Mit den Fingern versuchte er, seine Haare zu glätten. Er feuchtete die Finger am Wasserhahn an und zog sie noch einmal durch die Haare. Schließlich strich er über den Pullover und bürstete die Hosenbeine. Sie waren feucht vom Rotwein, voll schmierigem Staub und Schmutz. Er wusch sorgfältig seine Hände, spülte ein Weinglas aus, füllte es mit Wasser, nahm es am Stiel und trank in kleinen Schlucken. Dann setzte er sich wieder, stellte das Glas vorsichtig ab, rückte den Stuhl an den Tisch, setzte sich gerade und legte seine Unterarme im rechten Winkel vom Körper auf die Platte.

„Es muss ein Ende haben“, rief er und hielt seine Armbanduhr vors Gesicht, als stünde er auf der Bühne. Es war fast zwei Uhr mittags. Sicher? Oder war es zwei

Uhr nachts? Er wusste es nicht. Wieder sah er zur Uhr. Der Sekundenzeiger bewegte sich. Zwei Uhr müsste stimmen. Wenigstens etwas. Alles andere hatte sich aufgelöst wie eine Schmerztablette im Wasserglas

Er saß kerzengerade, die Hände auf dem Tisch, und sah zur Wand.

„Paul“, rief es von rechts.

Er drehte den Kopf blitzschnell zur Seite und machte mit den Armen eine zuckende Abwehrbewegung.

„Paul, ich bin's nur“, sagte Kurt leise.

„Was machst du hier?“

„Dasselbe wie du“, flüsterte Kurt, zog einen Stuhl zur Tischkante und setzte sich so darauf, dass die Lehne vor seinen Bauch ragte. „Und, alles in Ordnung?“

„Was soll in Ordnung sein?“, brummte Paul. „Was für eine Frage.“

Kurt sah ihn abwesend an.

„Konntest du schlafen?“, fragte Paul gelangweilt.

„Schlafen? Herrje. Das kann ich nicht mehr, seit Irene ... Doch, ich muss wohl geschlafen haben.“

„Ist es Mittag oder Nacht? Ich habe keine Ahnung.“

„Ich denke, es ist Mittag. Beschließen wir es einfach. Macht die Sache leichter. Draußen ist draußen und hier ist hier.“

„Dann müssten wir jetzt verspätet zu Mittag essen.“

„Ich kriege keinen Bissen runter“, seufzte Kurt.

„Was ist mit Sebastian?“

„Weiß nicht. Soll ich nachsehen?“

Paul winkte ab und sah ihn gelangweilt an.

Kurt blinzelte zurück. „Was war gestern? Oder vorhin? Heute Nacht? Was war mit uns?“

Paul hob theatralisch die Schultern, sah zur Decke. „Wir haben uns intensiv mit deutlich voneinander abweichenden Positionen zu Fragen des Daseins auseinandergesetzt. Wir haben engagiert und emotional debattiert. Mehr war nicht. Wir wissen doch, was sich gehört.“

„Ah so.“

„Wir sind Gentlemen, wir wissen, wo die Grenzen sind, und lassen uns auch durch divergierende Positionen in Detailfragen nicht in unserer gemeinsamen Haltung zu den grundsätzlichen Fragen beirren. Wir respektieren den anderen. Das ist unsere Haltung."

Kurt sah Paul ängstlich an. „Alles in Ordnung? Ist eine harte Zeit, ich weiß. Ist aber bald vorbei. Mensch, das macht mir Angst."

Paul streckte den Rücken durch und sah ihn in kerzengerader Haltung durchdringend an. „Keine Angst, es ist alles in Ordnung mit mir. Mach dir bitte keine Sorgen", sagte er langsam und betont. „Alles in Ordnung. Ich bin klar und rational. Wie immer."

Kurt nickte heftig und drehte sich zur Seite. Er sah auf die Flaschenhälse in den Regalen. Hinten klirrte hell das Glas der Flaschen. Schritte waren zu hören. Da stand Sebastian im Licht, blickte die beiden aus schmalen Augen an und gähnte.

„Guten Morgen, die Herren."

„Guten Morgen", riefen Paul und Kurt im Chor zurück.

Sebastian fiel in einen Stuhl und warf sich nach vorne, Hände, Arme und Oberkörper klatschten auf die Tischplatte. Er vergrub den Kopf in seinen Armen und gähnte lange, bis ihm die Augen zufielen.

Paul sah Kurt kurz an, rutschte nach vorne und fixierte die Kellerdecke. Kurt wollte aufstehen, blieb aber sitzen und starrte in seine Regale. Niemand sagte ein Wort.

***

Wo war das verdammte Rohr? Es musste doch irgendwo sein. Baumgärtner fischte in seinem Keller mit beiden Händen zwischen Latten, langen Holzresten, Besenstielen, zwei alten Sonnenschirmen, Eisenrohren und Regenrinnen.

„Scheiße“, brüllte er. Er trank einen Schluck aus der Bierflasche, wischte sich den Mund ab und überlegte. Wo war das Rohr? Er kletterte auf einen mit Farbe bespritzten Hocker, schob oben im Regal Kisten, Plastikkästen, Farbdosen und rissige Plastiktüten herum. Nichts. Er brauchte dieses Rohr. Es war nicht mehr da, doch er wusste, dass es da sein musste. Schnell zog er die Schublade unter der Werkbank auf, holte eine große Taschenlampe heraus und leuchtete in die mit staubigen Handwerksutensilien vollgestopfte Nische unter der Treppe. Hinter einigen Papphüllen stand das Abwasserrohr aus grauem Plastik.

„Zu gut aufgeräumt.“ Er zog es heraus. Mit einem Lappen wischte Baumgärtner den Staub ab. Er nahm das Rohr in die Hand und hielt es quer vor sein Gesicht. „Das Ding ist doch wie gemacht für das Gewehr.“

Er kramte in einer großen Kleidertüte, zog ein großes, altes, akkurat gefaltetes Handtuch heraus, schüttelte es auf und stopfte es ins Rohr.

„Passt! Gewehr rein, Munition rein, und keiner sieht, was der nette Martin so alles am Sonntag mit sich herumträgt.“ Er legte ein Stück stinkende, dicke Pappe auf die Werkbank, stellte das Rohr darauf, zog mit dem Bleistift rund um das Ende einen Kreis herum und schnitt ihn akkurat mit der Schere aus. Mit braunem Klebeband befestigte er den Pappkreis an der Rohröffnung und ließ auf der anderen Seite einen schweren Meißel hineinfallen.

„Hält. Das wär's!“ Baumgärtner stopfte das Handtuch wieder in die Rohröffnung und rieb die Hände aneinander. Es war Zeit.

Er trug das Rohr die Treppe hoch. Als er in den Flur kam, blickte er in Elisabeths strenges Gesicht.

„Herrje, hast du mich erschreckt“, japste er.

„Ja, ich bin's, dein Gespenst. Wo hast du gesteckt? Habe schon dreimal gerufen. Dachte schon, du wärst unten vielleicht vom Hocker gefallen. Da wollte ich nach dir sehen!"

„Du wolltest runterkommen? Die steile Kellertreppe? Mein Gott, du hättest dir was tun können."

„Wärst du vom Hocker gefallen, würden wir beide auf der Wolke sitzen. So einfach wärst du mich nicht losgeworden."

Baumgärtner zog die Augenbrauen hoch. „Was soll das?"

„Nichts. Was soll sein? Und was willst du mit diesem Drecksrohr?"

Er verdrehte die Augen. „Habe es unten abgestaubt. Es ist für den Heinz vom Schützenverein."

„So? Für Heinz? Mit dem hast du doch ein halbes Jahr nicht telefoniert! Was verschafft dir die Ehre? Deine komischen Gedanken?"

„Lass es gut sein, Elisabeth. Heinz braucht so ein Stück Rohr für den Garten. Für die Zuleitung zu seinem Regenfass. Das alte ist im Winter gebrochen. Hier verstaubt es doch sowieso nur. Also bringe ich es ihm vorbei und trinke ein Bier mit ihm."

„Du fährst hin?"

„Aber ja."

„Dann trinken wir keinen Kaffee?"

Baumgärtner schnaufte. Das hatte er vergessen. Mit der Fußspitze zog er einen Kreis auf den Boden.

„Doch, natürlich. Bevor ich fahre, trinken wir Kaffee. Ich stelle ihn sofort auf."

Elisabeth blickte auf das Rohr. „Soll ich das Klebeband da unten noch abziehen? Sieht ja grauenhaft aus. So kannst du das doch nicht abliefern."

„Weiß gar nicht, warum ich das mal drangeklebt habe."

„Wie das aussieht. Unmöglich."

„Ich pass auf, dass mich niemand damit sieht."

„Du und dein Heinz. Einer schlimmer als der andere."

Martin Baumgärtner kicherte. „Heinz ist schlimmer. Jede Wette."

„Oh je“, brummte Elisabeth und schob ihren Rollator ins Wohnzimmer. Baumgärtner füllte in der Küche den Filter mit Kaffee, holte Tassen und Schokokekse aus dem Schrank.

***

Kurt ging zur Spüle und goss die Rotweinreste aus den Flaschen. Nach jeder Flasche drehte er den Wasserhahn auf und spülte die roten Pfützen weg. Dabei pfiff er eine Melodie.

„Was ist das?“, fragte Paul.

„Der Zigeunerbaron. Operetten höre ich so gern, und ja, der Zigeunerbaron ...“

„Du hörst Operetten?“, krächzte Sebastian. „Früher fandest du das entsetzlich kitschig. Bei dir läuft sonst immer dieser Swing und das alte Jazzzeugs.“

„Wenn ich sehr traurig bin, höre ich das gern. Es beruhigt mich.“

„Der Zigeunerbaron ist keine Operette. Das ist eine komische Oper“, dozierte Paul.

„So?“ Kurt schob die Flaschen in die Ecke zu den anderen. Es klirrte laut, zwei stürzten um und rollten im Halbkreis durch den Raum. Kurt sah ihnen nach.

„Ich habe diese Oper in Wien gesehen“, sagte Paul langsam und akzentuiert. „In der Oper an der Wien, in der sie uraufgeführt wurde. Es ist ein Zeitdokument. Sie wird heute nur noch von alten Leuten angesehen. Von Touristen und Banausen. Dabei ist es große Kunst. Das versteht ihr natürlich nicht. Der Zigeunerbaron. Das ist wie Jazz. Wie Miles Davis. Oder Charlie Parker. Es hat Tiefe. Sehr beeindruckend. Ergreifend. Mit Humor, der mehr aufdeckt, als er vereinfacht. Das Spiel mit Klischees. Ganz wunderbar, ganz wunderbar.“

Kurt drehte die Augen nach oben und leerte weiter die Weinreste aus den übrigen Flaschen ins Spülbecken. Danach rieb er das Waschbecken trocken.

Paul redete und redete. Über die komische Oper, über Johann Strauss, die Premiere im Jahr 1885 und über das Theater an der Wien. Sebastian starrte zur Wand, Kurt rieb das Geschirr halbwegs trocken und ordnete das wenige Besteck in der morschen Schublade.

„Jetzt halt endlich die Fresse, verdammt“, schnauzte Sebastian schließlich.

Paul sah ihn verwundert an und machte ein paar Sekunden Pause. „Ich verstehe. Ich wollte euch eigentlich nur erzählen, wie diese Oper in ihrem Zeitkontext zu verstehen ist, also ...“

Sebastian vergrub die Augen in seinem Ärmel und sank nach vorne. „Ich kann nicht mehr. Wie lange noch? Ich halte das nicht mehr aus. Ich will raus! Verdammte Scheiße! Ich kann diesen Müll nicht mehr hören.“

Er begann zu weinen. „Steffi! Ich will zu Steffi. Sie sollte meine Frau werden, irgendwann vielleicht. Es ist alles am Arsch! Wozu mache ich diesen ganzen Mist mit diesem verdammten Wein? Immer nett, immer da, immer beflissen, immer vorne dran. Ich kann nicht mehr! Ich will zu Steffi“, flüsterte er, während Paul weiter von der Musik der Jahrhundertwende redete.

Kurt stellte sich vor Paul und verschränkte die Arme. „Paul, lass mich bitte mit Sebastian allein. Für zehn Minuten. Geht das?“

Paul schaute ihn mit weit offenem Mund an.

„Geht das, Paul?“

Pauls Augen zuckten, seine Kiefer mahlten unablässig und stumm. „Aber ja“, quetschte er hervor.

Kurt sah ihn scharf an. „Danke.“

„Aber bitte sehr. Kein Problem. Bis gleich.“

Paul stand langsam auf, ging um den Tisch, drehte einen Kreis und stolperte zu seinem Lager.

„Findest du dein Bett?“

„Ja, ja, ja.“ Paul begann zu pfeifen. Den Zigeunerbaron. Die Melodie entfernte sich langsam, dazwischen klirrten Flaschen leise.

Kurt ließ sich Sebastian gegenüber in den Stuhl fallen und drehte den rechten Zeigefinger an seiner Stirn.

„Was ist? Warum schickst du ihn weg?"

„Noch zehn Sekunden, und ich hätte ihm eine reingehauen", knurrte Kurt leise. „Und du machst mir Sorgen."

„Und wir uns um dich."

Kurt lächelte verlegen. „Das musst du nicht. Ich bin erschöpft, traurig und weiß nicht, wie ich es bei euch wieder gutmachen kann. Was ich euch eingebrockt habe. Die Sache mit Baumgärtner. Dass wir hier unten sitzen."

Sebastian trocknete seine Tränen mit dem Ärmel. „Glaubst du, das hat eine Verbindung mit unserem Knast? Die Sache von damals?"

Kurts Augen kreisten zu Sebastian, zu den Flaschen, zu den Überbleibseln der Nacht in der Ecke. „Glaube ich nicht. Ewa hat uns versehentlich eingesperrt. Das ist dumm gelaufen."

„Und dieser Baumgärtner? Was ist mit dem?"

„Wir haben nie wieder über das Thema gesprochen. Er sah damals zufrieden aus. Wir sehen uns ja öfter mal. Er kennt da einen guten Hofladen und besorgt mir Hausmacher Wurst. Wenn er zum Sicherheitsdienst fährt, bringt er sie vorbei. Wir trinken Kaffee zusammen. Ich mag ihn. Auch, wenn er keinen Wein trinkt."

„Die Chance steht also gut, dass Ewa morgen kommt."

„Morgen, vielleicht übermorgen. Ich weiß es doch nicht."

„Ich glaube, ich drehe durch."

„Ich auch."

„Und Paul?"

„Den hat's erwischt, glaube ich. Habe da kein gutes Gefühl. Was ich dich aber fragen wollte: Was ist mit Steffi und dir passiert? Ich konnte dich nie fragen. Immer waren in letzter Zeit Leute dabei, die das nichts angeht. Dazu gehört auch Paul, übrigens. Ich weiß nicht, ob du darüber reden willst."

Sebastian malte mit dem Finger Kreise auf die Tischplatte. „Ich weiß nicht, was passiert ist“, flüsterte er. „Keine Ahnung.“ Seine Augen flatterten.

„Ich hatte unseren Kennenlerntag vergessen. Und davor den Valentinstag. Hätte ich dran denken müssen. Sie ist raus und war weg. Einfach so.“

„Das war doch nicht alles. Du hast sie ziemlich strapaziert, oder?“

„Hab den Laden im Kopf. Meine Kunden. Was sonst? Der Tag ist dicht. Bestellen, liefern, verkaufen, beraten, verkosten, sich zeigen, Schönwetter machen. Was man halt machen muss, damit der Kram rund läuft. Kasse, Cashflow, Bank, Steuerberater, Mahnungen und tausend andere Dinge. Da bleibt nicht viel vom Tag. War ihr wohl zu wenig.“

Kurt nickte und trommelte auf den Tisch. „Und jetzt fehlt sie dir?“

„Scheiße, ja doch. Muss aber keiner wissen.“

„Steffi vielleicht.“

„Ach, die kann mir gestohlen bleiben.“

„Ach so?“

„Also gut, wenn's sein muss. Steffi war schon länger sauer auf mich. Sie wollte mit mir zusammenziehen. Fand ich gut. Ich habe ihr angeboten, dass sie bei mir einzieht. Hey, meine Etage hat Platz für vier. Aber unten wohnen meine Eltern. Hat sie gestört.“

Kurt sah ihn fragend an.

„Sie wollte, dass wir was Neues suchen. Was Eigenes. Hätte sich schon machen lassen, geldmäßig und so. Aber wieso? Meine Wohnung ist doch echt schön. Sie warf mir vor, sie würde nicht mit mir, sondern mit meiner Familie zusammenziehen. Mit 26 würde sie ins Haus der Eltern ihres Freundes ziehen. Das ginge nicht. Bei ihren Freundinnen wäre das anders. Viel schöner und romantischer.“

„Na, deine Mutter ist doch wirklich ziemlich oft oben bei dir.“

„Die putzt halt immer mal und legt auch was in den Kühlschrank. Oder macht die Espressomaschine sauber. Finde ich super, da muss ich mich nicht auch noch drum kümmern. Und wenn der Wagen was hat, fährt Papa ihn in die Autowäsche. Oder lässt Reifen wechseln. Na, und wenn ich was online bestelle, steht's oben an der Tür, wenn ich heimkomme. Ist okay für mich. Spart echt Zeit."

„Und was machst du für deine Eltern?"

„Ich suche den Wein aus."

„Ah so?"

„Ja, ich suche ihn aus und den kriegen sie zum Einkaufspreis. Zweimal im Jahr."

„Aha."

„Ist das etwa nicht genug?"

„Hm, klingt nicht so engagiert. Hast du dich auch so um Steffi gekümmert?"

„Ja, wann denn? Klar, wir haben die freien Abende zusammen verbracht und auch mal gepimpert und so."

„Bisschen knapp vielleicht. Wart ihr zusammen im Urlaub?"

„Wollten wir. Aber da ist was dazwischen gekommen."

„Dir ist was dazwischen gekommen."

„Ja doch. Viel Arbeit. Wie immer."

„Und jetzt? Machst du noch einen Versuch?"

„Steffi hat sich nicht mehr gemeldet. Ich habe ihr SMS geschickt und so."

„Ich hätte mich an ihrer Stelle auch nicht mehr gemeldet. Irgendwie hat sie wohl gestört. Das hat sie gemerkt."

„Das hat mir Steffi auch gesagt", krächzte Sebastian. „Aber ich habe ihr erklärt, dass das nicht stimmt. Dass ich viel zu tun habe. Dass ich das ändern will."

„Hast du?"

Sebastian hob die Hand und ließ sie fallen.

„Das war alles?"

„Wie? Was hätte ich ihr denn sonst noch sagen sollen?"

„Ein paar Sätze mehr hätten es vielleicht sein können. So zur Klärung."

Sebastian verdrehte die Augen. „Ich hab alles falsch gemacht, ja? Wer hat denn Mitleid mit mir? Ich schufte mich krumm, und alle sind deswegen sauer auf mich? Ich glaub, ich spinne!" Er schlang die Arme mit Kraft um seine Brust.

„Kümmere dich um sie. Schau, keiner deiner Kunden holt uns hier raus. Dein Bankkonto übrigens auch nicht. Schon blöd. Und deine Eltern?"

„Die lassen mich in Ruhe, das weißt du doch. Gut, sie helfen mir ein wenig, aber die sind ja auch in Rente. Haben viel Zeit. Da haben sie wenigstens was zu tun. Aber die fragen keine dummen Sachen mehr. Haben sie früher versucht, da habe ich ihnen bei Gelegenheit mal klar ein paar Takte erzählt. Suchen werden die mich eher nicht."

„Hör mal zu, Junge: Ich bin allein, und du bist allein. Ich hab's mir nicht ausgesucht. Du schon. Ich würde mal drüber nachdenken. Kümmere dich um Steffi. Sie passt zu dir. Du brauchst jemanden. Du wirst älter, und dann? Dann endest du wie ich. Allein mit Wein. Schöne Scheiße."

„Dich hat doch auch niemand gezwungen."

„Stimmt. Ich wollte Irene, ich wollte die Welt, ich wollte Wein. Das mit der Welt hat nicht geklappt. Hole ich vielleicht noch nach. Wenn wir draußen sind."

„Jetzt müssten wir anstoßen", lächelte Sebastian.

„Hör auf, das war wirklich genug gestern."

„Willst du die Baumgärtner-Sache wirklich regeln?"

„Ich weiß es nicht. Vielleicht überweise ich ihm Geld unter einem Vorwand. Vielleicht auch nicht. Ich muss drüber schlafen. In meinem Bett. Lass uns in ein paar Wochen noch mal drüber reden, ja? So in zwei, drei Monaten. Damit wir ein bisschen Abstand gewinnen. Mir war das zu, wie soll ich sagen, emotional. Das war nicht konstruktiv."

„Finde ich gut. So machen wir's. Ach scheiße, ich Vollidiot! Verdammt noch mal, ich kriege nichts geregelt. Außer verkaufen. Das kann ich. Aber sonst? Nichts kriege ich geregelt, einfach gar nichts. Steffi kann nichts dafür. Ich bin der Idiot."

Sebastian stand auf und schlurfte wortlos zu seinem Lager.

„Bis später", rief ihm Kurt hinterher.

Als er allein war, rutschte er den Stuhl hinab und hielt sich am Tisch fest, um nicht auf den Boden zu fallen. Kurt schüttelte den Kopf, sah zur Spüle und zu den leeren Flaschen, zog sich hoch und sank nach vorne. Aus der Hosentasche zog er das alte Taschentuch, betrachtete es, tupfte sich die Stirn und rieb lange seine Hände. Wieder und wieder und wieder. Dann ging er durchs Halbdunkel nach hinten zum Vorratsschrank und erschrak. Es war kaum noch Käse und Schinken übrig. Zwei, vielleicht drei Tage reichten die Vorräte noch, überschlug er. Länger nicht. Er nahm sich zwei Stücke heraus und ging zurück. Kurt zog einen Teller von der Spüle und legte Schinken und Käse darauf. Wieder stand er auf, ging in die Regalreihen, öffnete eine Holzkiste und zog einen 1990er Château Mouton heraus. Am Tisch entkorkte er ihn, goss sich ein, roch und trank. Er ließ die Schultern fallen, streckte die Beine und trank wieder.

„Dieses Weintheater muss ein Ende haben. Wo führt das hin? Was hat es angerichtet?", seufzte er und biss in den Schinken.

***

Martin Baumgärtner biss in den Schokokeks und trank die Tasse leer. Dann sprang er auf.

„Ich fahre zu Heinz."

„Mach bitte keinen Blödsinn, ja?"

Er gab ihr einen Kuss aufs Haar.

„Aber nein. Ich muss los. Der wartet sicher schon. Bis nachher.

„Bist du zum Abendessen zurück?"

„Aber sicher. Ich besuche ihn nur für ein Stündchen. Mach dir keine Gedanken. Es ist alles gut."

Er ging in den Flur, warf seinen Parka über, nahm das Regenrohr und zog die Tür zu. Nach sechs Kilometern Autofahrt stand er im Villenviertel am Hügel des Frankfurter Stadtteils Bergen-Enkheim vor einem eleganten Bungalow mit großen Fenstern und einem riesigen Balkon. Er klingelte an der Tür aus mattem, gefärbtem Glas.

„Ei, der Martin", begrüßte ihn Heinz. „Ist ja 'ne Ewigkeit her. Gut sichste aus."

„Das war der Karibikurlaub", sagte Baumgärtner und grinste.

„Ehrlich? In der Karibik? Ist super da. Wir waren vor zwei Jahren mal mit einer Kreuzfahrt da. Der Hammer war das. Die Weiber wollten zwar immer nur shoppen gehen und in der Sonne liegen. Aber die Drinks waren super. Wo warst du da genau?"

„War ein Witz. Ich war im Winter nur vorm Ofen, wo sonst."

„Ich dachte, du hast dein Rentnerdasein genossen."

Baumgärtner hielt das Rohr hoch.

„Da drin sieht keiner mein kleines Geheimnis. Gut, oder?"

Heinz nickte und strich sich über den Bauch.

„Da schlägt dich keiner. Immer perfekt. Super, alter Bastler."

Er öffnete die Tür und zog ihn in ein kaltes Zimmer mit wenigen Möbeln, in dem ein Stahlschrank an der Wand stand.

„So, ein Fuchs also. Lass mich mal gucken."

Er öffnete das Zahlenschloss.

„Es sind eigentlich sogar drei Füchse."

„Drei? Ein Rudel? Da kann ich verstehen, dass du da was unternehmen willst. Wie lange hast du die schon?"

„Wie man's nimmt. Ernsthaft erst ein paar Tage. Aber das reicht mir."

„Genau richtig. Keine halben Sachen. Die Viecher wirst du sonst nie los. Die bleiben immer im Revier. Im Sommer haste dann richtig Ärger."

Aus dem offenen Schrank zog Heinz ein schweres Jagdgewehr und reichte es ihm.

„So, das hier nimmste. Treffen musste aber selbst."

„Darauf kannste einen lassen."

Heinz wieherte und schlug sich auf den Bauch.

Baumgärtner sah auf das Gewehr und blickte darauf Heinz an.

„Munition?"

„Ich hole sie ja schon." Heinz schloss den Schrank mit den Munitionsvorräten auf, zog eine Schachtel heraus und reichte sie ihm.

Martin legte das Gewehr an, zielte auf die bunte Glasvase auf dem Buffet und rief:

„Bam! Erster Treffer! Bam! Zweiter Treffer! Und Bam! Zum Dritten! Das war's, meine Freunde!"

Er ließ das Gewehr sinken und strahlte seinen Schützenfreund an.

„Bist ganz der Alte", nickte Heinz. „Das gefällt mir."

Baumgärtner wickelte sorgsam das Handtuch um das Gewehr, versenkte es im Regenrohr, schlug die Spitzen des Handtuchs um den Munitionskarton und ließ ihn ins Rohr hineingleiten. Nichts war von außen zu sehen. Nur das Rohr und das hellgrüne Handtuch.

„Du bringst das Gewehr morgen zurück?"

Baumgärtner nickte.

„Und keiner sieht dich?"

Baumgärtner schüttelte den Kopf.

„Wenn was schief geht, bin ich dran. Das weißt du."

„Weiß ich. Keiner sieht was."

„Und ich hab einen Schuss bei dir gut."

„Hast du. Die Munition bezahle ich."

„Ach Martin, du zahlst gar nix. Wir müssen mal wieder im Schützenhaus ein Bier trinken. So wie früher."

„Werden wir."

Sie reichten sich die Hand.

„Wann kommste morgen?"

„Muss mich erst um Elisabeth kümmern. So gegen fünf."

„Alles klar. Mach's gut."

Baumgärtner winkte kurz, ging zur Garageneinfahrt, wo er geparkt hatte, und lud das Rohr mit größter Vorsicht in den Kofferraum. Er hatte zwei große, leere Kartons hineingestellt, um es am Wegrollen zu hindern. Das Rohr lag sicher. Baumgärtner ließ den Kofferraumdeckel hinabsausen, stieg ein und drehte das Radio laut. T-Rex ertönte. Er gab Gas und sang mit. Nach zehn Minuten war er wieder in der Weiherstraße. Er lud das Rohr aus, legte es über die Schulter und ging ins Haus.

„Bin wieder da!"

Elisabeth schaute aus der Küche.

„Das ging ja schnell."

„Der Heinz war nicht so in Schwätzlaune. Du kennst ihn doch, den alten Muffel."

„Wieso bringst du das Rohr wieder mit? Das wollte Heinz doch unbedingt haben?"

„Hat nicht gepasst. Ich bringe es gleich wieder runter."

Er trug das Rohr in den Keller. Unten zog er das Gewehr heraus und fühlte den eiskalten Lauf. Er fischte die Patronenschachtel aus dem Handtuch, öffnete sie und betrachtete die Patronen. Bald würde er den Wein ganz in Ruhe in seinen Keller räumen und verkaufen. Dann wäre endlich Ruhe. Er lud das Gewehr und wischte mit dem Handtuch über den Lauf. Blitzschnell legte er an, hielt den Finger an den Abzug und ließ es sinken. Sollte er die drei diplomatisch und höflich behandeln? Sollte er ihnen das Gewehr an den Kopf halten und sie anschreien? Wie sollte er seine Forderungen stellen? Was sollte er sagen? Er trommelte mit den Fingern auf seine Werkbank und atmete schwer. Morgen. Bleib ruhig. Baumgärtner löschte das Licht und ging nach oben zu Elisabeth.

„Ich richte so langsam unser Abendessen."

„Ist doch noch früh."

„Was gibt's heute Abend im Fernsehen?"

„Den Tatort. Da geht's um eine Entführung."

„Das ist genau das Richtige."

Er schaltete das Radio ein und pfiff die Melodie des Schlagers mit. Aus dem Kühlschrank holte er eine Flasche Bier, trank sie in einem Zug fast leer und lächelte.

Der siebte Tag

Es war Viertel nach vier, als Martin Baumgärtner sich aus dem Bett schälte. Er hatte kaum geschlafen, sich unruhig herumgewälzt, und als er schließlich eingeschlafen war, hatten ihn Albträume geschüttelt. Elisabeth schnarchte leise. Regentropfen hämmerten an die Rollläden. Er ging nach unten und öffnete die Haustür. Es schüttete. Baumgärtner ging einen Schritt hinaus in die Kälte. Die feuchte Luft tat ihm gut. Regentropfen streiften seine Stirn. Er lief zum Briefkasten und zog den Hanauer Anzeiger heraus. Am Küchentisch schlug er die Zeitung auf. „Geiselnahme unblutig beendet“ las er auf Seite vier. Er überflog den Artikel, nahm „Sondereinsatzkommando“, „Befreiungsaktion“ und „Festnahme“ wahr. Er schluckte, knabberte am Daumennagel und blätterte weiter. Der Sportteil. Bundesliga, der letzte Spieltag. Darin vertiefte er sich ein paar Minuten, faltete die Zeitung zusammen und legte sie zur Seite. Baumgärtner sprang hoch und stieg hinab in seinen Keller. Er betrachtete das Regenrohr auf der Werkbank, zog das Gewehr heraus und ließ es wieder hineinfallen. Der Kolben schlug mit einem dumpfen Schlag auf. Er fuhr sich durchs Haar und sprang die Treppe hoch. Im Bad zog er seine bereitgelegten Kleider an, schlüpfte im Flur in seine Stiefel, warf den Parka über, holte das Regenrohr aus dem Keller und zog draußen leise die Haustür zu. Mit dem Rohr in der Hand ging er durch den Regen Richtung Ringstraße. An der Bäckerei stand ein Geselle vor der Ladentür und rauchte. Baumgärtner erschrak und ging schneller. Er bog in den nassen Feldweg ab, lief über den Hügel und stand bald auf einer steilen Streuobstwiese. Hier oben hatte er im Sommer oft mit Elisabeth gesessen und die Aussicht genossen, wenn sie Onkel Johannes besuchten. Er stellte das Rohr ab, zog das Gewehr heraus und wickelte es aus dem Handtuch. Das Licht der Häuser und Laternen am Ortsrand und die hellen Kuppen der umliegenden Orte legten ihre letzten, müden Strahlen in die vom Regen zerzausten Bäume. Baumgärtner stellte sich breitbeinig auf, entsicherte das Gewehr, legte an und zielte auf den nur schemenhaft erkennbaren Stamm im Dunklen vor ihm. Er drückte ab. Der Knall ließ ein paar Hasen durchs Laub flüchten. Na also, dachte er und ging zum Stamm. Im gesplitterten Holz erkannte er das Schimmern der Patrone. Er sicherte das Gewehr, stellte es an den Baum und lehnte sich daneben. Es funktionierte. Er schaute in die Dunkelheit. Hier oben hatte er im Herbst viele Jahre mit seinem Onkel Äpfel gesammelt. Johannes Steinfeld hatte dabei Geschichten von früher erzählt, in die knackigen, roten Äpfel gebissen und ihm so manches Familiengeheimnis offenbart.

Das hättest du nicht gedacht, Onkel Johannes, dass ich in deinen geliebten Apfelwiesen mal herumballere, was? Da hättest du halt nicht so oberschlau daherreden dürfen. Du hast gesagt, wir müssten uns keine Gedanken machen. Vielen Dank, Onkel Johannes. Aber gut, dass dein Wein noch bei deinem alten Freund Kurt herumliegt. Da kann ich jetzt wenigstens dein Erbe verkaufen und habe ein paar Sorgen weniger. Ist ein guter Anfang! Aber eins verstehe ich nicht, lieber Onkel Johannes: Warum müssen Weinfreunde wie du und Kurt so sein?

Nun gut, im Schützenverein gibt's auch ein paar, die wollen nur die teuersten Gewehre im Schrank stehen haben. Aber du hast Wein gekauft, um ihn zu tauschen, damit du woanders wieder anderen Wein bekommst. Noch besseren. Und dann wart ihr völlig aus dem Häuschen, als es geklappt hat. Oder dieser, wie hieß der Wein noch, ja genau, dieser Pétrus? Da erpresst du diesen Immobilienmakler, weil du aus der Bank weißt, dass der krumme Dinger in Spanien laufen hat. Du hast ihm so am Rande ein paar Sätze hingeworfen, in denen es ums Finanzamt ging, und schon gab's die Kisten mit viel Rabatt. Was habt ihr euch gefreut! Ich hab das nie gekonnt. Und weißt du was? Auch nicht gewollt. Aber heute muss ich ran. So wie du. Ein bisschen Zuckerbrot. Ich lasse die Herren raus. Sie dürfen heute Nacht wieder zu Hause im Bett schlafen. Ist doch nett von mir! Und die große Peitsche, weil sie es verdient haben. Ich stelle ihnen die Rechnung. Zahlbar sofort, jetzt oder gleich. Sie dürfen es aussuchen! Also Onkel Johannes, ich regle das genau in deinem Sinn. So, wie du es immer wolltest. Man muss nur rechnen können, hast du gesagt. Und die Gelegenheiten nutzen. Aber jetzt muss ich zurück zu Elisabeth. Drück mir die Daumen!

Er schlug das Gewehr in das feuchte Handtuch, schulterte das Rohr und stapfte durch den Regen zurück. Als er in die Weiherstraße kam und sein Haus in der Dunkelheit erblickte, wurde er ruhig, fast fröhlich. Er schloss auf, hängte den Parka an den Haken und zog die Stiefel aus. In der Küche schaltete er das Radio ein und suchte mit dem großen Rad nach einem Sender. Eine Operettenmelodie ertönte. Er hörte einen Moment zu. Die Melodie kannte er. Der Zigeunerbaron. Ganz leise pfiff er mit, stellte die Kaffeemaschine an, setzte sich und wartete auf ihr vertrautes Fauchen und Blubbern.

***

Die Armbanduhr zeigte kurz nach sechs. Sebastian drehte sich um, streckte die Beine und schüttelte seine eingeschlafene Hand. War heute Montag? Er zählte die Tage. Ja, Montag. Das müsste stimmen. Eine Woche, dachte er, eine lange, verlorene Woche. Er tastete nach seiner Brille und setzte sie auf. Ewa muss kommen, sie muss. Sein Herz schlug schnell, er spürte Kopfschmerzen in seinen Schädel drücken. Sebastian rappelte sich auf und setzte sich im Schneidersitz auf die Decke. Seine Arme juckten, er kratzte, und es hörte nicht auf. Schließlich sprang er hoch, schüttelte sich, ging nach vorne zur Tür und drückte mit Kraft dagegen. Verschlossen.

„Jetzt geh' endlich auf!", jaulte er, ging in die Knie und ließ sich auf den Boden fallen. Ein paar Minuten saß er da und kratzte seine Arme. Dann zog er sich hoch, setzte sich auf einen Stuhl und begutachtete seine Kleidung. Die Hose war schmutzig, die Schlägerei unter Freunden hatte Spuren hinterlassen. Auf den Ärmeln seiner Outdoor-Jacke hatte der verschüttete Rotwein eine Landkarte gezeichnet. Die Jacke stank. Sein Pullover war verzogen und voller Falten. Sebastian zog Jacke und Schuhe aus. Er zerrte die grau gefärbten Socken hoch und versuchte, die staubigen Flecken aus der Hose zu reiben, was kaum gelang. Danach zog er auch den Pullover aus, lockerte die Hose, richtete das Hemd, zog den Pullover wieder über und achtete darauf, dass V-Ausschnitt und Hemdkragen richtig saßen. Er schüttelte die Jacke aus und schlüpfte wieder hinein. An Kinn und Backen tastete er nach den Bartstoppeln, putzte die Brille und kämmte sich mit den Fingern die Haare. Aus einem Regal zog er eine Flasche, wischte den Staub ab, stellte sie unters Licht und versuchte sich in ihr zu spiegeln. Doch er konnte nichts erkennen. Nur einen verzerrten Schatten, der kein Gesicht hatte. Er holte drei weitere Flaschen und versuchte es wieder. Wieder sah er nur die schwarze, gestreckte Silhouette.

„Was gibt das bitte?"

Sebastian erschrak und blickte in Pauls Gesicht. Paul hatte seine Fellmütze aufgesetzt.

„Wollte nur mal sehen, wie mir der Bart steht. Klappt aber nicht."

„Aha. Gut." Paul setzte sich zu ihm. Seine Augen irrten ziellos umher, zur Decke, in die Regalreihen, zu Sebastian, zum Tisch, ins Irgendwo.

„Alles in Ordnung?"

Paul nickte und hörte nicht mehr damit auf. „Es ist alles in Ordnung. Sehr gut. Danke."

„Hoffentlich taucht diese Ewa bald auf. Ich bin voll am Ende", zischte Sebastian.

„Ende, ja, Ende. Ende jetzt. Und raus." Paul kicherte. „Und raus, raus ins Haus. Mit Maus."

Da kam Kurt um die Ecke. „Guten Morgen. Ihr seid früh."

„Ich kann nicht mehr schlafen. Ich will jetzt raus, verdammt."

„Vor neun Uhr ist Ewa in den ganzen Jahren nicht gekommen. Lasst uns etwas essen. Ich habe Hunger."

Sebastian sah Paul direkt an. „Ich auch. Was ist mit dir?"

„Ja, äh, ja, äh, gut. Ja!"

Kurt nahm drei Teller und Messer von der Spüle und schob sie mit Schwung auf den Tisch. Die Messer flogen über die Tischplatte. Er füllte Wasser in den Krug, stellte ihn an die Tischkante und ließ klirrend Gläser auf den Tisch gleiten. „Ich hole Schinken und Käse."

Nach einer Minute war er mit zwei Packungen wieder zurück.

„Das ist der Rest. Nur ein Stück Emmentaler ist noch hinten. Das reicht noch für heute und für morgen."

„Und wenn Ewa nicht kommt?", fragte Sebastian mit zitternder Stimme.

„Ich weiß es nicht. Wir können rationieren, dann reicht es noch mal zwei weitere Tage. Sie wird schon kommen."

Kurt schnitt kleine Stücke vom Käseblock herunter, warf sie auf die Teller und legte ein wenig Schinken dazu. „Das muss reichen."

Sie kauten schnell und still. Danach saßen sie vor ihren leeren Tellern. Niemand sprach. Paul malte konzentriert mit dem Zeigefinger Figuren auf die Tischplatte. Sebastian und Kurt gingen auf und ab, setzten sich, standen auf, blickten zur Uhr, liefen in die Regalreihen, kamen zurück, schauten zu Paul und auf die Uhr.

Sebastian kämmte wieder seine Haare. „Wie seh ich aus? Ich muss übel aussehen."

„Unrasiert und ziemlich zerzaust. Der Rest geht."

„Du siehst auch nicht besser aus."

„Das war zu erwarten. Eine Badewanne, meinen Rasierer, und ich bin wieder der alte."

„Nach dieser Woche ist keiner von uns der alte."

Kurt sah Sebastian in die Augen. „Ist wohl so."

***

Das Frühstück hatte Martin Baumgärtner sorgfältig vorbereitet. Im Brotkorb lagen Vollkornbrot für Elisabeth und Graubrot für ihn, drei Sorten Marmelade standen auf dem Tisch, ein Teller mit liebevoll drapiertem Aufschnitt, gekochtem Schinken, Salami und Schnittkäse. Er hatte Frühstückseier gekocht, zwei Becher Fruchtjoghurt hingestellt und etwas Milch im alten Kännchen für den Kaffee. Im Radio liefen die Nachrichten. Um acht würde Elisabeth sich nach unten mühen.

Er ging nach oben ins Badezimmer und duschte. Als er die Unterhose angezogen hatte, hörte er unten ein Poltern und einen langen, lauten Schrei. Er stürzte zur Treppe. An der letzten Stufe lag Elisabeth quer auf dem Bauch. Sie schrie, hielt ihre Hüfte und suchte mit den Armen Halt. Martin spurtete zu ihr.

„Was ist passiert? Bist du gestürzt?"

Elisabeth weinte. „Ich bin gefallen", presste sie hervor.

„Ganz ruhig, das kriegen wir schon wieder."

Er drehte sie vorsichtig, griff unter ihre Oberschenkel und die Hüfte und trug sie auf den Boden des Flurs.

„Hast du dir etwas getan?"

„Die Hüfte tut so weh, au weh", schluchzte sie.

„Wenn du dich gut festhältst, bringe ich dich aufs Sofa im Wohnzimmer. Dann kannst du die Beine hochlegen."

Sie schrie. „Ich hab Angst!"

„Alles gut, nur die Ruhe", schnaufte Baumgärtner und strich ihr über die Wange. Ihre Augen waren voller Panik.

„Ruhig, nur ruhig. Kannst du die Beine bewegen?"

Sie bewegte das linke Bein ganz leicht, das rechte nur mit Mühe. „Aua", wimmerte sie.

„Das rechte Bein. Verdammt. Ausgerechnet die operierte Seite."

Er holte aus dem Wohnzimmer zwei Kissen, schob eins zwischen ihren Nacken und die Wand und eins unter das rechte Bein.

„Willst du Wasser?"

Elisabeth schüttelte den Kopf und weinte. Sie wischte die Tränen weg, doch immer neue flossen herab.

„Komm, ich bringe dich ins Wohnzimmer. Das geht schon irgendwie. Stück für Stück."

Sie krallte sich an ihm fest. Er hob sie einige Zentimeter an, machte vier Schritte. Seine Kräfte erlahmten, er setzte sie auf dem Boden ab und holte Luft.

„Noch einmal, dann sind wir da. Geht's noch?"

„Muss ja."

Wieder hob er sie an, trug sie einige Meter weiter ins Wohnzimmer und setzte sie vor dem Sofa ab.

„Da sind wir. Jetzt musst du nur noch auf die Couch. Ganz ruhig. Ist gleich vorbei." Baumgärtner strich ihr übers Haar.

Er stellte sich breitbeinig vor sie, ging in die Knie, umfing mit seinen Armen ihren Körper und hob sie an.

Wieder krallte sie sich an ihm fest. Doch er strauchelte und sie rutschte hart auf den Boden.

„Auuuuu", schrie sie und wimmerte.

Baumgärtner japste nach Luft. „Die paar Zentimeter, das wäre doch gelacht."

Diesmal fasste er sie am Oberkörper, holte Luft und hob sie auf das Polster. Baumgärtner hob ihren Kopf an und schob ein Kissen darunter.

„Mein Bein. Mein Oberschenkel. Das tut so weh."

„Soll ich einen Krankenwagen rufen?"

„Nein, bloß nicht. Keinen Krankenwagen. Nicht ins Krankenhaus", jammerte sie.

„Also gut, ich rufe beim Doktor an. Der soll herkommen. Ist ja nicht weit."

„Der ist erst ab acht da."

„Ist gleich acht."

Er nahm das schnurlose Telefon vom Tisch und drückte die gespeicherte Nummer.

„Baumgärtner, guten Morgen. Meine Frau ist gestürzt. Elisabeth Baumgärtner. Könnte Doktor Sander herkommen? … Ja, ich warte. Danke sehr."

Einige Sekunden vergingen. Die beiden schauten sich an. Elisabeth hielt ihren Oberschenkel.

„Ja? Gegen Mittag? Gut. Sie liegt auf dem Sofa. Es ist vor zehn Minuten passiert. Nein, nicht ins Krankenhaus. Nein. Aber es wäre sehr wichtig, dass er sich das ansieht. Ja, machen wir. Vielen Dank!"

Er sah zu Elisabeth.

„Der Doktor kommt gegen zwölf."

„Dann muss ich warten."

Baumgärtner ordnete ihre Kissen, legte eine Decke um sie und setzte sich. „Magst du etwas frühstücken?"

Sie schüttelte den Kopf.

„Kaffee?"

Kopfschütteln.

„Ich habe jetzt Hunger. Warte kurz, ich hole mir etwas und komme zu dir."

Baumgärtner ging in die Küche und ballte die Fäuste.
„Das kann doch alles nicht wahr sein! So ein Mist!"

Er schmierte sich zwei Brote mit Wurst, Käse und Butter, goss sich Kaffee in einen Becher und balancierte alles ins Wohnzimmer.

„Jetzt müssen wir warten. Hast du arge Schmerzen?"

„Der Rücken! Der Oberschenkel!"

„Wie ist das passiert?"

„Bin mit dem Stock abgerutscht und habe die Balance verloren. Ich konnte mich nicht festhalten und bin die Treppe runtergefallen."

Er goss ihr Mineralwasser ein. „Trink was. Bitte!"

Sie nahm das Glas.

„Magst du einen Kaffee? Na komm."

Sie nickte.

Er holte ihr einen Becher, aus dem sie in großen Schlucken trank.

„Ach Gott, warum bin ich nicht richtig gefallen. Dann wär Feierabend gewesen. Schluss, aus. Und du hättest endlich deine Ruhe."

„Sag so einen Unsinn nicht, hörst du? Nie wieder, ja?", erwiderte er scharf. „Versuch, ein wenig zu schlafen."

„Ich kann nicht schlafen. Auuuu!"

„Ich mache dir ein Brot. Du musst etwas essen. Wegen dem Kreislauf."

Sie schloss die Augen, er stand auf, ging in die Küche und umkreiste zweimal den Tisch. Dann starrte er zur Decke. Verdammt, mein Plan! Mein schöner Plan!

Während er routiniert die Brote schmierte, dachte er nach. Erst war Elisabeth dran. Das war wichtiger. Die drei mussten eben warten. Ein paar Stunden, ein paar Tage. Baumgärtner stutzte. Diese Putzfrau, durchfuhr es ihn. Was, wenn sie vor ihm in die Hanauer Straße käme? Die drei wären frei und würden nichts bemerken. Ein Versehen. Diese Ewa würde arglos erzählen, wie und warum sie die drei eingesperrt hatte. Wer der Auslöser gewesen war. Er wäre wieder am Anfang, würde vielleicht übel beschimpft, wenn nicht Schlimmeres. Er musste schneller sein als sie. Wann würde Ewa kommen? Er hatte keine Ahnung.

Doch jetzt musste er auf den Arzt warten. Es half nichts. Baumgärtner blickte in den struppigen Garten. Der Regen hatte nachgelassen. Er nahm das Resopal-Tablett, stellte den Teller darauf, legte ein Fruchtjoghurt und einen großen Schokoladenkeks dazu und ging wieder ins Wohnzimmer.

Sie nahm das Brot und biss hinein. „Das tut gut", flüsterte sie.

Baumgärtner lächelte und nahm ihre Hand. „Der Doktor kommt bald. Du wirst sehen, es ist nichts passiert außer ein paar blauen Flecken. Die gehen wieder weg."

„Hoffentlich", stöhnte sie.

Er sah ihr beim Kauen zu. Elisabeth aß alles auf und schob den Teller zurück aufs Tablett.

„Ruh dich aus. Schlaf ein wenig. Das ist der Schreck. Da tut alles noch mal so weh."

Er blieb sitzen, bis Elisabeth eindöste.

***

Kurt trommelte mit den Fingern auf dem Tisch. Wieder sah er zur Uhr. Die Zeit verging so langsam. Paul stand auf und ging mit steifem, geradem Rücken zur Tür, drückte dagegen, kehrte um, schüttelte den Kopf und setzte sich wieder.

„Ewa, Dienstantritt! Du hast Putzdienst bei Kurt. Saubermachen, aber zackig!", brummte Sebastian.

„Was ich noch sagen wollte", brachte Kurt stockend heraus, „ich finde, wir haben uns nicht richtig verhalten. Unter Freunden benimmt man sich so nicht. Aber ihr bleibt meine Freunde. So ist das."

Die beiden sahen Kurt nicht an.

„Ja, klar", hauchte Paul.

„Mmmm, du auch, na klar“, presste Sebastian heraus.

Kurt blickte staunend in seine Regale, als würde er sie zum ersten Mal sehen.

„Vielleicht war es ein Fehler mit all dem Wein hier. Was hätte ich für das Geld alles tun können. Nun liegen hier Tausende sehr teure Flaschen. Warum? Für wen? Ich weiß nicht mehr, warum ich die alle gesammelt habe. Ich sollte damit aufhören. Ich hole mir eine Flasche hoch, wenn ich Lust dazu habe, und trinke sie: Mal alleine, mal mit euch. Hier unten ist nicht das Leben. Hier sind nur Flaschen. Ich habe mich mit Flaschen beschäftigt. Aber nicht mit dem Leben. Ich habe keine Kraft mehr. Wozu die ganze Mühe? Damit die Flaschen hier anstatt woanders herumliegen?“

„Deine Sammlung ist legendär! Es ist alles da! In den allerbesten Jahrgängen. Eine Rarität ist teurer als die andere! Das gibt es in keinem anderen Keller. Darauf kannst du stolz sein! Sobald wir raus sind, wirst du wieder Spaß daran finden. Du wirst sehen, dir fehlt etwas, wenn du nicht mehr sammelst“, erwiderte Sebastian.

Kurt winkte ab. „Das ist sehr nett, dass du mich aufmuntern willst, aber ich glaube, meine Entscheidung ist gefallen. Es ist genug. Ich habe guten Wein bis zu meinem Lebensende, und das ist nicht mehr so fern. Die Flaschen reichen jedenfalls.“

Sebastian schlug ihm auf die Schulter. „Du hast noch so viel Zeit und noch so viel vor. Sag so was nicht.“

Kurt schüttelte den Kopf. „Irene hätte es verstanden. Da bin ich sicher. Also, was wollt ihr trinken? Ihr habt freie Auswahl. Sucht euch aus, was ihr wollt.“

Sebastian und Paul sahen sich an.

„Das ist sehr großzügig, lieber Kurt, vielen Dank. Aber ich würde gerne noch etwas warten. Vielleicht später“, erwiderte Paul, freundlich wie ein Diplomat beim Staatsbankett.

Sebastian verdrehte die Augen. „Toll, danke. Lass uns doch warten, bis wir wieder draußen sind. Ist vielleicht besser, was Gutes oben im Wohnzimmer zu trinken."

„Da steht noch der 1990er Pétrus. Was aus dem wohl geworden ist?", fragte Kurt.

„Im Zimmer war es ja kühl, du drehst doch immer die Heizung zurück."

„Na, wegen der hohen Energiepreise. Was das kostet!"

„Mit ein bisschen Glück schmeckt er noch nach Pétrus."

„Er war ein bisschen schwierig. Ich weiß nicht, er hat anders geschmeckt. Nicht so, wie ich ihn kenne. Matt, einfach, banal. Ein bisschen dürftig für 4000 Euro."

Sebastian sah Paul scharf an. „Unser unbestechlicher Bordeaux-Experte hat das anders gesehen. Deswegen sitzen wir hier. Schon vergessen?"

Paul blickte die beiden mit großen Augen an. „Ich darf Sonja nicht mehr allein lassen. Sie darf mich nicht mehr allein lassen. Wir müssen zusammen sein. Ich muss vieles ändern. Ich darf nicht Kurts Gedanken in meiner Kolumne verwenden. Es sind seine Gedanken. Seine eigenen, präzisen Argumente. Genau abgewogen. Ich formuliere ein wenig drum herum, baue ihnen ein Haus, und schon ist die Kolumne fertig. Nein, das geht so nicht mehr. Ich werde mit Sonja zusammen sein. Wenn sie es will."

Sebastian lachte auf. „Jetzt werdet nicht sentimental. Die Woche war verdammt hart. Aber deswegen werde ich doch nicht mein Leben umkrempeln. In zwei Wochen lachen wir da drüber."

„Kümmere dich um Steffi", sagte Kurt streng.

„Werde ich", flüsterte Sebastian und blickte wieder zur Uhr. „Irgendwie".

Er stand auf, ging zur Tür, hämmerte und trat dagegen. Sie blieb verschlossen. „Scheiße! Scheiße!"

***

Der Vormittag zog langsam vorüber. Elisabeth schlief und weinte, Martin räumte ein wenig auf, spülte die Teller, trank Tasse um Tasse Kaffee, blätterte in der Zeitung, kochte eine frische Kanne und sah jede Viertelstunde nach ihr. Das Radio dudelte Operettenmelodien. Er hatte Stephan angerufen und ihm von dem Sturz berichtet. Stephan hatte versprochen, am Abend nach seiner Mutter zu sehen.

Martin stieg hinab in den Keller, ging dort auf und ab, setzte sich auf den Hocker vor der Werkbank und rief bei Security Team an.

„Ich brauche nachher kurz mal den Schlüssel vom Objekt Hanauer Straße 53. Habe dort beim Rundgang meine Taschenlampe vergessen. Sie muss auf der Terrasse liegen. Ich klingele erst, aber ja, wie immer. Den Schlüssel brauch ich nur für den Fall, dass der Eigentümer nicht da ist. Ja, Chef. Ich kenne doch die Regeln, Chef. Tut mir leid, ist doch keine große Sache. Ich stelle die Alarmanlage ab, gehe ums Haus, hole meine Lampe und schalte das System wieder scharf. Ja, danke. Bis später."

Er legte auf und lauschte dem Ticken der alten Standuhr.

„Tick schneller, du blödes Ding", knurrte er. Nervös sortierte er ein paar herumliegende Schrauben in die Kästchen aus Kunststoff, die in einem Metallschränkchen steckten. Er schob Holzstücke auf die Stapel im Regal, zog mit Schleifpapier über die rauen Kanten, reinigte ein paar Holzbohrer von den Sägespänen und sortierte das große Sortiment an Schraubenziehern. Dann ging er wieder nach oben. Elisabeth war wach.

„Erholst du dich ein wenig?", fragte er lächelnd.

„Ja, ein bisschen."

„Tut es noch sehr weh?"

Sie nickte stumm und blickte zu Boden.

„Doktor Sander kommt bald. Es ist gleich Mittag!"

***

Kurt lief mit schnellem Schritt um den Tisch. Wieder und wieder. Er zitterte.

„Schon nach elf! Wo bleibt Ewa denn? Warum kommt sie nicht? Was macht die denn?"

Paul saß kerzengerade am Tisch und beobachtete Kurts Runden genau. Sebastian kaute an den Fingernägeln. Kurt zog sich an den Haaren, blickte wieder zur Uhr und lief schnaufend um den Tisch.

„Ich muss nach der Maus sehen", krächzte Paul, ging nach hinten, kam zurück und stellte sich Kurt in den Weg.

„Das Futter ist weg. Sie lebt. Sie ist hier. Wie wir."

Kurts Hände zitterten. „Aha ... also ... ja ..."

„Gut, dass wir das geklärt haben. Danke, Paul", sagte Sebastian. Plötzlich ballte er die Fäuste und schrie: „Scheiße, Ewa, mach dich endlich an die Arbeit. Ich will hier raus! Endlich raus!"

***

Es klingelte.

„Endlich", rief Baumgärtner und sprintete zur Tür. Draußen grüßte Doktor Sander, ein freundlicher Mann Anfang fünfzig mit blonden Haaren, die fast bis zu den Schultern reichten, Musketier-Bärtchen und zwei großen Alukoffern in der Hand.

„Gut, dass Sie kommen konnten!", rief Baumgärtner.

„Wo ist Ihre Frau?", fragte Doktor Sander ruhig.

„Im Wohnzimmer. Kommen Sie."

Der Arzt gab Elisabeth die Hand. „Was ist Ihnen denn passiert?", fragte er lächelnd.

„Bin die Treppe runtergefallen", presste sie heraus.

„Wo tut's denn genau weh?"

Sie zeigte es ihm. Doktor Sander tastete sie ab, stellte einige Fragen, ließ sie Bewegungen mit den Füßen und Beinen machen, was ihr nur teilweise gelang.

„Können Sie aufstehen?"

Elisabeth verzog den Mund.

„Herr Baumgärtner, könnten Sie mir helfen? Wir probieren das jetzt gemeinsam."

Sie rappelte sich hoch, drehte sich steif und ließ die Beine in Richtung Boden baumeln. Dr. Sander und Martin fassten sie an den Achseln und halfen ihr hoch.

„Au", jammerte Elisabeth, doch sie stand.

„Versuchen Sie, ein paar Schritte zu gehen."

Sie hinkte mit schmerzverzerrtem Gesicht drei holprige Schritte vorwärts. Die beiden halfen ihr zurück aufs Sofa.

Doktor Sander sah sie an und lächelte. „Das ist sehr gut. Ich denke, da ist nichts gebrochen oder gerissen. Das sind nur Prellungen. Die tun sehr weh, aber das geht vorüber."

Er strich sich durch den Bart, kontrollierte ihren Blutdruck und den Puls. „Der Blutdruck ist erhöht, das ist aber normal in dieser Situation. Kein Grund zur Besorgnis. Ich lasse ihnen in der Praxis ein Rezept für ein Schmerzmittel und eine Salbe zum Einreiben ausstellen. Können Sie es gleich heute Nachmittag abholen?"

„Ja, klar", stotterte Martin.

„Dann alles Gute! Kopf hoch, das geht bald vorüber. Und kommen Sie morgen in die Praxis. Ich würde mir die Sache gerne noch einmal genau ansehen."

Beide nickten beflissen.

„Versuchen Sie, heute Nachmittag ein wenig die Beine zu bewegen. Auch wenn's wehtut. Können Sie ihrer Frau dabei helfen?"

„Natürlich."

Doktor Sander schloss seinen Koffer und tätschelte Elisabeths Schulter. „Übermorgen haben Sie das Schlimmste überstanden. Kommen Sie in die Praxis, ja?"

Elisabeth lächelte erleichtert und ein bisschen zuversichtlich. „Vielen Dank, dass Sie kommen konnten!"

„Alles Gute. Wir sehen uns."

Baumgärtner brachte Doktor Sander zur Tür, bedankte sich überschwänglich und ging zurück ins Wohnzimmer.

„Du hast Glück gehabt, Elisabeth."

Sie lachte und strich über seine Hand.

Er umfasste sie fest. „Jetzt schlaf ein wenig."

„Und das Mittagessen?"

„Ich bekomme nach dem Schrecken keinen Bissen herunter. Du etwa?"

Sie schüttelte den Kopf.

„Ich hole uns heute Abend eine Pizza. Bis dahin hast du wieder Appetit. Die ist ja nicht so teuer."

„Ja, das machen wir so."

„Jetzt schlaf ein wenig. Ich muss kurz zu Security Team. Mein Chef hat mich bestellt. Besprechung."

„Warum das denn? Kriegst du etwa gekündigt?"

„Irgendwas mit dem Dienstplan wäre zu besprechen, hat er gesagt."

„Dann fahr hin. Und denk an mein Rezept!"

„Aber ja doch."

Er küsste sie auf die Haare.

„Bis später. Schlaf gut."

„Ich bin so erleichtert, dass nichts gebrochen ist!"

„Ich auch. Mach's gut."

Martin zog seinen Parka über, ging in den Keller, holte das Abwasserrohr, legte es vorsichtig in den Kofferraum und fuhr los. In der Offenbach besorgte er sich den Schlüsselbund und fuhr am Main entlang zu Kurts Haus. Es regnete wieder.

Den Briefkasten verstopften feuchte Zeitungen, Werbeprospekte und einige Umschläge. Die übrige Post lag davor auf dem Boden. Er atmete tief durch und zog die Zeitungen heraus. Ewa war offenbar noch nicht da. Er nahm den Schlüsselbund, sah den Schlüssel eine Sekunde lang an und schloss die Haustür auf. Die Alarmanlage piepte schrill. Er ging hinein, öffnete den

Bauernschrank und gab auf dem versteckten Ziffernblock den Code ein: 19821990#.

Das Piepen verstummte. Baumgärtner ging zurück zum Auto, öffnete den Kofferraum, zog das Gewehr aus dem Rohr, entsicherte es und ging ums Haus in den Garten. Zur Bunkertreppe.

***

Paul jammerte leise, Kurt atmete schwer und Sebastian kratzte wieder seine Arme, die längst von blutigen Striemen gezeichnet waren. Er stand auf, ging zur Spüle und trank kaltes Wasser aus der Leitung.

„Ich will nicht sterben“, hauchte Paul, „Sonja, hilf mir. Bitte! Ich habe Angst.“

Sein Blick irrte wieder und wieder durch den Keller.

Kurt sah auf die Uhr. „Schon nach eins. Sie kommt nicht“, flüsterte er.

„Schscht! Da ist ein Auto! Da kommt jemand!“

Sebastian hob den Kopf und lauschte angestrengt. Paul und Kurt hielten die Luft an und sahen ihn an.

„Eine Autotür! Ewa!“

Die drei atmeten nicht mehr.

Sebastian streckte das Kinn vor und hob die Hand. „Paul, geh nach vorne. Wenn es klackt, mach sofort die Tür auf und halt sie fest!“

Paul nickte.

Sebastian hielt ihn an der Schulter fest und flüsterte: „Egal, was passiert, halt nur die Tür offen. Verstanden?“

Paul sprang ungelenk zur Bunkertür.

Sie standen wie Statuen da, hielten die Luft an, pressten die Hände zu Fäusten und starrten zur Tür. Eine Minute lang geschah nichts.

„Oh Gott, bitte hilf uns“, presste Kurt hervor. Da klackte es zweimal. So, wie es vor sieben Tagen geklackt hatte. Paul drückte gegen die Tür. Mit einem Schmatzen öffnete sie sich.

„Offen!“, brüllte er.

Kurt und Sebastian stürzten zur Tür, rissen sie weit auf und stolperten ins Freie. Sebastian stürmte auf die Stufen zu, rutschte auf der regennassen Kante ab und stürzte zu Boden. Kurt und Paul zogen ihn hoch. Sebastian schrie. Kalte, frische Luft umfing ihre Körper. Er atmete tief und sah zum grauen Himmel hinauf. Sie taumelten die Treppe nach oben. Dort erblickten die drei Martin Baumgärtner, der das Gewehr auf sie gerichtet hatte.

„Schönen guten Tag, die Herren“, rief er und grinste.

„Martin, du? Hast du uns hier eingeschlossen?“, stammelte Kurt.

„Wer ist das? Du Arschloch!“, brüllte Paul. „Ich hau dir in die Fresse!“

„Das ist Baumgärtner“, flüsterte Sebastian.

„Was soll das?“, fragte Kurt.

„Sieh es mal so: Eure Strafe habt ihr abgesessen. Ich bin jetzt euer Bewährungshelfer. Wenn ihr euch anständig benehmt, dürft ihr duschen gehen.“

Paul stemmte die Hände in die Hüften. „Das ist Freiheitsberaubung. Ich habe wegen dir meinen Kulturpreis verpasst!“

„Oh, wie unangenehm“, sagte Baumgärtner spöttisch.

Paul stürzte auf ihn zu. „Du Arschloch, ich hau dich weg mit deiner Attrappe. Ich zeig dich an.“

Baumgärtner legte das Gewehr an und schoss in den alten Apfelbaum neben dem Bunkereingang. Der Stamm splitterte. Paul machte zwei Schritte rückwärts und blickte ihn mit starren Augen an. Kurt und Sebastian sahen zum Stamm, zu Paul und zu Baumgärtner.

„Der schöne Baum. Musste leider sein, Kurt. Das wäre also geklärt.“

„Was wollen Sie?“, fragte Sebastian unsicher.

„Ach, Sie haben keine Idee? Wirklich nicht? Dann raten Sie mal. Ist nicht schwer.“

Sebastian sah zu ihm hoch. „Wollen Sie Geld?“

„Ich finde das zu einfach. Ich will, dass ihr eine offene Rechnung bezahlt. Ihr habt mein Erbe abgegriffen, und die Flaschen von Onkel Johannes sind verdammt viel wert. Tausend Euro habt ihr mir dafür gegeben, damit war doch nicht mal eine Flasche bezahlt. Mindestens 400 Flaschen habt ihr rausgeschleppt. Und jetzt zahlt ihr die restlichen 399. Dann muss ich keine Nachtschichten beim Sicherheitsdienst mehr schieben. Wisst ihr eigentlich, wie das ist? Jede Nacht bis eins? Oder bis früh um sechs? Bei dieser Kälte? Mit dem bisschen Lohn bezahle ich die Schulden von Onkel Johannes. Da staunt ihr Klugscheißer, was?"

„Martin, bitte", stammelte Kurt.

„Ich habe von Onkel Johannes nichts geerbt. Sein Haus ist mit einer Hypothek belastet. Und den Kredit muss ich abzahlen. Jeden Monat pünktlich. Aber mein Erbe hast du mit den zwei Gaunern da weggeschafft. Was blieb mir übrig? Ich musste wieder arbeiten gehen. Um den Kredit von Onkel Johannes abzuzahlen. Ach, das wusstet ihr nicht? Ihr hättet mich ja auch nicht übers Ohr hauen müssen. So, und jetzt wird abgerechnet."

„Du hast ja so recht", jaulte Kurt. „Wir regeln das. Unter Freunden."

„Genauso unter Freunden wie damals? Ich hätte allergrößte Lust, euch eine zu verpassen!"

„Nein, bitte! Wir reg... Wir regeln das", stotterte Paul.

Da sprang Sebastian nach vorne, griff blitzschnell nach dem Gewehr, konnte es Baumgärtner aber nicht entreißen. Die beiden verkeilten sich ineinander, der Gewehrlauf wirbelte umher. Ein Schuss löste sich und streifte Sebastians Oberschenkel. Er schrie, fiel nach hinten und hielt sich das Bein.

„Wollt ihr mich verarschen?", brüllte Baumgärtner.

Sebastian wimmerte. Blut lief aus seiner Hose.

„Mir wird kalt", knurrte Baumgärtner. „Alle rein ins Haus, Freunde. Da regeln wir den Rest. Los geht's!"

Sebastian wand sich hoch und hinkte wimmernd den Gartenweg entlang. Kurt stützte ihn, Paul lief hinterher, Martin Baumgärtner neben ihnen zielte auf sie.

„Wir müssen die Sache regeln", flüsterte Kurt Sebastian zu. Am Hauseingang warf Baumgärtner den Schlüsselbund zu Kurt.

„Schließ auf, die Alarmanlage ist aus."

Sie gingen ins Haus. Baumgärtner schloss die Tür, verriegelte das Schloss und steckte den Schlüssel in die Jacke.

„Ins Wohnzimmer mit euch."

Sie gingen zum ovalen Tisch und setzten sich. Baumgärtner sah sich um und erkannte die Pétrus-Flasche, die neben der Karaffe auf dem Buffet stand.

„Wenn wir schon beim Betrug sind", sagte er und nahm mit der Linken die leere Flasche in die Hand. „Dieser Pétrus oder wie der heißt, der muss ein ziemlich teures Weinchen sein."

„Einer der teuersten der Welt", stotterte Paul. „Besonders dieser Jahrgang. 1990."

„Stammt die Flasche von Onkel Johannes?"

Kurt nickte. „Sechs Flaschen habe ich mit ihm zusammen gekauft. Jeder drei."

Baumgärtner entspannte seine Gesichtsmuskeln und sah die drei freundlich an. „Hat er euch gut geschmeckt?"

Kurt wog den Kopf. „Ich weiß nicht recht. Paul fand ihn hervorragend, ich nicht so sehr."

„Onkel Johannes hat mir erzählt, dass er sie, sagen wir, sehr günstig einem Immobilienmakler abgekauft hat. Der hatte ein paar Dinger an der Steuer vorbei gedreht, und Onkel Johannes wusste das, weil er sich in der Bank die Transaktionen dieses Herrn angesehen hatte. Er hat einem Kollegen mal kurz auf den Bildschirm geschaut und seine Schlüsse gezogen. Der wusste, wie man's macht."

„Deswegen hat dieser Immobilienmakler sie uns so weit unter Wert verkauft? Weil Johannes ihn damit erpresst hat?"

„Du kanntest ihn gut, Kurt! ‚Tu mir einen Gefallen, oder das Finanzamt bekommt einen anonymen Tipp.' Das hat er öfter mal gemacht, wenn er damit erreichen konnte, was er wollte. Hat gut geklappt, oder? Plötzlich gab's den Luxuswein im Sonderangebot. Hat euch sicher viel Geld gespart."

Kurt schnappte nach Luft. „Johannes hat nur gesagt, er hätte hart verhandelt. Die Flaschen hätten uns sonst das Doppelte gekostet."

„Hat er dir auch den Rest der Geschichte erzählt?"

Kurt hob die Augenbrauen und schüttelte den Kopf.

„Kurz nach dem Kauf hat Onkel Johannes herausgefunden, dass die Flaschen gefälscht sind. Hervorragend gefälscht, hat er gesagt."

„Wie? Die waren gefälscht?"

„Keine Ahnung. Aber dieser hier – 1990 – da war er sich sicher. ‚Die perfekte Fälschung', hat er gesagt. Da würden sogar Profis drauf reinfallen. Das Etikett und der Korken wären original, nur wäre halt kein Pétrus drin, sondern ein viel billigerer Wein, der so ähnlich schmeckt. Irgendein winziges Detail hat er aber entdeckt, das da nicht hingehört. Für ihn war die Sache klar."

„Verdammte Hacke", zischte Paul.

„So hat's mir Onkel Johannes erzählt."

Kurt japste und blickte zur Decke. „Jetzt verstehe ich. Der Wein war so ... anders. Eine Fälschung! Und ich dachte, ich würde ..."

„So ist das Leben", schnitt ihm Baumgärtner das Wort ab. „Muss aber ein gutes Geschäft gewesen sein. Sogar für Onkel Johannes. Das scheint sich richtig zu rechnen, wenn schlaue Experten wie ihr da Tausende Euro hinlegt und keiner merkt, dass er aufs Kreuz gelegt wird." Baumgärtner kicherte hämisch.

„Und wer hat damals tiriliert und gejubelt?", brummte Sebastian. „Legenden des Weins – war das nicht die Überschrift deines Artikels, Paul Winterburg?

Vom großen Journalisten, dem man vor ein paar Tagen einen Preis für seine kompetente Weinkritik verliehen hat. Ist das nicht herrlich?"

Paul schnaubte und blickte zu Boden.

Baumgärtner richtete das Gewehr auf die drei. „Onkel Johannes war da ganz entspannt. Er hat gesagt, die Flaschen hat er Leuten aufgemacht, von denen er etwas wollte. Keiner hätte je etwas gemerkt. Alle hätten sich gefreut und innig bedankt. Dann hat er mit denen gute Geschäfte gemacht. Willig waren sie ja nun, weil sie bei ihm den großen, teuren Pétrus trinken durften. ‚Das hebt die Stimmung und rechnet sich am Schluss', hat er gesagt. Tja, ihr Weinexperten, ihr habt wirklich nichts gemerkt?"

„Doch. Ich konnte es nur nicht einordnen. Mit so einer Sauerei habe ich nicht gerechnet", sinnierte Kurt.

„Sauerei, sagst du? Na, so was! Da fällt mir noch eine Sauerei ein. Und was für eine!", bellte Baumgärtner.

Kurt hob beide Arme. „Wie viel Geld brauchst du? Ich will es regeln. Und ihr beide wollt es auch, nicht wahr?"

Paul und Sebastian sahen ihn müde an.

„Ganz einfach. Ihr rückt einfach meinen Wein wieder raus. Die tausend Euro verrechnen wir als Zinsen."

„Ist nicht so einfach. Die Weine von Johannes liegen nur teilweise hier im Keller. Paul und Sebastian haben auch viele Flaschen bekommen. Ein paar haben Paul und ich getrunken, Sebastian hat sie verkauft. Den Wert ersetzen wir dir selbstverständlich."

„Gut, dann gehen wir jetzt wieder in den Keller zum Kistensortieren. Da unten seid ihr doch fast schon zu Hause."

„Ich gehe da nicht wieder rein. Nie wieder. Erschieß mich halt", schrie Paul.

„Ein Vorschlag zur Güte", sagte Martin Baumgärtner leise, deutete mit dem Gewehr auf Sebastian und danach zu Kurt und Paul. „Ihr zwei geht in den Bunker und holt die Kisten rauf. Wenn ihr in fünf Minuten nicht wieder hier seid, hat euer Freund die erste Kugel im Knie. Verstanden?“

Sebastian blickte ihn voller Panik an, zuckte mit den Augenbrauen, rutschte tief in den Stuhl und schlang die Arme um seinen Körper.

Kurt streckte ihnen den Schlüsselbund entgegen.

„Ja, sicher. Wir holen den Wein aus dem Keller. Ganz ruhig, Martin, genauso machen wir's.“

Baumgärtner blickte auf die Armbanduhr.

„Fünf Minuten. Ab jetzt.“

Paul und Kurt rannten durch die Terrassentür ins Freie.

Baumgärtner senkte den Gewehrlauf. „Nur eine Sache. Mein Sohn weiß nichts von der Angelegenheit. Er weiß auch nichts von den Problemen mit Onkel Johannes und dem Erbe. Halt ihn da raus, ja? Sonst komme ich noch mal vorbei.“

„Alles klar. Ja. Ist gut.“

„Dann ist das geklärt.“

Baumgärtner ging in die Küche, holte zwei Geschirrhandtücher und warf sie zu Sebastian.

„Verbinde dich erst mal, du verschmierst hier alles.“

Sebastian tupfte die Wunde ab und band ein Handtuch um den Oberschenkel.

Kurt und Paul kamen zurück und stellten drei Kisten vor Baumgärtners Füße. Er nickte.

„Wir gehen noch mal runter und holen die anderen.“

Nach einigen Minuten stapelten sich 15 Kisten mit berühmtem Bordeaux im Wohnzimmer.

„Was ist da jetzt drin?“

„Das da vorne sind Lafite 1982, 1986 und 1990. Sehr selten und teuer.“

„Den Namen hat Onkel Johannes oft genannt. ‚Der Lafite, der wird dir eines Tages viel Freude bereiten. Aber erst, wenn ich nicht mehr bin‘, hat er gesagt.“

„Damit hat er allerdings recht gehabt“, brummte Sebastian.

Baumgärtner sah die drei scharf an. „Und was ist da in den Kisten drin? Sind das auch Fälschungen? Bei euch weiß man das doch nie. Macht sie auf, sofort."

Kurt stand auf. „Ich muss in der Küche einen Schraubenzieher holen. Die Kisten sind zugenagelt. Darf ich?"

„Geh nur."

Kurt kam mit einem langen Schraubenzieher aus der Küche und setzte ihn an den Deckel der ersten Kiste. Mit lautem Knacken öffnete sie sich. Baumgärtner hob den Deckel ab und nahm eine Flasche in die Hand, ohne die drei aus den Augen zu lassen. „Lafite 1990", las er, drehte die Flasche und legte sie zurück. Sie sah nagelneu aus. Kurt hebelte die zweite Kiste auf. Baumgärtner hob den Deckel hoch und stutzte. Auf den wie neu aussehenden Flaschen des Lafite 1982 lag ein großer, brauner, verschlossener Umschlag. Er erkannte die geschwungene Handschrift seines Onkels und las „Für meinen Lieblingsneffen Martin".

Verwundert drehte er den Umschlag in der Hand und ließ das Gewehr sinken. Er nahm den Schraubenzieher und öffnete den Umschlag. Die drei folgten neugierig seinen Händen.

„Was ist das?", fragte Kurt.

„Moment", schnauzte Martin Baumgärtner und zog einige mit Schreibmaschine beschriebene Blätter heraus.

Er las: Stiftung Vinifera, Treuhänder Dr. Urs Zimmerli, Vaduz", eng bedruckte Seiten voller Paragrafen, eine Telefonnummer, eine lange Zahlenfolge und die Wörter „Elisabeth Juni". Auf dem letzten Blatt war eine andere Zahlenkombination notiert.

„Elisabeth hat im Juni Geburtstag", murmelte er. Er setzte sich und betrachtete verwirrt die Papiere.

„Darf ich?", fragte Kurt leise.

„Du schon. Die beiden anderen geht das nichts an. Klar?"

Kurt nahm die Blätter und drehte seinen Stuhl so, dass Paul und Sebastian nicht hineinsehen konnten.

„Das sieht für mich aus, als hätte Johannes eine Stiftung in Liechtenstein eingerichtet, die ein Konto in der Schweiz führt", presste er heraus. „Jetzt verstehe ich."

„Was verstehst du? Eine Stiftung? Ein Schweizer Konto? Was bedeutet das alles?"

„Er hat Schwarzgeld geparkt", brummte Sebastian.

„Johannes hat mir einmal erzählt, er hätte das finanzielle Perpetuum mobile entdeckt", sagte Kurt tonlos. „Aus seinem guten Namen würde er Geld machen, daraus Wein und aus dem sehr viel mehr Geld, mit dem man wieder neuen guten Wein kaufen könnte. Einen kleinen, privaten Weinfonds wollte er auflegen. Mit Sitz in Liechtenstein. Nur er. Keine Beteiligten, keine Geschäftsführer, kein Verwaltungsrat. Ganz privat. Ich sollte auch investieren. Er wollte eine Menge Bargeld oder ein paar Kisten Pétrus oder Mouton Rothschild. Das war ein paar Monate vor seinem Tod. Habe ich nicht gemacht. Ist nicht meine Welt. Aber jetzt verstehe ich."

Sebastian wollte aufstehen, doch mit schmerzverzerrtem Gesicht sackte er wieder in den Stuhl. „Ist doch ganz einfach: In Deutschland war Steinfeld ein Pensionär mit einer schönen Rente, für die er nicht viele Steuern gezahlt hat. Da hat er sich ein schönes Sümmchen bei der Bank geliehen und damit bei seinen, sagen wir, guten Quellen besten Bordeaux billig für den Fonds eingekauft. Die richtigen Jahrgänge, als Grundstock. Dann hat er ein bisschen Werbung gemacht und bei seinen Freunden und Investoren ordentlich Wein und Geld eingesammelt. Mit der Wertsteigerung der Weine und dem Verkauf der einen oder anderen Kiste hätte er satte Gewinne gemacht. Da gehen 15 bis 20 Prozent pro Jahr, wenn man's richtig macht. In guten Jahren noch mehr. Den Kredit hat er einfach in seine Kosten eingerechnet, und die haben ja seine Investoren gezahlt. Und Steinfeld hätte immer schön weiter frisches Geld eingesammelt, sich satte Provisionen abgezwackt und weitergemacht. Der wollte reich sterben."

Baumgärtner schlug mit voller Wucht auf den Tisch. „Der hat für 100 000 Euro Wein gekauft? Auf Kredit? Wir haben nach seinem Tod monatelang das Geld gesucht! Nichts haben wir gefunden, gar nichts! Wir dachten, er hätte es verzockt und verprasst! Dabei war der Kerl noch viel geldgieriger, als ich dachte!"

Kurt schaute ihn erschrocken an. „Ich habe gedacht, Johannes sei Sammler und Weinfreund. So wie ich. Mit Leidenschaft."

Baumgärtner stemmte die Arme auf den Tisch.

„Onkel Johannes hat mir öfter erzählt, dass er bei reichen Ärzten, Unternehmern, Werbeleuten, wen er so halt alles kannte, einen Haufen Geld zum Investieren eingesammelt hätte. Wenn er ihnen erzählt hat, dass die Rendite steuerfrei ist, hätten sie ihm die Tausender nur so hinterhergeworfen. Seine Weinfreunde, so hat er sie genannt. Und jetzt das! Der Hypothekenkredit auf sein Haus steckt da drin! Und ich muss den Umschlag mit all den Verträgen und Kontodaten jetzt zufällig in einer Kiste mit französischen Weinflaschen finden! Gibt's das? Hätte er den doch in seinen Unterlagen abgeheftet oder einfach ins Schließfach bei der Bank gelegt! Da hätte ich ihn wenigstens gefunden."

Sebastian blickte zu Baumgärtner und legte den Kopf schräg. „Wenn die Steuerfahndung bei ihm aufgetaucht wäre, hätten die Herren nichts gefunden. Nicht mal bei einer Hausdurchsuchung. Mit den Unterlagen im Schließfach hätte er aber ein echtes Problem gehabt. Das wäre ziemlich teuer für ihn geworden. Gerichtsverfahren, vielleicht Haftstrafe. Der wusste eben, wie man's macht."

Kurt und Martin sahen ihn erschrocken an.

„Jetzt entspannt euch! Ich weiss ja nicht, was in den Papieren drin steht. Aber für mich sieht das ungefähr so aus, als hätte er das Geld im Köfferchen nach Liechtenstein gefahren, damit in Bordeaux investiert und satt Rendite gemacht. Nach Abzug seiner wahrscheinlich fürstlichen Provision hat er steuerfreie Gewinne auf Treuhänderkonten in Liechtenstein ausgezahlt. Das ist echt ein Perpetuum mobile. Du kaufst Wein in Hongkong, Singapur, Moskau oder sonst wo in der Welt. Das Geld kriegst du zinsfrei von deinen Investoren. Spurenfrei. Die Stiftung in Liechtenstein zahlt den Wein über ihr Schweizer Konto. Und so verkaufst du auch wieder. Das Geld kommt aus Hongkong und Singapur wieder direkt in die Schweiz und von da aus, huschhusch, nach Liechtenstein. Kein Dollar, kein Franken hinterlässt irgendwo eine Spur. Bei niemandem, der da investiert. Von Steinfeld kann man was lernen. Respekt!"

Kurt starrte auf den Tisch. Dann schrie er: „Wieso kennst du dich so gut aus mit all diesen Geschäften? Das ist illegal! So was macht man nicht!"

„Ich muss halt meinen Cashflow am Laufen halten. So läuft das. Aber eine Stiftung ist mir viel zu teuer. Das rechnet sich nur, wenn da richtig viel Geld drin ist."

Kurt schlang die Arme um den Körper und rang nach Luft.

„Ich dachte, Johannes liebt Wein. Er wusste so viel. Er konnte kosten, er ahnte, welche Weine sich gut entwickeln würden. Er hatte alles gelesen. Und er hat immer nur das Beste gekauft. Dafür habe ich ihn bewundert. Dabei ging es ihm nur um Geld. Um Rendite. Dieser Wicht! Er hat's nur wegen der Rendite gemacht."

Kurt ließ den Kopf auf den Tisch sinken und jammerte leise.

Baumgärtner drehte sich im Kreis und verdrehte die Augen.

„Ein Weinfonds mit Schwarzgeld. Eine Stiftung. Ein Schweizer Konto. Und ich gutmütiger Idiot habe das vier Jahre lang mit Nachtschichten bezahlt. Muss ich jetzt etwa nach Liechtenstein zu diesem Treuhänder fahren? Und mich an der Grenze verhaften lassen? Wie soll ich das regeln? Ich kann Elisabeth doch nicht alleine lassen."

Kurt blätterte in den Unterlagen.

„Du bist in der Stiftung als Bevollmächtigter eingetragen. Mit Geburtsdatum und Kennwort. Du kannst über das ganze Geld verfügen." Er hielt ihm die Seite hin.

„Ich? Bevollmächtigter? Wozu? Was soll ich damit?"

„Ein bisschen Schwarzgeld abheben zum Beispiel", knurrte Paul.

„Ich wusste doch nicht, dass er in Liechtenstein ... Er hat nie etwas gesagt. Er hat nur immer gesagt, der Wein in der Kiste würde mir mal viel Spaß machen. Aber mehr hat er nie erzählt."

„Er ist von uns gegangen, bevor er den Weinfonds schließen konnte", flüsterte Kurt. „Er dachte, er hätte noch Zeit. Da hat er sich verrechnet. Das ist jetzt alles dein Geld."

Martin blickte ihn unsicher an und kratzte sich am Kinn.

Kurt rieb seine Augen, ging zum Buffet und nahm das schnurlose Telefon aus der Schale.

„Hier. Ruf die Bank an. Sie muss dir Auskunft geben. Du hast die Vollmacht. So steht das da."

Baumgärtner ignorierte das Blatt, nahm wortlos das Telefon, zog die letzte Seite aus dem Umschlag zu sich, studierte die Adresse und Telefonnummer des Instituts und wählte.

„Kein Anschluss unter dieser Nummer. Scheiße war's", schrie er.

„Hast du die richtige Vorwahl gewählt? +41 für die Schweiz?"

„Was für eine Vorwahl? Wie macht man dieses Plus?"

„Ich helf dir", sagte Kurt vorsichtig.

Martin reichte ihm das Telefon. Kurt tippte die Nummer langsam in die Tastatur.

„Bitte. Freizeichen."

Baumgärtner hielt ungelenk das Telefon ans Ohr.

„Wartemusik. Toll." Er machte einige Schritte vor- und rückwärts. „Guten Tag, hier ist Baumgärtner. Aus

Deutschland. Was ich möchte? Ein Konto abfragen. Die Nummer? Warten sie." Er las langsam die Ziffern vor.

„Ja, ich warte. Danke."

Er schaute zu Kurt. „Ich werde mit meinem persönlichen Ansprechpartner verbunden, der alles für mich erledigt, hat sie gesagt."

Die Wartemusik krächzte aus dem Hörer ins Wohnzimmer. Dann war eine männliche Stimme zu hören.

„Ja, guten Tag auch. Ich würde gerne ein Konto abfragen. Bin ich da bei Ihnen richtig? Ich muss mich legitimieren? Aha. Und wie?"

Er nannte sein Geburtsdatum.

„Das Codewort? Warten Sie. ‚Elisabeth Juni.' Ja? Danke. Was ich will? Den Kontostand abfragen. Gut, ich warte." Die drei sahen ihn gespannt an.

„Wie viel?" Baumgärtner stand mit offenem Mund da, sank in den Stuhl, schnaufte und schwieg. „Wiederholen Sie das bitte?"

Er schüttelte den Kopf, kratzte sich und blickte noch einmal auf das Blatt.

„Hier habe ich noch eine zweite Kontonummer. Darf ich Ihnen die auch sagen? Gut. Er las die Ziffern vor und nannte das Codewort.

„Wie? Ein Depot ist das? Gut. Und was ist drauf? Ja, der Depotwert. Bitte."

Baumgärtner schnaufte, fasste sich an den Kopf und zog an seinen Haaren.

„Mein Gott! Wie bitte? Eine Transaktion? Ja, überweisen Sie mir bitte, na sagen wir, 10 000 Euro. Warten Sie, besser wären vielleicht 30 000. Wunderbar. Was brauchen Sie dazu? Meine Kontonummer? Kleinen Moment, bitte."

Hektisch kramte er in den Taschen seines Parkas, zog das Portemonnaie hervor und fingerte seine EC-Karte heraus.

„Sind Sie noch dran? Also, hier ist die Kartennummer ... Nicht? Ach so, die internationale Kontonummer. Wie heißt die? IBAN? Nie gehört. Warten Sie mal. Ach, da steht sie doch." Stockend las er die vielen Ziffern vor.

„Meine Bank? Das ist die Stadtsparkasse Hanau. Nein? Was brauchen Sie? Den BIC? Er hielt die Karte vor die Augen und las stockend die Buchstabenfolge vor. „Ist das richtig so? Sehr gut! Nein, es muss keine Expressüberweisung sein. Ist nicht eilig. Dankeschön. Ihnen auch einen schönen Tag. Wiederhören."

Martin drückte einige Male auf die rote Taste des Telefons und ließ es auf den Tisch gleiten. Er sicherte das Gewehr, stellte es ans Buffet und sah Kurt, Paul und Sebastian in die stoppeligen Gesichter.

„Was ist?", krächzte Paul.

„Ich ... ihr ...", stotterte er, atmete tief und drückte das Kreuz durch. „Wisst ihr was? Ich schenke euch die Weine, um die ihr mich beschissen habt! Trinkt sie, verkostete sie, tauscht sie, verschenkt sie, verkauft sie, versteigert sie. Meinetwegen in Liechtenstein. Mir egal. Ich will damit nichts mehr zu tun haben. Noch mal für alle zum Mitschreiben: Das Zeug in den Kisten da hat mich vier Jahre meines Lebens gekostet. Ich habe Nachtschichten bei Security Team abgerissen, weil mein lieber Onkel Johannes mir 100 000 Euro Schulden für einen Kredit vererbt hat. Das geliehene Geld war nicht aufzufinden. Er hat's nach Liechtenstein in eine Stiftung geschafft und davon irgendwelchen Luxuswein gekauft, damit er und seine ach so guten Freunde steuerfrei abkassieren können. Dann ist er in die Ewigkeit abmarschiert und ich Idiot habe geerbt und brav die Raten gezahlt. Liege ich da richtig?"

„Sieht wohl so aus", flüsterte Kurt.

„Und ihr Gauner habt den teuren Weinkeller abgegriffen, mit dem ich den Kredit hätte zahlen können. War ein echter Freundschaftsdienst, Kurt! Was blieb mir übrig? Ich bin wieder arbeiten gegangen. Ich mache einen beschissenen Job für einen miesen Stundenlohn. War eine harte Zeit. Und jetzt viel Spaß mit den Flaschen!"

„Das wussten wir doch nicht. Wirklich, wir ...", rief Paul.

„Halt die Schnauze! Ihr wusstet genau, was die Flaschen wert waren! Ihr habt mich betrogen, und ich habe mich betrügen lassen. Was ist schlimmer? Das frage ich mich schon lange. Aber das ist jetzt egal. Macht damit, was ihr wollt. Ich schenke sie euch. Großzügig, nicht? Ihr könntet wenigstens mal Danke sagen."

„Danke, vielen Dank", stammelten sie.

Baumgärtner stand auf und schob die Stiftungsunterlagen sorgfältig zurück in den Umschlag.

„So, die Herren, ich habe zu tun. Zuerst muss ich kündigen. Dann muss ich zum Doktor, das Rezept holen. Danach in die Apotheke. Und ich muss einen großen Blumenstrauß für Elisabeth kaufen. Viel zu tun für einen armen Rentner!"

Er lachte hysterisch und schlug dem im Stuhl zusammengesunkenen Kurt hart auf die Schulter. „Viel Spaß mit meinem Geschenk, alter Freund. Melde dich, wenn du wieder Hausmacher Wurst haben willst. Ich habe jetzt viel Zeit, um sie dir zu besorgen."

„Danke!"

„Doch nicht dafür, alter Freund. Also, tschüss dann."

Paul, Kurt und Sebastian sahen ihm hinterher. Martin öffnete die Haustür, sprang die Treppe hinab, drehte sich um und lief zurück ins Haus.

„Nein, bitte", schrie Paul.

Martin ging an ihm vorbei zum Buffet und brummte: „Fast hätte ich das Gewehr vergessen. Heinz wartet schon drauf. Noch einen vergnüglichen Nachmittag!"

Er winkte mit dem Umschlag und schlug die Haustür zu. Im Auto ließ er sich in den Fahrersitz fallen und drehte das Radio bis zum Anschlag auf. Als er aus der Ausfahrt bog, kam ihm ein alter Kleinwagen entgegen. Darin saß Ewa. Sie winkte ihm zu.

Glossar

Barolo
Barolo ist ein Rotwein aus der italienischen Region Piemont, der nach einem südlich von Alba gelegenen Ort benannt ist. Er wird reinsortig aus der Rebsorte Nebbiolo produziert. Der Wein braucht eine lange Reifezeit, um die intensiven Gerbstoffe abzurunden. Er muss mindestens 38 Monate, der Barolo Riserva sogar 62 Monate im Holzfass reifen. Auch Reifezeiten von bis zu zehn Jahren und mehr bis zum Verkauf sind möglich. In der Flasche ist er 25 Jahre und länger haltbar. Die Italiener bezeichnen den Barolo als „König der Weine und Wein der Könige".

Baron de Ley
Weingut im spanischen Rioja, das sehr guten und lange lagerfähigen Rotwein für Preise zwischen zehn und zwanzig Euro erzeugt.

Bernkasteler Doctor
Auf der traditionsreichen, berühmten Schiefersteillage oberhalb von Bernkastel an der Mosel wächst ausschließlich Riesling an teils über 100 Jahre alten Rebstöcken. Bereits 1900 wurde beim Verkauf eines Drittels der Lage an Kommerzienrat Carl Wegeler der gewaltige

Preis von 100 Reichsmark pro Quadratmeter gezahlt. Die eleganten Rieslingweine, die dort entstehen, gehören zu den besten der Mosel und sind bis heute weltweit gefragt.

Bordeaux

Das französische Weinanbaugebiet gilt neben dem Burgund als die renommierteste Weinregion Frankreichs. Doch der weltweit bekannte Name ist nicht ganz korrekt: Die Stadt Bordeaux ist die Hauptstadt des Anbaugebiets, das auf Französisch Bordelais heißt. In 542 Weinorten produzieren rund 3000 Betriebe – die hier alle „Château" genannt werden – Wein auf insgesamt 120 000 Hektar Rebfläche. Das ist deutlich mehr als die gesamte Rebfläche Deutschlands mit rund 100 000 Hektar. Die wichtigsten Rebsorten sind Cabernet Sauvignon, Merlot und Cabernet Franc, dazu kommen in geringer Menge Petit Verdot und Malbec. Die meisten Weine werden als Cuvée aus Grundweinen dieser Sorten komponiert und im Holzfass ausgebaut. 1855 erfolgte anlässlich der Weltausstellung in Paris eine umfassende Einteilung der Bordeauxweine in Qualitätsklassen, deren oberste „Grand Cru" und „Premier Cru" genannt werden. Diese Klassifizierung ist noch heute gültig. Die besten Châteaux nach dieser Einteilung sind bis heute weltberühmt und erzielen sehr hohe Flaschenpreise.

Burgund

Das französische Weinanbaugebiet Burgund (franz. Bourgogne) liegt nördlich von Lyon im mittleren Osten des Landes. Bereits seit dem 2. Jahrhundert wird hier Wein angebaut, die Rebfläche umfasst heute etwa 24 000 Hektar. Im Burgund befinden sich einige der berühmtesten Weinberge der Welt. Doch viele gute Lagen sind in kleinste Parzellen mit verschiedenen Besitzern fragmentiert, die qualitativ sehr unterschiedliche Weine produzieren. Deswegen erschließen sich die Weine des

Burgund nur mit sehr guten Kenntnissen der Lagen und Betriebe. Die wichtigsten Rebsorten sind Pinot Noir (im Deutschen Spätburgunder) für Rotwein und Chardonnay für Weißwein. Die meisten Weine werden im kleinen Holzfass (Barrique) bis zur Trinkreife gelagert.

Cheval Blanc
Weltberühmtes Château in der Bordeaux-Region St. Emilion. In der Klassifikation des Anbaugebiets steht es auf der höchsten Stufe „Premier Grand Cru Classé A". Es gehört den Familien der Hauptanteilseigner des börsennotierten Luxuskonzerns LVMH, Bernard Arnault und Baron Albert Frère. Sie kauften es für 131 Millionen Euro aus dem Besitz von LVMH. Der gleichnamige Wein gilt als einer der feinsten und berühmtesten des Bordeaux, die Flaschen guter Jahrgänge erreichen Preise bis 3000 Euro.

Chianti
Der Chianti ist einer der bekanntesten Weine Italiens. Dieses Anbaugebiet für trockene Rotweine in der Toskana ist nach der Hügellandschaft zwischen Florenz und Siena benannt. Das Chianti-Gebiet umfasst Rebflächen in den sechs Provinzen Arezzo, Florenz, Pisa, Pistoia, Prato und Siena mit rund 7000 Produzenten in über 100 Gemeinden. Die Rebfläche beträgt rund 24 000 Hektar. Als bester Bereich gilt die Chianti-Classico-Anbauregion mit etwa 7000 Hektar.

Coche-Dury siehe Meursault

Dekantierkaraffe
Eine Dekantierkaraffe ist eine flache Karaffe mit hohem Hals. In sie wird sehr alter Wein gegossen, der ein Depot aus Gerbstoffen am Boden gebildet hat, dass durch das Umfüllen durch ein Sieb vom Wein getrennt wird. Eben-

falls genutzt wird die Karaffe, um Weinen nach dem Öffnen Luft zuzuführen, damit sich die Aromen entfalten. Dies wird oft bei jungen und tanninreichen Rotweinen, bei jungen weißen Burgundern und immer öfter auch bei jungem, sehr hochwertigem Riesling gemacht. Die massive Sauerstoffzufuhr durch die große Oberfläche der Karaffe bewirkt im Wein sehr schnell komplexe Oxidationsvorgänge, die seine vielfältigen Aromen öffnen. Nach dem Einfüllen kann es einige Minuten bis zu mehrere Stunden dauern, bis der Wein sich entfaltet.

Deidesheim
Bekannter, hübscher Weinort mit 3700 Einwohnern in der Pfalz. Hier sind einige der besten Güter Deutschlands beheimatet. Auch einige Lagen in der Umgebung erbringen höchste Qualität. Zu rund 85 Prozent wird hier Weißwein angebaut, vor allem Riesling.

Dom Pérignon
Weltbekannte Marke für sehr lange lagerfähige Champagner des Hauses Moet & Chandon. Die einzelnen Weine, aus denen die Cuvée komponiert wird, sowie die gefüllten Flaschen lagern insgesamt etwa acht bis zehn Jahre, bis sie in den Verkauf gelangen.

Drehverschluss
Die Verwendung von Schraubverschlüssen für Weinflaschen ist seit Ende der 90er-Jahre Gegenstand sehr kontroverser Diskussionen unter Experten, Winzern und Weinfreunden. Die schlechte Qualität der Korken zu dieser Zeit ließ die Winzer nach Alternativen suchen. Der Schraubverschluss setzte sich dabei durch, denn er ist günstig, bei der Füllung relativ einfach einzusetzen und von sehr hoher Verschlussqualität. Bei wissenschaftlichen Vergleichen von Weinen in Deutschland, die 25 Jahre unter Kork- oder Schraubverschluss gelagert waren, zeigte sich bei der Frische und Reife eine

klare Überlegenheit des Schraubverschlusses. Untersuchungen im traditionell orientierten Frankreich ergaben das Gegenteil. Die Pioniere des Einsatzes sind Betriebe in Australien, Neuseeland und der Schweiz. Inzwischen hat sich der Verschluss in Deutschland weitgehend durchgesetzt, einige renommierte Betriebe verschließen damit nun auch ihre teuren Top-Weine.

Forster Pechstein
Besonders gute Lage oberhalb des pfälzischen Weinorts Forst, der direkt neben Deidesheim liegt. Hier wächst die Rebsorte Riesling. Die 15 Hektar große Lage ist von guten mikroklimatischen Bedingungen und – als einzige der Pfalz – vom dunklen, vulkanischen Basalt im Boden geprägt, der früher Pechstein hieß. Die Lage hat ihren Namen vom 355 Meter hohen Pechsteinkopf und gilt als eine der besten der Region.

Gewürztraminer
Die Rebsorte Gewürztraminer wächst vor allem in Deutschland, in Österreich und im Elsass. Sie erbringt in besten Lagen sehr interessante und lagerfähige Weißweine mit intensiven Aromen nach Moschus, Bitterorange, Lychee, Marzipan und Rosen.

(Château) Gloria
Wenig bekanntes Weingut in der Region St. Julien im Bordeaux. Es gehört nicht zu den herausragenden Grand-Cru- oder Premier-Cru-Weingütern der Bordeaux-Klassifikation, produziert aber sehr interessante Weine für nicht allzu hohe Preise.

Grand Cru
Im französischen Bordelais (s. Bordeaux) wird die Auszeichnung „Grand Cru“ für die Qualität eines Weinguts (Château) und den besten dort produzierten Wein verwendet. Der Begriff bedeutet übersetzt „Großes

Gewächs". Er soll vermitteln, dass der Boden und das Kleinklima über die Jahrgänge hinweg von gleichbleibend hoher Qualität sind. Das damit ausgezeichnete Weingut produziert nach diesem System beständig einen besonders hochwertigen Wein. Dabei werden die Qualität der Weinlagen und die ihrer Weingüter gleichgestellt. Die Regeln dazu sind in den einzelnen Weinregionen des Bordeaux allerdings sehr unterschiedlich und verwirrend. In der Bordeaux-Region St. Emilion etwa kann selbst ein einfacher Wein im Supermarkt die Bezeichnung „Grand Cru" tragen. Hier wird die höchste Weinqualität mit „Premier Grand Cru Classé A" bezeichnet.

Grüner Veltliner
Populäre Rebsorte in Österreich, aus der sehr einfache bis hoch komplexe und lagerfähige Weine produziert werden.

(Hessische Staatsweingüter) Kloster Eberbach
Das Kloster Eberbach ist eine ehemalige Zisterzienserabtei in der Nähe von Eltville am Rhein. Die 1136 gegründete Anlage zählt mit ihren romanischen und frühgotischen Bauten zu den bedeutendsten Kunstdenkmälern Europas und ist eine Touristenattraktion. Bis vor einigen Jahren war dort auch das Weingut untergebracht, das über rund 200 Hektar Weinberge in besten Rheingauer Lagen verfügt. Seit 2008 ist dort nur noch die Schatzkammer des Gutes geblieben, in der viele Weine aus dem 19. Jahrhundert lagern. Die aktuellen Jahrgänge werden nun im hochmodernen Steinbergkeller in der Nähe produziert.

Korkfehler, Korkton
Bezeichnung für einen gefürchteten schwereren Weinfehler, der sich durch muffigen, modrigen Geruch nach faulendem Holz oder nassem Leder bemerkbar macht.

Der Geschmack des Weins ist unangenehm bitter und manchmal süßlich scharf, dazu kommen mangelnde Frucht sowie ein teils oder vollständig überdeckter Sortencharakter. Oft kann der Fehler am besten mit dem Geruch wahrgenommen werden. Die diesen Fehler verursachenden chemischen Verbindungen gelangen meist vom befallenen Korken in den Wein. Seine Hauptursache ist die Verbindung Trichloranisol (TCA), die erstmals 1981 an der Eidgenössischen Forschungsanstalt in Wädenswil (Schweiz) nachgewiesen wurde. Mikroorganismen wie etwa Schimmelpilze wandeln im Wein vorhandene Verbindungen in TCA um. Sehr große Mengen der weltweiten Weinproduktion werden durch diesen Fehler beeinträchtigt oder sogar völlig ungenießbar. Die Expertenschätzungen über die Fehlerquote schwanken allerdings beträchtlich. Sie liegt wahrscheinlich zwischen drei und 15 Prozent der weltweit abgefüllten Weine.

Krug
Champagnerhaus, das besonders renommierten und hochwertigen Champagner produziert. Es gehört zum französischen Luxuskonzern LVMH. Seine Champagner benötigen lange Reife. Der Jahrgangs-Champagner „Millesime" lagert zwischen zehn und fünfzehn Jahre in den Kellern, bevor er in den Verkauf gelangt, beim „Collection" sind es 25 bis 30 Jahre. Da die Produktionsmenge klein ist, sind die Flaschen sehr teuer.

(Château) Lafite
Das berühmte Bordeaux-Weingut liegt im Norden der Gemeinde Pauillac im gleichnamigen Bereich der Weinregion Médoc. Erstmals ist es schriftlich im Jahr 1234 nachgewiesen. Sein vollständiger Name lautet Château Lafite-Rothschild, der Nachbar ist das ebenfalls weltberühmte Château Mouton-Rothschild. Die Weinberge umfassen rund 100 Hektar Rebfläche, das durchschnitt-

liche Alter der Rebstöcke ist etwa 40 Jahre. Jährlich werden etwa 240 000 Flaschen erzeugt. Bis heute produziert Lafite einen der besten und teuersten Rotweine der Welt, und dies beständig seit Jahrhunderten. Zu den teuersten Weinen der Welt zählt eine Flasche des Jahrgangs 1787. Sie wurde im Jahr 1985 bei einer Auktion von Christie's für umgerechnet 116 000 Euro versteigert. Das Auktionshaus Sotheby's in Hongkong erzielte im November 2010 für drei Flaschen des Jahrgangs 1869 jeweils umgerechnet etwa 170 000 Euro. Auch die neueren Weine erzielen regelmäßig Höchstpreise.

Magnum
Flaschengröße mit 1,5 Litern Inhalt

(Château) Margaux
Das Bordeaux-Weingut Château Margaux liegt in einem Ort gleichen Namens. Er gehört zu einem Bereich in der Weinregion Médoc, der ebenfalls Margaux heißt. Die Weinberge aus Kies, Steinen und Lehm umfassen 93 Hektar Rebfläche, davon sind 81 Hektar mit roten und 12 Hektar mit weißen Sorten bestockt. Der Ursprung des Guts reicht zurück ins 12. Jahrhundert. Bei der Klassifizierung im Jahr 1855 wurde es in die Elite der fünf besten Weingüter des Bordeaux eingeordnet. Château Margaux wird als „Kronjuwel des Médoc" bezeichnet, der Duft und Geschmack des Weins gilt als Musterbeispiel an Eleganz und Finesse. 1977 wurde das Weingut für umgerechnet 9,2 Millionen Euro von dem eingebürgerten Griechen André Mentzelopoulos erworben, der nochmals die gleiche Summe in einen unterirdischen Keller, in Weinberge, Gärten, Bauten und Einrichtungen investierte. 1990 verkaufte er das Gut an ein Investmentunternehmen in Luxemburg, das mehrheitlich dem Fiat-Eigner Giovanni Agnelli gehörte. 2003 kaufte Enkelin Corinne Mentzelopoulos den Agnelli-Anteil für etwa 350 Millionen Euro zurück. Damit gilt Château Margaux

als eines der wertvollsten Grundbesitztümer in Frankreich.

Masseto
Der Masseto ist der Top-Wein des bekannten Weinguts Ornellaia an der toskanischen Küste nahe Bolgheri. Der Weinberg ist sieben Hektar groß und ausschließlich mit der französischen Rebsorte Merlot bestockt. Der Boden besteht aus Lehm, der mit Kieseln, Sand und Gesteinsbrocken durchsetzt ist. Erstmals geerntet wurde der Wein im Jahr 1986, seit 1987 trägt er den Namen „Masseto". Der Charakter des Masseto ist dem des Pétrus ein wenig ähnlich; beide werden aus derselben Rebsorte erzeugt. Er gilt längst als Sammlerwein und Spekulationsobjekt und wird bei renommierten Auktionshäusern zu hohen Preisen versteigert.

Menger-Krug
Sektgut in Deidesheim/Pfalz mit hochwertigen Sekten, dessen Vertriebs- und Markenrechte seit 2003 der Großkellerei Henkell & Co (Deinhard, Kupferberg, Fürst von Metternich, Scharlachberg, Wodka Gorbatschow u. v. a) gehören.

Meursault
Die nach der gleichnamigen Stadt benannte französische Weinregion im Burgund mit rund 365 Hektar Rebfläche liegt im Bereich Côte d'Or. Der Ort Meursault wird als „Hauptstadt der burgundischen Weißweine" bezeichnet. Die Weißweine dieses Namens werden dort aus den Rebsorten Chardonnay und Pinot Blanc produziert und haben einen weltweit hervorragenden Ruf. Das Weingut Coche-Dury produziert besonders feinen und komplexen Meursault, dessen Reben es auf einer nur 0,5 Hektar kleinen Weinbergsparzelle anbaut. Der Meursault gehört zu den besten Weinen des Burgund.

Montrachet
Le Montrachet ist eine der besten und berühmtesten Lagen des Burgund (Frankreich). Sie ist acht Hektar groß und liegt zwischen den Dörfern Puligny und Chassagne an der Côte de Beaune. Beide Orte tragen die Lage in ihrem Namen: Chassagne-Montrachet und Puligny-Montrachet. Die trocken ausgebauten Weißweine zählen zu den besten, lagerfähigsten und teuersten Weißweinen Frankreichs und der Welt. Der Schriftsteller Alexandre Dumas (1802–1870) schrieb, man müsse die Montrachet-Weißweine „kniend und mit entblößtem Haupt" genießen. Sie werden sortenrein aus der Rebsorte Chardonnay gekeltert und im Holzfass gelagert. Ausgesprochen wird die Lage „Morrascheeh", ohne n und t zu artikulieren.

(Château) Mouton
Das berühmte Bordeaux-Weingut mit dem vollständigen Namen Mouton-Rothschild liegt im Norden der Gemeinde Pauillac im gleichnamigen Bereich der Weinregion Médoc. Direkter Nachbar ist Château Lafite-Rothschild. „Mouton" ist das französische Wort für Widder. Daher hängt ein goldener Widderkopf in der Eingangshalle des Château. Die Weinberge umfassen 80 Hektar Rebfläche, davon sind 76 Hektar mit Rotwein- und vier Hektar mit Weißweinsorten bestockt. Eine Flasche des legendären Jahrgangs 1945 erzielte 1997 bei einer Auktion in London den Rekordpreis von 114 614 Dollar. Die Flaschen werden auf dem Gut durchlaufend nummeriert und die Käufer dokumentiert. Doch bereits zum Ende des Zweiten Weltkriegs wurden Betrugsfälle mit nicht nummerierten Flaschen bekannt. Seit 1945 entwerfen mit jedem Jahrgang berühmte Künstler das Etikett. Unter ihnen waren bereits Salvador Dalí, Henry Moore, Joan Miró, Marc Chagall, Wassily Kandinsky, Pablo Picasso und Andy Warhol.

Müller-Thurgau

Müller-Thurgau ist eine der meistangebauten Rebsorten in Deutschland. Er wächst auf rund 13 000 Hektar und gilt aufgrund seiner oft sehr hohen Erträge als Massenweinsorte. Die daraus produzierten Weine sind meist schlicht, unkompliziert und preiswert. In manchen Regionen heißt die Rebsorte heute „Rivaner“, weil die Weingüter damit den schlechten Ruf des Müller-Thurgau umgehen wollen.

Ornellaia

Das Weingut „Tenuta dell'Ornellaia“ liegt im italienischen Anbaugebiet Toskana nahe der ligurischen Küste bei Bolgheri. Die Weinberge umfassen 62 Hektar auf steinigem und kalkhaltigem Boden. Das Gut wurde 1981 von Ludovico Antinori gegründet, dessen aus Florenz stammende Adelsfamilie zu den ältesten und reichsten Italiens gehört. Erst ab dem Jahrgang 1988 wurden die Weine vermarktet. Hauptwein ist der 15 bis 18 Monate in Barrique ausgebaute Rotwein „Ornellaia“ aus den Rebsorten Cabernet Sauvignon, Merlot und Cabernet Franc. Spitzenwein des Gutes ist der (s.) Masseto. Beide sind international bekannt und sehr teuer.

Pauillac

Anbaugebiet in der französischen Weinregion Bordeaux (Bordelais). In Pauillac liegen drei der fünf am höchsten klassifizierten Weingüter, Lafite-Rothschild, Latour und Mouton-Rothschild, sowie einige andere mit bestem Renommee.

Pétrus

Weltberühmtes Weingut im französischen Weinanbaugebiet Bordeaux, gelegen in der Region Pomerol. Pro Jahrgang werden nur etwa 50 000 Flaschen des gleichnamigen Weins aus der Rebsorte Merlot und manchmal ein wenig Cabernet Franc produziert. Die Reben wachsen auf kiesigem Sand-Lehm-Boden mit stark eisenhaltiger Erde. Der Jahrgang 1945 gilt seit seinem Erscheinen als Jahrhundertwein. Die Pétrus-Weine gehören seit Jahrzehnten zu den besten und teuersten der Welt. Im März 2013 wurde eine einzelne Flasche Pétrus 1947 in Hongkong für umgerechnet 11 000 Euro versteigert. Aber auch jüngere Jahrgänge erzielen weltweit Höchstpreise.

Pinot Noir

Der Pinot Noir ist eine uralte französische Rebsorte für Rotwein. In Deutschland heißt er Spätburgunder. Wahrscheinlich wird er bereits seit 2000 Jahren angebaut. Die ersten authentischen schriftlichen Belege in Frankreich stammen aus den Jahren 1283 und 1375, in Deutschland aus dem Jahr 1470. Im 19. Jahrhundert entstanden aus dieser Sorte die ersten ganz großen Burgunderweine wie etwa von der Domaine Romanée-Conti. Die Rebsorte reift trotz ihres deutschen Namens relativ früh, ist aber sehr empfindlich gegen Spätfröste sowie anfällig für Mehltau, Fäulnis und Virenerkrankungen. Sie gedeiht am besten in kühlem Klima und erbringt körperreiche, rubinrot-violette Rotweine mit prägender Säure und Gerbstoffen sowie fruchtigen Aromen von Beeren und Bittermandeln. Die Sorte ist sehr gut dazu geeignet, die Boden- und Klimabedingungen eines Weinbergs zum Ausdruck zu bringen.

Punkte (Parkerpunkte)

Der amerikanische Rechtsanwalt Robert Parker jr. gilt als der einflussreichste Weinkritiker der Welt. 1978 erschien die erste Ausgabe der von ihm gegründeten, zweimonatlich erscheinenden Zeitschrift „Wine Advocate", in der seine Beurteilungen über einzelne Weine publiziert werden. Besonders einflussreich waren Parkers Bewertungen bei der Preisentwicklung bekannter und großer Bordeauxweine. Die Zeitschrift, die er Ende 2012 an ein Investmentunternehmen in Singapur verkaufte, hat heute etwa 45 000 Abonnenten in rund 40 Ländern. Zur Weinbewertung führte Parker zu Beginn der 80er-Jahre das in den US-Schulen übliche 100-Punkte-System ein, das in der Folge zum internationalen Standard wurde. Ein Wein mit 100 Punkten ist demnach ein grandioser Jahrhundertwein, dessen Qualität und Geschmack nicht zu übertreffen sind. Ein Wein, der mit bis zu 75 Punkten bewertet wird, hat dagegen einen mehr oder weniger ausgeprägten Fehler und ist daher nicht interessant. Neben dem 100-Punkte-System ist in Europa auch das 20-Punkte-System sehr populär. Andere Bewertungssysteme mit Sternen (Michael Broadbent), Trauben (Gault Millau) oder Weingläsern (Gambero Rosso) sind ebenfalls weit verbreitet.

Ridge Monte Bello
Spitzenwein des kalifornischen Weinguts Ridge, das nahe Cupertino liegt. Der Name des Weins bezieht sich auf einen historischen Weinberg, auf dem das Gut seit 1892 Wein produziert. Der Monte Bello wird aus Cabernet Sauvignon sowie ein wenig Merlot, Cabernet Franc und Petit Verdot produziert. Bei einer Verkostung mit den international renommiertesten Weinkritikern in Paris im Jahr 2006 belegte der Monte Bello den ersten Platz vor den renommiertesten Bordeauxweinen.

Riesling
Der Riesling wächst in allen deutschen Weinanbaugebieten auf einer Fläche von fast 23 000 Hektar. Er repräsentiert wie keine andere Rebsorte die deutsche Weinkultur. Der Riesling reift nur langsam, sein prägendes Element ist die fruchtige Säure. Deshalb ist er prädestiniert für die nördlichen Weinanbaugebiete. Dort vollendet er erst in der späten Herbstsonne seine Reife. Er stellt die höchsten Ansprüche an die Lage. Je nach Standort erbringt er sehr unterschiedlich nuancierte Weine. Aus Riesling entstehen auf höchstem Niveau trockene bis

edelsüße Weine wie Auslese, Trockenbeerenauslese und Eiswein mit sehr hohem Restzuckergehalt.

Rioja
Bekannte Weinregion im Norden Spaniens entlang des Flusses Ebro mit etwa 60 000 Hektar Anbaufläche. Auch die Weine tragen den Namen der Region. Über 20 000 Winzer produzieren dort zu 85 Prozent Rotwein, dessen wichtigste und bekannteste Sorte der Tempranillo ist. Die Weine werden meist im kleinen Holzfass (Barrique) ausgebaut und benötigen oft eine lange Lagerzeit bis zur Trinkreife.

(Domaine de la) Romanée Conti (DRC)
Das berühmteste Weingut des französischen Burgund befindet sich östlich der Stadt Nuits-Saint-Georges. Seine Weinberge umfassen 25 Hektar Rebfläche. Die weltberühmte, gleichnamige Lage Romanée-Conti ist nur 1,8 Hektar groß und im Alleinbesitz von DRC. Sie wird nach den Richtlinien des biodynamischen Weinbaus bearbeitet. Der Boden besteht aus braunem Kalkstein-Mergel mit einer dünnen Humusschicht. Die heutigen Rebstöcke wurden im Jahr 1945 gepflanzt. Daraus werden rund 7000 Flaschen Rotwein pro Jahrgang erzeugt. Der Wein wird aus der Rebsorte Pinot Noir gekeltert; er braucht meist jahrzehntelange Lagerung. Der Romanée Conti ist ein besonders langlebiger, feiner, eleganter und zarter Burgunder und zählt zu den teuersten und begehrtesten Weinen der Welt. Bis zum Jahr 1989 wurden die verschiedenen Weine des Guts ausschließlich in 12er-Kisten verkauft; eine einzelne Flasche Romanée Conti bekam man nur, wenn man zugleich elf weitere Flaschen aus anderer Lage kaufte. Eine einzelne Flasche des Jahrgangs 1990 erzielte 1996 bei einer Auktion den Preis von 28 112 Dollar.

Saar
Kleine Weinregion am Fluss Saar nahe Trier, in der an steilen Schieferhängen einige der besten Rieslingweine Deutschlands entstehen. Die Region ist Teil des Anbaugebiets Mosel.

Sassicaia
Das italienische Weingut Sassicaia liegt in der Toskana nahe der ligurischen Küste bei Bolgheri. Gegründet hat es der aus einer uralten, adeligen Familie stammende Marchese Mario Incisa della Rochetta (1899–1983). Vorbild für seine Weine war der Bordeaux. Daher ließ er 1944 die für Bordeaux typische Reborte Cabernet Sauvignon pflanzen. Der erste Wein wurde 1948 produziert, die Jahrgänge bis 1960 aber nur privat von der Familie getrunken. Durch regelmäßige Proben stellte der Marchese fest, dass die gelagerten Weine immer besser wurden. Schließlich begann er, die Flaschen zu vermarkten. 1968 kam der nach den vielen Steinen (Sassi) in den Weinbergen „Sassicaia“ genannte Rotwein in den Verkauf. Der für Italien damals völlig untypische Wein erregte internationales Aufsehen und wurde schnell zum Kultwein.

Sauternes
Weinregion im Süden des Anbaugebiets Bordeaux mit sehr kalkhaltigen Böden, die für ihre Süßweine weltberühmt ist. Die wichtigste Weißweinsorte dort ist Sémillon, der in den meisten Weingütern auf etwa 80 Prozent der Rebfläche wächst. Die für die edelsüßen Weine notwendige Edelfäulnis wird durch die Lage des Gebiets zwischen zwei Flüssen begünstigt. Der goldfarbige Wein hat meist einen etwas grünlichen Schimmer. Der volle Geschmack nach reifen Aprikosen, Honig und Nüssen ist intensiv und süß, aber niemals aufdringlich.

Scharzhofberg
Der Scharzhofberg ist eine weltberühmte Weinlage mit Schiefersteilhängen in einem Seitental der Saar bei Wiltingen. Er ist eine der bekanntesten deutschen Lagen der Welt. Die dort erzeugten Rieslingweine verfügen über ein sehr hohes Niveau. Vor allem die Süßweine sind international sehr gefragt und erzielen bei Auktionen höchste Preise.

Spätburgunder (s. Pinot Noir)

Steinberg
Der Steinberg ist eine bekannte Einzellage im Rheingau bei Hattenheim. Er ist mit 37 Hektar die größte Einzellage im Rheingau, 34 Hektar davon gehören den Staatsweingütern Kloster Eberbach. Diese Fläche ist von einer uralten Steinmauer umgeben. Der Weinberg ist ausschließlich mit Riesling bestockt, aus dem sehr lange lagerfähige Spitzenweine erzeugt werden. Angelegt wurde der Steinberg um 1170 von den Zisterziensermönchen des Klosters Eberbach, die einzelne Parzellen durch Kauf und Tausch zu einem großen Weinberg verbanden.

St. Emilion
Region im französischen Weinanbaugebiet Bordeaux (Bordelais). Das berühmteste und am höchsten klassifizierte Weingut darin ist Château Cheval Blanc.

St. Julien
Region im französischen Weinanbaugebiet Bordeaux (Bordelais).

Ygay
Ygay ist der Spitzenwein des Weinguts Marques de Murrieta im bekannten spanischen Anbaugebiet Rioja. Er reift zehn Jahre lang im Eichenfass und wird in zehn

Jahrgängen nur ein- bis zweimal erzeugt. Der bekannte englische Weinkritiker Hugh Johnson bezeichnete ihn als „Mouton-Rothschild Spaniens“. Der herausragende Jahrgang 1925 Gran Reserva Especial gilt heute als Jahrhundertwein.